乳房はだれのものか

Breasts for Whom?

Sexuality and Authority in Japanese Medieval Tales

日本中世物語にみる性と権力

木村朗子

Kimura Saeko

はじめに

乳房はだれのものか。母のものか。あるいは女のものか。乳房とは母の象徴なのか。それともエロティックな女の身体を意味するのか。

母であることは、女であることと矛盾するという。母が聖なるものであるとすれば、女は性的で堕落したものだとする二分法が通行し、女たちは母と女との間で引き裂かれてきた。たとえば、神の子イエスを産んだ聖母マリアが、処女懐胎しなければならなかったのは、神との交合をいうためだけではないだろう。キリスト教にしろ仏教にしろ、男性の主導する多くの宗教が、教義において女性との性的関係を否定してきたように、聖性は性的であることと相容れない。

女を母役割に封じ込めようとする母性主義に抗って、フェミニズムは、女の身体、エロスの身体を取り戻そうと叫んだが、しかしそれは、男たちに欲望される身体になることと同義であった。現代社会において、男たちの性欲を煽る女のヌードは、多く胸を強調する仕方でばらまかれているのだから。

そもそも、女を聖なる女（母）と性的な女（娼婦）に二分する問いは、女たち自身に発したものではなくて、男たちの欲望によって構成されているのである。女性性を母性によって価値づけようとすることもまた、ただ男性優位社会の枠組みに与することにすぎない。そのことは、戦時下の女たちが母性を強調したことで、結果的に「産めよ増やせよ国の為」で兵士たちを供給する翼賛フェミニズムと化した歴史が示してきた。男性優位社会において、劣位にあった女性を称揚するための母性の強調は、日本のフェミニズムに手ひどい傷を残したのである。

こうした後ろめたさを別にしても、母性を語ることは、女の性を固定化し、生殖器官に特化した身体の差異を強調する、本質主義であるとの批判もされてきた。それでもなお、女を、母か娼婦かに二分する思考法は現在も根強く延命している。

鎌倉時代に書かれた『とはずがたり』の書き手、二条は、雪の曙との密通で産んだ子をさっさと他人に預けたから母性がないだとか、それでも我が子を思いつづけたのだから母性があるだとかという、こうした物言いが、現代において一笑にふされるものかといえば、そういうわけでもない。このような読みは今日の家族観によって容易に埋め合わせられてしまうのである。たとえどんな生い立ちにあろうとも、およそ父母なくして生を受けることはあり得ないのだから、母あるいは父は、いつでも汎用かつ普遍の便利な説明概念となる。実在の、あるいは不在であっても、母というものにあまやかな幻想を投影するような物語はいまなお溢れかえっている。

フェミニズムは、単なる労働力ではなく育む存在としての子供が近代に生まれたことや、母性というものが近代になってようやく誕生した概念であることを明らかにしてきた。しかし、母性などは人間に本質的なものではないとされても、たとえば中世に慈円が著わした『愚管抄』などで、女性の汚れを母であることの強調によって浄化しようとする言説に出遭えば、中世においてすでに母性についての認識があったのではないかという錯覚をもって、フェミニズムの構築した議論はあっというまに日常の実感のほうに吸引されてしまうだろう。ことに中世の言説の多くは、戦時下に利用され、近代の国家意識や家族意識と手を結んだ経緯があった。元寇あるいは文永・弘安の役と呼ばれるいわゆる蒙古襲来は、九州に巨大な勢力をほこった八幡信仰に「異国降伏」を託した。このときに整えられた八幡縁起は、「異国襲来」の歴史を神功皇后《じんぐう》の新羅征討から説き起こし、神功皇后とその子応神天皇を八幡大菩薩の化身として掲げた。神功皇后が新羅に「新羅国は日本の犬なり」と書きつけた碑を立てた説話などは、戦時下の植民地政策に利用され、広く人口に膾炙する文言となった。中世にいわれる「日本国」と近代の国家意識が異なることは言うまでもないことだが、しかし神功皇后にまつわって語られる母性についてては、さほど問題にされてこなかった。こうして放置された言説は、すぐさま近代の、あるいは現代の「母性」観に結びつけられてしまうことだろう。

あからさまに母性を語ることは、フェミニズムの議論をふまえていないナイーヴな発言として非難されることはあっても、しかし母性を問うような議論それ自体が全く否定されるわけではない。なぜなら、今日言われる母性などたかだか近代に入ってから構築されたものだ、という指摘は、近代とは別の母のあり方を明らかにしはしないからだ。母性を否定する言説がいくらあっても、それとは別の姿《オルターナティヴ》を思い描くためのイメージは与えられていない。

したがって、本書の主要な関心は、近代以前が母性なき時代であったとするならば、母とはいかなるものであったのかという点にある。具体的には、日本の平安時代後期から鎌倉時代にかけての物語において、母が、どのように母として構築され、どのように表象されていたかを明らかにする。

端的にいって、『源氏物語』や『とはずがたり』の書かれた平安時代から鎌倉時代の宮廷社会においては、子供を産んだ母は子育てをしなかった。子を抱き、乳を与えるのは乳母《めのと》の役目であって、子は血をわけた兄弟とではなく、乳母の産んだ子（乳兄弟）とともに育った。乳母とは、雇い入れられ、その邸に仕える女房のうちの一人である。正妻が出産後、ただちに次の妊娠体制に入れるよう、授乳と子育ては、そうした女房たちに任された。

正妻の妊娠が促進される一方、授乳しつづける乳母の身体は次の妊娠を限りなく遅らせるだろう。正妻が、再び妊娠するために授乳する身体を持たないことは、母性から女性性へと戻っていくかのようにみえる。しかし、だからといって乳母が女性性をすてて母性を担うのかといえば、そういうわけではない。邸内に仕えるさまざまな役割の女房たちのなかには、いわゆるお手つきの女房といった、男主人（正妻の夫）の性の相手をするものがいて、そうした女房たちは寝所に召される女といった意味でとくに召人《めしうど》と呼ばれて他の女房とは異なる待遇を受けた。乳母が召人として選ばれることも当然あったわけだから、乳母は性的な存在でもあった。したがって、母性と性的であることとは、宮廷社会において必ずしも矛盾するものではなかったのである。

宮廷社会において、精神分析学が母を起点に説明してきた欲望の問題はむしろ乳母とのあいだに成り立つ。その意味で、宮廷社会において、乳房は母のものではない。乳母のものであった。物語に描かれる主要な登場人物たちの関係の裏には、姿をみせている女房たちの数倍もの多くの女房たちが忙しく立ち働いている。男女の逢瀬の場面には、たとえ男と女の姿しか描かれていなくても、声を出せばそれに応じる女房や従者が必ずそば近くに控えていた。それは『源氏物語』が多視点的な語りを持つこととかかわって重要だが、ストーリーを急ぎ追う読者には見逃されてしまいがちなことでもある。物語にはただ「人々」としか言及されることのないアノニマスな女房たちが影をひそめ、確かに存在していることを忘れてはならない。宮廷社会の家族像には、物語を読むときに夾雑物として排除してしまいがちな女房たちを併せて考える必要がある。

ところで、慈円は『愚管抄』のなかで、どんな偉人も女性が産んだのだといって、女性の母性を強調した上で、この世を完成させるのは女性であるとする「女人入眼《にょにんじゅがん》」という思想を述べたが、そのことは、女性一般の母性を讃えるものでは決してなかった。慈円が真とする摂関政治体制にあっては、天皇の母となった藤原氏の娘が女院として最高位についていたことが重要だったのであって、母性の強調は、仏教思想で等し並みに女の身は汚れていて（女身垢穢《にょしんくえ》）、女には五つの障害がある（女人五障《にょにんごしょう》）から成仏できないと言われる、女人一般から一部の女性を救い出す方法でもあった。

しかし、女たちは、こうした仏教思想や母性の強調のなかで、それに甘んじていたわけではなかった。さまざまに、それらをすり抜ける方法を生み出し、そして物語というかたちで、パフォーマティヴな実践を行なったのである。

物語のなかで、女たちは奈良時代から絶えていた女帝を復権させ、最高位を横奪する。極楽が男でなければ行けない場所なら、女たちは兜率天《とそつてん》往生をめざす物語を語った。女の力を存分に発揮するマジカルパワーは、巫女性のイメージとして、中世の寺社縁起をさまざまに彩った。物語のなかで女たちは、男の牛耳る歴史に抗ったのだ。

女たちの歴史で記録として残されたものは極めて少ない。歴史の公文書が、女性の記録をほとんど持たないことはよく知られていて、天皇の母でもない限り、女たちの名前は記録に留められることすらなかった。『更級日記』の書き手が「菅原孝標女《すがわらたかすえのむすめ》」と呼ばれ、菅原孝標という父を持つ人であることしかわかっていないことはよく知られるが、しかし『更級日記』には、書き手が生きた証が刻まれている。女たちの歴史は、物語にこそ残されているといっていいだろう。

本書は、中世の物語に刻印された女たちの思想を掘り起こす試みである。それらは正典《カノン》に対する外典《アポクリファ》として、大文字の歴史にさまざまな違和を唱える。女たちの物語は、現在の母と女をめぐる問題構成を揺り動かし、オルターナティヴの可能性を拓くものとなるだろう。

乳房はだれのものか——目次

装幀——難波園子

第一部　乳房はだれのものか――母の問題機制

第一章　乳房はだれのものか——欲望をめぐって

1　母という鬼

園城寺（三井寺）所蔵の訶梨帝母《かりていも》像（図1）は、袖と裾が大きく広がってゆったりとした着物の半跏坐の膝の上に赤子を抱く姿が、キリスト教の聖母子像にも似て、その慈愛に満ちた表現は、息をのむほど生々しい女の像である。

仏教という大きな信仰のなかにあって、この像もまた阿弥陀や菩薩や諸天を表わしたいわゆる仏像彫刻のはずだが、そうした宗教性を突き抜けたどこか俗っぽい面《おも》ざしにみえる。だからといっていっそう俗っぽく、この像に母性だとか母らしさなどを読み込むのはまちがいだろう。

訶梨帝母は、別名、鬼子母神《きしもじん》と呼ばれ、今日でも信仰を集める子授けの神であるが、その前生は子供を食らう悪鬼であった。訶梨帝母の起源は、遠く紀元二世紀中期のインド、パキスタン（ガンダーラ）に遡る。仏教に運ばれて、日本には空海によって唐を経由してもたらされたといわれる。訶梨帝母の物語の骨子は、子を喰らう悪鬼が改心して仏道に帰依するという回心《えしん》帰依譚にある。

訶梨帝母は、五百人（あるいは千人）の子の母で、それでいて他人の子を取っては喰うことをしていた。子を喰われた母たちの訴えを聞いて、ブッダは訶梨帝母の末の子を隠す。訶梨帝母は、我が子を探し惑い、はじめて子を亡くした母の悲しみを知る。ブッダは他人の子を喰らう代わりとして、柘榴《ざくろ》の実を与えた。以来、訶梨帝母は子授けと出産の守護神となるのである[1]。

　訶梨帝母像のあの優しい母のような微笑みは、子供のかわりに柘榴の実を血のように滴らせながら齧りつくことと引き換えに、ようやく持ちこたえた慈愛であることは強調してもしすぎることはない[2]。母像の左手で、その母の顔をめがけて戯れかかる赤子の大きく上にひろげられた両手の躍動感と、母親の右手にのせられた吉祥果（柘榴の実）の静謐感との対照は、そうした訶梨帝母の二面性を端的に表わしている。したがって、この彫像は本当は鬼であって母などではないというのではないし、回心して立派な母になったというのでもない。訶梨帝母は、悪鬼であったころから多産な母であった。訶梨帝母すなわち鬼子母神の信仰は、子の、無事の出産と健やかな成長を願う母の思いが、子を喰らうという恐ろしいような素性を根としていることを教えているのだ。

図1　訶梨帝母倚像（滋賀・園城寺）

　この説話を下敷きにした短編小説「鬼子母の愛」（一九二八年）において、岡本かの子は、鬼子母の子を喰らう欲望を「暴戻《ぼうれい》な愛の同化作用」としてエロティックに表現した。鬼子母の回心の末、物語は「釈尊」の次の言葉で幕を閉じる。

『鬼子母よ。お前は、お前が喰べた子を母親達に返し度いと云つてるね。よかろう。
だがそれはお前の口から吐き出しては返せはせぬ。やつぱり母親達のお腹から返させるのだね。
お前は死後、兒授けの神にお成り――。
鬼子母よ。お前の歯が愛の過剰性なのだ。それで子供の頬に噛み付くのだ。今度それが仕度くなつたら吉祥菓をお喰べ。
あれは人肉の味がするよ――。』
釈尊は根が苦労人でおはす。

（岡本かの子「鬼子母の愛」[3] 二一六～二一七頁）

一九四六年には、平林たい子が「鬼子母神」と題した短編を書いて、子を喰う母の説話的な古層は現代に更新される。

「鬼子母神」の主人公圭子は、急に事情があってヨシ子という子供を引き取ることになったが、子供の扱いになれずに服を後ろ前に着せてしまったりする。母として知識がないばかりか「愛情の用意さえない白紙だった」。圭子は、ヨシ子の体を拭いてやるときに、むやみに腕をつかんだり股をなでたりしてみながら、「ヨシ子の股や腕の水々しい肉づきから、仔牛や仔山羊の肉のことを連想していた」。

むろん、ここではそれらの動物の触感を連想しているわけではなくて、「その肉の淡い物足らない味を思っていた」のである。冒頭より子を喰らうイメージが鮮明にされて、圭子の、女のからだを備えた少女のささやかな性器への執着を狂気じみたものに染め上げる。ヨシ子は、「お母ちゃん」となついてきていながら、体を拭くふりをして無理やり股を開かせようとする圭子をかたくなに拒絶する。依怙地なやりとりの末にヨシ子はひっくり返って泣きだしてしまう。その泣き声を聞きながら圭子は思う。

「ああ自己拡充、女の自己拡充——そのためにこのあどけない者が生けにえに供されて、これからどれだけの血を流すことだろうか——」

丙午《ひのえうま》の女は、男を食うという言い伝えがあったが、丙午でなくとも圭子のような女は、つないだ網の長さが許す範囲の草は、毒草といわず薬草といわず食って食って成長しようとする、動物のような生活力をもっていた。

(中略)

圭子はふと子供を食ったという鬼子母神の名を思い出して、みずからそう名のりたいような淋しい気持ちになった。

(平林たい子「鬼子母神」[4] 一二一頁)

シャーロット・ユーバンクスは、岡本かの子、平林たい子の二つの小説を取り上げ、鬼子母神がブッダ(=男性)によって回心に至ってもなお、子を喰べる欲望から逃れることができず、柘榴の実を手放せなかったことが、近代の二つの小説においても依然として悩ましく女たちを拘束しつづ

けていると指摘している。(5)

戦時体制における女性の参戦のし方として、母性はさまざまに強調されたわけだが、この二つの小説が、一九二八年と一九四六年に、いずれも戦時下をくぐりぬけたあとでそれに抗うかのように鬼子母神を主題化していることを思えば、ユーバンクスが指摘するように、これらの小説は母役割への馴致の失敗の物語としても読める。

与那覇恵子は、岡本かの子「鬼子母の愛」について「母性愛も異性愛も一つの愛として〈純粋母性〉のなかに引き入れたのである」と述べ、〈役割母性〉を拒否した対立項としての〈純粋母性〉を「解放された女のひとつの存在のかたち」として評価する。(6)「母性愛と異性愛をひとつの「母性」に統合した女の存在」を描くことで、〈役割母性〉を逃れたとする与那覇の読みは、リュス・イリガライ(7)の女性性の復権を目論む方法と通じ合う。

イリガライは、母殺しの物語としてギリシア悲劇『オレステイア』をとりあげる。アガメムノンは、妻クリュタイメストラとのあいだにできた娘イピゲネイアを遠征の安全を祈って神の生贄として差し出す。アガメムノンが国に戻ったとき、彼はカサンドラという奴隷を愛人として連れ帰った。一方、夫アガメムノンが死んだと思っていたクリュタイメストラには恋人がいた。クリュタイメストラは、その恋人と共謀し、夫アガメムノンを殺す。その理由は、夫が愛人を連れ帰ったことへの嫉妬かもしれないし、娘を生贄にされた怨みからかもしれない、とイリガライは言う。しかし、こんどはクリュタイメストラが、アガメムノンとのあいだにもうけた息子オレステスに殺されてしまうのである。父なる神、ゼウスの息子アポロンの神託を受けて、つまり父なるものの神託を受けて、オレステスは母とその恋人アイギストスを殺す。死したアイギストスを見たクリュタイメストラが「まあ、どうしましょう、死んでおしまいなの、愛《いと》しいアイギストスさまが、ああ」と言うのを聞いて、オレステスは言った。「この男が愛しいんですか、そんなら同じ一つ墓に埋めてあげましょう。死んでからは、もうけして裏切りもできないでしょうよ(8)」。

この母殺しの理由をイリガライは、オレステスが母のなかの女性性と出会ったためだと指摘する。つまり、女は母であるべきであり、母は女であってはならないといった〈役割母性〉をクリュタイメストラが、逸脱してしまったからだというのだ。

クリュタイメストラはひざまずき、胸の衣を切り裂き、乳房をさしつけて訴える。「お待ち、待っておくれ、オレステス、これを憚って、これに免じて、吾子《あこ》、この乳房、それへ縋って、お前がたびたび、眠《ね》こけながらも、歯齦《はぐき》に噛みしめ、たっぷりおいしい母乳《おちち》を飲んだじゃないの(9)」。

ここでクリュタイメストラがつきつけた「乳房」は、片乳のみの授乳する乳房であった。しかしオレステスは、クリュタイメストラが、母の乳房(breast)ではなくて、恋人アイギストスの愛撫を受ける女の肉体すなわち両方の乳房(breasts)をもつことを知って嫌悪した。こう読み解くことでイリガライは、母性に押し込められた女性性を解き放とうとする。

ミシェル・B・ウォーカーもまた、母の身体がどのように語られてきたかという問題を思想史の上に位置づけ直しながら女性性の可能性を模索する。ウォーカーは、たとえば、エクリチュール・フェミニンを主張するエレーヌ・シクスーが女性に特権的な母の乳房を、やはり複数形の乳房ではなく、単数の乳房として立ち上げていることを指摘し、そのこと自体に、すでにして乳房の脱・性化が行なわれていると批判する(10)。

イリガライの指摘にあるように、母の女性性を否認するオレステスの母殺しは、エディプスの父殺しに回帰する(11)。エディプスがそれと知らずに母と交わってしまうとき、彼はオレステスが殺した母の女性性に再び出会っているのである。母殺しの物語と父殺しの物語の欲望の循環は、エディプス・コンプレックスから、母殺しのコンプレックスを発想させていく。

古澤平作が「母殺し」を阿闍世コンプレックスとして立ち上げ、フロイトにつきつけたのは一九三二年であった。「罪悪意識の二種――阿闍世コンプレックス」の冒頭には、「この論文は昭和六年春に書いた旧稿であります。これは始めてフロイド先生に独訳してさしあげたもので、ここに再び掲載致します」とある。

この時期は岡本かの子「鬼子母の愛」が発表されたわずか数年後にあたっている。「鬼子母の愛」は一九二八年七月三日から十二日の『読売新聞』に連載され、翌一九二九年五月には仏教エッセイ集『散華抄』に収められた。

古澤は「父殺し」に対峙させる理論としての「母殺し」を次のように説明している。「実際分析学上、母を愛するが故に父を殺害せんとする欲望傾向なるものの外に、母を愛するが故に母を殺害せんとする欲望傾向を来す精神病者がある。前者はエヂポス錯綜と名づけて居る。余は後者を阿闍世錯綜と名づけたい。エヂポスは父を殺害した。阿闍世は母をも殺害せんとした。父は殺さるるも、尚生命の本源に残る。母を害せば如何。人生の根本問題は生命の本源に向っての返事であろうか(12)」。

その後の検証によって、古澤が提示した阿闍世説話は、実は原話を著しく歪めた、いわば古澤のオリジナルであることが指摘されている。現存する阿闍世説話の原型は、すぐれて「父殺し」の物語であった(13)。

阿闍世王説話の骨子は、父頻婆娑羅《びんばらしゃ》王が殺した仙人が王の子（阿闍世）として再び生まれ変わり、その父王を逆害することで阿闍世が王になるという物語である。しかし、古澤版阿闍世は、そこに阿闍世王の前史としての母韋提希夫人《いだいけぶにん》の物語を付加する。

阿闍世を身ごもるに先立って、韋提希夫人はみずからの容色の衰えとともに、夫である頻婆娑羅《びんばらしゃ》王の愛が薄れていく不安を抱き、王子を欲しいと強く願うようになる。仙人が三年後に死んだら生まれ変わって夫人の胎内に宿ると予言されるが、韋提希夫人は三年を待つことができず、仙人を殺してしまう。仙人は、みずからが王の子供として生まれ変わり、いつか王を殺すだろう、と呪いの言葉を残して死ぬ。韋提希夫人は子供（＝仙人）の怨みをおそれて、高い塔から落として殺そうとするが、子供は生き延びる(14)。成長後、阿闍世は釈迦の仏敵、提婆達多《だいばだった》から出生の由来を聞き知り、殺意にかられて母を殺そうとするが失敗。母を殺そうとした罪悪感のために流注《るちゅう》（腫れ物）という悪病に苦しむ。悪臭を放ってだれも近づかない阿闍世を看病するのが韋提希夫人であり、病が癒えた後、阿闍世は王となる。

古澤にとって重要だったのは、物語の筋立てそのものではなく、彼が実際に臨床の場で立ちあった経験であった。フロイトのエディプス・コンプレックスが決して普遍的な理論ではなくて、かえって十九世紀キリスト教文化圏の家父長制社会の強い影響を示すものであったのと同様に、日本固有の社会が古澤版阿闍世の必要とされる土壌を用意したとして、小此木啓吾は次のように述べる。

「日本人におけるエディプス・コンプレックスは父親と正面切って闘う三者関係の葛藤ではなく、むしろ父親を棚上げしたり無視して、もっぱら母との世界だけに目を向ける形をとるという日本的なエディプス心性である。現在でも、日本社会の戦後の核家族は父親不在―母子密着型と言われる。この家族心理にも、父親棚上げ＝日本的エディプス心性がかかわっているが、このような日本的なエディプスの傾向が、古澤の阿闍世コンプレックス論形成の過程で大きな役割を演じた可能性がある[15]」。

古澤の議論が日本社会に特有の問題だとすれば、阿闍世の改変も古澤の独善などではなくて、すでに仏教説話が日本流に改変されて流通していた可能性もあり得よう。すべてが古澤の創作だとするには、あまりにできすぎてはいないだろうか。それは正式な経典などには残されない、説教語りのなかにあった話かもしれないし、ある期間にのみ狭い範囲で伝わった伝承の類かもしれない。

ともあれ古澤版阿闍世の特徴は、阿闍世の「母殺し」の衝動にあるとともに、最大の潤色である母韋提希夫人の「子殺し」の葛藤が描かれることにある。エウリピデスは、母殺しの後、狂気に堕ちたオレステスを描いた。狂乱のなかで、オレステスはみずからが母に殺されることを幻覚に見ている。「母上、お願いですから、わたしに、この血まみれの蛇のような娘たちを、けしかけないでください。ああ、娘たちが、ちかよってきてわたしにとびかかる[16]」。

子を産む母が、子を殺すことの衝動を調停しなければならず、そして子は、その母の殺意をかいくぐり生き延びねばならないという物語は、訶梨帝母の説話に似る。そういえば、阿闍世の物語の舞台、王舎城は阿闍世の父の居城であったが、鬼子母神はその王舎城の夜叉神の娘であった。

古澤は「罪悪意識の二種」のなかでフロイトの口唇サディズムについて次のように述べる。「近来分析学の教うる処によれば、最も原始的サディスムスは口愛サディスムスである。噛み砕くこと、それは何者よりも原始的な暴虐であり、怖るべき罪科である。それは生命の本源たる「母」を噛み砕くことであるからである。彼、阿闍世の暴虐は遂に母を害せんとする最も怖るべき原始的暴虐であった[17]」。

古澤のいうのは、快楽の本源として欲望される乳房をみずから噛み砕いてしまおうとするマゾヒズムのような原始の暴虐である。

乳房によって結ばれた母と子が、「子殺し」と「母殺し」の衝動を互いに奥底に秘めていることを最古の仏教説話集『日本霊異記[18]』もまた示す。

中巻第三十話「行基大徳《ぎやうぎだいとく》、子を携《たづさ》ふる女人の過去の怨《うらみ》を視《み》て、淵《ふち》に投げしめ、異《めづら》しき表《しるし》を示しし縁」は、乳を与える母とそれを求める子の命がけの闘争を描く。子は「年十余歳に至るまで」歩きもせず、泣きわめいては「乳を飲み」続ける。子連れの女は行基の説教を聞きに集まっていたのだった。泣きわめく声が障って聴衆は法を聞くことがままならない。行基は、「其の子を淵《ふち》に投げよ」と言う。「母」もまたそのかしましい泣き声に耐えられず、その子を「深き淵に擲《な》ぐ」。すると子は「水の上に浮き出で」て、悔しがって言う。後三年は、こうして食らいつづけてやろうと思ったのに（「慨《いた》きかな。今三年徴《はた》り食はむに」）、と。

この子は、先の世で母が納めなかった借財の持ち主が怨みを残して転生してきたのだというのがこの話の説くところだが、それにしても、母と子が、乳房をめぐって死闘を繰り広げるこの説話の心性は、一方で、「嬭房《ちぶさ》の母」への敬養を説くまた別の説話とも共鳴関係にある。

上巻第二十三話「凶人《あしきひと》の嬭房《ちぶさ》の母を敬養《きやうやう》せずして、以て現に悪死の報《むくい》を得し縁」では、親不幸な子にたいし、「嬭房の母」がみずからの「嬭房」を盾に孝行を訴える。母は、その乳房を出して悲しみ泣いて言う。「私がおまえを育てたとき、日夜休むことがなかった。他の人が恩に報いられているのをみるというのに、こんな我が子をもって、かえって責められたり恥ずしめを受けたりしている。願っていたことは裏切られた。おまえは私の借りた稲の代価を取りたてた。私もおまえに与えた乳の代価を取ろう(19)」。

母乳をやったそのことを恩として返せという、この物言いはまさしく「母殺し」の物語であるアイスキュロスの『オレステイア』で、母クリュタイメストラが、父への裏切りを理由に息子オレステスに殺される場面での、母の乳房による命乞いに似る。

しかし前記の『日本霊異記』に表わされた「乳房」は、『今昔物語集』に再編成されるに至って、すべて消え去っている(20)。

たとえば、中巻第三十話「行基大徳」がとられた『今昔物語集』巻第十七第三十七「行基菩薩《ぎようきぼさつ》、教女人悪子給語《によにんにあしきこををしへたまふこと》」では、「常に泣きやりて物を食らう事ひまなし」とあって、子が「乳を飲」み続けることに言及しない。

また上巻第二十三話「凶人の嬭房の母」がとられた『今昔物語集』巻第二十第三十一「大和国人《やまとのくにのひと》、為母依不孝得現報語《ははのためにふけうなるによりてげんぽうをうること》」には、「母泣き悲《かなしみ》て、瞻保《みやす》に云く」のように、ただ「母」とだけあって、「嬭房《ちぶさ》の母」という表現を持たない。

『今昔物語集』にいわゆる母の子への情愛を示すために乳を与えることが描かれるのは、巻第二十九第三十五「鎮西猿《ちんぜいのさる》、打殺鷲《わしをうちころして》、為報恩与女語《おんをほうぜむがためにをむなにあたふること》」にみられる他は、夢のなかでの出来事として描かれるなど（巻第十二第三十三「多武峰増賀聖人語《たむのみねのぞうがしやうにんのこと》」）、主に奇譚として語られる。仏陀の母摩耶夫人が入滅前に乳を与える話（巻第二第二「仏《ほとけ》、為摩耶夫人昇忉利天給語《まやぶにんのためにたうりてんにのぼりたまへること》」）は、類似の表現を持つもう一つの奇譚、巻第五第六「般沙羅王五百卵《はんしやらわうのごひやくのかひご》、初知父母語《はじめてぶもをしれること》」（卵を産んだ女がそれを恥じて捨てたのち、隣国で生まれ育った子供たちが攻めてきたときに母だと知らせるために乳を与える話）に反復される。ただし、そこにも「乳房の母」とは書かれていない。

『日本霊異記』から『今昔物語集』への改変のなかで、母が「乳房」の表現を失ったことは、訶梨帝母像の変容に類比的である。キリスト教の聖母像が惜しげもなく乳房をさらしているのにも似て、ガンダーラのハーリティーの源像には乳房が表わされている。

図2　パーンチカとハーリティー坐像

ペシャーワル博物館所蔵の坐像（図2）は、紀元二〜三世紀のものといわれ、脇に夫パーンチカを添えた二体一対の並坐像として造像されているが、この形式自体は訶梨帝母像には伝わっていない。

いずれにしろ園城寺の訶梨帝母像（図1）とは大きく異なり、訶梨帝母の源泉では、母は豊かな乳房を持っていた。しかし、日本までの道のりの過程でいつからかパーンチカ

図３　訶梨帝母像（奈良・東大寺）

の姿が消えたように、乳房もまたどこかに取り落としてしまったらしい。そして乳房を取り落としたまさにその道程で、引き換えにハーリティーは柘榴の実を持つようになった(21)。

日本における訶梨帝母像の現存最古の像は東大寺所蔵（図３）のもので、像が造られた時期は平安時代末、十二世紀後半に遡る。東大寺像も、形式は園城寺像とほぼ同型で、左手にいささかリアリズムを欠いた小さすぎる胎児のような赤子を抱く。吉祥果を持つはずの右手は、手首から先を失っているため、鉦製の柘榴華が打ちつけられてある(22)。この像が子供を守護する母と子供を喰らう鬼との二面性の上に造像されていることを思えば、東大寺所蔵の訶梨帝母像の、無惨に釘付けされた明らかに意匠の異なる柘榴華は、右手とともにうっかりと柘榴の実を落としてしまったことで鬼女と化す契機を得るのを畏れる信仰によって、慌てて打ちつけた、鬼封じの跡ではなかったか。たとえばそれが、仏像彫刻という物性《モノ》のうちに修復されるとするならば、そこでは失われた右手がまずもって補われるべきなのだから、ここでは打ちつけられた柘榴華それ自体が確かな信仰を明かしているといえるだろう。

東大寺の訶梨帝母像と、園城寺のそれとを比較すると、子を抱く母像の襟元の表現が大きく異なることに気づく。東大寺のものが襟元を大きく緩やかに開いているのにたいし、園城寺のものは、胸口をきつく合わせていた。インド源流の女の像が豊かな乳房を表わしているのにたいし、日本には乳房を彫り出す表現が仏像彫刻の様式としては伝わらなかったとはいえ、乳房が周到に隠され、慈愛の表情だけが強調された園城寺像を対置させてみると、東大寺の像には、乳房への憧憬を依然として読み取ることができる。「子殺し」「母殺し」の潜在的源泉である乳房はどこへいったのか。

2　母の乳房と乳房の母と

『源氏物語』に先立つ最古の宮廷物語『うつほ物語』(23)では、冒頭、唐へ向かった船が嵐に流されて打ち寄せられた先の波斯国《はしこく》で、清原俊蔭が出会った七人の天人たちが幼い自分たちを見捨てて天上に帰ってしまった母を「乳房」と呼んでいる。

天人たちは母なき場所を「乳房の通ひたまはぬところ」（母の乳房も届かないところ）と言い、母の乳のかわりに花紅葉の露をなめて育ったと語る。その母に会ったという俊蔭を「乳房の通ふところより」（母の通うところより）やってきた人として天人たちは歓待する。母に見捨てられた天人がいう「乳房」は、母の乳房とたわぶれる悦楽の時を指示していながら、しかし母に捨てられた天人たちにはその悦楽の記憶はないのである。ここでの「乳房」は、あまやかな子供時代の思い出を指すのではなくて、予め喪失している空虚な母像を恋い慕うことばとしてある。そこにあるのは、子を見捨てた母の、「子殺し」を潜在させた母の乳房の記憶であった。

俊蔭帰朝後、乳房をめぐる母子関係の物語は、あたかも反転物語のようにして、俊蔭の娘と仲忠の母子関係に神話的に配される。俊蔭は朝廷を辞し貧しく暮らしていたが、一人娘を残して死んでしまう。荒れ果てた邸に残された娘は、通りがかりの若小君と一夜をともにし子を身ごもった。生まれた子は三歳にして、親を思ってみずから離乳する。母は不思議がって、「なぜ、おまえは、この頃、乳を飲まないのだ。さあ飲みなさい。苦しいことはない。他になにも食べないのに、乳さえも飲まないでどうする」と言うのを、子は拒絶して、母のために食料の調達に奔走するようになる。これほど幼いうちに、親の苦しがることはせずに、「親は、愛しきものなり」と思い知っているのだ、と物語はいう。ここに、授乳ということが、子にとっては快であっても、親にとっては苦しい、「母殺し」の契機となることが見据えられている。

『うつほ物語』が冒頭に語る、「子殺し」「母殺し」の乳房は、波斯国の天人や熊に譲り受けたうつほに住み着く母子たちのなかば神話的な異界領域にのみ囲い込まれ、その後に展開される宮廷物語に持ち越されることはない。宮廷を舞台とする物語において乳房をさらすのは母ではなく、もっぱら乳母《めのと》にその役割が振り分けらることによって、母と子をめぐる殺意の回路は、先送りさせられることになる。

たとえば、『源氏物語』「横笛」巻で夜中に泣きだした乳児に母の乳房が与えられる場面は次のように描かれている。

この君いたく泣きたまひて、つだみなどしたまへば、乳母《めのと》も起き騒ぎ、上《うへ》も御殿油《となぶら》近く取り寄せさせたまひて、耳はさみしてそそくりつくろひて、抱《いだ》きてゐたまへり。いとよく肥《こ》えて、つぶつぶとをかしげなる胸をあけて、乳《ち》などくくめたまふ。児《ちご》も、いとうつくしうおはする君なれば、白くをかしげなるに、御乳《ち》はいとかはらかなるを、心をやりて慰めたまふ。

（「横笛」④三六〇頁[24]）

夕霧と雲居雁《くもいのかり》の若君が、物の怪に襲われたのか、突然夜中に泣きだし、嘔吐する。「起き騒」ぐ「乳母」がその場にいるにもかかわらず、雲居雁はみずからの乳房を含ませる。この場面は、徳川美術館に伝わる現存最古の「源氏物語絵巻」にも描かれているが、それは母の乳房や慈愛を美的にめでるために描かれたものではない。灯をそばにひきよせて、髪を耳にかけて、左手に子を抱え、右手でつかんだふくよかな乳房を差し出す雲居雁のしぐさは、それが絵巻という形で視覚化されるとき、稲本万里子が指摘するように、かえって高貴な女性には不似合いな「はしたないふるまいを強調[25]」するものであることが明確になる。

雲居雁の乳房は、よく肥えて、まるまるとして美しいが、「御乳はいとかはらかなるを」（お乳はまるで出ないのだけれど）とあって、乳はからなのである。雲居雁は乳の出ない乳房を子に含ませたわけだが、若君は嘔吐しているのだから、ここでは授乳のためにではなく、泣く子を慰めるために乳房を含ませているのである。

宮廷社会において、授乳させる役割は母にあるのではなく、乳母《めのと》という制度に求められていた。授乳をしない産みの母の乳が早くに出なくなってしまうのは当然のことであり、そうすることで、母は、再び子を身ごもって母となることが可能になる。したがって、「かはらかなる」乳は、乳母とは異なる母の身体性をとりわけ意味することになる。からの乳房こそが母の乳房であり、「かはらか」な「乳」を「くくめ」る姿は、若君を産んだ雲居雁によって行なわれることで、明示的に母の行為となる。

　とはいえ「かはらか」でしかない母の「乳くくめ」は、子の空腹を満足させることはできないのだから、本源としての欲望充足である授乳という乳母の行為の後にこなければならない。母の乳房が授乳という乳母の行為に遅れてあって、母による慰撫の快楽は常に乳母の役割を追いなぞることによって行なわれるにすぎない。子の本源的な快楽が乳を得ることで可能になるのなら、その快楽を提供しうるのは乳母であって、からの乳房を与える母は、子にとって乳母によって安らかな快を得たあとに、常に乳母に遅れて、乳母の身振りを反復的に擬態することによってのみ欲望の対象となる。

　そのことをふまえるならば、藤本勝義が「紫上は〝不生女《うまずめ》〟（石女とも）であった[26]」と断じたことは再考を必要とする。ここで問題なのは、「不生女《うまずめ》」という表現がフェミニズム的観点から不適当であるということではなく、紫の上が子を生んでいないという事実をもってして、そこにア・プリオリに生めない身体であることを読み込もうとする点である。生んでいないことは、物語の時間の流れに沿ってそのたびごとに確認されていく事態で、常に生むかもしれない可能性を孕み続けるにもかかわらず「不生女」と名指してしまうことで、望んでいるのに子供ができないといった、不妊の身体を決定づけることになる。したがって、藤本の議論は、「それでは、紫上は子を欲することがなかったのかというと、そんなはずはなかったと思われる」ということを前提に、「確かにそのような記述はほとんどないのだが」「子を欲する気持が表出されることさえ、ほぼ全くなかった」

としながらも、いかに彼女が子を欲しがっていたかを掘り起こすものとなる。

たしかに藤本のいうように、「一夫多妻制下では、夫の後継者や他に嫁して家門を広げるべき子女の出生が望まれ、正妻としての資格に多産が美徳として存在し」ただろうが、それがただちに「不生女は妻としての限界を晒した」といえるかどうかは議論の余地がある。律令制には一夫一妻制をうたっていながら、事実として宮廷社会が一夫多妻制をとったのは、まさに多産を必要としたからであった。一夫多妻制であるからには、一夫一妻制のように制度として妻は必ず子を孕まねばならないというわけではない。

一方で、一夫多妻制は、男をとりまく女たちを〈生む性〉と〈生まない性〉に分けて明確に区別する。正妻・妻格は、〈生む性〉として出産が期待されるが、女房として仕え男主人と性的関係にあるものは〈生まない性〉として出産の事実を無化される。女房格の性については第二章で詳しく論じるとして、ここでは、出産が期待される妻格は、それをめぐって競い合うことになることを押さえておきたい。複数の妻たちは、親の身分を根拠として家格によって階層化されている。そのなかで、〈生む性〉としてよりよい出産をめぐって闘争関係にある。生むことは家格の階層にとって絶対の優位にはないが、同時に生むことはときに家格による階層を突き崩す。

しかし、紫の上は、そのような宮廷の性の制度の煩雑な性をめぐる関係性から極めて崇高な仕方で見事に逃れている。紫の上は自らが出産することなく、明石の君の生んだ子を養女として引き取ることによって母となった。

光源氏が明石で、紫の上の知らぬまに儲けた子。その姫君が入内《じゅだい》し、中宮の位にのぼりつめるためには明石の君の子のままであるわけにはいかない。階層化された宮廷社会の論理に則って、六条院で中心的存在であった紫の上のもとに迎え入れられる。その姫君の無心な可愛らしさに、明石の君に対する疎ましい気持もやわらぐようだ。紫の上は手に入れたその子を懐に入れて、彼女の乳房を含ませる。

何ごとも聞き分かで戯《さ》れ歩《あり》きたまふ人を、上《うへ》はうつくしと見たまへば、をちかた人のめざましさもこよなく思しゆるされにたり。いかに思ひおこすらむ、我にていみじう恋しかりぬべきさまをとうちまもりつつ、ふところに入れて、うつくしげなる御乳《ち》をくくめたまひつつ戯《たはぶ》れゐたまへる御さま、見どころ多かり。御前《おまへ》なる人々は、「などか同じくは」「いでや」など語らひあへり。

（「薄雲」②四三九〜四四〇頁）

姫君は幼すぎて、母の元を離されたということがわかるはずもなく、無邪気にはしゃぎまわる。その可愛らしさに、紫の上は明石の君の疎ましさもすっかり許せる気がしている。それどころか、こんな可愛い子を手放してどんな気持でいるかと明石の君を気づかってもいる。紫の上は、姫君を抱いて「うつくしげなる」乳房をふくませる。それを物語は「戯れゐたまへる御さま、見どころ多かり」という。出産をしていない紫の上の乳房は乳を出すはずもないから、それは戯れのしぐさだということになる。(27)しかし「いとよく肥えて、つぶつぶとおかしげなる胸」だといわれた雲居雁の乳房もまた「かはらか」（から）であった。雲居雁が実子に対して「からの乳房」を含ませたことが母の行為であるとすれば、からの乳房は、産んでいない身体あるいは産まない身体であることを直ちには意味しないのだから、ここでの紫の上の「戯れ」も姫君を事実として産んでいないことを直截には指示できない。乳の出る乳房を含ませたのなら、それは母の行為ではなく、乳母の行為となってしまう。乳を与える授乳の行為は宮廷社会においては乳母のものであったからだ。したがって、ここで紫の上は、からの乳房を含ませるという最も母らしい仕方をもって明石の君に代わって母役割を引き受けていくのであって、だからこそ物語はそれを「見どころ多かり」と評するのである。そば近くに控える女房たちは「などか同じくは」（どうして同じことなら）とささめきあうが、同じことなら紫の上の産んだ子であればよかったのにという嘆きは、「同じくは」と言われることによって、結局のところ、母代《ははしろ》のはずの紫の上が「母」であることを逆に強固に主張することになる。むろんここでいう「母」が、安直な母性愛とは異なることは言うまでもない。

少なくとも出産した明石の君との関係において、紫の上が劣勢であるということはまったくないことは、光源氏のよきライバルである内大臣《ないだいじん》（かつての頭の中将《とうのちゅうじょう》）の次の言に明らかである。

あたら、大臣《おとど》の、塵《ちり》もつかず、この世には過ぎたまへる御身のおぼえありさまに、面《おも》だたしき腹に、むすめかしづきて、げに瑕《きず》なからむと、思ひやりめでたきがものしたまはぬは。おほかた、子の少なくて、心もとなきなめりかし。劣《おと》り腹《ばら》なれど、明石のおもとの産み出でたるはしも、さる世になき宿世《すくせ》にて、あるやうあらむとおぼゆかし。

（「常夏」③二三七頁）

おしいことに、光源氏のような文句ない身の上であっても、「面だたしき腹」である紫の上が産んで大切に育てているから申し分ないといえるような娘がいない。だいたい光源氏には子が少ないのだから「心もとな」いだろう、と内大臣は言う。紫の上の子がないことにここで言及しても、今後も可能性がないことまでは、物語の最終地点に立つことのできない内大臣には言い得るはずもない。実際、紫の上の立場が追い込まれていくのは、明石の君が姫君を産んだときではなかった。藤井貞和によれば、それは彼女が三十歳を目前にひかえた女三の宮降嫁のときであった(28)。

物語に「子持ちの君」(29)と称される明石の君も、内大臣の総括によれば、あくまでも「劣り腹」であって、子供を持ったからといって紫の上の上位に立つことはかなわず、依然として紫の上が「面だたしき腹」としてある。ここで、明石の君より家格の高い紫の上が姫君をひきとり養母となるのはごく自然な選択であって、叙述のレベルにおいて、ここに紫の上の出産の潜在能力の問題が介在する隙はない。養い親は、出産という身体的徴候を抜きにして家格をもって結ばれる親子関係であるが、一夫多妻の制度のなかで格上げの常套手段として行なわれていた。

加えていえば、紫の上、あるいは光源氏とかかわった女たちのほとんどが子を持たなかったことは、物語において、女たちの出産能力を問うような身体の問題には還元し得ない、別の論理に支えられている。物語は、源氏の子の誕生を予め予言というかたちで示し、明石の姫君の誕生をもってそれを終結させてしまうのである。明石の姫君誕生時に、源氏は次のように思う。

宿曜《すくえう》に、「御子三人、帝《みかど》、后《きさき》かならず並びて生まれたまふべし。中の劣りは太政大臣《おほきおとど》にて位

を極《きは》むべし」と勘《かむが》へ申したりしこと、さしてかなふめり。(「澪標」②二八五頁)

宿曜(一種の占星術)によって、子供は三人、帝、后、そして太政大臣として位を極める者と予言されてあったとおり、いま后となるべき子が生まれたのだ、というのである。帝となるのは、藤壺との密通による冷泉帝をさし、太政大臣となる子とは、この時点ではすでに亡くなっている最初の正妻、葵の上との子、夕霧をさす。したがって、ここで明石の姫君が生まれたからには、物語において光源氏の子はもう生まれないことが明言されていることにもなる。その意味でも、女たちの身体の出産能力の有無は、物語にとって議論されるまでもないことである。

翻って、『源氏物語』における紫の上の「乳くくめ」を「戯れ」だということは、紫の上が産まない身体であることそれ自体を指すわけではない。紫の上は、ここで本来ならば乳母が担う乳を含ませるというしぐさをしているわけだが、それを物語が「戯れ」なのだと添えることによって、紫の上を乳母から母へとずらしているのである。授乳ではない「戯れ」であると指摘することによって、紫の上の「乳くくめ」は、雲居雁がしたような慰撫するための母の行為となるのであり、したがってこの場面は、紫の上の不妊を憂う悲劇的なものなどではなくて、かえって紫の上の母としての正統性を堂々と主張するものとしてある。

一方、「かはらかなる」乳房の対極にある豊穣の乳房は、母性を主張するどころか、逆に乳母であることを刻印しつづけるものとなる。豊穣の乳房は、女房格として決して妻格には昇ることのできない階層にあることの象徴なのである。

このことは、明石の君の存在は妻格ではなく、召人《めしうど》格であるとする議論と裏表の関係にあるといえるだろう。召人とは、女房として仕える者のうち、男主人の寝所に召されて性的関係を持つ者を特別に呼び分ける語である。召人は宮廷社会の性の制度において、出産の潜在能力の有無にかかわらず、〈生まない性〉として差別化されており、男主人との親密な関係や子の誕生が妻格への昇格の要因とはされない。女房格のなかでの上昇はあったとしても、妻格への参入への道は予め途絶されているのである。明石の君は召人的扱いを受けていると言われるのは、明石の君が子を産んだとしても、その子を正妻格にとられてしまい、出産によって紫の上との序列が入れ換わるわけではないからだ。

そもそも乳母《めのと》は欲望の対象として極めて正しく制度化されている。「乳房」を刻印された「乳母」という名は、乳を与える役割の制度をさすだけではなくて、その欲望の在り処を指し示す。子の欲しがる乳房は、母から乳母へと繰り越されて、フロイトがいうような本源的な欲望は乳母との関係につむがれる。そうして乳母が授乳を肩代わりすることで、母のすみやかな断乳が促され、出産をくり返す母の〈性〉が維持される。引き換えに、乳母は、授乳しつづけることで、自らの〈性〉を剝奪され、非〈性〉的であることを余儀なくされる。しかし、乳母が授乳できるようになるためには、まずもって出産していなければならない。はじめに〈性〉的身体である必要がある。

ちょうどよいタイミングで出産をした女房をもっとも手っとり早く手に入れるなら、男主人と性的関係にある女房、つまり召人が最適な候補となるだろう。出産後、授乳を続ける乳母の身体は、男主人にとってそれ以後も恰好の避妊の性関係を提供することができるだろう。女房階級であることによって、出産の前には召人として権力を〈生まない性〉を担い、出産すれば、乳母としてまたしても〈性〉的に奉仕しつづける。しかし乳母の〈性〉は、母の〈性〉を支えるために非〈性〉的であるという絶対矛盾のただなかで、まずもって性的でなければならないという、ねじれにねじれた関係にある。

乳房の母たる乳母は、フロイトの教えるとおり、乳房を与えられた子にとって性的な欲望の対象となる。もし乳母が、その子の父にとって召人であるとするならば、父と子の両者の欲望を一身に受けて、それはそのままエディプス・コンプレックスにおける母の位置にたつものということになる。乳房をとおして発動する子の欲望は、エディプスの構図においては禁忌である。しかし、実母への欲望とは異なり、乳母の乳房への欲望は、そのまま乳母を召人と置き直すことで遂行可能である。子は、父の召人をのちに自らの召人とすることができるのであって、父子が一人の女性を分有することに葛藤がない(30)。

乳母の制度において、授乳と産む身体とは直結しない。かつ授乳は母性とも単純には結ばれない。そしてそこには禁忌を孕まない。ならば、乳房の欲望はどのように構築されるのか。

3　母子幻想のなかの乳母

京都、栂尾《とがのお》高山寺に庵をかまえた明恵《みょうえ》（一一七三〜一二三二）は、みずからの念持仏として、仏眼仏母像（図4）を祀り、そこに自筆で次のように記した。

図４　仏眼仏母像（京都・高山寺）

モロトモニアハレトヲボセワ仏ヨキミヨリ
ホカニシル人モナシ
无耳法師之母御前也
南無仏母哀愍我生々世々不暫離
南無母御前〳〵
南無母御前〳〵
釈迦如来滅後遺法御愛子成弁紀州山中乞者
敬白

これについて河合隼雄は、「仏眼に「母御前」と呼びかけて母を慕う気持ちをもろに表現している」と述べた。明恵といえば、ヴァン・ゴッホばりに自分の耳を切り落とした奇僧として知られる。修行の一環としてみずからの身体を傷つけようと考えたのである。しかし眼を穿てば経典を読めない、鼻を切れば鼻汁で経典を汚してしまうだろう、手を切れば印を結ぶことができない。ただ耳であれば、切っても聞こえないということはないというので、右耳を削ぎ落とした。河合は、これを「自己去勢」と解釈し、ほかならぬ仏眼仏母像の前でそれを行なったことで、はじめて仏眼を「言語的に表現し、「母」として位置づけることが出来た」とみている。こうした解釈は、仏眼の前で修行中に見た十九歳の明恵の夢の記録から導かれている。「去勢」以前の明恵にとっては、「彼が仏眼か、仏眼が彼か解らぬほどの一体感を体験したであろうし、次節に述べる『理趣経』との関連で言えば、仏眼はまた明恵の愛人としても体験されたのではないかと思われる。もちろん、ここに愛人といっても、それはあくまで母＝愛人の未分化な状況であり、性心理的表現で言えば、母子相姦的関係であったと言えるであろう[31]」というのである。

母子未分化から去勢をとおして「母」を対象化するという過程は周知の精神分析の解釈だが、河合が強調するところは、この「自己去勢」が父性原理によってなされた「西洋的な父性的自我の確立への道につながるものではなかったことを示している」点であり、ここに母との一体感を温存しつづける日本人男性の特徴的問題があらわれているとする。

「日本文化における母性原理の優位性」とは、「母性原理は「包む」機能を主とするのに対して、父性原理は「切る」機能を主としている」と分類されるもののうち、「包む」機能が優位にあるという点をさす。この母との一体感の例として、河合は、明恵が父母を失い九歳ではじめて高雄山に登った当夜の夢を挙げている。明恵自筆の『夢記』にはみえず、『栂尾明恵上人傳』に残されたこの夢は以下のとおりである。

其の夜、坊《ぼう》に行き着きて臥《ふ》したる夜の夢に、先立って円寂《えんじゃく》せし乳母、身肉段々《しんにくだんだん》に切れて散在《さんざい》せり。その苦痛、おびただしく見へき。この者、平生罪重《へいぜいつみおも》かるべき者なりしかば、思い合わせて殊に悲しく覚えて故郷の恋しさも覚えず、我が父母もかくやおわすらん、どうかしていよいよ吉き僧と成りて、彼らが後世をも助くべき由《よし》を思い取り給いけり。父母に遅れたること、朝暮に思い忘るる時なし。犬烏を見るまでも、我が父母にてやあらむと思うに、昵《むつ》ましくも又《また》敬《うやま》はしくも覚えて犬の臥したる上をも行越《ゆきこ》すことなし。ある時、思いがけず犬子《えのこ》を越したることありき。もし父母にやあらむと思い恐れ覚えて、即時に立ち帰りて拝みき。

（『栂尾明恵上人傳』二七九〜二八〇頁）(32)

貴い僧となって親をも衆生をも導かんと願を発して坊に着いた夜の夢で、先ごろ亡くなった乳母の体が切り刻まれて散在している光景を見る。乳母が非常に苦しんでいるさまから、乳母の日頃から罪重い者であったことが思い合わされて悲しく思う。その悲しみは、故郷への思いの否定（「故郷の恋しさも覚えず」）を通じて、故郷にはすでに不在の父母への思いへと転じる。「犬」「烏」に転生していることが想像されているからには、明恵の父母は畜生道に堕ちたと信じられているらしいが、このように救われていないことの根拠としての「罪」については明示されない。それは乳母の罪からのみ類推されうるのである。

河合隼雄は、この切り刻まれた乳母の身体のイメージについて、「乳母は明恵自身でもあると言えるだろう」と述べているが、ここで同一化を試みるものが「母」ではなく「乳母」であることを区別しない。たしかに明恵の夢において、乳母への思いは父母が侵入してくることによって途絶され、瞬時に差し替えられてしまっている。しかし明恵の夢において肉体としてまず想起されるのが、切り刻まれているにしろ、乳母であったことは重要であろう。河合の指摘するような意味における身体接触から発する欲望は、中世において「母」ではなく「乳母」にこそ向けられているというべきである。

河合のいう母子一体感は、乳母という制度においてはそのまま実現され得る。『とはずがたり』の二条の母は、後深草院の乳母であり、「新枕《にいまくら》」の相手であった。みずからに乳を授けた者との性的関係が許されるのだから、禁忌をめぐる既存のコンプレックスのあり方は、乳母を含めて再検討されねばなるまい。二条と後深草院との関係は、後深草院が二条の母の夫にはばかって果たせなかった性関係を完遂するために求められたのだが、そのことは単に乳母の夫との社会的な関係性の問題というよりも、母と娘の両方と性的関係を持つことが、他ならぬ実子とのインセストを潜在させるという意味において、直截に精神分析の課題である。

ジェンダー論の精鋭であるジュディス・バトラーが『アンティゴネーの主張――問い直される親族関係』（青土社、二〇〇二年）において、族外婚のさまたげとなる近親婚は、再生産のさまたげとなる同性愛と同じエコノミーによって等しく排除されることを問題にしたが、同性愛を排除しないような宮廷社会の〈生まない性〉を組み込んだ性の配置においては、近親婚もまたそれが乳母あるいは召人にのみ関わる限り、排除されないことを示唆するともいえよう。

出産の身体と授乳する身体とが夫と雇い主たる主人という別の権力主体に分有される乳母の制度は、日本中世の宮廷社会にのみ固有のものではない。明恵の捉えた罪深き乳母の切り刻まれた身体のイメージは、インドの作家、モハッシェタ・デビが「乳房を与えしもの」で描いた幾人もの子に乳を与えたあげくに乳房を腐らせて死んでいく乳母を思い起こさせる。(33) そのように乳母の問題は等しくセクシュアリティと階層の問題である。

ガヤトリ・C・スピヴァクは、みずからこの小説の英訳を手がけ、乳房を与えた一人の女の生きざまについて、インド社会に固有のカーストに特化するのではなく、サバルタンの問題として議論した[34]。スピヴァクは、モハッシェタ・デビが乳を搾取されつづける乳母の存在を帝国主義に搾取されてきたインドという国の隠喩として捉えており、それを「母なるインドを表わす寓喩的記号」として機能させようとしているとして、そこに潜在するナショナリズムとエリート主義をアンチ・サバルタン的であると批判する。スピヴァクの論においてインド的な文脈はむしろ批判的に扱われている。したがってラマチャンドラ・グハが、スピヴァク論文はコンテクストへの位置づけを怠っていると批判したことは[35]、むしろスピヴァクにとっては意図的に志向されたものだといえる。しかし一方で、乳母もまた上層階級である日本の中世宮廷社会の性の制度において、乳母は、権力奪取の可能性を有する地位でもあって、ただ被支配にのみに置かれるとはいえないし、労働力の問題としてマルクス主義的に解釈することをもって歴史的文脈から切り離してしまうことでは解けないような、複雑かつ特異な問題を孕んでいる。乳母を労働力として捉えることは、歴史的文脈をあらかじめ欠落させることによってこそ適用可能な批評軸に依拠している。この点において、母と乳母の混同は根を同じくしているといえる。

少なくとも宮廷社会において、母と乳母の差異は大きい。乳母の存在は、現代では失われた制度であり、現代社会の核家族をイメージするときには隠されてしまうが、宮廷物語において欲望構築の要にあって、それを支える枢軸として考える必要がある。それはまた、既存のエディプス・コンプレックスなどの欲望の桎梏を逃れ去るオルターナティヴを示すことにもなるだろう。

4　乳母コンプレックスの地平

欲望が、母との肉体接触を起点に立ち上げられるとするならば、乳母は母の代替項としての欲望を一身に受けながら、その欲望を禁止される契機をついに持たないままに留めおかれる。母の身体から隠された乳房は、「乳母」という名にその欲望の所在を刻印しながら、「召人」の制度に包摂されるかたちで、〈性〉的であってもいい存在としてある。つまり、乳母は、母の〈性〉を保証するために、非〈性〉的な役割（＝授乳）を負いながら、授乳のためにはまず出産が果たされねばならないために、母に先立って、あるいは母と同時に〈性〉的であることが要請されるという絶対矛盾に突き動かされて、「乳母」（＝非〈性〉的であること）と「召人」（＝〈性〉的であること）との二面性を有する。なおかつその乳母の非〈性〉的であることは、乳母が抱く子の方からみれば、乳房の接触をとおしての快楽として〈性〉的なのであり、さらにそれを性行為に完遂させることが可能なのである。

『源氏物語』において明石の君が姫君を出産したときに、光源氏が奔走して探し出した乳母は、「故院《こゐん》にさぶらひし宣旨《せんじ》のむすめ、宮内卿の宰相にて亡くなりにし人の子[36]」であって、光源氏の父に仕えた女房の娘であった。宣旨が光源氏にとって乳母にあたっていたのか、宣旨が父院にとって召人であったのか、ここには明らかにされない。しかしその宣旨の娘を明石の姫君の乳母として召し出す際に、情交がほとんど必須の要件のように描かれるせいで、そのことがあたかも乳母（＝宣旨の娘）を妻の代替の位置へ繰り込む一種の儀礼的行為であるかのようにもみえる。

乳母と乳母子（乳母の実子）の関係として、そのように錯綜する〈性〉を許容する乳母（＝召人）の制度は、ここでも、女の様子が若やかで美しいので、源氏は目をうばわれて、あれこれ戯れを言った挙句、「明石へやるのをやめて取り返したい気持になってしまったよ。どうしよう」と語られ、光源氏を魅了し、乳母ではない別の関係へと持ち込むことを夢想させるのである。父―母―子のエディプス的関係に乳母が挿し込まれて母の代替として召喚される乳母は、父との性関係によって、妻の座を代替する位置に構造上は置かれる。ただし、父と乳母の関係における〈性〉は、召人関係として、正統な婚姻関係とはみなされない非社会的な関係であり、いわば正統であろうとすることが唯一の禁止事項として残される。

欲望が禁止に向かって突き進むとすれば、物語的想像力は、乳母をコンプレックスとして潜在させ、母の代補としての乳母への欲望とともに、乳母の裏面にある召人としての性関係を正統なものへと移行させようと幻想しはじめるだろう。物語がいかにも乳母になりうる風情の女との正統な関係を執拗に目指すことで、乳母コンプレックスの欲望の物語的昇華は実現される。

そのように考えるならば、『とはずがたり』が発見以後しばらくは公開を憚られずにはいなかったという、われわれ近代人の感覚にとっての真の猥雑さというのは、天皇の乱交にあるというよりも、乳母への欲望を乳母子との性愛によって意識的かつ具体的に解消しようとしたことそれ自体が中心化されてあることに起因するのかもしれない。『とはずがたり』の書き手である二条と後深草院の情交は、後深草院の二条の母への欲動に発していることが後深草院のことばで語られている。

「人より先に見初《みそ》めて、あまたの年を過ぎぬれば、何事につけてもなほざりならずおぼゆれども、何とやらむ、わが心にもかなはぬことのみにて、心の色の見えぬこそいと口惜《くちを》しけれ。わが新枕《にひまくら》は、故典侍大《こすけだい》にしも習ひたりしかば、とにかくに人知れずおぼえしを、いまだ言ふかひなきほどの心地して、よろづ世の中つつましくて明け暮れしほどに、冬忠《ふゆただ》・雅忠《まさただ》などに主《ぬし》づかれて、隙《ひま》をこそ人悪《ひとわろ》くうかがひしか。腹の中にありし折も、心もとなく、いつかいつかと、手の内なりしより、さばくりつけてありし」など、昔の古事《ふるごと》さへ言ひ知らせたまへば、人やりならず、あはれも忍びがたくて明けぬるに……

（『とはずがたり』三五五頁）(37)

二条の母は、後深草院の「新枕」の相手であった。それゆえに後深草院は二条の母に執着していたため、夫である二条の父「雅忠」の目を盗んで「隙を」うかがっていた。だからこそ、二条が「腹の中に」いるときから、いつかいつかとその誕生を待っていたのだと後深草院は告げる。母と娘の両方と情交を交わす「母子婚の禁止」が少なくとも『源氏物語』ではタブーとして守られているのだから、(38)二条との関係は忌避されてしかるべきである。そもそも母娘婚が禁じられる意味は、娘と関わることが、母との関係でなした実子と交わっているかもしれないという極めて濃密な近親婚の可能性が潜在していることにあるだろう。

二条の生まれる以前に二条の母と交渉を持っていた後深草院は、二条その人の父である可能性を有する。しかし、乳母（＝召人）の性は、「新枕」の相手へと転じることで、母の代理としての役割を逃れうるように、近親婚すらもやすやすと乗り越える(39)。

乳母をめぐって構築されるコンプレックスは乳母への性的欲望を禁止するわけではない。召人をその裏面に確保することによって乳母への欲望は極めて宥和的に制度に組み込まれている。乳母コンプレックスに科される禁止《タブー》は乳母の夫にはなれないという点にあり、この一点をのみ到達しえない地点とする。

後深草院が乳母と性的に交渉しながらも、夫「雅忠」を憚って完全に充足しえずにいることが、乳母子二条への欲望へ向かうように、乳母コンプレックスは、昇華と固着の二重性を帯びる。乳母である二条の母との交渉はそのまま召人(=乳母子)との交渉に回収される。召人関係は、情交成立という点において、欲望の物語的昇華を遂げさせ、乳母コンプレックスを充足させるが、一方で召人の物語が繰り返し反復されつづけることは、召人との正統な結婚があくまでも禁止のレベルに置かれていることによる欲望の疎外をとおして、循環的に乳母への固着を引き起こす。

原初的な快楽にもとづく乳房の欲望が母に向かうのを禁じられると、その代替として、母のような妻を確保することで調停されるのが、フロイトのいう近代家族モデルだとすれば、乳母(=召人)への禁止もまた、結局のところ父—母—子の関係体のなかに包摂される。父—母—子関係を強調しようとするときに、宮廷物語は、母や父の、子への「愛情」のようなものを描こうとするが、母も父も乳母を擬態することでしか表現しえない、極めて根拠の薄弱な存在であることを直ちに露呈する。宮廷社会においては、父や母に先立って乳母への欲望があり、その意味で乳母は、父—母—子で形成されるなめらかな三角形に違和を生じさせるような第四の点を構成する。

　ここでいう第四の点を、たとえば、醍醐寺所蔵の訶梨帝母の画像（図5）によって説明するならば、第四の点すなわち乳母は、訶梨帝母の柘榴《ざくろ》にあたるだろう。

　醍醐寺の訶梨帝母の図像における、訶梨帝母とその左手に抱かれた子に対し、右下方で母を見上げる子を、父とみたてるとすると、柘榴は三者の視線の集まる位置にあって、父―母―子の三角形を構図の上で密かに支える役目を果たす。[40] 柘榴は三者にとって独立した存在であるが、訶梨帝母の物語にとって、この穏やかな三角関係は柘榴なしには成り立たない[41]ということを、この図は構図として示しているのである。そのことに類比的に、宮廷社会の父―母―子関係は、乳母によってこそ支えられているのであって、乳母（＝柘榴）を失えばたちまちに、母―子の闘争を惹起するというのが鬼子母神の物語の教えるところであった。

図5　訶梨帝母像（京都・醍醐寺）

　人間のもっとも原初的な快／不快のレベルにおける、その不快が、求めれば常に除去され、快へと転換させてくれる乳房の口唇欲望は、その一方で母を噛み殺す衝動を隠しもつ。それを自滅的なマゾヒズムとみるならば、鬼子母神が子供を噛み殺す代わりに柘榴を手にすることは、それのまったくの反転構造をとる。子殺しの欲動を柘榴の実によって抑えることは、噛み砕かれて血にまみれた乳房を先送りすることで、平和に満ちた母子関係を得るために要請される乳母の制度に支えられることのアナロジーである。

とすれば、「母殺し」の衝動をまぬがれるために母の乳房は消されねばならなかったということか。母の乳房が隠されて、代わりに乳房の母が、「乳母」として乳房をさらす。母への子の欲望を迂回させる装置として[42]。そして物語を繰り返し紡ぎつづける欲動として。

第二章　性の制度化──召人の性をめぐって

1　召人《めしうど》とはなにか

一九三八年に至るまで長らく宮内庁に秘蔵されていた『とはずがたり』は、「皇室の秘事を暴露した」「頽廃」的な書として、その発見の遅れを意味づけられてきた。二条の「とはずがたり」は、前半部で二条の宮廷における性関係を、後半部で出家後の諸国遍歴を語る。この一見断絶しているかにみえる前半と後半の関係を有機的に関連づけようとして、前半の二条の性をどのように捉えるかが議論されてきた。この書物はいったいどういうわけで書かれたのか。なぜ二条はあれほどあからさまに自らの性を語るのか。こうしたことに答えるために、まず、二条が母つまり正妻格であるのか、乳母《めのと》つまり召人格であるのかということが問われた。召人とは、女房として仕えながらその男主人と性関係を持つ者で、妻格の女の序列からは排除される。したがって妻か召人かの問題は両立し難いこととして二者択一が迫られる。妻あるいは正妻は、現在にも続く制度であるから問題はないとして、この召人というのは、いかなる存在なのだろう。

召人に関わる論は、阿部秋生の『源氏物語研究序説』（東京大学出版会、一九五九年）所収の「召人」(1)の項を嚆矢として、実に奇妙な前提から出発した。阿部は「一言にしていへば、「召人」とは、自分の仕へてゐる主人又は主人格の男性と肉体的関係をもつてゐる女房のことである」とまとめた上で、正式な妻との違いを男が三日三晩通ういわゆる妻問《つまどい》の儀礼的過程が省略されていることに加えて、「摂関家の妻といつて然るべき地位を占めた女性には子供がゐるが、召人には子供が生まれてゐないやうである」と述べた。それでいて阿部は道長の長子頼通が召人の子を引き取ったとする例を挙げて、ただちに自らの説の矛盾を明らかにするのだが、いずれにしろ、召人論は、肉体関係を持ちながらも出産はしないという、ありえそうもない想定の上にあった。だがこの矛盾こそがはからずも召人の性の配置を言い当てていたともいえる。以下に召人の用例にあたりながらそれを探っていこう。

『大和物語』百四十三段には、『伊勢物語』で名高い在原業平の息子、在次の君とその兄弟たちが伊勢の守の召人のところへ忍んでいく話がある。

むかし、在中将《ざいちゆうじやう》のみむすこ在次《ざいじ》の君《きみ》といふが妻《め》なる人なむありける。女は山蔭《やまかげ》の中納言のみめひにて、五条《ごでう》の御《ご》となむいひける。かの在次君《ざいじぎみ》のいもうとの、伊勢の守《かみ》の妻にていますかりけるがもとにいきて、守《かみ》の召人《めしうど》にてありけるを、この妻の兄《せのと》の在次君はしのびてすむになむありける。われのみと思ふに、この男のはらからなむ、またあひたるけしきなりける。さりければ、女のもとに、

忘れなむと思ふ心の悲しきは憂《う》きも憂からぬものにぞありける
となむよみたりける。今はみな古《ふる》ごとになりたることとなり。（新編日本古典文学全集『竹取物語 伊勢物語 大和物語 平中物語』小学館、一九九四年、三六二～三六三頁）

ここで在中将といわれるのがかの在原業平で、その息子在次の君と妻との出会いを語っている。その妻は、五条の御《ご》といって、山蔭の中納言の姪である。在次の君の妹は伊勢の守の妻となっていたので、在次の君は妹を訪ねるふりをして、伊勢の守の召人であった五条の御と関係していた。ところが五条の御のもとに通っているのは自分一人ではなく兄弟たちもだとわかって、「あなたを忘れようと思う心の悲しさを思えば、あなたが他の男たちと会っていることのつらさはつらさのうちには入らない」という歌を女に詠みかけた。

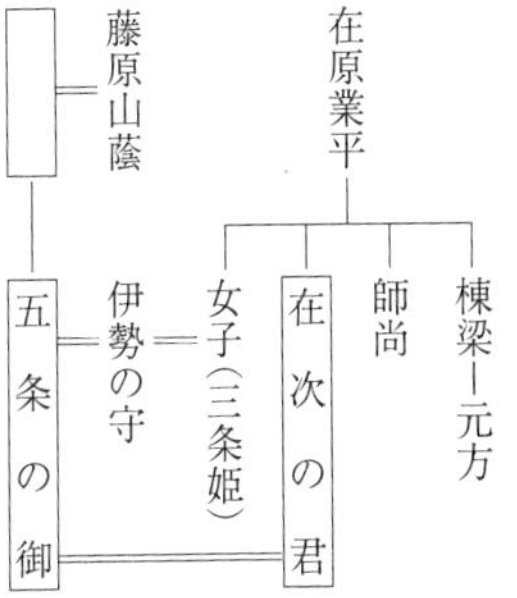

この「召人」は「しうとめ」「こしうと」などとする本があることが指摘されるところであるが、ともあれ召人の例だとすると、伊勢の守の召人であった五条の御《ご》をのちに妻にした話ということになる。五条の御は伊勢の守の召人であったころ、在次の君だけでなく、その兄弟たち（「この男のはらから」）とも通じていたというのである。五条の御は伊勢の守の召人でありながら、複数の男と関係を持ち、ついには在次の君の妻になって守のもとを去ったというわけだ。在次の君は「いもうとの、伊勢の守の妻」のところに行って、「守の召人」と出会ったという。この召人は伊勢

の守の妻に仕える女房であったのだろう。「しのびてすむになんありける」とあるように、在次の君は密かに通じていたのであるが、そのことは「われのみと思ふに」へと続き、伊勢の守の手前忍んでいたというよりは、自分の兄弟も通っていたという事実の発見へと文脈が流れていく。ここには守の召人と通じることにたいする何の不都合も描かれていない。当然のことながら、伊勢の守には正妻がいて、それが在次の君の妹なのだが、伊勢の守の妻と関係したのであったら、密通として決して表沙汰にできない事態となっただろう。伊勢の守と性関係にあっても、妻と召人とではまったく扱いが異なるということである。

たとえば『栄花物語』には藤原兼家（藤原道長の父）の召人について次のようにある。

大殿《おおとの》年ごろやもめにておはしませば、御召人《めしうど》の典侍《ないしのすけ》のおぼえ、年月《としつき》にそへてただ権《ごん》の北《きた》の方《かた》にて、世の中の人名簿《みやうぶ》し、さて司召《つかさめし》のをりはただこの局《つぼね》に集る。院《ゐん》の女御《にようご》の御方《かた》に大輔《たいふ》といひし人なり。

世の御はじめごろ、かうて一所《ひとところ》おはします悪《あ》しき事なりとて、村上の先帝の御女《をむな》三の宮は、按察《あぜち》の御息所《みやすどころ》と聞えし御腹《はら》に男《をとこ》三の宮、女三の宮生《む》まれたまへりし、その女三の宮を、この摂政殿、心にくくめでたきものに思ひきこえさせたまひて、通《かよ》ひきこえさせたまひしかど、すべてことのほかにて絶えたてまつらせたまひにしかば、その宮もこれを恥づかしきことに思《おぼ》し嘆きてうせたまひにけり。それもこの典侍の幸《さいは》ひのいみじうありけるなるべし。

（新編日本古典文学全集『栄花物語』①「さまざまのよろこび」小学館、一九九五年、一七〇頁）

兼家は、典侍《ないしのすけ》という女房を寵愛し、まるで北の方なみの扱いをしていて、村上天皇の三女よりも大切にしたという話である。

「年ごろやもめにておはしませば」と語られ、大殿〔兼家〕は、天元三年〔九八〇〕正月二十一日に正妻・時姫が没した後、公けには「やもめ」とみられていたことが示される。やもめだったので〔「やもめにておはしませば」〕という順接が召人として典侍を寵愛していることに連なるから、召人と関係しても、依然として「やもめ」であることには変わらない。この典侍は、兼家の娘で冷泉院に入内した女御・超子に仕えていた大輔《たいふ》とよばれた女房であり、いまや「権の北の方」、つまり北の方に準ずる人として、人びとにも認められているという。しかしそれはあくまでも「権の北の方」であって、公けに「北の方」とされるべき正妻格ではない。それにもかかわらず、司召《つかさめし》〔官職任命の儀〕の折には、昇進を望む男たちが「権の北の方」のもとに集まってくる。男たちは、時の権力者の家の女房に取りいって、その主人に口を聞いてもらおうというつもりらしい。

吉川真司は「平安時代における女房の存在形態」において次のように述べている。「一般的に言って、女房は近侍・取次ぎという職務がら、高い政治性を帯びた存在であった。それゆえ便宜を期待する男性が寄生することになるが、彼らは当然ながらその見返りとして様々な援助を行なったに相違ない。内・キサキ・家の女房にとっては、高給を得ることよりも、政治的・文化的な地位向上こそが何よりの恩沢だったのであり、それは女房個人にとどまらず、彼女を支援する「得意」男性たちをも潤すことになった(2)」。

主人と直接交渉するのではなく、女性の性を媒介におくという意味において、それは摂政関白の方法に似る。つまりそこでは、摂政関白が娘との婚姻関係を媒介にして政治的地位を確保しようとするのと同じようにして、召人や女房を媒介として昇格が画策されているのである。

さて、兼家がこうしていつまでも「やもめ」でいるのはよろしくないというので、次なる正妻と目される女三の宮（村上帝の第三皇女）に通うことになる。しかしそれは長続きしなかった。そのことを恥じた女三の宮は死んでしまう。れっきとした皇女が、召人ごときに辱めを受けたということだが、これを物語は「それもこの典侍の幸いが格別であったせいだろう」と評している。

召人は「権の北の方」とは言われても、「北の方」には成り得ない。女三の宮の登場は、大輔にとっては「権の北の方」の地位が脅かされることであり、世に公認の「北の方」にとってかわられる緊張を孕んでいたはずだ。女三の宮が北の方の座におさまれば、昇進を期待して集まってくる男たちも、女三の宮のもとへと行くようになるであろう。同時に「権の北の方」の存在は、社会的にはこうして独身でいるのは良くないことだという批判に対抗できるほどのものではない。では公けの認めた正妻格と召人を分けるものは何だろうか。

以下に『うつほ物語』の例をみよう。

まず『うつほ物語』の召人の例には、「この度《たび》の神楽、少しよろしうせばや。召人《めしうど》など選びて、その行事、心とめてものせられよ」（日本古典文学全集『うつほ物語』②「菊の宴」小学館、二〇〇一年、二八頁）[3]のように、楽人を指す例が一例含まれる。「召人」という語が音楽を司る者と同根であることは、身分の高い上臈《じょうろう》の女房が音楽の上手であったこととかかわらせて押さえておきたい。

次の例はかつて契りを交わした俊蔭女《としかげのむすめ》と再会した兼雅《かねまさ》が、俊蔭女とその息子仲忠《なかただ》をどのようにして都に迎え入れようかと思案するくだりである。一条に広い邸宅をもつが、そこには女たちを住まわせているので、三条堀川の邸に迎えとろうと決めるのだが、この一条の邸の状況を次のように語っている。

まづ率《ゐ》て出でむところを思しめぐらすに、一条に、広く大いなる殿に、さまざまなるおとど造り重ねて、院の帝の女三の宮をはじめたてまつりて、さるべき親王《みこ》たち、上達部《かんだちめ》の御娘、多くの召人《めしうど》まで集めさぶらはせたまひければ

（『うつほ物語』①「俊蔭」九六頁）

一条邸に住まう兼雅の女君たちは「院の帝の女三の宮」を筆頭として、「さるべき親王たち、上達部の御娘」、「多くの召人」である。ここで、女君たちはそれぞれの父親の社会的身分によって区分され、序列化がなされているが、召人の父親については言及されていないことに注意したい。いまここで婚姻の儀礼的手続きをふんだ関係で、召人とは呼ばれないが正妻とみなされることもないような者を仮に「妻」と呼ぶことにすると、ここにあがる女性たちにはおおまかにいって「正妻─妻─召人（＝女房）」というランク付けがなされ、階層化されているといえる。しかし召人はその出自を問われないのであるから厳密にはランク外であって、同列に並べるわけにはいかない。そのことは別の言い方をすれば、婚姻という父親をめぐってなされる公けの契約は権力の問題と関わるが、女房として仕える女たちのうちのいわゆるお手つきの女房にすぎない召人はそうした権力関係

から逃れているということである。

召人は、一夫多妻的な宮廷社会の性の配置において、その外縁をかたちづくる。中核にある正妻や妻との性関係は、婚姻の手続きにおいて父親との契約のもとに成り立つ関係であり、それゆえに子の誕生が期待され、子が権力を生み出すことにかかわる。これにたいして召人格との性関係は、父親の預かりしらぬところにあるという意味において、正妻、妻のそれとは差別化されて、結果的に権力再生産にかかわらないものとされる。妻の座が政略結婚として欲得ずくの親同士の密約による女の交換だとすれば、召人はそうした政治性を逃れ、自由に築くことが許された関係であった。その自由は決して権力を生み出さない性関係であることを条件に保証され、召人については、たとえ子供を生もうが、〈生まない性〉であり続けることが要請されたのであった。召人が〈生まない性〉であるのは女性としての生むことの潜在能力《ポテンシャリティ》とはまったく関係がない。むろん、『大和物語』の五条の御の、伊勢の守の召人から在次の君の妻への転身は、〈生まない性〉から〈生む性〉へと転じたということでもあって、一人の女性の出産が、召人と妻とで価値を変ずるのである。

権力を〈生まない性〉が性のシステムとして許容されるということは、生殖にかかわらない性が制度内に組み込まれていることを意味する。一夫一妻制を採る現代社会でいえば、〈生む性〉と〈生まない性〉を分ける分断線は、男女の性別にあり、すべての女性は出産を期待される〈生む性〉として登録され、同性愛は〈生む性〉を疎外するものとして排除される。それにたいして、宮廷社会においては、女性だというだけで出産を期待されるわけではない。出自によって序列化された女性のうち、正妻、妻格をはずれた召人の性は、出産を期待されず、その意味で男色と等価である。

逆にいえば、召人のように出産と無関係な性が制度化されているからこそ、同性愛もまた排除されることがないのである。一夫多妻的な宮廷社会においては、すべての性的関係が再生産的《リプロダクティヴ》、〈生む性〉である必要はないのだから、召人関係と同様に同性愛関係もまた禁止の対象とはならない。召人関係と男色関係の重なりを示す例として、時代は南北朝時代にまで下るが、『増鏡』がある。ここでの「召人」の用例は、性愛関係にある男性の従者を指している。

その後、幾程なく右大臣殿の御父君、前関白殿家平御悩み重くなり給ひて、御髪《ぐし》おろす。にはかなれば、殿の内の人々いみじう思ひ騒ぐ。大方《おほかた》、若くてぞ少し女にも睦《むつ》ましくおはしまして、この右大臣殿などもいでき給ひける。中ごろよりは男をのみ御傍らに臥せ給ひて、法師の児《ちご》のやうに語らひ給ひつつ、ひとわたりづつ、いと花やかに時めかし給ふ事、けしからざりき。左兵衛督忠朝《さひやうゑのかみただとも》といふ人も限りなく御おぼえにて、七、八年が程、いとめでたかりし。時過ぎてその後は成定といふ諸大夫《しよだいふ》いみじかりき。このころはまた隠岐守頼基《よりもと》といふもの、童《わらは》なりし程より、いたくまとはし給ひて、昨日今日までの御召人《めしうど》なれば、御髪おろすにも、やがて御供つかうまつりけり。

（講談社学術文庫『増鏡』下、講談社、一九八三年、一一四頁）

さきの関白、藤原家平の死の場面である。家平は、若いころには、少し女にも睦ましくしていて、息子も生まれたわけだが、そうした子をつくる義務を果たしたのち、中年になってからはもっぱら男ばかりを相手にしていたという。これを『増鏡』は「けしからざりき」と評している。ただしここで言われるけしからぬこととは、具体的には男色そのものというよりは、〈生む性〉との関係を絶ったことそのことを指しているとみるべきであろう。召人による性の独占を問題にした兼家の召人、大輔《たいふ》の女房との関係に相同のものと考えられる。

家平の召人にたいする寵愛は時とともに次々とうつったらしく、「左兵衛督忠朝」は「七、八年」、寵遇されたが、そのあとは「成定といふ諸大夫」、そしてこのごろでは「隠岐守頼基」だという。頼基は、童のころからかわいがってそばに仕えさせた者で、昨日今日になるまでいちばん愛された人であったので、家平の出家にも供として従った。

ここに言われている遍歴を、家平の性的指向の問題、あるいはアイデンティティの問題として取り立てることにはあまり意味がない。宮廷物語をみれば、いくらでも美しい童をまとわし共寝する例は出てくるし、男性同士の欲望はごくありふれたこととして描かれるからである。

ここで確認すべきは、宮廷社会においては「召人」という存在が、〈生まない性〉の制度としてホモセクシュアリティを許容することそれ自体である。ホモセクシュアルが、ヘテロセクシュアルであるはずの女房階級との性関係の延長上に置かれ、等しく「召人」ということばのなかに包摂されている。宮廷社会の性の制度においては、異性愛と同性愛の区分に先立って、〈生む性／生まない性〉の区分がまず問われた。現代社会が「強制的異性愛」と呼ばれるように、家族を基幹とした性のシステムにおいてヘテロセクシュアルを強要し、ホモセクシュアルを排除するのとは異なり、宮廷社会においては〈生む性〉はただヘテロセクシュアルであればよいのではなかった。階層によって序列化された一部の性においてのみ〈生む性〉が認められるのである。よくいわれるように前近代の社会が同性愛にたいして寛容にみえるのは、召人という、権力にとって排他的な、〈生まない性〉の制度が組み込まれている、一種の犠牲のようなものの上にあることを忘れてはならない。

2　召人の性の制度化

そうした女房格の、権力再生産にかかわらない地位においては、一妻多夫的状況が許容される。『伊勢物語』の伊勢の守の召人に、在次中将とその兄弟たちが通っていた例などがそれである。そうであるからこそなおのこと、たとえば『源氏物語』において源氏のひいきの召人は、頭の中将の誘いを断わってみせたり、薫の召人が匂宮には見向きもしなかったりなどと、一途な情愛を証立てようとする。召人関係は、そうした愛情による関係であるから、ときとして正妻よりも打ち解けた仲でありもするが、それについて正妻格はとがめだてしないというのが黙約となっていた。

権勢を誇る家にはよき女房が揃っている。女房の調達とその後の女房との連携は主人たる者の性の采配がうまくいっているかどうかの問題である。構造的には主従という隷属的関係であることには変わらないが、一方で、そこには愛情関係の問題が絡むこともまた事実であった。召人は、正妻に割り当てられるべき男主人の愛情をみずからに向けながら、男主人にとっても正妻にとってもよき女房である、というように、自己矛盾的な存在なのであった。召人の例の多くは主人の正妻に仕える女房として現われ、正妻と召人とは一人の男主人の性を分け合う関係にあって、それを互いに認知していながら、容認するという実に奇妙な関係にある。

『源氏物語』において、玉鬘《たまかずら》に恋をした鬚黒大将に嫉妬のあまり灰をかける北の方は、木工の君や中将のおもとといった召人たちの存在に嫉妬することはない。むしろ、召人たちは、鬚黒大将の心変わりをともに嘆き、北の方に同情する立場にある。つまり召人は、正妻に女房として仕えながら、正妻とともにあるいは代わりとなって主人たる男の性的関係を引き受け、一人の男性の性を共有しつつも、主従の階層差のなかで互いに秩序をわきまえ、闘争を回避する者である。

とはいえ愛情という極めて感情的な関係を基底におくものが、嫉妬と無縁であることがあり得るだろうか。『大和物語』百三十四段は帝が寵愛した女童が正妻に追い出される物語によって、正妻と召人の関係が良好であることなど欺瞞にすぎないことを明かす。

先帝《せんだい》の御時に、ある御曹司《みざうし》に、きたなげなき童《わらは》ありけり。帝《みかど》御覧じて、みそかに召してけり。これを人にも知らせたまはで、時々召しけり。さて、のたまはせける。

あかでのみ経《ふ》ればなるべしあはぬ夜《よ》もあふ夜《よ》も人をあはれとぞ思ふ

とのたまはせけるを、童の心地にも、かぎりなくあはれにおぼえければ、しのびあへで友だちに、「さなむのたまひし」と語りければ、この主《しゆう》なる御息所《みやすどころ》聞きて、追ひいでたまひけるものか、いみじう。

（新編全集『竹取物語・伊勢物語・大和物語・平中物語』三五二頁）

先帝は女主人である御息所を差し置いて女童《めのわらわ》を寵愛したので、御息所によって女童は邸を追い出された。物語はこれを「いみじう」と評するが、帝が女童への愛情に拘泥することは公けの論理においては許されないことであったのだろう。だからこそ「人にも知らせたまはで」、「みそか（密か）に召し」ていたわけだが、ここでは正妻の嫉妬が問題とされているというよりも、愛情関係が秩序を攪乱するということが告発されているのである。女童のような、いわゆるお手付きの女房が、社会的身分の上ではなく、愛情をかち得ることによって正妻を凌駕できてしまうということがむしろ問題なのだ。

召人ごときに嫉妬をするのはよろしくない、というのは、その社会的地位の問題、つまり正妻と召人の立場の逆転などはあり得ない、という文脈で説得される。しかし阿部秋生の論は、召人に子供がいないようである、としながら、子供を得ることで妻の地位を得る可能性を示唆していた。田畑泰子の「女房役割と妻役割」(4)によると、鎌倉期の女房には「主君の子を生み、妾となり知行地を拝領して女房から妻へ転身する」というコースもあり得たという。したがって、召人に子供がいないということこそが、召人である限り正妻の地位を脅かすことがないということを保証するのである。召人という制度は、いわば、主人の円滑な浮気のための隠れた制度としてあって、ただ召人と呼びなすことで、召人の出世を封じることができた。しかしそれは同時に、召人を妻として取り立てるならすぐにも破られてしまう薄弱な制度でもあった。召人は、主人の愛情に訴えることで、階層を無化する反秩序的な力を持ち得た。召人は、公けの権力関係を逸脱し、性の政治性をもっとも強力に行使できる立場にあったともいえる。『栄花物語』の兼家の召人が、「権の北の方」として、昇進という公けの栄達を願う者たちを集めたように、私の領域で愛情と性を独占する召人は、公けの序列をくつがえす可能性を持っていたのである。

阿部秋生は次のように述べて、召人は主人を拒絶する自由をもっており、召人関係が愛情関係に根ざすことを強調している。

今日からみれば、その事実はありながら、社会的には完全に抹殺されてゐた男女関係といふものがあつたのである。それは同時に、その召人である女房の人間性を抹殺するものと思はれるのだが、彼女等は、抹殺されることを何の不思議もないことと考へてゐたやうである。さういふ点においては、後世の娼婦に類する位置をとるわけだが、金銭による契約ではなくして、愛情による結合であることをたてまへとしてゐるものであつたことが、彼女達をこの屈辱的とも見える位置に止まらしめたのであるらしい。男性の愛情を確めえない時には、拒否してよいことであり、また出仕をやめて里に帰る自由はもつてゐた。さすがにいわゆる奴隷的服従関係ではなかつたのである。（阿部秋生「召人」三六九頁）

宮廷社会の男女の性的関係に隷属関係を見いだすのはたやすいが、阿部が召人についてあくまでも愛情関係を基底に置いていることは難ずべきではない。ごく当たり前のこととして、宮廷社会においては、性差に階級差が先立つのだから、現代社会のイメージで性差を当て込むわけにはいかないからである。

武者小路辰子は「召人になると言うことが、堕落であると考えるのは現代的な考え方であろう。前にも述べた光源氏邸・薫邸に集まる女房志願者は、いわば召人志願者でもあり、世に幸人《さいわいびと》と言われる出世を望んだのである」[5]と述べている。

また平川直正は「源氏物語ノートⅢ　源氏物語の端役者――女房―中将を中心として」[6]において「当時の宮廷裡及び一流貴族に仕える女房層としては例えば源氏物語の光源氏の女房、中将君、中務、中納言の君の各女性のように上流貴族の北の方にはなり得ないのが普通の状態であったのだから、女房として密かに主人公の愛情を得る――即ち召人的存在となることはむしろ女房としては出世であり、幸福を勝ち得る最大の方法ではなかったではなかろうか」と述べる。

召人は正妻たちと並ぶべくもないが、女房社会のなかの上位に位置する者である。召人は予め公けの序列の論理から排除され、私的世界にのみ沈滞させられる。しかし、いったん女房社会の上位に躍り出て召人の座をつかんだ者は、正妻をめぐる公けの序列を凌ぐ、事実上最高の地位を手に入れるさらなる上昇の可能性があった。

『栄花物語』の例にあった兼家の召人が「権の北の方」と呼ばれるようになる物語は、公けの価値基準では、とうていかなわない正妻格の女三の宮を私的な愛情によって制するというものであった。兼家の召人・大輔《たいふ》は、家格や子供といった権力再生産をめぐる政治性とは無縁の力によって、兼家の寵愛を享受することで決定的に政治的な地位を得ている。召人の性愛は単に個の愛情の充足というところに終始するのではなくて、ときに地位の獲得という政治性を帯びる。そこには、公けの結びつきに私的な愛情関係の結びつきが勝るという逆転の論理がある。召人が男性の性を完全に牛耳り、閨《ねや》を独占してしまったら、正妻にとって子孫の断絶にも繋がる一大事となる。正妻の妊娠の機会を奪い去る召人は、公けの論理から排除され、抑圧されながらも、公けの論理を揺るがす力を秘めた恐るべき存在であった。

「召人だつ」「召人めく」などの表現は、召人がこうした力を持ち得る存在であったことを示しているといえる。武者小路辰子が「「召人とか、憎げなる名のり」（胡蝶巻）と言うのも、北の方がわからみて気になる存在であるとともに、「名のり」と言う語感には召人が必ずしもひけめでない立場のふくみが感じられる」(7)と述べているように、正妻という揺るぎない社会のシステムにたいし、愛情をたてに介入してくる存在を言うのであった。

愛情関係に頼る召人はこのような力を持つからこそ、公けの論理を守るために公けの制度によって抑圧されるのである。反社会的な力を持つ召人を社会システムの底部に追いやり、「召人」と名づけ、その枠組みに追い込むことによって、巧妙に公けの序列の論理から排除し、権力闘争を回避し、これによって正妻の地位は保証されたのである。

3　乳母コンプレックスの行方

原初的欲望が乳母に向かうとして、乳母が召人と重なりあうならば、乳母コンプレックスは召人との関係にも適用されることになるだろう。たとえば、宮廷物語が、宮廷の外へ出て、身分違いの女を追い求める男を物語化しつづけることは、乳母コンプレックスが、その駆動力となっているのではないかと想像してみる。『源氏物語』「帚木」巻のいわゆる「雨夜の品定め《しなさだ》」という女性談議において、本来、上の品《しな》（上の階層）の女君と結ばれるべき男たちによって語られる「中《なか》の品《しな》」の女へのこだわりは、その後につづく長大な光源氏の恋の冒険物語の主題を形づくっているともいえる。光源氏と夕顔との出会いの場は、源氏が見舞った乳母の隣家に設定されていた。階層によって京の市中を棲み分けていたとすれば、「中の品」と乳母とが、五条という場で出逢っていることに、その重なりが求められるだろうし、あるいは「中の品」の女の生き方として「宮仕《みやづかへ》に出で立ちて、思ひがけぬ幸《さいは》ひとり出づる例《ためし》ども多かりかし」(『源氏物語』①「帚木」五九〜六〇頁)(8)と、宮仕えに出ることが示されることにも、乳母(あるいは召人)に相応の地位とみられているといえる。「中の品」の女君との恋とは、邸にひきとって召人にしてしまってもおかしくない者を、正妻には及ばぬもののあくまでも妻格として扱おうとするものである。

逆にいえば、召人にしてしまいさえすれば、正妻やそれをめぐる舅との政治的関係に軋轢を生じることもない。通い所の女君を召人として自邸に引きとることは、そうした軋轢をおさめる常套手段であった。『和泉式部日記』で、敦道親王がめかし込んで和泉式部の邸に出かけようとするのを見とがめた侍従の乳母が、外聞が悪いと言って次のように注意する。

「出《い》でさせたまふはいづちぞ。このこと人々申すなるは。なにのやうごとなききはにもあらず。使はせたまはむとおぼしめさむかぎりは、召してこそ使はせたまはめ。かろがろしき御歩《あり》きは、いと見苦しきことなり。」

(新編日本古典文学全集『和泉式部日記・紫式部日記・更級日記・讃岐典侍日記』小学館、三〇頁)

人々がとやかく言うことだし、さして高貴な人でもないのだから、女房として雇い入れて、「召してこそ」仕わせるのがよい、軽々しい夜歩きは見苦しい、というのである。同じ女と通じていても召人にしてしまえば非難されることはない。実際、召人格と通い所のレベルの差はそれほどにしかない。しかし内実としての女たちの幸いの物語はそのどちらになるかで大きく揺れる。その揺れは結局のところ、物語の問題となる。通い所の「中の品」の女君との関係なら、物語のまさに恰好の主題であった。物語はくり返し熱っぽく身分違いの「中の品」の女君との恋を語りつづける。それは乳母コンプレックスの物語的昇華であった。したがって本来物語を構成し得ない召人との関係をたち上げようとすれば、物語は失調してしまう。つまり同じ家格の女君であっても妻になる可能性があれば恋物語を構成し得るが、それを召人として引きとってしまったら、物語にはならない。召人との恋物語は実に不可能性の物語なのである。すると、全く反対に、「中の品」の女君たちとの恋物語は直截に「乳母コンプレックス」を指し示してしまう召人への執着を隠蔽した上で、それを妻を娶る物語に昇華させたものだといえよう。それは母への執心を妻へと向けていくエディプス・コンプレックスの昇華の構造に似る。

そのようにみるとき、『源氏物語』の光源氏物語が孕む統合失調症的《スキゾフレニック》な展開は、源氏亡きあと、宇治十帖にいたって一気に回収不能となって暴走しはじめたといえる。『源氏物語』は宇治十帖で召人との恋を描こうとしはじめるのである。

一般に女房たちは「人びと」というような集団として表わされ、登場人物の背後のざわめきの声として表わされるにすぎなかった。鬚黒大将の召人の例にあるように、「中将の君」「中務の君」などといった女房名を与えられて個別性を示しても、親か夫、兄弟の公けの序列を示す官名を呼称に持つことによって、不問に付されるはずの出自を明らかにするにすぎない。武者小路辰子が「中将の君にしても、中務の君にしても、一個の女性像としてとらえられるのではなくて、あくまで女房である分をこさない召人として、と言うよりさらに、源氏をとりまく女房たちの中にいる召人となるほどのよい女房像と言う設定のなかにのみ生きているようである(9)」と述べるように、女房名が明示されたからといって、たいした個性のないこれらの女房たちは結局「召人」という集団のなかに解消され、物語の女主人公とはなり得ない。

ところが、光源氏の物語の最終章「幻」巻にいたって、光源氏の召人の存在が鮮やかに前景化してくる。葵祭の日、見物に出かけて人少なになった六条院で源氏は中将の君のうたた寝している姿を見つける。中将の君は気配を感じて起き上がって脱ぎ捨ててあった裳と唐衣をひきかける。源氏はかたわらに置かれた葵をとって歌をよみかける。紫の上の死後、六条院に住まう女君たちとの関係は絶えていたが、ただこの中将の君「一人《ひとり》ばかりは思し放たぬ気色」(『源氏物語』④「幻」五三九頁)であると語られる。召人であれば、紫の上の死を悼む源氏にとって他の女君に心を移したことにはならないという意味にとれないこともない。しかし、物語がわざわざここにうたた寝姿の中将の君を描き出し、源氏に見出させていることで、集団のなかに埋没する女房の一人という以上の意味を持たせたとみることもできるだろう。光源氏の恋を散々描いてきた物語において中将の君を最後の女君としていることは、その後につづく宇治十帖に向けての予兆ではなかったか。召人をはじめとする女房たちは、いつも物語の背景に隠されていながら表舞台を動かす役割を果たしてきた。

男たちを手引きしたり、文を渡すのを仲介したりするのはいつも女房たちである。そうした女房たちの姿を掬いあげて物語を眺めてみるならば——といった仮定法の物語が宇治十帖では試みられているのである。

『源氏物語』宇治十帖は、光源氏亡きあと、光源氏の子、薫を主人公として、光源氏の派手な女性関係とは対照的に、なかなか進展しない恋を描く。宇治十帖において、光源氏的なものを引き継ぐのは、薫とライバル関係にある匂宮である。源氏の孫にあたり、天皇の第三皇子である匂宮の性愛は奔放である。

薫は、光源氏と女三の宮の子とされているが、実は柏木の密通による子である。冷泉院の後見で元服し、帝、后にも臣下以上の扱いを受けているが、それは光源氏の子だと世間が思っているからであって、本来の身分にはふさわしくない。光源氏的世界を継承する主人公の資格をめぐって、宇治の物語のはじめに薫の血縁の懐疑がつきつけられる。出生の秘密に関わる潜在的劣等意識から、薫は愛情関係を自由に展開することができないのである。そうした薫自身の身分の潜在的不安定さと響き合うかのように、薫の周りの女たちには厳然とした序列のシステムが機能していない。薫の女たちには「正妻—妻—召人（＝女房）」のような明確なランク分けもない。そうしたなかで、薫の召人として自邸に仕える按察《あぜち》の君、女一の宮に仕える小宰相《こさいしょう》の君などの女房たちが宇治十帖に名を残す。薫と女主人公、宇治の姫君たちとの恋のはじまりの前に、薫の女房格の女たちとの関係がまず語られているのである。

わが、かく、人にめでられんとなりたまへるありさまなれば、はかなくなげの言葉を散らしたまふあたりも、こよなくもて離るる心なくなびきやすなるほどに、おのづからなほざりの通ひ所もあまたになるを、人のためにことごとしくなどもてなさず、いとよく紛らはし、そこはかとなく情《なさけ》なからぬほどのなかなか心やましきを、思ひよれる人は、いざなはれつつ、三条宮に参り集まるはあまたあり。

（『源氏物語』⑤「匂兵部卿」三〇〜三一頁）

薫は通い所ををたくさん持ち、その通い所の女の幾人かは薫にいざなわれつつ、三条宮に女房として出仕するという。先の『和泉式部日記』でいう「召してこそ使はせたまはめ」の処置である。薫が「心にまかせてはやりかなるすき事をさをさ好まず」（心のままに軽々しい好色事をいっこうに好まない）と言われながら、「通ひ所もあまたになる」（通い所も多くある）と語られることの矛盾はすでに指摘されてきた。阿部秋生はこの矛盾を、薫の関わる女たちを召人であると考えることで解決しようとする。たしかに、薫の女性関係が公けに問題にならない理由は、女たちが召人として処遇されていたからだと説明できる。しかし薫を慕ってきた女たちはもともと女房だったわけではない。妻格の通い所の女たちを女房格として扱うということである。そのことは、女主人公たる宇治の女君たちとの恋の展開においても同様である。薫という不動の家格を持たない者を主人公として、その混乱に乗じて物語は、本来物語の表層に上ってはこない女房格の女たちを描こうとするのである。

薫は宇治の八の宮の二人の娘、大君と中の君のうち、妹の中の君を匂宮に縁づけ、みずからは大君と結ばれようとしていたが、大君は死んでしまう。その後、大君によく似た異母妹の浮舟と出会い大君の代わりにするが、匂宮が知らぬ間に浮舟と通じていたことがわかる。二人の板挟みに悩んだ浮舟は宇治川に身を投げたらしく、姿を消してしまう。その浮舟との恋の過程に、薫と女一の宮に仕える女房、小宰相の君との関係が描かれる。

薫には浮舟を正式に引き取ることと、小宰相の君と関係を持っていることとの間に、明確な線引きがあるわけではない。宇治の姫君たちは、上臈の女房たちとかわらぬほどの身分であるといわれているように、薫の女君たちは、女房格か、妻格かが身分の格差によって決定されない。たとえば、薫の自邸に仕える女房たちは、しかるべき手続きによれば、中の君のような幸いが得られたはずだとされてもいるのである。そして薫の不安定性と対照をなす天皇の子として不同の地位にある匂宮との浮舟をめぐる闘争関係に陥ることで、ますます薫の劣等意識が刺激されることになる。

物語中に語られる式部卿宮の娘が父の亡き後、女一の宮付きの女房として出仕することになったというエピソードは、こうした序列の不安定さを象徴する事件として薫の心に深くかかる。薫は「もどかしきまでもあるわざかな、昨日今日《きのふけふ》といふばかり、春宮《とうぐう》にやなど思し、我にも気色《けしき》ばませたまひきかし、かくはかなき世の衰へを見るには、水の底に身を沈めても、もどかしからぬわざにこそ」(『源氏物語』⑥「蜻蛉」二六四頁)と嘆いた。昨日今日まで東宮入内も考えていて、薫にも縁組を打診してきた人が、こうして父の後ろ楯を失って女房出仕をするとは、入水して水底に身を沈めるとしても仕方がないとして、女房出仕が浮舟の入水に匹敵するほどの零落だというのである。皇族の娘ですら後ろ楯を失えば女房出仕をする。序列化を促す階層というのは絶対的な基準ではなく、後見役の権力基盤によって決まる。およそ似たりよったりの層にあるものが入内を競う摂関政治の体制においては、ア・プリオリな階層はほとんど意味を持たない。その地位が権力を生み出すほどに強力であるかが重要となってくる。宇治の物語における薫の憂愁は、その意味で光源氏という背景を失うことへの危惧だといえる。そうした、階層をめぐる一般的な不安定性が、宇治十帖においては、具体的に薫の出生の秘密と関わって増幅され、女主人公と召人が入れ換え可能なものとして表象されるのである。

薫によって匂宮に引き合わされた中の君は、もともと桐壺帝の皇子、八の宮の娘であるから身分が低いわけではない。だから式部卿宮の娘と同じように女房出仕が妥当だと、匂宮との婚姻によって権力を生み出さない。だから式部卿宮の娘と同じように女房出仕が妥当だと、匂宮の母である明石中宮は思うのである。中の君は匂宮が通っていくのにふさわしい相手ではないとされ、匂宮の宇治行きは帝によって厳しく戒められる。明石中宮は、「御心につきて思す人あらば、ここに参らせて、例《れい》ざまにのどやかにもてなしたまへ」(『源氏物語』⑤「総角」三〇三頁)のように、心にかかる思い人がいるのなら、女房として参上させて、ふつうに扱って事を荒立てるな、と言う。匂宮はすでに女一の宮付きの多くの女房たちとかりそめの関係を持っている。匂宮は結局中の君を女房としてではなく妻として迎え入れるが、女房たちと戯れながら、宇治の女君を思い出し、自身も無意識のうちに中の君を女一の宮付きの女房たちと同列に置いている。のちに浮舟について、匂宮は女一の宮付きの女房としたらどうかとも思っている。

一方、薫は浮舟をあくまでも八の宮の遺児として扱おうとして、女房として引き取るつもりなどなかった。のちに浮舟が匂宮と通じていたことを知ると薫は、浮舟ははじめから召人扱いするつもりだったと言いはじめるのだった。「やむごとなく思」って妻格の扱いをしてきたならば身を引くという話もあるが、もともと気軽な通い所としてきたのだから、召人のようにして複数の男たちの通う女としたらよいではないかとうそぶくのである。浮舟について薫は、「らうたげにおほどかなりとは見えながら、色めきたる方は添ひたる人ぞかし、この宮の御具《ぐ》にてはいとよきあはひなり」（かわいらしくおっとりしているかように見えながら、色めいたところのある女であったのだ、匂宮の御具にちょうどいい）（「浮舟」一七五頁）と評しているが、この匂宮の「御具」にというのは、具体的には女一の宮のもとに女房として出仕させ召人にすることを意味している。

匂宮はきっと浮舟を手に入れるだろう、女の将来のことなど考えもせずに、心を寄せた人を女一の宮のもとに二、三人出仕させているらしい（「さやうに思す人こそ、一品《いっぽん》の宮の御方に人二三人参らせたまひたなれ」（「浮舟」一七六頁）、と薫は思う。薫は浮舟を女房出仕させることは本意ではなかったし、気やすい関係ではあるが妻として扱うつもりであったわけだが、いまや召人として取り込むほうが、薫の現状においては価値をもってしまっている。このような物語状況のなかにあって、これまでは確実に女主人公の背後にあった女房たちが不意に前景化してくる。

薫が女と交わした贈答歌は、大君、中の君、浮舟の三人を除くとすべて女房である。情交を交わした女房との贈答は光源氏にもみられ、それ自体めずらしいことではないが、匂宮との比較でみるならば顕著な特徴を示しているといってよい。一方、匂宮には、宇治の女君たちの他、女一の宮との贈答歌があり、多くの召人を持つと描かれるにもかかわらず女房たちとの歌の贈答はない。

「宿木」巻の薫と召人、按察の君との贈答場面をみておく。

例《れい》の、寝《ね》ざめがちなるつれづれなれば、按察《あぜち》の君とて、人よりはすこし思ひましたまへるが局《つぼね》におはして、その夜は明かしたまひつ。明け過ぎたらむを、人の咎《とが》むべきにもあらぬに、苦しげに急ぎ起きたまふを、ただならず思ふべかめり。

（按察の君）うちわたし世にゆるしなき関川《せきかは》をみなれそめけん名こそ惜しけれ

いとほしければ、

（薫）深からずうへは見ゆれど関川のしたのかよひはたゆるものかは

深しとのたまはんにてだに頼もしげなきを、この上《うへ》の浅さは、いとど心やましくおぼゆらむかし。

（『源氏物語』⑤「宿木」四一八頁）

薫は、寝覚めがちのつれづれに、按察の君という他の女房よりも思いをかけている者の局に行って夜を明かした。夜を明かしたとてとがめられるような関係でもない。それなのに早々に起きだして出ていく薫に按察の君が、正式には認められない召人関係にすぎないのに、うわさにのぼるのは残念だと詠みかける。

「世にゆるしなき」と言い、公けに認められない仲、正式の妻でないことを恨むようなことばつきである。「みなれそめけん名こそ惜しけれ」は按察の君のところに薫がかなり頻繁に訪れていることを暗示する。

浮舟失踪後には、小宰相の君という召人が薫に歌を贈っている。

大将殿の、からうじていと忍びて語らひたまふ小宰相《こさいしやう》の君といふ人の、容貌《かたち》などもきよげなり、心ばせある方の人と思されたり、同じ琴《こと》を掻《か》き鳴らす爪音《つまおと》、撥音《ばちおと》も人にはまさり、文《ふみ》を書き、ものうち言ひたるも、よしあるふしをなむ添へたりける。この宮も、年ごろ、いといたきものにしたまひて、例の、言ひやぶりたまへど、などか、さしもめづらしげなくはあらむと心強くねたきさまなるを、まめ人は、すこし人よりことなりと思すになんありける。

（『源氏物語』⑥「蜻蛉」二四五頁）

薫が小宰相の君に通うのは、この女房が薫が好意をよせる女一の宮に仕えているからである。小宰相の君は容姿も美しく、琴も上手であり、文の書きざま、返答のことばすべてが申し分ない。匂宮も年来、小宰相の君に言い寄っているが、小宰相の君は匂宮にはなびかないで、薫だけを一途に慕っている。それが薫が一目置いている理由にもなっている。

小宰相の君が薫に贈った歌は、「あはれ知る心は人におくれねど数ならぬ身にきえつつぞふる」（薫に同情する心は人に負けないが、人数にも入らないこの身はいまにも消えそうになってときがすぎていく）というものである。それにたいして薫は、浮舟と比べて小宰相の君は「数ならぬ身」どころか、勝っていると考える。「見し人よりも、これは心にくき気《け》添ひてもあるかな、などてかく出で立ちけん、さるものにて、我も置いたらましものを、と思す」（「蜻蛉」二四六頁）とあって、なぜ女房として出仕してしまったのか、しかるべき人として扱いたかったのにと残念がっている。一介の女房である小宰相の君を正式の妻として迎えたかったとし、逆に浮舟を「ただ心やすくらうたき語らひ人」(「蜻蛉」二六〇頁)として召人のように扱うつもりだったとするのである。召人格と妻格との混同あるいは取り違えという物語状況になってはじめて、召人たる按察使の君や小宰相の君は、一人の魅力的な女性としてアイデンティティを付与されるようになった。そしてついには、武者小路辰子が「しかし個性なき召人だつ女性も、ついに物語の最後に登場する女主人公を産むのである(10)」と述べるように、「幻」巻の女房と同じ、「中将の君」とよばれ、宇治の八の宮の召人であった女房が、最後の女主人公、浮舟を産んだ母として物語の前面に浮上するのである。

4　召人の性――再び乳母へ

『栄花物語』の兼家の召人は、もともと冷泉帝に入内した娘、冷泉院の女御(超子)のもとに超子の産んだ子たちの乳母として仕えた女房であったらしい。

この殿《との》は上《うへ》もおはせねば、この女御殿の御方にさぶらひつる大輔《たいふ》といふ人を使ひつけさせたまひて、いみじう思し時《とき》めかし使はせたまひければ、権《ごん》の北の方《かた》にてめでたし。院の二、三、四の宮の御乳母《めのと》たち、大弐《だいに》の乳母、少輔《せふ》の乳母、民部《みんぶ》の乳母、衛門《ゑもん》の乳母、何くれなど、いと多くさぶらふに、御目も見たてさせたまはぬに、ただこの大輔をいみじきものにぞ思しめしたる。

（『栄花物語』①「花山たづぬる中納言」一一三頁）

兼家は冷泉院の二の宮、三の宮、四の宮についた大弐の乳母、少輔の乳母、民部の乳母、衛門の乳母などには、見向きもせずに、おそらく一の宮の乳母としてつかえた、大輔の乳母を召人として寵愛したということらしい。授乳や子育てにあたる乳母という役割は、女房集団のなかにあって特権的地位を確保される。召人もまた男主人の寵人ということで特権をもつわけだが、育てた子あるいはその子の父によって格上げされた乳母のなかに召人が選ばれていることに、ここでは注目したい。

兼家の例では、乳母として仕えている女房のなかから大輔の乳母を選びとったかのように書かれているが、そもそも乳母という役割を考えた場合、生まれた子に授乳することを一つの要件とするならば、出産を経験している身体が求められることになる。大輔の乳母が、乳母となる前に兼家の召人であったならば、乳母の供給はより安定したものになるだろう。

召人は、しばしば妻格の女君に仕える女房集団のなかにみられ、妻格の女君の代わりに夜を過ごすこともあったわけだが、妻格の女君に通い、その女房とほぼ同時に性的関係を持っていれば、妻がいざ出産する段になって、乳母の準備はたやすく可能になるだろう。兼家の例にみられる、召人と乳母の重なりは、召人という制度が乳母の制度を包摂するかたちで支えていることを示しているといえるだろう。

召人＝乳母の制度にとって重要なことは、乳母が、現代社会でいえば妻がするべき子育てを肩代わりするという事態が、近代社会のいうインセスト・タブーやエディプス・コンプレックスをまったく異なるかたちに変えてしまうということである。

乳母は自らの産んだ子がもたらす母乳で、仕えている主人の子を育てることになる。女主人は授乳などを逃れることではやくに次の出産体制に戻っていくことができるわけだから、逆にいえば授乳しつづける乳母が召人であることは体《てい》のよい避妊ともなるだろう。

女主人の産んだ子は、それぞれに乳母を持つから、乳母が産んだ乳母子と主人の子は、実のきょうだいよりも深いつながりを生涯にわたって持ち続けることになる。生涯にわたるつながりとは、主に階層化社会における主従の関係となる。乳母はたとえ男主人と性的関係があっても、別に夫を持っていてもよく、夫の子を産んだ者でもかまわない。どのみち召人（＝乳母）の産んだ子は男主人の子として認知されるわけではないから、夫の子として育つ。したがって乳母子と主人の子は、父親の家格をそのままに引き継いで、主従の関係を逃れ得ない。同時に、乳母子は、乳母の夫の子ではなくて男主人の子である可能性を潜在させるわけだから、乳母子と主人の子は血縁的に異母きょうだいである可能性もまったくないとはいえないことになる。夫と男主人という二人の異なる階層の男が召人の性を分有し、乳母の子と女主人の産んだ子が乳母の母なる身体を分有する。

さらに乳母が育てた主人の子が男児であった場合、その男児にはじめての性を教える役目を乳母が負うこともあり、そのとき乳母は、父と子の両者と性的にかかわる者となる。そしてそのことは父によって禁止されはしない。乳母をめぐって、子は去勢恐怖におびえることなく、父の女を手に入れることができるのである。

たとえば『源氏物語』の二十歳の光源氏と五十七、八歳の源典侍《げんのないしのすけ》との恋のエピソードには、かつて桐壺帝自身の召人であった源典侍のその色香に感応する源氏の色好みを称賛する父桐壺帝の姿が描かれる。父の恋人であった人と息子が恋に落ち、それを父がほほえましく思いながら見守る。むろん正妻あるいは妻格ではないことがここでは重要だが、そうした階層差をぬきにするならば、欲望のレベルにおいて召人（＝乳母）の性には去勢恐怖が存在しない。核家族を基礎とするエディプス・コンプレックスの構造が召人（＝乳母）においては不問に付される、あるいはねじれを孕まされるということは、なんども確認しておきたい点である。

『とはずがたり』をみると、二条は極めて多産でありながら、乳母として仕えた様子がない。二条が妻格として遇されたのか召人格にすぎなかったのかというのは後で述べるように議論のあるところだが、二条の母が後深草院の乳母であったことから、乳母の家としての繁栄が問題となってくる。乳母は、宮廷社会において、その他大勢の女房たちとは格段に異なる待遇を受けたことをまずはおさえておきたい。

たとえば『枕草子』は、乳母に定まることを「天人」への転生にたとえている。

身をかへて天人《てんにん》などはかやうやあらむと見ゆるものはただの女房にて候《さぶら》ふ人の、御乳母《めのと》になりたる。唐衣《からぎぬ》も着ず、裳《も》をだにも、よういはば、着ぬさまにて、御前《おまへ》に添ひ臥《ふ》し、御帳《みちやう》のうちを局《つぼね》にして、女房どもを呼び使ひ、局《つぼね》に物を言ひやり、文《ふみ》を取り次がせなどしてあるさま、言ひ尽くすべくもあらず。

（新編日本古典文学全集『枕草子』小学館、一九九七年、三六七頁）(11)

ただの女房だった人が、乳母になると、礼服もつけずに帝に添い臥して、御帳のうちに居すわって、その他の女房たちを思うままに使って、その姿は、まるで天人になったかのようだと言っている。『枕草子』が天人転生を持ち出すのは、その天と地ほどの転身ぶりにひたすら感服しているからだが、大袈裟な喩えの真意は、自らの出産という一般的な出来事が天皇を養育することに引き換えられて発生する乳母の絶大な権力をいおうとするのだろう。乳母になることはそれほどに女房たちの栄達の象徴であった。

だからこそ『更級日記』の書き手の悔恨は、乳母として仕えて、栄えある宮廷生活を送れなかったことにある。年来、「天照御神《あまてるおほんかみ》」に祈念すべしという夢を見つづけてきて、それは乳母になって、帝や后のおかげを被るべきだという意味だと、夢解きに言われたのにもかかわらず、そのことがひとつもかなわなかった、と『更級日記』の最後に至って嘆いている。

年ごろ「天照御神《あまてるおほんかみ》を念じたてまつれ」と見ゆる夢は、人の御乳母《めのと》して、内裏《うち》わたりにあり、みかど、后《きさき》の御かげにかくるべきさまをのみ、夢ときも合はせしかども、そのことは一つかなはでやみぬ。ただ悲しげなりと見し鏡の影のみたがはぬ、あはれに心憂《こころう》し。かうのみ心に物のかなふ方なうてやみぬる人なれば、功徳《くどく》もつくらずなどしてただよふ。(新編日本古典文学全集『和泉式部日記・紫式部日記・更級日記・讃岐典侍日記』小学館、一九九四年、三五七頁)

乳母に取り立てられることは、みずからの女房としての地位の上昇だけでなく、乳母となった者の父や夫の宮廷社会における政治的実権への絶大なる波及効果をもたらすものであった。権力者の乳母は、その権力者のそば近くで便宜をはかってくれるよう口添えしてくれると期待されるから、いきおい乳母にはそうしたことを願い出るものの志が集まってくる。乳母になることは、そうした貢ぎ物にめぐまれることさえ意味したはずだ。したがって乳母が授乳役割よりも権力発動の位として利用できることになれば、名目だけの乳母も誕生する。

そうなってくれば、もはや授乳する女の身体に独占させておく必要もない。身体の特権から逃れた権力の座はただちに男性に奪還されることになる。こうして直接的に男性が参入してくることで「乳父」(＝傅《めのと》)の権力が出現し、さらに次の乳母がその近親者から選出されるようになるといった過程を歴史はたどることになる。

中世に男性の「めのと」が現われる過程を秋山喜代子は次のように指摘する。「このような男性の「めのと」は、鎌倉前半期の記録類では女性のそれと同様「乳母」と記されることが多いのだが、その外に「乳母夫」「乳夫」「乳父」などがみられ、鎌倉後期になると「乳父」という表記が多くなる」。また、「一家で家司、女房として養君に近習する。そして乳父は近習中の近習として養君の従者のうちの筆頭に位置付けられることになる。それは乳父がしばしば「後見」と称されていることに窺える」[12]という秋山の指摘は、そのまま五味文彦の「後見」が「執事」と「近似関係」にあるとする問題系、つまり公家と武家の近習の制度の問題へと連なるだろう[13]。

このような乳母から乳父への変遷史に響きあうかたちで、『とはずがたり[14]』において「めのと」

は、「乳母」であるよりも「傅《めのと》」のほうが表立っている。「巻二」の終わりで二条は、酒宴の果てに後深草院のさしがねで年老いた近衛大殿の相手を務めさせられるが、近衛大殿は「かかる老いのひがみはおぼし許してむや。いかにぞや見ゆることも、御傅《めのと》になりはべらむ古き例《ためし》も多く」(三四七頁)と言って、性の代償として「めのと」(=後見)役を引き受けることを申し出ている。あるいは白拍子に扮する女房に付き添う西園寺の大納言が、「傅《めのと》に付く」と言われているように、ここでの「傅《めのと》」は後見する男の称である。

一方、乳母が授乳役割を離れて実権となったとしても、依然として授乳する役割は必要とされつづけるわけだから、乳母は、授乳しない名目的な乳母と授乳する乳母とに二重化することになる。こうして乳母という地位は、高位でも低位でもあり得るという矛盾を孕むことになる。つまり名目としての乳母がこれまでの特権を独占してしまうことで、授乳は単なる下仕えの仕事の一つになってしまうのである。

『とはずがたり』における乳母は、そうした授乳する乳母と、権力奪取の手段としての乳母の交錯する地点にあり、祖父江有里子によれば、『とはずがたり』の二条の零落は、乳母の座争いにおける敗北を意味する。(15) 祖父江は二条の母が、後深草院の乳母であったことは、母親の父隆親が後深草院の乳父であったことから考えるべきであるとして、「乳父隆親の権勢の一翼を典侍や乳母である一族の女性達も支えており、後深草の皇子を産んだ雅忠女も皇子を失うまではその一員であった」のに、「隆親の娘「今参り」こと後深草の乳父子識子」によって、「後深草の「めのとご」という仙洞内での立場」を奪われたとみる。乳母子二条と乳父子識子の争いは、具体的には識子が「天皇の乳母」の地位についたことで結着する。したがって二条は「「めのとご」という仙洞内での立場」、すなわち「乳母」の地位を手に入れることができなかったのである。二条が後深草院の妻格であれば乳母の座につくことはあり得ないので、祖父江の解釈は、二条の性を召人のそれとみていることになる。にもかかわらず、二条が乳母子の立場に立ったのでは物語の主人公として不都合であったため「名門久我家の女」として描いたのだ、と祖父江は結論する。このこともまた二条の地位をめぐる議論を反映しているといえよう。

実際、『とはずがたり』は、そうした妻格か召人格かに二分されるような解釈を抱え込んでいる。標宮子《しめぎ》は『とはずがたり』冒頭に語られる二条と後深草院との性関係が、二条の父雅忠によって仕組まれたと書かれていることの意味は、単なる戯れの性などではなくて、正式な婚姻に相当するはずの関係であったことを主張するものだと指摘する。それなのに、「院は雅忠の期待を裏切って、作者を軽々しく扱い、御所に連れ帰ってしまう。久我家をあげて厳粛にとり行おうとした二条の婚儀は、この院の行為によって院の戯れと堕してしまった」[16]。河添房江は、二条の最初の出産はあたかも皇子出産のように東二条院の皇女の出産と対比的に描かれてあることを指摘して、二条の父雅忠による正式な婚姻の希望を後深草院が踏みにじったとする。[17] あるいは三角洋一が、二条が父親の死後、一年の服喪を経ずに「五十日忌五旬」を過ぎて参内を許されたことなどから、夫婦としてもてなされていたことを指摘するように、[18] 正式な婚姻と読みうる証拠がいくつも見いだされる一方で、二条が召し出されるときには、「御殿籠《とのごも》りてあるに、御腰打ちまゐらせてさぶらふに」(三四四頁)、「御足《あし》など参りて、御殿籠りつつ」(三五二頁)、「「御足に参れ」などうけたまはるもむつかしけれども、誰《たれ》に譲《ゆづ》るべしともおぼえねば」（三七七頁）のように、宮廷物語が典型的に召人の表象としてきたことばが用いられてもいる。御殿籠りする（寝所に入る）ときに、足や腰を打たせるために呼ばれる女房は、しばしば朝まで寝床をともにするのであろう。これらの表現は、召人を示す常套句となっている。

妻格か召人格かという議論が二条の宮廷社会における地位を正しく見定めるために必要なことは確かであるとしても、それ以上にここで重要なのは、この問いがそのまま二条の性の解釈を方向づけているという点である。二条と後深草院の関係が正式な婚姻に近いものと理解されるとき、後深草院が男たちと二条の性を共有しようとすることは、俗悪な嗜好と解される。しかし二条が乳母（＝召人）的な性を生きたとすれば、それほど猥雑な性というわけでもないということになる。つまり、それを正式な婚姻と見なせば、二条の父と後深草院の思惑を忖度して二条が後深草院という一人の特異な男によっていかに翻弄されたかという個人の性の問題として論じることを逃れえないが、これを召人の性の問題ととるならば個別の性を超えて制度の問題となる。したがって乳母＝召人の性として問うならば、二条の問わず語りは、個人的体験にもとづく告発ではなく、むしろ時代と運命に翻弄された複数の女性たちの問題提起となるのである。

5　『とはずがたり』の女人救済

『とはずがたり』の二条の性を、召人のものとするならば、召人は一夫一妻ではなく一妻多夫をみとめられるのだから、そこに描かれた複数の性関係をただ性の乱脈だというわけにはいかない。最上位の主君たる後深草院に特権的に所有されることで、男同士のポリティクスに巻き込まれ、下賜される二条の性は、二条の父をはじめとする一族への見返りが途絶されたまま、出産とは関わらない剝き出しの性の交換となる。

たとえば、男たちの小弓の遊びに負けたときの賭物として、女房たちは水干袴《すいかんばかま》に刀をさした男装で蹴鞠《けまり》をする余興に出され、見せ物とされる。水干袴姿は、今様を教えるということで宮中に出入りしていた白拍子《しらびょうし》や傾城《けいせい》の姿から発想されており、出入りの芸能者の扱いを受けるという女房たちにとってはひどく屈辱的な催しであった。

「巻二」の伏見殿の酒宴に呼ばれた女性芸人、白拍子（＝傾城）の姉妹は、舞を披露し、「おびたたしき御酒盛《さかもり》」のあと、「沈《ぢん》の折敷《をしき》に金《かね》の盃《さかづき》据ゑて、麝香《ざかう》の臍《へそ》三つ」入ったもの、「金《かね》の折敷に瑠璃《るり》の御器《ごき》に臍一つ」入ったものをそれぞれ賜った。ここでの交換は、モノとの間でのみ成り立つ。二条の性はあたかも傾城の舞のように、モノに置換されたのである。この地点においてようやく〈生む性／生まない性〉は、プロダクティヴか否かではなく、真にリプロダクション（再生産）の問題となるだろう。権力を生み出さない出産は、権力再生産という地平においては〈生まない性〉となる。したがってこの性に母性は不在である。召人扱いをされ、母にはなれない二条は、「めのと」の座すら男たちに奪われ、再生産の枠組みからこぼれ落ちてつぶされそうになっている。

しかしながら意外にも、『とはずがたり』はそれを二条という一人の女性の生きざまとして描きあげ、決して「女人垢穢《にょにんくえ》」のような汎用の思想に堕してはいかない。前半部の剝き出しの性の消尽の果てに二条が見出したものは、女人往生という道であった。後半部に二条は、出家者として諸国を徘徊する。ただし出家者であるからといって、とりすましての勤行ではなかった。男たちの間を自在に渡り歩きながら、なおも煩悩に生きて、それでいて往生の希望を諦めない二条の女人救済は、諸国の女たちの物語を集める旅だったといっていい。宮廷社会に流布する仏教の正典では、女人の往生は男への変身（変成男子《へんじょうなんし》）がなければかなわなかった。女人は女人の身体のままでは成仏できないのであった。しかし二条は正典的《カノニカル》な教えに屈するわけではなくて、土着の信仰やより夾雑な信心によって構成された外典的《アポクリファル》な救済を諸国の物語に見出した。

「巻五」において、厳島で二条は、遊女たちが「世を逃れて、庵《いほり》並べて住ま」うところを見る。あれほどに汚れた営みをする家に生まれては、とても成仏できそうもなく六道輪廻をするにちがいない。遊女たちは、衣装に香を薫《た》きつけ、まずは男女の仲が深くなることを思い、黒髪を自らくしけづるときも誰かの手枕に乱れることを思い、日が暮れれば男との逢瀬を待ち、夜が明ければ別れの名残にひたって歳月をすごしてきたのに、そうしたことをきっぱりと捨てて、尼となって庵にこもっているのも立派なことだと思った二条は、「この島の遊女の長者」に問う。どのような機縁で発心したのか、と。島の遊女の元じめだったこの長者は、たくさんの遊女をかかえて、旅人の留まるのを喜び、漕ぎゆくのを嘆いて過ごしてきたが、五十歳を過ぎたころ宿縁に目覚めた、と答えた。成仏できないで六道をめぐるべき遊女の長者にも、五十歳を過ぎて発心したというだけでどうやら往生の道は開かれているらしい。

ところで、志村有弘は、「巻五のクライマックスとも称すべき後深草院葬送の場で、二条が裸足で柩《ひつぎ》を追いかけるシーンを虚構であると考えている」とし、「多分、『山家集』の鳥羽院葬送の場を念頭に置いたもの[19]」だと指摘する。鳥羽院葬送が後深草院葬送に重なるとすれば、跋文に「人丸の御影《みえい》供《ぐ》を勤めたりし」（五三三頁）とこだわったことに表わされるように、歌人としての道が出家後の旅に寄託しながら希求されて西行が模倣されただけでなく、物語の枠組みそのものを西行物語の引用とみることもできよう。

それにしても、なぜ二条は、後深草院の柩を「はだしにて走り降りたるままに」追っていったのだろう。「物は履かず、足は痛くて」ついに足をとめてしまう。それでも「空《むな》しく帰らむことの悲しさに、泣く泣く一人」（五〇八頁）歩く。この裸足のイメージはどこからきたのだろう。

二条が宮中を飛び出してさまざまに聞き書きするなかに、史上はじめての女性出家者であった釈迦の継母ゴータミーの物語はなかったか[20]。釈迦に出家を願い出るが、女人は出家できないと断わられ、それでもみずから剃髪し袈裟を着て、何度も釈迦を追っていく。足は汚れ、体は塵にまみれ、疲れて悲しみ、泣き伏す。ゴータミーは、ついに阿難（アーナンダ）の口利きで出家者となる[21]。ところでゴータミーは、釈迦の母ではなかった。母亡き後、釈迦を養った人であった[22]。釈迦の物語においても、女の出家は、母の恩ではなく、養い人（乳母）の「益[23]」によって認められたのである。

母と召人（乳母）に揺れた二条の物語が「不幸」であるというのなら、それは普遍的な「女性」の不幸ではなく、あくまでも個的な後深草院との関係においてである。二条の祈りは、徹頭徹尾、後深草院への思いに関わる。「女人垢穢」といわれて、予め汚れているから成仏を願うのではなく、祈りは極めて個人的な思いのなかから立ち上がってくる[24]。そのなかに模索される救いは、それぞれ異なっており、一つの経典の教えで満たされるはずもなかった。二条の旅が示すように、さまざまな文化圏を渡り歩くことによって、中世の女たちは、より夾雑な信仰のかたちを手に入れたに違いない。しなやかに、ときにしたたかに女たちの救済は企てられる。

第三章　母なるものの力

1　女の力／母の力

鎌倉時代にいたって摂関家出身の僧侶、慈円がものした『愚管抄』(1)は、摂関政治こそを理想とする歴史書である。慈円はそこで「女人入眼《にょにんじゅがん》」ということを言って、この世界は女が完成させるのだと説いた。仏像造像の最後に開眼式を行なって眼を入れるが、この眼が女人にあたっていて、女人がこの国を完成させるというのが、慈円の「女人入眼」の考え方である。女性がいなくてはこの世は始まらないという意味でいかにも聞こえがいいが、その実、「女人入眼」の「女人」が意味するのは、すべての女性ではなく、母たる女性をのみさしているというのでかなり問題含みな思想なのである。

『愚管抄』「巻第三」以降の「道理」をキーワードとした歴史叙述において、慈円は神功《じんぐう》皇后を女帝の祖師とおいて、すべての女帝を神功皇后に結びつけることでまとめあげようとする。神功皇后を第十五代天皇として列伝に挙げながらも、「さて神功皇后、仲哀の後、応神を東宮にたてて、六十九年があいだ摂政して世をばおさめて失せ給ひて後、応神位につきて四十一年、御年は百十歳までおはしましけり」（一三〇頁）として、神功皇后が「摂政」として世を治めたことを述べる。さらにすぐあとで「神功皇后、また開化の五世の女帝はじまりて」（一三五頁）として女帝の「はじまり」と位置づけている。[2] 摂政であることと女帝であることが矛盾しないように慈円が施した詐術については後で述べるとして、女帝の祖を神功皇后に措定することにより、推古以下の女帝たちが位置づけなおされることをみていきたい。

推古天皇の即位は「それに神功皇后の例も有り。推古のやがて御即位はあるべきなり」（一三八頁）と神功皇后の例に導かれるものとし、皇極天皇について、「皇極と申すは、敏達の玄孫《やしはご》、舒明の后にて、天智天皇をうみたてまつりて東宮にたててやがて位につきておはしましけるは、神功皇后の例を、をはれけるとあらはに見えはべり」（一四一頁）と述べ、神功皇后の例を追うものとしている。

『愚管抄』において、「女帝」の問題は、「重祚《ちょうそ》」と等しく、「正法の王位」ではないものとして「とかく移りてやうやうの理《ことはり》をあらはす」（一四八頁）ことに属する。「正法」とは「さわさわと皇子皇子つがせ給ひて正法とみえたり」（一三五頁）とあるから、継ぐべき皇子がないことが「とかく移りて」の状態ということになる。「とかく移りて」の間に現われた「女帝」「重祚」について、「女人この国をば入眼《じゅがん》すと申し伝へたるはこれなり」（一四九頁）と述べているから、変則的な即位こそ、「女人」によって「入眼」されねばならないのである。以下、『愚管抄』は、「その故《ゆえ》を仏法にいれて心得るに」とつづけて、このことの意味を思考していく。

女人この国をば入眼《じゆがん》すと申し伝えたるはこれなり。その故を仏法にいれて心得るに、(a)人界《にんがい》の生《しやう》と申すは、母の腹にやどりて人はいでくる事にてはべるなり。(b)この母の苦、いひやる方なし。この苦をうけて人をうみいだす。(c)この人の中に因果善悪あひまじりて、悪人善人はいでくる中に、二乗、菩薩の聖も有り、調達、くがりの外道《げだう》も有り。(d)これはみな女人母の恩なり。(e)これによりて母を養ひ敬ひすべき道理のあらはるるにてはべるなり。(f)妻后母后を兼じたるより、神功皇后も皇極天王も位につかせおはしますなり。(g)よき臣家の行なふべきがあるときは、わざと女帝にてはべるべし。神功皇后には武内、推古天王には聖徳太子、皇極天王には大織冠、かくいであはせ給ひにけん。

さて桓武の後は、ひしと大織冠の御子孫臣下にて添いたまふと申すは、みなまた妻后母后と申すは、この大臣の家に妻后母后をきて、誠の女帝は末代あしからんずれば、(h)その后の父を内覧にして用ひしめたらんこそ、女人入眼の、孝養報恩の方も兼行してよからめとつくりて、末代ざまの、とかくまもらせ給ふと、ひしと心得べきにてはべるなり。(中略)

さて桓武の御子三人、平城・嵯峨、御仲ことのはじめにあしかりけり。都うつりの間、いまだひしともおちゐぬほど、御心々にてあしくなりぬ。それも平城の内侍督薬子が処為《そゐ》といふ。(i)あしきことをも女人の入眼にはなるなり。

(『愚管抄』一四九～一五〇頁)

(a)すべての「人界の生」は「母の腹」に宿って生まれてくる、という一文は、論理の上では、(c)

この母の生んだ人のなかに悪人も善人も生まれる、(d)これはみな「女人である母の恩」であるとつづく。(a)と(c)の間に、(b)出産の苦しみが並大抵のものではないことを付加することで、いったん文脈は折れ曲がるが、(b)もまた、(d)「女人である母の恩」に結ばれる。(b)出産の苦しみによってこそ、(h)「女人入眼の、孝養報恩」は強調される。(c)の善人も産むが、悪人も生まれるということは、(i)の薬子の例に結ばれて「あしきことをも女人の入眼にはなるなり」ということになる。「母」であることは、同時に「妻」である関係を前提とするから、(f)「妻后母后」の両方を兼ねたからこそ、神功皇后、皇極天皇のような女帝の即位は可能となったのだとし、女帝の制度のなきあとは、(f)「妻后母后」である女人の、父親が摂政関白のような「内覧」となることで、(h)「女人入眼の、孝養報恩」が行なわれるようになるとする。「大織冠の子孫みな国王の御母とはなりにけり。自《をのづか》ら異人《ことひと》まじれども、今日までに藤原の氏《うぢ》のみ国母《こくも》にておはしますなり」(一四四頁)とすでに述べられているように、『愚管抄』にとっては、藤原氏が国母となることが重要なのだが、それはさておき、国母であることが、ここでは「誠の女帝」に代わるものとされていることに注意したい。女帝は、天皇の「妻后母后」であることにおいて、国母と等しく「女人入眼」の方法だとされるのであり、つまり国母は「誠の女帝」ではないけれども「女帝」に匹敵するものだというのである。あるいは、女帝は、神功皇后にとっての武内宿禰《たけのうちのすくね》、推古天王にとっての聖徳太子、皇極天皇にとっての藤原鎌足(大織冠《たいしょっかん》)のような、(g)「よき臣家」があるときは、「わざと女帝にて侍べし」とされることで、女性は有能な男性の補佐を得てうまくいくという強弁もまたフェミニズムの議論の的となる。

以上のような論旨によれば、不婚の皇女であって「妻后母后」でもない上に、「よき臣家」どころか道鏡と醜聞の絶えない関係をもつことになった孝謙（称徳）天皇は、「この女帝道鏡と云ふ法師を愛せさせ給ひて、法王の位をさづけ、法師どもに俗の官をなしなどして、さまあしきことおほかり」（一四五頁）と批判されねばならない。

慈円が『愚管抄』で展開する「女人入眼」の論は、女性を母性においてのみ評価するものであり、ことに称徳天皇にたいする女帝批判は、田中貴子によれば「女性であるがゆえの称徳批判」であって、「称徳の場合は、女性が天皇という最高権力（＝王権）に近づくことへの拒否感と、母性偏重の考え方がからみあっているといえるのではないか[3]」と指摘されるところである。その根底にあるものとして、平安の末期から鎌倉時代にかけての、「おそらく、女性に対する差別観や不浄観が明らかになる現象と時期をともにすると思われる[4]」からだとされるわけだが[5]、血の池地獄をはじめとする女性の不浄意識の定着の時期についてはひとまずおくとして、ここではまず「母性偏重」の考え方の根源をみておく必要があるだろう。

2　乳母の追行行為としての母像

『源氏物語』に倣った物語の手法で藤原道長の栄華を描く『栄花物語』は、藤原摂関家が婚姻関係とその結果としての子の誕生を媒介として、いかに天皇家に食い込んでいくかをめぐる権力闘争を描くにふさわしく、赤子を抱く場面を多く持つ。さしあたってここで注目したいのは、幼な子を慈しむ姿に彩られ、母らしさを強調して描かれる女院詮子《あきこ》である。

一条帝后妃、定子《さだこ》は第三子媄子《よしこ》内親王を出産して死去するが、その遺児、媄子内親王を引き取ったのは女院詮子であった。女院が死に至る病で臥す場面に、この若宮が子供らしくまとわりつくのをなすがままにさせている様子が描かれる。


かく苦しげにおはしますに、この若宮はいみじう騒がしうあはてさせたまふも、御懐《ふところ》を離れさせたまはずむつれたてまつらせたまふを、御乳母《めのと》に、「これ抱《いだ》きたてまつれ」とものたまはず、つくづくと捩《れう》ぜられたてまつらせたまふほどの御心ざし、いみじうあはれに、気近《けぢか》きほどにさぶらふ僧なども、涙を流しつつさぶらふ。年ごろあはれにめでたう人々をはぐくませたまへる御蔭《かげ》に隠れ仕《つか》うまつりたる人々、いかにおはしまさんとよりほかのことなし。

（『栄花物語』①「とりべ野」三四七〜三四八頁）(6)


「かく苦しげにおはしますに」の「かく」によって病を強調された女院詮子の懐に、媄子は「いみじう騒がしう」まつわりつく。乳母に、この子を抱いておくれとも言わず、みずから媄子に触れ合おうとする女院詮子の姿は「いみじうあはれ」であり、そば近くに仕える僧たちの涙を誘う。

女院詮子の死の場面に、このエピソードを添えることで、物語は詮子に慈愛の姿を纏わせて描きろうとする。媄子を抱き寄せる行為に呼応して、女院の「御蔭に隠れ仕うまつりたる人々」もまた女院のこれまで立派に人々を「はぐくく」んできた姿を回顧しはじめる。一条帝の母（詮子）の、娍子を「はぐくませたまへる」行為が、「人々」にさし向けられることによって、物語は周到に母の表象を立ち上げていく。

一条帝との対面は、「御手をとらへたてまつらせたまひて、御顔のもとにわが御顔を寄せて泣かせたまふ御有様、そこらの内外《うちと》の人どよみたり」（三五一頁）とあって、顔を触れ合うほどに我が子を抱き寄せる行為を頂点とし、それが見ている「人々」の号泣を誘いながら、女院の死は、「人々」の母の死となっていく。

そもそもなぜ『栄花物語』が女院詮子の母性を強調する必要があったかといえば、それが天皇の母であること、すなわち国母であることを根拠に成立する女院制度にかかわるからであった。院と対《つい》をなす女院という位は、藤原氏が創設した新しい位であり、詮子は、そのはじめての女院であった。なぜ女院が必要とされたのか、女院とはどのようなイメージの力で押し出されたのか、その経緯が『栄花物語』にみてとれる。

父藤原兼家の権力基盤を継承する道隆、道兼、道長はそれぞれに娘を一条天皇の后候補として内裏《だいり》に参入（入内《じゅだい》）させ、一条帝を中心に婚姻を媒介とした外戚関係を築くことで権力闘争を展開する。そこから勝ち残った道長の栄華へ向かって『栄花物語』は入内の物語を語り続けていくことになるが、帝を中心とした内裏の物語を描きながら、背後に、天皇位を退いた院の影をちらつかせるのは、次々と帝を退位させることで一条帝擁立にこぎつけたという事情に大きくかかわる。

一条帝即位の時点で、冷泉院、円融院、花山院の三人の院が存在しているが、冷泉院と花山院が親子、円融院は一条帝の父にあたっているのだから、一条帝政権にとって円融院が一の院ということになる（九九頁関連系図参照）。

『栄花物語』において、「院《ゐん》はいみじうめでたくておはします。冷泉院《れいぜいのゐん》こそ、あさましう、おはしますかひなき御有様《ありさま》なれ、この院はいみじう多くの人靡《なび》きて仕うまつれり」（一五五頁）のように、物語が何も冠さずに「院」と呼べる地位が円融院には確保されている。

ところが三人の院のうち、円融院が真っ先に没してしまい、「冷泉—花山（—三条）」の系が、次の東宮（三条帝）の父（冷泉）と兄（花山）というかたちで残される。一条帝の系を守ろうとする側にとっては、「冷泉—花山」の系の排除が必至であり、ここに利用されたのが、一条天皇の父院（円融）の代わりに母・詮子を院として立ち上げる方法、すなわち「女院」という制度だとみることができる。[7]

『栄花物語』において、詮子女院誕生のくだりは、背後に花山院の物語を配しながら紡がれ、女院擁立は花山院の記事の直後に置かれている。政界から葬り去られたはずの花山院が、物語をとおして、死に至るまで断続的にその消息が追われつづけることは注目に値する。とりわけ詮子が女院になる女院宣下の出される直前に花山院が藤原伊尹《これまさ》の娘で、冷泉帝女御の妹にあたる九《く》の御方《おんかた》の邸に出入りし、そこに仕える女房、中務《なかつかさ》とその娘平子《ひらこ》（父は平祐忠《すけただ》）に男御子を生ませたこと、政《まつりごと》に介入して「御封《みぶ》などもなくて」とあって、封戸の支給をさしとめられる経済制裁を受けたことが語られる意味については考えておく必要がある。政《まつりごと》への介入が、九の御方との性関係を暗示しながら語られていることの意味にはとくに注意が必要だ。

ここで『栄花物語』からみえてくる摂関政治体制下における性の配置について簡単に整理してお

くことにしよう。

性と出産は、摂関政治にとって最大の関心事である。といって闇雲に「産めよ、増やせよ」というのではない。必要なところにのみ生まれ、逆に不要なところには生まれないように規制しなければならない。避妊などの産児制限《バース・コントロール》によっているわけではないから、結局は不要な性関係はなかったことにすることになる。その典型例が、前章までで述べてきた、男主人と女房との性関係つまり召人《めしうど》関係である。召人の出産は基本的に話題にすらのぼらないものであるし、男主人の子として認められることもない。

娘を天皇ないしは東宮に入内させ、次代の天皇となる皇子を設けることで政権を把持するのが摂関制度であるから、天皇の政治空間はヘテロセクシュアルでなければならない。天皇をとりまく女たちは序列化され、入内した上層の女たちにのみ出産が期待されている。こうした上層の女たちの関係が正しくヘテロセクシュアルな関係として、〈生む性〉だとすれば、多くの女房たちが召人として男主人と持つ性は、出産が望まれていないという意味で、実情はともあれ、〈生まない性〉として位置づけられる。

一方、天皇を退いた院は、重祚の可能性を絶たれるのはもちろんのこと、有力者と結び、新たな系を繋がぬよう、実際の性関係はどうあれ、原理的にはホモセクシュアルに囲い込む必要がある。出家という形で俗世を離れることは、政治すなわち性関係からの離脱を意味する。ここでいう性関係とは、つまり〈生む性〉との関係である。

花山院は一条天皇との関わりを持たず、東宮居貞《おきさだ》親王（のちの三条天皇）の兄にあたっているのだから、一条帝の父である円融院の死後、かわりに東宮の兄である花山院が力を持つようになるのは当然の成り行きではある。

その上で、九の御方という存在は、花山院の、実質的には離脱したはずの政治闘争への参入を疑わせるものである。有力者の娘である九の御方と新たな恋愛沙汰をおこすことは、性の闘争への復帰を意味するからである。だからこそ、花山院は九の御方との関係を無実化するために、わざわざ九の御方の女房に子を産ませたとしたのであろう。ほかでもない女房との関係を主張していることがここでは重要である。花山院が女房との関係をここで宣言していることは、九の御方との関係が政治的ではないこと、つまり権力再生産に関わるようなヘテロセクシュアルな関係ではないことを主張するものであった。非政治的であるという意味において、〈生まない性〉である召人との性的関係は、ホモセクシュアル空間であるべき院にも許される。その意味で、召人との性愛は僧院における稚児愛の性とほぼ等価であった。

とはいえ、召人との関係は、九の御方との関係を否定するものではない。花山院が九の御方の恋人であっても、九の御方に仕える女房が、通ってくる院の相手を勤めることはごく普通のことだからである。女房との関係を主張することは、かえって九の御方とも関係している可能性を潜在させてしまう。したがって、せっかくの宣言にもかかわらず、この一件は、依然として政治空間のバランスを脅かすものであり続けた。結局、花山院は、弟・為尊親王を九の御方に婿入りさせることで、ようや

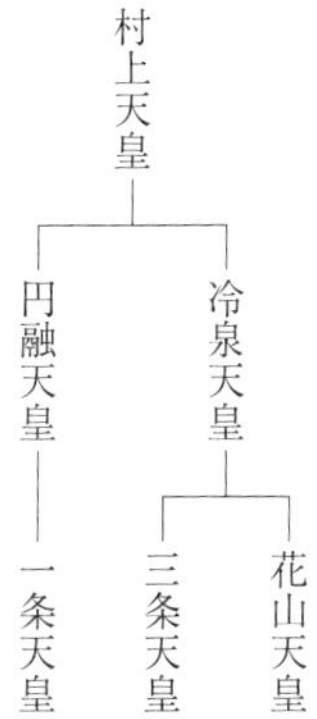

関連系図

くその疑いを逃れたのである。花山院が自身の性的関係について経済制裁まで受けねばならなかった背景には、こうした院のヘテロセクシュアルへの参入があり、かつまたそれを阻止するための制裁であったことが、摂関政治の性の配置を如実に物語っているといえよう。

『栄花物語』の示すところによれば、このような花山院の介入があって、それを完全に制するために女院という新しい制度が必要とされたのである。円融帝が死去して約半年後、正暦二年（九九一）、円融院の正妻で一条帝の母詮子の女院宣下が下る。その次第を具体的に物語に確認しておこう。女院誕生の場面は、病に臥した詮子が出家を遂げ、平癒へと向かうところから語り始められる。詮子が病の床についたことについて、物語は「ただ今世にいみじきことには、后宮悩ませたまふ」ということで、「后宮」たる詮子が、故円融院の正妻であることをまず示し、次に「内も行幸などせさせたまひて」として一条帝が見舞ったことを語り、詮子が天皇の母であることを強調する。物の怪にとりつかれた苦しみのなかで、詮子は尼になってしまいたいと訴える。あるまじきこととの声もあったが、ともかくも生きていることが大事だというので出家が許され、そのおかげか快復した。この快癒の文脈は、明らかに出家と因果づけて語られるが、物語はさらに詮子が毎年熱心に石山詣でをしてきたことや、長谷寺、住吉寺へ願かけしたことを語り、その効験によって平癒したと付け加える。

出家の動機として、病苦と平癒祈願があることは、ごくありふれた例であり、詮子出家も病を理由に敢行され、仏への帰依によって平癒したと語られるのであった。しかしそれにつづけて物語が、出家を理由に「女院」となったと言うのは、前代未聞の異例の事態である。

御年も三十ばかりにおはしまし、いみじうあたらしき御さまにて、あさましう口惜《くちを》しき御事なれども、譲位《おりゐ》の帝《みかど》になぞらへて女院《にようゐん》と聞えさす。さて年官年爵得《え》させたまふべきなり。年ごとの祭の使もとどまりて、ただ陣屋などもなくて心やすきものから、めでたき御有様《ありさま》なり。女院の判官代《はうぐわんだい》などに、かたほなるならず選びなさせたまへり。

(『栄花物語』①「みはてぬゆめ」一九五〜一九六頁)

出家のとき、詮子はまだ三十歳であった。物語はまだ年若く出家し、削ぎ髪姿となったことを非常に残念なことだとし、出家そのものを「あたらしき御さま」、つまり尼姿になったことに回収させながら、「あさましう口惜しき御事なれども」という逆接を、「譲位の帝になぞらへて女院と聞えさす」へと結んでいく。ここに詮子は「譲位の帝」つまり院になぞらえて史上はじめての「女院」となったのであった。

詮子の女院宣下において、それが出家者となったことを根拠としながら、直截に「譲位の帝」に重ね合わせられることの不可思議さにここでは気づかねばなるまい。落飾入道(出家して尼となること)と女院宣下の関係について、橋本義彦は次のように述べている。「落飾入道と后位の停廃が結びつけられた前例はないのに、なぜ詮子の場合、落飾が后位を退く理由とされたのか、その事情は詳らかでない。こののち間もない長徳二年(九九六)五月には一条天皇の妻后藤原定子が、翌年三月には円融天皇の妻后藤原遵子が相ついで落飾したが、后位にはなんら影響していないのをみても、落飾が后位の停廃につながる必然性は認められない。後述するように、爾後の女院においても、第三例の陽明門院以降は、院号宣下と出家との間に直接的な関係の存しない場合が多く、両者の関係が制度的に定着するには至らなかったものと思われる。詮子の場合も、母后を特別に優遇するための新例を開く名分として、落飾入道をことさら強調した感が深い(8)。

実際、院であることと出家者であることは無関係であり、帝の譲位と出家とはその先後関係においても、譲位を先立てるのが常である。たとえば、円融院の譲位は永観二年（九八四）であり、寛和元年（九八五）に出家している。『栄花物語』がここまでに描いてきたことによれば、譲位が出家を理由としたのは女御忯子《よしこ》の死を悲しんで突如落飾してしまった花山院の例に限られる。『大鏡』によれば、花山院出家は兼家の陰謀によるもので、出家させてしまうことによってなしくずし的に譲位させた事件であった。出家と譲位を因果で結ぶことによって、女院詮子がなぞらえている「譲位の帝」は他ならぬ花山院ということになる。このことは逆に、女院制度が予め抱え持つ矛盾を端的に示している。

詮子の出家のくだりの直前に、花山院が「世の政《まつりごと》」に介入し、それがために「御封《みぶ》」の差し止めという経済制裁を受けるという記事が置かれてあった。結局、それは「世にもいと心憂《こころう》きこと」「さやうにもの狂ほしき御有様」のように傍観され、召し仕える女房を母子ともに同時に懐妊させたという顛末に事態は回収されはするものの、女院誕生の背景として、円融院死後の花山院周辺に権力奪取の可能性を潜在することが暗示される。しかし女院詮子は、故円融院の不在を埋め合わせるだけの存在ではなかった。女院は、物語の論理において花山院の勢力を抑えるという明確な意図に押し上げられたために、ただ円融院の「一の院」としての正統性をそのまま引き継ぐわけにはいかなかったのである。政《まつりごと》に口出しした花山院に対して封戸を取り上げることで強圧したという一件は、詮子女院誕生の際の「年官年爵《つかさかうぶり》得させたまふべきなり」といった、院としての所得の確保の記事とただちに対立項を構成してしまう。同時に、女院は、結局は花山院と同じく院であることにおいて、差異化しようとしても、むしろ等価であると言わざるを得ない。したがって女院の勢力を語ることは、そのまま花山院の正統性を裏付けてしまうことになってしまう。退位していながら政に口出しした花山院は強圧されるが、女院は積極的に政に参与していく。女院がそのような資格があるとすれば、花山院を留めるものも、院というシステムの内にはないということになる。そうした矛盾が、「譲位の帝になぞらへて女院ときこえさす」の一文には見事に表現されている。出家と譲位を同時に行なった先例としての花山院こそが、詮子女院の先例なのだとうっかり口をすべらせるようにして明言してしまうことで、女院の内実は構造的に花山院に等しいのだと言い当てているのである。

　こうした物語状況において、同じ院というシステムにありながら[9]、女院のみをとりたてて花山院または冷泉院の上に立つものとして差異化させようとするとき、花山院が持ち得ないものとしてあらためて要請されたのが、母であった。母の重用は産むことを根拠に成り立っており[10]、女院制度は一条帝を生んだ詮子が生母であることをもってその位を保証した。しかし一方で、産むことを強調することはあらたな困難を生じさせる。

　詮子の父、藤原兼家（詮子の父）が築いた権勢は、死後、息子たちの政権争いへと引き渡されたが、道長の栄華を補佐した女院詮子は、しかし、すでに一条帝に入内していた長兄道隆《みちたか》の娘・中宮定子を排斥することができず、この点において道長と対立していたといわれる。定子に対抗するかたちで、道長は娘・彰子を入内させるが、一条帝の定子に対する寵愛は篤かった。父道隆の死後、定子を補佐するのは兄の伊周《これちか》だった。しかし、伊周とその弟隆家が、花山院に矢を射かけるという事件を起こし、伊周は太宰府に配流となる。ここでも花山院がかかわっており、さらに色恋沙汰であるところも花山院らしい一件である。

ことの起こりは、伊周と花山院がそれぞれ藤原為光（忯子の父）の三女、四女のもとに通っており、花山院の通っているのが自分の恋人の方（三女）だと伊周が勘違いしたためということになっている。花山院を脅してやろうと、伊周は、弟、隆家と共謀して、月夜の晩に馬に乗る花山院に矢を放ったのだった。この一件の始末は、伊周が太宰府へ、隆家が出雲へと配流されて落着する。兄の受刑を受けて、定子は自ら髪に鋏を入れて尼になった。しかしこのとき定子は一条帝の子を懐妊していた。この時点で、道長の娘・彰子は幼く、入内させることができなかった。詮子は、一条帝にまだ皇子の生まれていないことを気にかけており、誰でも御子を産む者を大切にしよう（「誰《たれ》なりともただ御子《みこ》の出でたまはん方《かた》をこそは思ひきこえめ」）と宣言し、次の帝の母となる人を尊重する姿勢を示す。この懐妊で定子が産んだのは脩子内親王であったが、内親王とともに参内をするとすぐにまた懐妊し、最初の男子である敦康親王を産んだ。中宮定子は二人の内親王と敦康親王を産んだことで、尼姿であることを不問に付されたのである。詮子は、尼姿の定子をかりそめにも参内させるのはいかがなものか（「あからさまに参らせたまはむもいかにと、つつましう」）と逡巡しながらも、自らが出家者であり、かつまた天皇の母であることを女院の根拠としているために、それを否定することができない。

翻って、女院詮子の死の場面をみてみると、母の強調は、その表象レベルにおいて、「乳母」が媒介項とされてあることをまず確認しておきたい。子を抱く行為そのものが、すでに乳母に占有されるものとしてあり、女院の母を強調するためには、物語は「御乳母に、「これ抱きたてまつれ」とものたまはず」として、一度、乳母の行為を通過させねばならなかった。あるいは、乳母を媒介としたからこそ、詮子が出産の事実を超えて、実子である一条帝以外の子供たちにたいしても母を主張することが可能となった。物語は、詮子が、定子の遺児である媄子の母であろうとすることをとおして、「人びと」の母となるさまを演出していった。

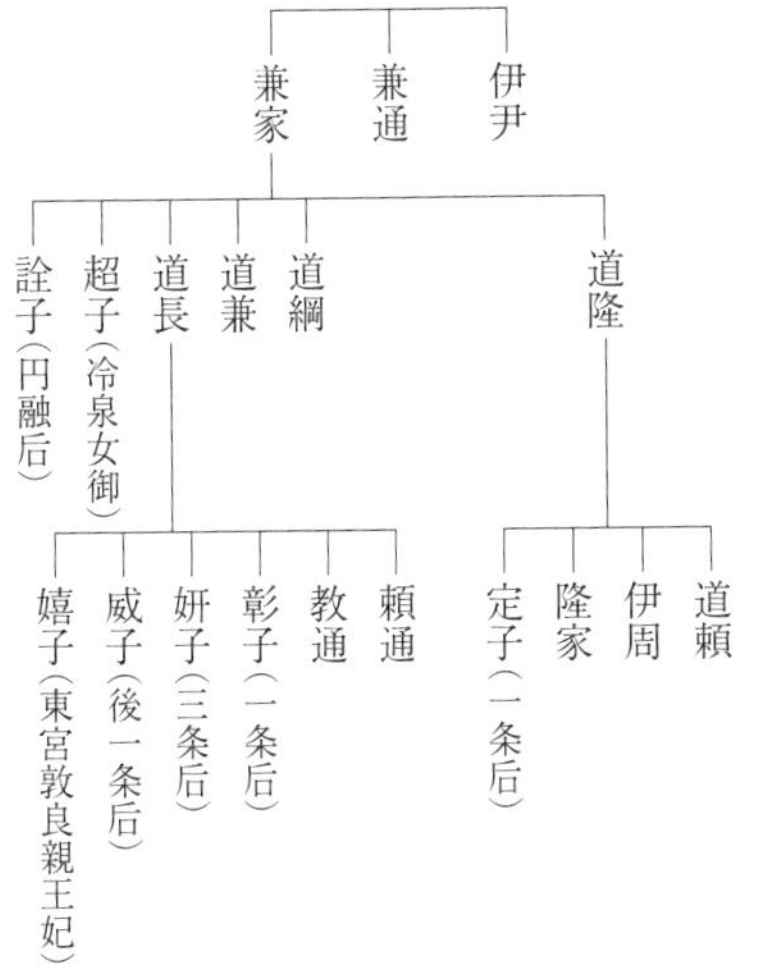

藤原氏系図

このようにして立ち上げられた『栄花物語』における詮子の母性は、政治的に必要とされたパフォーマンスであり、詮子が一条帝を出産したこと、それ自体が一種のパフォーマンス行為に包摂される。つまり、母性が産みの母であることから発するということは、女院の制度の立ち上げにおいて後から意味づけられたものにすぎず、母性の強調はそれゆえ乳母を模倣することでしかなし得なかった。だからこそ、物語において、詮子が示す母性を、三条帝の系を抑圧するものとして機能させながら、同時に、三条帝の系について父を強調することで対立構造がつくられることになる。

3　子を抱く父と家父長的システムの脱臼

生むことと母の役割の強調は、女院自身が女院として立つための条件を下支えするものであって、一条帝の権力基盤の補強のために女院がみずから母を体現するということをみてきた。一方、これとは対照的に、一条帝とは別系にあたる東宮（後の三条帝）の周辺では、母子関係の強化に先立って父と子の関係が描かれ、物語表現の上で対立構造をつくっている。ここで子を抱く父としてくり返し描かれるのは三条帝である。

子を抱く父東宮の姿それ自体、決して馴染みのあるものではなかった。当時、天皇の、御子たちとの「御対面」は五つから七つになるまで行なわれなかったし、内裏に児《ちご》などが入ることはなかったと語られており、内裏で父が赤子を抱くことの異様さが強調される。一方で、一条帝は、定子の生んだ若宮に早く対面したいと願いながら、東宮をうらやんでもいる。

このような内裏で子を抱く新しい父像は、母の場合と同様、やはり乳母の行為を媒介することで創出されたのである。

「いざ児《ちご》迎へて、中に臥《ふ》せて見む。いみじくうつくしきものかな。この宮たちの児なりしをこそ、うつくしう見しかど、なほそれは例《れい》の有様なり。これはことのほかにをかしく見ゆるは、髪の長ければなめり。なほなほ疾く疾く入らせたまへ。内裏《うち》にては乳母いるまじ。麿《まろ》乳母にてはべらん」など、聞えさせたまへば、もの狂《ぐる》ほしとて、すこししのびやかに笑はせたまふ。

（『栄花物語』②「つぼみ花」三一頁）

かくて参らせたまひぬれば、若宮を、上の御前、御乳母のわづらひなく、明暮抱きもてあつかはせたまふ、あまりかたはらいたし。

（「つぼみ花」②三五頁）

道長の娘・中宮妍子《きよこ》が禎子《よしこ》内親王を生んだ。妍子の寝所を訪ねた三条帝は、禎子内親王を抱き上げ、寝床へ寝かせてみよう、と戯れ、内裏にいるときには乳母は不要だ、私が乳母になってやろう、と言う。実際に内裏に若宮と妍子が参内すると、乳母をわずらわせることなく、帝が乳母に成り代わって明け暮れ若宮を抱いている、とある。

『栄花物語』において、母像が乳母を媒介として表わされたように、父像もまた、乳母を代行することによって表現されている。父性を強調するための、父が子を抱く姿が、決して母の代行としては言い表わせないことで、逆に母の射程が明らかになる。それは、たとえば、「垂乳根《たらちね》」の枕詞の変遷にどこか類比的でもある。「垂乳根」は、「母」にかかる万葉の枕詞であって、その語源は定かではないとはいえ、いかにも「乳房」を連想させるような語感を持つ。しかし、万葉以後「たらちねの親」という表現を許容しはじめ、さらには「たらちを」という言葉を紡いで、「父」にかかることばへと変じていく。「たらちをの父」という表現は、本来「垂乳根」が乳房を連想させるものであったことからすれば、相当に奇妙な表現のはずだが、しかし、母性も父性も、いずれも「乳母」を媒介にしなければならなかったことを思えば、乳房にたいして、母も父も等価に置かれていると言うこともできるだろう。

父性とは、母性と同様に、単純な血縁意識による愛情問題に解消されない。ならば、子を抱く父の姿は物語においていかなる機能を持つのか。

禎子内親王の誕生は、『栄花物語』においては、道長の戦略のなかで、特別な意味をもって言祝がれた。三条帝には、藤原済時《なりとき》の娘・娍子《すけこ》が先に入内しており、男宮、女宮をすでに生んでいる状況にあって、三条帝即位とともに娍子に先んじて中宮となった道長の娘・妍子《きよこ》は、男宮出産を期待されていたはずである。男子を期待されたなかでの禎子内親王の誕生は、道長にとっては敗北ともいうべき事態ではあるが、これに御剣《みはかし》を贈るという異例の儀礼を敢行することで、この誕生を慶ばしきものへと強引に転じさせている。

月ごろいみじかりつる御祈りの験《しるし》にや、戌《いぬ》の時ばかりに、(a)いと平らかに御子《みこ》生れたまひぬ。今ひとしきりのどよみのほど、あさましきまでおどろおどろしきに、それも憎などいと苦しからぬほどに、ならせたまひぬ。世になくめでたきことなるに、(b)ただ御子何かといふこと聞えたまはぬは、女《をむな》におはしますにやと見えたり。(c)殿《との》の御前《おまへ》いと口惜《くちを》しく思《おぼ》しめせど、さはれ、これをはじめたる御事ならばこそあらめ、またもおのづからと思しめすに、これもわろからず思しめされて、今宵《こよひ》のうちに御湯殿《ゆどの》あるべくののしりたつ。
内には、(d)けざやかに奏せさせたまはねど、おのづから聞しめしつ。御剣《みはかし》いつしかと持《も》てまゐれり。(e)例《れい》は女におはしますには御剣はなきを、何ごとも今の世の有様は、さきざきの例を引かせたまふべきにあらねば、ことのほかにめでたければ、これをはじめたる例《ためし》になりぬべし。
（「つぼみ花」②二二一〜二二三頁）

まず禎子誕生の知らせは(a)「いと平らかに御子《みこ》生れたまひぬ」とあって、男御子、女御子の別が書かれないままに投げ出される。それを(b)「ただ御子」というだけであるから、女なのだろう、と道長の思いが受ける。道長は(c)男御子でなかったことを口惜しく思うが、すでに彰子腹に男御子があるからだろうか、「これもわろからず」思う。

男御子ではなかったからか、帝には(d)「けざやかに」知らせるわけではないが、自然と耳にも入り、内裏から「御剣《みはかし》」を持って参る。(e)「御剣」を贈る儀礼は、通例では女宮にはないのだが、なにごとも前例のとおりにする必要もないのだし、この誕生は「ことのほかにめでたければ」皇女でも「御剣」を贈ることとする、という。

このような物語状況で、道長自身が三条帝に禎子内親王をみずから抱いてたてまつるという行為は極めて政治的に働く。

入らせたまひていつしかと、若宮を「いづらは」と申させたまへば、殿の御前抱《おまへいだ》きたてまつらせたまひてさぶらはせたまへれば、抱き取りたてまつらせたまひて、見たてまつらせたまへば、ふくよかにうつくしうおはしまして、（「つぼみ花」②二九頁）

「いづら、乳母《めのと》は」と問はせたまへば、殿《との》の御前、「御乳母はいたく里《さと》び、もの恥ぢしてえ参りはべらざめり」とて、また抱き率《いだ》《ゐ》てたてまつらせたまひぬ。（「つぼみ花」②三〇頁）

道長から三条帝へ、二人の男性間での直接に抱かれた赤子の受け渡しは、『栄花物語』において徹底した差別化による選別（つまり、複数の子のなかからの選別）の結果選ばれた関係にたいして正統性を与えるパフォーマティヴな行為として機能する。ここでの父子関係の強調は、御剣を贈るという行為に特権的に表わされるように、子の正統性をいうことに付随する。それゆえに、というべきか、母、父のいずれにとっても子の美しさを愛で抱く姿は、決して自然なこととして描かれるわけではなく、必ず周囲の驚嘆のまなざしを伴う。

みずから子を抱き歩く三条帝は「もの狂ほし」（どうかしている）、「あまりかたはらいたし」（あまりにもはた目に見苦しい）、と評されたのだし、病床の女院詮子は、騒ぐ児をまとわせながら、「御乳母に、「これ抱きたてまつれ」とものたまはず」として、本来ならば当然、乳母に「抱きたてまつれ」と言うべきだという、一種異常な事態として描かれた。

三条帝の語りが父を強調するのは、女院が母を強調することにたいする単なる対抗として位置づけられてあるわけではない。母のパフォーマンスと父のパフォーマンスは、それぞれのもつ意味が根本的に異なっている。母性の問題が産むことを根拠に持ち出すのにたいして、父性の強調は、かえって出産の正統性の問題を無化するものとして働く。というのも、父はただ子を抱きとり愛するだけで父－子関係の正統性を授受しうるからである。父によって、産むことに拠って立つ母を無化していくことは、その発想において家父長制に連なるだろう。家父長の制度においては、まさに父－息子関係が重要なのであり、そこに母は原理的には介在する余地がない。父と母がともに乳母の、子を抱き取る行為を交点とするとき、父の制度は、母を無用化する。しかし少なくとも物語の叙述において父性は、母を駆逐するにしろ、結局は母の時と同様に乳母を擬態することに依っており、父性が母性に勝るものとはなり得ない。その意味で、家父長的システムの構築は、子との緊密な関係を言おうとするたびに浮上してくる非血縁の、正統ならざるものとしての乳母の存在によって頓挫させられてしまうのである。

第二部　女帝が生まれるとき——女たちの信仰

第四章　宮廷物語における往生の想像力

1　正典的《カノニカル》な物語／外典的《アポクリファル》な物語

女院という、女性にして最上の位が母性を条件とすることは、まさに摂関政治下の性の配置の要請に他ならない。天皇の母であることがその位階を高めるというのは、天皇の母の父、すなわち天皇の祖父であることが摂政関白を保証することのまったくの導線上にある。したがって女院の存在は、女帝の存在と拮抗する。摂関政治が天皇親政と矛盾するのと同じように、天皇の娘が即位する女帝の存在はもっとも避けられねばならない。事実、女帝の歴史は、奈良時代に幾人かを記録して、その後、江戸時代まで絶えている。ところがそうした摂関政治の現実とは裏腹に、中世にいたって、物語や説話などに女帝がやたらと姿を現わしはじめるようになる。物語に女帝が生まれるとき、中世に何が起こっていたのか。

ここで問題にしたいのは、女帝が話題にのぼるとき、そこに持ちだされた女性性がどのように機能しているのかという点である。中世の女帝はことに説話に神話的な表象としてあらわれてくる。

そこには必然的に仏教や神道の、あるいは土着の信仰がまつわりつく。一般に『法華経』などの正典《カノン》の教えるところでは、女性は女身のままでは成仏できず、男に変じる「変成男子《へんじょうなんし》」を旨とするから、女人の女人のままでの救済の道は絶望的に閉ざされている。この点について、フェミニズムは仏教の女性差別は言って批判してきたという経緯がある。たしかに経典などに読み解かれるかぎりにおいて女性差別を否定できない。中世も室町時代に下ると、女性の不浄や穢れを往生の妨げとして言い立て、産婦や経血の穢れを忌んで女性は血の池地獄に落ちるという考えまでが流布されるに至る。しかしたとえ仏教の根本思想が女性に差別的であることが疑いようがないとしても、人びとの罪障を強調し、不安をかきたて信仰を促すのは、宗教の布教の過程においてごくふつうであるから、逆にそれを女性の信仰の求心力とみて、一つの文化事象として捉えなおすこともできるであろう。そのようにみるとき、女性の信心は、みずからの穢れや成仏の不可能性を嘆くどころか、次々と妙案をかたって経典の外へ出ようとしたことがあらわになる。性差別よりも階層差が先立つ時代にあって、女院あるいは象徴としての女帝の周辺は女人のための外典的《アポクリファル》な物語を生み出す磁場となる。そうした物語群は正典にたいして否を突きつけるものであるから、正典化《カノン》された秩序を立てようとするなら、下位文化《サブカルチャー》として排除され、隠されてしまうだろう。したがってここでは、あえてそういった下位にあって、さして注目されずにきたものから女たちが手に入れようとした救済の物語を探ることとする。

はじめに平安時代後期の中心的な信仰であった阿弥陀信仰を概観し、極楽往生のイメージとはいかなるものであったかを確認しておこう。一方で、平安時代後期物語から鎌倉時代の物語は弥勒信仰を選びとり、兜率天往生を描いた。物語に描かれた出家や遁世は、悲恋譚の結末となって物語なりの往生譚を語った。たとえば、藤原道長の往生イメージが正しく阿弥陀仏に導かれての極楽往生であったのにたいして、物語がしきりと兜率天往生を描こうとするのはなぜなのだろうか。ここでは正典的な往生イメージにたいする外典的イメージとして、それを支える女たちの往生イメージをさぐっていくことにしよう。

2　藤原道長の往生イメージ

『栄花物語(1)』のうち、道長の造営した法成寺《ほうじょうじ》についての長大な描写を含む法成寺グループと呼ばれる巻々（巻十五、十七、十八、十九、二十二、二十九、三十）は、尼君たちの見聞という体裁がとられている。ここに、いつも道長の寺へ散華《さんげ》するための花を届ける尼、「花の尼」と称される一人の女が登場する。この尼はかつて宮仕えしていた女房であったから、老いてもなお「みやびかなるさま」で、ときに道長の前で、花を受け取る阿闍梨と歌を交わしもする。ほかの尼たちの歌も載っているから、皆、女房であったのだろう。巻第十八「たまのうてな」で、法成寺を見物してまわる尼たちは、のちに道長の薨去が語られる巻第三十「つるのはやし」において、法成寺にかけつけ釈迦の入滅のような道長の最期を目撃する。それにしても『栄花物語』において、法成寺の有り難さはなぜ尼たちのことばで是認されねばならないのだろう。

出家と死出の準備にとりかかった道長が完成させた法成寺は、道長の死の場面に直結する一続きの場と考えるべきで、これまでの道長の生者としての栄華を語るものとは区別される。法成寺落成は、すべてが死に向かって、あるいは死から遡及的に語られている。道長の極楽往生は、前段の法成寺の荘厳によって確かに保証されることとなる。

『往生要集』をものした源信の教えによれば、極楽往生の鍵は、観想にあった。イメージを持つこと。極楽世界を心に想い描くこと。すると極楽は向こうからやってくる。迎えが降りてくるという形で。法成寺に完成された、極楽と見紛うほどの世界は、道長その人の観想の現前であり実現であった。

法成寺境内には次々と御堂が完成していく。その様子は、「浄土はかくこそとは見えたり」とあるように、さながら浄土のようであった。その浄土世界を具体的に表わすのが、阿弥陀堂内の阿弥陀聖衆来迎図の描写である。「例の尼君たち」が「心あるかぎり四五人契りて」阿弥陀堂へやってくる。阿弥陀堂の様子を映す尼君たちの目は、端が黄金色の屋根の榱《たるき》や、螺鈿《らでん》をほどこした犬防《いぬふせぎ》を経て、堂内へと移っていく。平等院の鳳凰堂を思い起こさせる九品蓮台の有様を描いた扉絵の、詞の書かれた色紙形は高すぎてよく見えない。つづいて聖衆来迎図を見ていくのだが、このくだりを読み進めるうちに、読者たちはいつしか尼たちの目を通して極楽へと導かれていくのである。

これは聖衆来迎楽《しやうじゆうがうらく》と見ゆ。[a]弥陀如来雲に乗りて、光を放ちて行者のもとにおはします。観音、勢至、蓮台を捧げてともに来りたまふ。[b]もろもろの菩薩、聖衆、音声伎楽《おむじやうぎがく》をして喜び迎へとりたまふ。行者の智恵のけしきよそよそにして、忍辱《にんにく》の衣を身に着つれば、戒香《かいかう》の匂にしみ薫りて、弘誓《ぐぜい》の瓔珞《やうらく》身に懸けつれば、五智の光輝《かかや》けり。金銀のこまやかなる光透《とほ》りて、紫磨金《しまごむ》の柔らかなる膚透《はだへす》きたり。(c)紫金台《しこむだい》に安座して、須臾刹那《しゆゆせつな》も経ぬほどに、極楽界にいき着きぬ。草庵に目を塞ぐ間は、すなはち蓮台に跏《あなうら》を結ぶほどなりけり。あるいは八功徳《はちくどく》水澄みて、色々の花生《お》ひたり。(d)その上に仏現れたまへり。

(『栄花物語』②「たまのうてな」三〇〇～三〇一頁)

阿弥陀堂に描かれた阿弥陀聖衆来迎図は、(a)蓮台を捧げた観音、勢至菩薩とともに、雲に乗る弥陀如来が、光を放って行者のもとに降りきたる絵であって、音楽を奏でる二十五菩薩を付き従えた典型的な来迎図のようである。「来りたまふ」の述部が今ここに降り来たったという臨場感を醸す。そうした「今」を描出する叙述の方法で、来迎図を部分に小分けしながら、時間の流れに乗せて一つ一つを描いていくうちに、(b)「もろもの菩薩、聖衆、音声伎楽をして喜び迎へとりたまふ」のようにして、降り来った者たちは行者を迎えとってしまう。さらに「迎へとりたまふ」のことばに導かれるようにして、行者は(c)紫金台に安座したまま瞬時に「極楽界にいき着きぬ」とあって、ついには極楽に行き着いてしまうのである。かくしてわれわれは行者とともに、極楽で、(d)花の上に現われた仏の姿を見ることになる。

この画の描写に連ねられる大仰で過剰な表現は『往生要集』の教えをなぞるものであったとして、そのことは問題ではない。ここで重要なのは、尼たちが来迎図を絵解きすることで、描かれた静止画の世界に、来迎から極楽往生へという時間を流し、結果として極楽世界へと誘うこと、そして二次元の板の絵を立体にたちあげることばの力で、極楽世界に見る者を誘うことである。いま見ている仏は、絵のなかにじっととどまったそれではなくて、たった今、眼前の花の上に現われ出た仏なのである。

このようにして尼たちに見取られた往生と極楽世界は、最後に「人の心の中に、浄土も極楽もあるといふはまことにこそはあめれ。殿《との》の御前《おまへ》の御心の中《うち》にここらの仏の現れさせたまへるにこそあめれ」（②三一〇頁）とまとめあげられて、道長のみたヴィジョンを正確になぞったものであったことが明かされる。道長はこうして見事に極楽世界を観想したのだということで、往生が保証されるのである。

また尼たちの見る法成寺は、道長の死後の極楽往生を予見するだけでなく、現世での臨終の瞬間を先取りしてもいた。

また蓮《はちす》の糸を村濃《むらご》の組にして、九体の御手より通して、中台の御手に綴《とぢ》めて、この念誦《ねむず》の処に、東《ひむがし》ざまに引かせたまへり。つねにこの糸に御心をかけさせたまひて、御念仏の心ざし絶えさせたまふべきにあらず。御臨終の時この糸をひかへさせたまひて、極楽に往生せさせたまふべきと見えたり。九体はこれ九品往生《くほんわうじやう》にあてて造らせたまへるなるべし。

（『栄花物語』②「たまのうてな」三〇六〜三〇七頁）

極楽へと導く蓮の糸に見立てた組ひもを濃淡のぼかしの入った村濃染《むらごぞ》めにして、九体の阿弥陀仏の手にとおしてある。それを中央の阿弥陀像のところでひとまとめにしたのを、座の方へ引っ張ってある。この糸に心をかけていれば最期まできっと極楽をめざし念仏をとなえる志が消えるはずはない、とある。そしてここから、道長の最期の日の話題へと転じる。道長も臨終のときには、この糸をにぎって極楽往生するつもりなのだろう、というのである。その後に実現する道長の死という未来像を予見する一文がはさまれて、極楽が九つの段階に分かれているという九品往生にあてて造らせた九体の阿弥陀は、道長が極楽往生を願って用意したものなのだろうと結ばれる。九体の阿弥陀に結ばれた糸を握りしめて道長は死ぬだろう、というのは観想というべきものであって、臨終の瞬間の先取りである。事実、巻第十八「たまのうてな」に描かれたこのヴィジョンは、巻をへだてて巻第三十「つるやのはし」に描かれる道長の死の場面では省略され、くり返されることはない。

ただ今はすべてこの世に心とまるべく見えさせたまはず。この立てたる御屏風の西面《にしおもて》をあけさせたまひて、九体《くたい》の阿弥陀仏《あみだほとけ》をまもらへさせたてまつらせたまへり。（中略）仏の相好《さうがう》にあらずよりほかの色を見むと思しめさず、仏法《ぶつほふ》の声にあらずよりほかの余《よ》の声を聞かんと思しめさず、後生のことよりほかのことを思しめさず、御目には弥陀如来の相好を見たてまつらせたまひ、御耳にはかう尊き念仏を聞しめし、御心には極楽を思しめしやりて、御手には弥陀如来の御手の糸をひかへさせたまひて、北枕に西向きに臥《ふ》させたまへり。よろづにこの相ども見たてまつるに、なほ権者《ごんじや》におはしましけりと見えさせたまふ。

（『栄花物語』③「つるやのはし」一六二〜一六三頁）

道長は、九体の阿弥陀仏を見つめ、仏法の声のみを聞き、後の世のこと、極楽をのみ思いながら、例の糸を手にして北枕、西向きに臥している。それから数日の後、いよいよ亡くなったときも、「されど御胸より上《かみ》は、まだ同じやうに温かにおはします。なほ御口《くち》動かせたまふは、御念仏せさせたまふと見えたり」（一六五頁）とあって、死してなお、念仏を唱えつづける口もとが描かれている。

極楽往生は、イメージすることで観想に導かれるのだから、予言のようにして目撃されておく必要があった。それものちに道長の死を目の当たりにする語り手によって見られておかねばならなかった。「たまのうてな」巻の法成寺の描写は、道長の死から遡及的に意味づけられてあるわけだから、法成寺を語ることそれ自体が、すでにして道長亡き後の追善供養でもあった。泣きまどう尼法師を庭先に集めて、道長の死はさながら涅槃図のような場を構成する。

かの釈迦入滅《しやかにふめつ》の時、かの拘尸那城《くしなじやう》の東門《とうもん》より出でさせたまひけんに違《たが》ひたることなし、九万二千集まりたりけんにも劣らず、あはれなり。この世界の尼ども、心をつくして参り送りたてまつれど、そこらある人なれば、いづれとも知りがたし。

（『栄花物語』③「つるやのはし」一六七頁）

「この世界の尼ども」は、「いづれ」（誰が誰）と見分けられるはずの、関わりのあった人たちであろうが、数が多く集まった場では それはわからない。ともあれ、道長の死は、あえて取り立てて「尼ども」に見送られるのである。この尼たちは、おそらく道長の死後も追善供養のために花を供えつづけるであろう。

かつて仕えた女房の亡き主人のための追善供養のイメージは、『とはずがたり』の二条に典型的だが、こうしてみると『源氏物語』「幻」巻で紫の上亡き後、光源氏が中将の君という女房を「一人《ひとり》ばかりは思し放たぬ気色なり」(2)(この女房だけはまだ思い捨てられない様子だ)とされることの意味もこのあたりに探られるかもしれない。『栄花物語』の語る尼のイメージは、決して小さなエピソードではない。強靱なイメージを以て追善供養を彩る。というのも第五章にみるように、亡き主人の供養は、尼となった女たちの救済の問題でもあるからであった。

『栄花物語』は、道長の往生譚を尼たちに実見させ語らせることに徹底してこだわった。その意味で、『栄花物語』は、『源氏物語』幻想を最初に実現した書といえるかもしれない。物語の架空の人物であるはずの光源氏が人びとの幻想のなかで現実を生きたように、女たちの見聞という物語にかたどられることによって道長の栄華は釈迦の入滅を模しながら、なおも陳腐な往生伝を超えて後世に生き残るのである。

道長の法成寺は焼失したが、道長の長子頼通の造営した平等院鳳凰堂が今に伝わることによって、阿弥陀浄土とその来迎はイメージしやすい。さらに頼通にならってその息子の橘俊綱も、伏見寺は即成院に来迎イメージを創造している。さまざまな遺品・遺物に、いわゆる浄土教の全盛をたしかに見ることができる。

3　平等院鳳凰堂にみる来迎イメージ

京の南東、宇治に建つ平等院鳳凰堂は、一〇五二年の末法（仏法の衰える時期）に入ったまさにその年に、藤原頼通によって発願された阿弥陀堂で、平安後期の頂点を極めた美の殿堂として名高い。もともと藤原道長の別業《べつぎょう》（別荘）であったこの地は、平等院となったことで、「宇治殿」の呼称を冠された頼通の時代を象徴的に飾った。堂内は、曼荼羅図を三次元に立てたような立方体で、中央には、仏師定朝《じょうちょう》の傑作といわれる阿弥陀如来像が鎮座する。丈六に造られた大像は二七八・八センチ、装飾豊かな光背がさらに高く頭上の天蓋の中へと伸びてゆき、狭苦しい堂内を圧倒する。空間を埋めつくさんばかりの阿弥陀像に迫る勢いで四方を取り囲む壁面上部には、雲に乗り宙を舞う雲中供養菩薩群が配され、阿弥陀来迎のイメージを形成する。供養菩薩の下に位置する扉や壁面の全面には、阿弥陀来迎図が描かれ本尊を包囲する。春夏秋冬の四季を描き分けたやまと絵風の背景に、楽を奏する菩薩衆を従え、雲に乗り迎え来る阿弥陀如来図を、待ち受ける種々の品々のために上品上生から下品下生まで九度にわたって再現するという念の入れようは、平等院が倣ったといわれる道長造営の法成寺九品仏と相同性を持つ。

それにしても、堂内に坐す者は、きらびやかな螺鈿《らでん》や鏡を駆使した光と色彩に照らされながら、四方のどこを仰いでも、山並みを雲霞に乗ってたちまちに滑り降りて来る阿弥陀仏の来迎図に強迫的に出遭いつづけ、その中央で構える阿弥陀如来像もまた、雲中供養菩薩を従えているのだから、もう一つの巨大な来迎図を構成しているという、いうなれば切迫神経症的な来迎の反復のただなかに置かれる。臨終に際して生涯ただ一度訪れるはずの浄土へ迎え入れられる瞬間を表わした来迎図に威圧されつづける場は、しかし同時に、壁面の来迎図における阿弥陀如来が来迎印を結ぶのにたいし、本尊の阿弥陀如来像は定印《じょういん》を結んでいるのだから、すでにしてここは極楽浄土なのである。来迎を待ち受ける時間と迎え入れられた浄土の風景という、一方が成れば必ず他方が成り立たない反発しあう二極が、あたかもエッシャーのだまし絵のように相互に相殺し合うイメージの構成力でもって、同時に積載されている。源信の『往生要集』は、執拗なまでに陰惨な地獄絵をたっぷりと描いて見せた後で、そこからの離脱の方策として、仏を唱えることと、極楽のイメージを磨きあげることを教える。平等院の阿弥陀堂は、極楽イメージの卓抜な具現化であることは間違いないが、さらにそこにくり返される来迎の緊迫感と、阿弥陀像の示す浄土との二面性を有することで、『往生要集』が抱え持つ地獄と極楽の対照性を相同的に構造化したものだといえる。

『往生要集』が説く修行とは、礼拝門《らいはい》、讃歎門《さんだん》、作願門《さがん》、観察門《かんざつ》、廻向門《えこう》の「五念門《ごねんもん》を修《しゅ》して行《ぎょう》成就すれば、畢竟《ひっきょう》して安楽国土に生まれて、かの阿弥陀仏を見たてまつることを得《う》」[3]るという、ヴィジュアル・イメージ化へのひたすらなレッスンであった。なかでも多くの紙幅を割いて念入りに説かれるのが観察門である。阿弥陀如来の坐す花座の描写にはじまって、肉髻《にくけい》や毛髪への観想は、単に阿弥陀彫刻の図様解説にすぎないようにみえる。いかに阿弥陀仏を彫刻から、「色相」という肉としてのイメージへと高められるかといった問題は、惣相観《そうそうかん》が説かれる段になると、「眉間の白《びゃく》毫《ごう》は、右に旋りて婉転《えんてん》せること五の須弥山《しゅみせん》の如く、眼は四大海の水の如くして、清白分明なり。身のもろもろの毛孔より光明を演《の》べ出すこと須弥山の如く、円光は百億の大千界の如し」（一三一頁）のように加速度的に抽象度を増す。そして、これらのイメージをいともたやすく眼前に具象化してみせる仏師や絵師の巧みは、修行僧と同じ高みにあることとして、道長発願の法成寺造営に関わった仏師定朝は本来律師に与えられる僧位の法橋上人位に叙される。

　平等院の阿弥陀堂が、池水の際《きわ》にしつらえられ、左右に大きく翼廊を伸ばした、のびのびとした外観にたいし、内部空間があれほどの緊迫感に満たされているのは、そこが死出の場でもあるからに違いない。『栄花物語』によれば、道長は、平等院の前身となった法成寺阿弥陀堂で、九体の阿弥陀の手にかけた錦の糸をにぎりながら往生を遂げたという。こうした死の瞬間は、「往生伝」というかたちで収集され、たとえば「家に香気あり、空に音楽あり。暑月に遇ひて数日を歴たりといへども、身は爛壊せず、存生《ぞんしやう》の時のごとし」[4]にあらわされるように、夏の日にもかかわらず、数日をへても死臭がしてこなかったということで、地獄絵の恐怖をおおいかくした往生への向心力を煽動する[5]。否定からはじめられたイマジネーションの反動は、観想の実践として入滅の瞬間を、光が輝き、紫雲がたなびき、音楽が空に響き、香気が室内に満ちる、と記す。ここにおいて、平等院阿弥陀堂内陣にあらわされた立体的な祈りの空間は、物語へ向けてふっと放たれる[6]。

　当時よりその美しさで名高かった平等院鳳凰堂の阿弥陀如来像は、その法量の威圧感に反して、ぽってりとした顔だちの、どこか曖昧な表情をしている。以後のスタイルの追随による定朝様の確立があってはじめて、このどこといって特徴がないようなぼんやりとした顔は、「和様」の完成といわれるようになる。道長の建立した法成寺は、すでに『栄花物語』に「さばかりめでたくおはします百体の釈迦、百体の観音、阿弥陀、七仏薬師《しちぶつやくし》など丈六《ぢやうろく》の御仏たち、火の中にきらめきて立たせたまへる、あさましく悲し」（③四〇二〜四〇三頁）のように、全焼したことが記され、今には伝わらない。この記事が示すように、法成寺の仏像は、どれも単像ではなく複数の像で成り、現存の三十三間堂千体菩薩のように、圧倒的な数の金色の彫像を反復的に安置していたのであるから、ひとつひとつの像の強烈な個性はそもそも必須ではない。

あるいは、こうした曖昧な表情を願主たる平安貴族の好みの問題に返すならば、物語絵巻の引目《ひきめ》鉤鼻《かぎばな》という表情の記号化にも似た、独特の理想像の表現ということになるのかもしれない。(7) 武笠《むかさ》朗《あきら》は、白河上皇の追善仏事で用いられた仏像が、葬送用の雑具とともに倉に置かれていたという『中右記』の記事をもって、当代貴族の「美意識や仏像観」について、「仏事の増大化・日常化」にともなって「仏像の大量生産と大規模造像が仏像の「物」化を着実に推し進め」たと指摘する。(8) 信仰にかかわりながらも、調度品に近い意識で注文され、仏像彫刻が極度にフェティッシュ化したとすれば、フェティッシュとは、物語の過剰な読み込みによって、そこに粘着質に拘泥していくことなのだから、同じく宮廷内で大量に物語が生産されることと連動する。たしかに、力強い個性を主張する天平彫刻群が、神話のような強固に閉塞的な語りを付随させたのにたいし、平安彫刻が発注された現場では、おびただしい数の物語が創造された。(9)

4　天人降下のイメージ

宮廷物語の来迎イメージは、平等院鳳凰堂に典型的な阿弥陀と二十五菩薩の来迎に先立って、天人降下譚としてあらわされた。以下に、美術史に残された図像イメージと響き合わせながら、天人降下譚の物語史を概観しよう。

『源氏物語』の後にその強い影響下で書かれた『狭衣物語』[10]は、二世の源氏である主人公狭衣大将が、帝位につく物語である。光源氏でさえ准太上天皇という位に甘んぜざるを得なかったというのに、父の代にすでに源氏に臣籍降下された狭衣が天皇となることに『無名草子』[11]は不満なのである。ともあれ、『無名草子』が注目する一つのエピソードに、狭衣の奏でる笛の音に感応して天人が降ってくる場面がある。ここに天降った天人は「天稚《あめわか》御《み》子《こ》」といわれ、角髪《みずら》を結った童子であった。にもかかわらず、『無名草子』は後半部で、「今の世の物語」を批判しながら、再び『狭衣物語』の天人降下譚に言及するとき、それを「天の乙女」と言い換えている。このようにして『狭衣物語』の特異な降下譚は、『無名草子』の語り手によって物語史的な軸に回収されてしまう[12]。物語において、天人といえば「天の乙女」であるのがふさわしいというような意識があって、角髪を結う天稚御子という童子のイマジネーションは取りこぼされてしまったのだ。おそらく『無名草子』を支配するのは、『竹取物語』にはじまり、『うつほ物語』『夜の寝覚』『在明の別』『狭衣物語』『小夜衣』などにさまざまに描かれてきた物語史における天人降下譚であろう。そのさまざまな天人像を、物語史からいったん解いて、試みに『往生要集』の教えに倣って徹底してイメージ化してみることにしよう[13]。

『竹取物語』[14]は、月の都から流離した天女を主人公としているのだから、『狭衣物語』でいわれる

図６　阿弥陀堂内陣小壁画「飛天」（京都・法界寺）

ような仏教的イメージとは異なっている。「大空より、人、雲に乗りて下《お》り来《き》て、土より五尺ばかり上《あが》りたるほどに立ち連ねたり」のように、かぐや姫を迎えとるために月の都から降り下ってきた人びとは、「立てる人どもは、装束《さうぞく》のきよらなること物にも似ず。飛ぶ車一つ具《ぐ》したり。羅蓋《らがい》さしたり。その中に、王とおぼしき人、家に、「みやつこまろ、まうで来《こ》」といふに、猛《たけ》く思ひつるみやつこまろも、物に酔ひたる心地して、うつぶしに伏せり」（七一頁）のように描かれる。かざされた「羅蓋」は、仏像の上に据えられた天蓋のようでありながら、しかしその下に「王とおぼしき人」が立つのだから、むしろ高松塚古墳の東壁に描かれた男子群像を思わせる。

『在明の別』[15]においては、二度の前哨譚の果てについに訪れた天人が「花の女」と呼ばれている。「御笛の音に合ひて、いふかたなきに、いひ知らず珍しきさましたる花の女七人降り来て、並みたてる庭の桜の、えもいはず散り紛ふ梢に、たなびく雲を踏みて、一返り舞ひたる袖の、風にひるがへる程、天つ領布《ひれ》吹き迷はされて、光を晴らすものから、なまめかしくいふ限りなきに」と描かれるように、「花の女」は具体的には桜の散りまごう中で舞いを披露してみせたのだから、法界寺阿弥陀堂の内陣小壁画（図6）にみえる蓮台を捧げ持ち、下方からの風を羽衣に受けて飛翔する飛天図を思わせる。これらの飛天図は堂内を飾る荘厳画で、中央に坐した本尊阿弥陀如来像を供養するよう配されており、平等院阿弥陀堂の雲中供養菩薩像にあたるが、様式としては法隆寺金堂壁画の飛天に近い。体を横たえ空を舞う姿は、いかにも女性的だといえる。

『源氏物語』に先立つ長編物語の『うつほ物語』[16]「俊蔭」巻には、三十の琴をつくって登場人物俊蔭《としかげ》に与えた天稚御子が登場する。その点で『うつほ物語』は『狭衣物語』を考える上で、おそらくもっとも重要であるが[17]、これについては、石田百合子が『うつほ物語』冒頭「俊蔭」巻の各場面を丹念に絵画的想像力に結び合わせながらイメージ化していく方法を示している[18]。石田によれば、『うつほ物語』は仏画に一元的に帰すことのできない多様なイメージを源泉に持つが[19]、それらを物語的に結びつける構想力の枠は法華経変相図にあるとする。たしかに、俊蔭は、兜率天の七人の衆生とともに仏の来迎に遭遇するのだから、『うつほ物語』「俊蔭」巻の世界は単純に二分された地上と天の往復運動にのみあらわされる来迎図とは自ずとずれてくる。いずれにしろ「音声楽」とともに下る「天女」のイメージが『在明の別』に通じあうのにたいし、天稚御子については「その素性及び絵画との関係については未詳未勘である[20]」とされるように、少なくとも、こうしてヴィジュアル・イメージの形成を思うならば、「天人」であることで「天稚御子」と「天の乙女」をひとまとめに考えるわけにはいかない。

さて、『狭衣物語』の天人降下場面である。冒頭近く、帝がつれづれを慰めるために催した私的な音楽の会で、強いて狭衣中将に吹かせた笛の音が、五月の雨空へ澄みのぼる。狭衣の笛の音に感応した天は、稲妻を光らせ、星を瞬かせ、その笛の音と「同じ声に」笛の音を返してよこす。さらに「さまざまの物の音ども空に聞こえて、楽《がく》の音《おと》いとおもしろし」とあって、笛につづいて幾人かの天人による合奏が聞こえてくる。雲に乗った楽人たちが徐々にゆっくりと下降してくる様子が「楽の声、いとど近くなりて、紫の雲たなびくと見るに」とあらわされる。「天稚御子《あめわかみこ》、角髪《みづら》結ひて、言ひ知らずをかしげに香《かう》ばしき童《わらは》にて、ふと降りゐたまふと見るに」とあるから、地上に降り立ったのは、楽人たちではなくて、角髪を結った一人の「香ばしき」童子であった。[21]

> 楽の声、いとど近くなりて、紫の雲たなびくと見るに、天稚御子、角髪結ひて、言ひ知らずをかしげに香ばしき童にて、ふと降りゐたまふと見るに、糸遊《いとゆふ》のやうなる薄き衣を中将の君にうち掛けたまふと見るに、我はこの世のこともおぼえず、めでたき御ありさまもいみじうなつかしければ、この笛を吹く吹く帝《みかど》の御前《おまへ》にさし寄りて、参らせたまふ。
>
> （『狭衣物語』①四三～四四頁）

『狭衣物語』は、井上眞弓が「天界の使者たる天稚御子の描写には「紫の雲たなびく」とあり、西方浄土＝極楽のイメージを伴ない、天稚御子を迎える超俗的属性に人々は聖性の証しをみ、狭衣を仏の化身――「第十六の釈迦牟尼仏」と称えるなど、仏教との因縁の深さを随所にみることができる」[22]と述べるように、仏教的な色彩の濃いものとされている。とくに、小峯和明の「狭衣物語と法華経」（『国文学研究資料館紀要』第十三号、一九八七年）における経文引用研究を嚆矢として、『法華経』との影響関係が、物語構造に関わってさまざまに論じられているなかで、やはりここで降下するのが「天稚御子」であることが問題となってくる。天照神の託宣が狭衣に帝位をもたらすことで物語が決着することから、この仏教的エピソードに添えられた角髪の童子は、天照神に結ばれていくような論理を作動させ、長谷川政春が「もし、「本地垂迹」を言うならば、心に「本地仏」を宿しつつ、現し身に「垂迹神」として帝位に即いた狭衣であったといえよう(23)」とするように、狭衣の王権が神と仏のいずれをも取り込んでなるという解釈をうむ。井上眞弓が「なによりもまた、天稚御子に天の衣をかけられて「なつかし」く感じられたことは、狭衣が天界から来た者であることを動かせぬ事実として定位させることばである。狭衣は天という異界と交信できる超俗的な属性を持つ境界人なのである(24)」と述べているように、たしかに狭衣の奏でる笛の音色は帝によって「大臣の笛の音《ね》にも似ず」と看破され、「世の常ならぬ音は誰《たれ》伝へけん」という疑問は、天からの「御笛の同じ声に、さまざまの物の音ども空に聞こえて、楽《がく》の音《おと》いとおもしろし」(「巻一」①四二頁)と結ばれる応えによって解かれ、また天からひびく合奏をリードする笛はまさに狭衣の音と「同じ声」であることによって、狭衣もまた天人であることが暗示される。天人に迎えとられようとする狭衣自身が、迎えとる天人その人であるという倒錯的鏡像関係は、『栄花物語』巻第十七「おむがく」の法成寺金堂供養の場面に典型的にあらわされるように、来迎をめぐる想像力として人々に目慣れたものだったといえる。

法成寺金堂供養は、極楽浄土のイメージを演劇的に具象化したものであって、金堂供養に参列する女房や関白、内大臣の妻たちの装束が、「天人などの飾りもかやうにこそはとおしはからるるもめでたし」(『栄花物語』②二七〇頁)と描かれるなど、饗宴は「かの忉利天上《たうりてんじやう》の億千歳の楽しみ、大梵王宮《だいぼむわうぐう》の深禅定《じむぜんじやう》の楽しみも、かくやとめでたし」（②二七四頁）とすべて「この世のことども見え」ぬものにつつまれる。また舞楽は、菩薩の面をつけた者たちの舞によって来迎イメージを構成しつつも、そこで披露される極楽に誘うパフォーマンスは、「極楽もかくこそはと、思ひやりよそへられて見」られることによって極楽を再現しもする。地上の者が菩薩の面をつけ、浄土の者を演じる劇性は、極楽と地上の交錯をそこに宿らせる。そのなかにおいて「楽所《がくそ》の物の音《ね》どももいといみじくおもしろし。これみな法《のり》の声なり」（②二八二頁）のように、地上で奏でられたはずの楽の音をまさしく法の声だと言ってしまうことで、つづく「あるいは天人、聖衆《しやうじゆ》の伎楽歌詠《ぎがくかえい》するかと聞ゆ」（②二八二頁）が、楽所の演者たちを、天人であり聖衆そのものに変換していく。このような来迎をめぐる想像力のもとに狭衣をおいてみるならば、狭衣が天人になぞらえられることは、地上人でありながら天人であることそれ自体に意味があるのであって、『竹取物語』のような天人と地上人の対立関係を構成するものではないといえる。しかし、単純に阿弥陀来迎のイメージとはいえないイメージではある。『狭衣物語』の天人降下譚はどこから来たのだろうか。[25]

5　弥勒信仰における兜率天の構想力

それにしても、『狭衣物語』の天人降下譚において、楽の音を響かせる天人たちを背後にして地に降り立ったのが、なぜ「角髪結《みずら》」う童子であったのかという点であるが[26]、興味深いことに美術史研究において、これと同じ問題が法華寺の「阿弥陀三尊及び童子像」（図7）に描かれた童子をめ

図７　阿弥陀三尊および童子像（奈良・法華寺）

ぐって議論されている。「阿弥陀三尊及び童子像」は、阿弥陀如来図、観音・勢至図、童子図の三幅からなる絹地に描かれた絵画で、いずれも雲に乗る図としてあって阿弥陀来迎図を形成するにはちがいないのだが、阿弥陀如来が正面向きであるのにたいして、観音・勢至菩薩図と童子図は右向きに向かっていくように描かれているため、まず三幅がどのように配置されていたのかという点にはじまり、三幅が同時に制作されたものかという点、さらにはその制作年についてもいまだ定説をみない。阿弥陀如来が正面向きであとの二幅が右向きである点について、大串純夫は「この三幅は近世のいわゆる離合山水図の如く、中幅は独立すれば仏を観念する対象となり、左右幅と合すれば一個の来迎相を構成し、また左右幅はそれだけでも来迎図として認められると同時に、中幅と合わせてもまた弥陀来迎を偲ぶよすがとして念仏信徒に観察されていたとみられると思う[27]」と述べている。一つの図像が仏を観念すること、つまり浄土の観想と、来迎との両方を合わせ持つことは、すでに宇治平等院鳳凰堂の内陣の構造や法成寺金堂供養のパフォーマンスにみてきた来迎のイメージである。[28] ここで問題にしたいのは、三幅のうちの童子図である。両手で幡《はた》を持ち後ろを気づかうようにふり返る持幡《じばん》童子は角髪を赤いリボンで結った姿であらわされる。大串は「普通の来迎図にはほとんど描かれる例のない持幡童子が描かれていること」の問題について「持幡童子については、浄土三部経や『往生要集』の来迎を説く部分にはなんらその記載を見ず、来迎図にこのような童子が描かれることも極めて稀」だと認めながら、それでも『往生要集』の影響下にあって「明らかに恵心の強調した来迎信仰に基いて制作された」来迎のイメージに結節させる方法として、迎講《むかえこう》の儀式のイメージをつきあわせて解いていく。「迎講とは弥陀来迎を悲願する僧侶や信徒が、弥陀三尊及び聖衆の来迎の有様を、寺院や個人の邸宅などを舞台として演出し、浄土往生の助業とする一種の宗教的演劇であって、古く平安時代から行われ、現在でも奈良県＝当麻寺・金剛山寺・久米寺、大阪市＝大念仏寺、京都市＝泉涌寺、神戸市＝藤之寺、兵庫県＝浄土寺、東京都＝浄真寺などにその名残をとどめている儀式である」が、「持幡童子についても、『当麻寺縁起』には奏楽する聖衆に混じて幡を持つ二人の童子の可憐な姿が見出され、『今昔物語』も「一《ひとつのけいろう》雞妻を前《さき》として」楽天の菩薩が近づいたことを語っており、渡辺別所の迎講にも「天童装束三十具」が作られているのだから、迎講には持幡童子の加わるのがむしろ普通の習慣であったと見るべきである」とする。そういえば『栄花物語』における法成寺金堂供養においても、その演者のなかに稚児の姿が散見された。[29]

翻って『狭衣物語』においても、天稚御子降下にかかわる場面の狭衣の「稚児」性[30]をめぐって議論されている。[31]

されど、この御ありさまの、この世の人とも見えたまはず、いとゆゆしきに、御位《くらゐ》をだにあまりまだしきにと、稚児のやうに、思ひきこえさせたまひたるなるべし。母宮《ははみや》などは、天人などのしばし天降りたまひたるにやと、恐ろしう、かりそめにのみ思ひきこえさせたまひて、御交じらひなども後ろめたく思ひきこえさせたまひたれど（中略）また、世の中の人も、うち見たてまつる際《きは》は、あやしう、この世のものとも思ひきこえさせたらず、これやこの末のために現れさせたまへる第十六我釈迦牟尼仏《がしやかむにぶつ》とて、押し擦り、涙をこぼすも多かり。

（『狭衣物語』①二三頁）

天稚御子降下に先立って置かれた箇所で、狭衣の母が、狭衣をまだ「稚児」のように思っていることが、天人などがしばしのあいだ天降《あまくだ》ってきたのだろうか、という天人降下の想像力に呼応している。また母宮の視線は、もしやこの末世を救うために現れた大通智勝如来《だいつうちしようによらい》の十六番目の子、釈《しや》迦牟尼仏《かむにぶつ》なのではないかと手をすり合わせて涙を流し拝む、世の中の人の視線に重ねあわされる。ここで狭衣が、釈迦牟尼仏として現われる点に注目したい(32)。天稚御子降下の後に、再び狭衣は「世の人」たちによってこの世の人ではなくて、天人の天降《あまくだ》ってきたとうわさされていたことは、今宵、本当だったのだとわかった、と言われるが、世の人が奇瑞を見ることで、仏の現われを認定し信仰を形成する文脈それ自体は、「往生伝」の叙述にある来迎イメージに重なる。「往生伝」でたびたび言及されるのは、死に行く者のそばに仕える者が来迎のイメージを夢の中にみることであり、それが死者の往生したことを保証する黙約となっている。たとえば『拾遺往生伝』の中原義美という伝未詳の人物についての記事は次のように閉じられる。

この時或人夢みらく、一の総角《あげまき》の童子あり、いまだ敷《ひら》かざる蓮花一茎を擎《ささ》げて、来りて曰く、釈迦堂持経者の使なり、云々。この蓮花をもて、かの人に献ずべし。この時この蓮《はちす》開敷《かいふ》すべし、云々といへり。夢覚めてこれを尋ぬれば、正《まさ》にかの入滅の時なり。(33)

ここで「総角の童子」が「釈迦堂持経者の使」とされている点について確認しておく。釈迦堂とは源　融《みなもとのとおる》の別荘として有名な嵯峨釈迦堂、清涼寺である。清涼寺の釈迦如来像は、宋からもたらされ、「和様」とはかけ離れた姿は、釈迦三十七歳の生き姿を刻んだ等身大であり、胎内には鏡や絹製の五臓六腑が納められてある。釈迦信仰は、この像の模造を清涼寺式として増殖させるにいたり、現在でも各地に清涼寺式の釈迦如来像が残るが、現存最古の模造は一〇九八年の三室戸寺のものとされる。(34) 貞慶、明恵の南都の思想は既存の阿弥陀信仰に対抗するかたちで、釈迦信仰を活性化させ、それが清涼寺本尊である釈迦如来像を模造の隆盛につながっていく。この夢にあらわれた釈迦堂の使者である「総角の童子」は、稚児姿こそがふさわしい狭衣が「第十六我釈迦牟尼仏」に擬せられるイメージに重なる。あるいはまた狭衣自身の兜率天《とそつてん》志向が弥勒菩薩信仰と関わりにおいてすでに指摘されているが、(35) その弥勒信仰も貞慶、明恵が活性化させた南都の影響下にあり、既存の浄土教信仰に対抗するものとして発せられたのであった。

弥勒菩薩像に半跏思惟の像が似合うとすれば、[36]物思う憂愁の狭衣には弥勒菩薩が実によく似合う。父の代に臣籍に降下した二世源氏にすぎない狭衣を、最終的に帝位につかせるのは「巻四」の天照神《あまてるかみ》の託宣である。「巻三」にいたってだめ押しのように、にわか雨が降り出し、賀茂神社で奏でた琴《きん》の音に天が感応する。このときは姿を顕わすものはないが、にわか雨が降り出し、神殿が鳴動したとたんに、この世のものとも思えない香ばしい匂いがさっと燻《くゆ》る。こうした展開を説得的に補佐するために、「巻一」の天稚御子降下はあった。これらはすべて天照神へと収斂してしまうわけではなくて、「巻二」での奇瑞を目にした人々が、天照神も驚嘆するような琴の音なのだから、賀茂明神もどうして感応しないことがあろうかと言い合っているように、狭衣はさまざまな仏神を驚かす存在としてあるのであった。「巻二」では、粉河寺で本尊の普賢菩薩が光輝くのを見ている。『法華経』で、普賢菩薩は『法華経』を受持、読誦する者を兜率天に導くことを約束している。兜率天は弥勒のいる天上世界であった。巻ごとに語られる奇瑞譚は、決して一つの信仰へ向かうわけではない。

一方で、『狭衣物語』が、ごく一般的な阿弥陀仏信仰を描くのは、狭衣のものとしてではないということに注意するならば、狭衣は阿弥陀仏信仰的なものに拮抗する別種の信仰を提示しているものとも読める。極楽もこんなふうであろうと思わせて尊く思われる「九体《くたい》の阿弥陀おはする御堂」(『狭衣物語』②二七一頁)は、式部卿宮の北の方の籠もる場所であり、また嵯峨院も死期迫るときに「阿弥陀仏にのみ向ひきこえさせたまひて、ただ疾《と》く迎へたまへと、念じ入《い》らせたまへる」(四〇三頁)とある。嵯峨院の阿弥陀信仰と並べられるとき、狭衣の弥勒信仰への傾斜は、多数派が望む阿弥陀来迎を引き離し、狭衣を特権化する。

図８　弥勒来迎図（『覚禅抄』弥勒法）

ところで、弥勒信仰の高まりは弥勒来迎図を創造するが、そこで弥勒に供奉し共に雲に乗って舞い降りてくるのが、まさしく角髪を結う童子なのである。弥勒来迎図自体の現存する例は少ないが、初例とみられる『覚禅抄』の図（図８）をみてもやはり角髪の童子がつき従っている。

北条実時によって創建された金沢文庫・称名寺の金堂は、弥勒菩薩立像を本尊とし、その菩薩像の背後の板壁に「弥勒来迎図」が、またその裏面には「弥勒浄土図」が描かれてある。「弥勒来迎図」（図９）は動きが少ないけれども、画面左にたなびく雲が描かれてあることで来迎のそれだとわかる。中央で蓮華座に結跏趺坐する弥勒菩薩の左手に、角髪を結った持幡童子《じばんどうじ》と、笛を吹くやはり角髪を結った童子が描かれている。童子たちは中世における太子信仰でさかんにつくられた聖徳太子の童子像を思わせもする。[37]

南都の勢力の隆盛はまさに平安末期から鎌倉にかけての激動期に起こった。『狭衣物語』において、物語の終盤に狭衣が手にする帝位は、その深層において、弥勒信仰という南都的想像力に言祝がれる。しかし、ここでは時代と『狭衣物語』の先後関係や影響関係を言おうとしているのではない。つまり、『狭衣物語』の成立年代が、宇治平等院の最盛期の頼通政権下にあったと推定される

図９　弥勒来迎図（称名寺金堂壁画、復元模写）

にもかかわらず、この物語が阿弥陀来迎ではなく、兜率天往生にこだわっていることが、そもそも問題とされるべきだろう。(38)

大陸から大和へ仏教が伝えられたはじめは、弥勒像の伝来からであったといわれる。弥勒信仰にはじまった仏教は、大陸での弥勒信仰から阿弥陀信仰への変遷に連動して、およそ三十年の時差をもって、奈良朝後半期にいたって阿弥陀信仰隆盛となったことが、仏教彫刻の造像の記録や金石文などから跡づけられている。速見侑は、「阿弥陀信仰が死者の追善に終始している律令社会にあって、弥勒信仰の中に自己の救済を目的とする純粋な上生信仰の見られること」から、このタイムラグを単なる大陸との距離の問題に解してしまうのではなく、大和での根強い弥勒信仰へのこだわりをみるべきだと指摘する。(39)たしかに、阿弥陀信仰に仏事が凌駕されたあとも、弥勒信仰は生き続けていたのであり、『栄花物語』「うたがひ」巻には、道長出家後の巡礼地に「志賀の弥勒会」への参加が記されている。(40)「日吉の御社の八講」「長谷寺の菩薩戒」などの列挙にまぎれて、とりたてて弥勒信仰について言われているわけではないものの、そこには阿弥陀仏による往生だけではない、願いがたしかにあった。物語史において、『うつほ物語』から描かれつづけた兜率天は、長らく憧憬の天空にあったが、平安末期に至って弥勒来迎のイマジネーションとしてようやく下界に姿を現わすのである。

6　『我身にたどる姫君』の往生イメージ

『狭衣物語』において、阿弥陀と弥勒の信仰は、登場人物を二分する対立の構図を形成し、狭衣の特異性を証し立てるものとして働いていた。兜率天往生は、決して異端ではなくて、強大な阿弥陀仏信仰の裏に隠れた、当時の複層的な信仰をかいま見せるものでもあった。ならば、ここでは、物語が兜率天往生をあえて選びとったことの意味を考える必要があるだろう。

よく知られているとおり、極楽浄土へ往生できるのは、成仏したものだけである。成仏できるのは、男性だけであり、女性は、男へと身を変じる、「変成男子《へんじょうなんし》」を遂げた上でなければ成仏はかなわない。極楽浄土は阿弥陀仏の存するところとして皆が望む来世ではあったが、同時に、帝釈天のいる忉利天《とうりてん》や弥勒菩薩のいる兜率天《とそつてん》への往生をのぞむ声が物語には描かれている。物語が、兜率天を選びとるのは、それが女たちによって書かれ、女たちに読まれていたことと無関係ではあるまい。

本節では、兜率天往生を物語の主題として描いた『我身にたどる姫君』をみることで、女たちの往生イメージを探っていくこととしよう。

『我身にたどる姫君』において重要なのは、女帝の兜率天往生を描くという物語展開である。摂関政治体制下にある現実世界では久しく絶えていた女帝を、物語のなかで復活、即位させ、女たちだけの政治空間をつくる。そして、その女帝が兜率天往生を遂げ、兜率の内院で歌会を催すところまでを描くのである。

『我身にたどる姫君』にいたるまでの物語は、女帝を描くことはなかったにしろ、たびたび天皇家における御子の不在を嘆き、たとえば『とりかへばや物語』において、女春宮《とうぐう》が擁立されたように、女帝の潜在可能性は十分に用意されてあった。(41)

『狭衣物語』においても、結局は実現されないまでも、久しく絶えていた昔の制度として女帝を回顧し、呼び戻そうとさらに積極的に発想していく。帝が譲位に際して東宮にたてるべき御子が不在であることをもって「繦褓《むつき》にくくまれたまへる、女帝《によたい》にゆづり置き、もしは、一世《せ》の源氏の位のつくためしを尋ねて、年高うなりたまへる太政大臣《おほいまうちぎみ》の坊に居んよりは」(『狭衣物語』②三三九頁)狭衣にあずけおいた嵯峨院の若宮(実は狭衣と女二の宮の子)を東宮にたてようとする。行き詰まった皇統にたいし、女帝擁立と臣籍降下した老いた太政大臣を皇籍に呼び戻すという二つの方法が提示されているわけだが、狭衣は、我が子が東宮にたつよりはと考えて、「げに、女帝《によたい》も、かかる折や、昔も居たまひけん」(三四〇頁)と女帝擁立が望ましいと考える。ただし、『狭衣物語』においては、女帝と太政大臣への譲位は検討の余地をみないまま、嵯峨院の若宮が引き出されたと同時に狭衣帝即位へと一気に押し進められる。御子の不在を予め設定し、それを克服することを物語的解決としているために、女帝の誕生はあくまでも回避されることが必要とされたのである。

また一方で、『在明の別』『とりかへばや物語』が描いてきた、男装の女君の活躍は、女性でありながら男性と同等に通用する政治的美質を保証してきた。しかし、『夜の寝覚』が、女君の幸福譚として持ち出す最高位が女院つまり国母《こくも》であったように、男装の女君たちもまた最終的には女の姿に戻って入内し国母となっていくことを最高位としてきた。したがって、『我身にたどる姫君』が女帝の即位を描いたことについて、辛島正雄は「そこで理想的に描かれるものが女院ではなくて女帝でなくてはならなかった理由は、依然として明らかでないとせねばならない[42]」と述べて、女帝への系譜の起源として『竹取物語』を探りあてる。

たしかに、天界と地上界との交流は物語史においてかぐや姫のイメージを強く維持しつづけており、鎌倉時代の『我身にたどる姫君』に至ってもそれは生きている。「また類《たぐ》ひあるまじき光りに奉《たてまつ》りなすからは、さらに天降《あまくだ》れらん乙女の姿も及ぶまじう、つやつやとめでたく御髪《ぐし》のすそまでまよふ筋なきをはじめ」(『我身にたどる姫君』「巻五」二九〇頁[43])として、「光り」の比喩に天女性を暗示された女帝は、三条院の夢の中で、玉の輿に迎えとられて、月に帰ってゆくかぐや姫そのものとしてあらわされる[44]。

しかし辛島は、『源氏物語』の紫の上の死が、『竹取物語』の「かぐや姫の昇天を死のシンボリックな形象化として把握したとき、『我身にたどる姫君』の女帝の死は、紫の上の死の表現を踏襲したものだといえると指摘する[45]。つまり、かぐや姫と紫の上の死が重なってくるのは、元来、いわゆる羽衣伝説が、昇天を天人にとってのハッピーエンディングとしていたのにたいして、『竹取物語』はそれを悲しい別れとして描いたものだということである。したがって、『我身にたどる姫君』の女帝の死は、むしろ悲しみの叙述の欠如した形で描かれていることについて、辛島は「物語『竹取』を通り抜けて、それ以前に広がっていたであろう伝承の世界での主題性を継承するものといえないか」として、それがむしろ羽衣伝説型の世界を継承するものだと指摘する。[46] 後期物語群が、天人降下や奇瑞譚を語るのは、そうした物語以前の伝承への接近として位置付けられ、『在明の別』『夜の寝覚』の女主人公をまとめあげていく。

兜率天内院は、『うつほ物語』において七人の天人が帰り行くところとして表わされた。俊蔭が難破して流れ着いた波斯国で出会った七人の天人は、兜率天内院からこの世にやってきたという。[47]「汝らは、昔つとめ深く、犯しは浅かりしによりて、兜率天《とそつてん》の人と生まれにき。いま浅かりし瞋恚《しんね》の報いに、国土《こくど》の衆生《しゆじやう》になりにたり。その業《ごふ》やうやう尽きにたり」（『うつほ物語』①三六頁）との仏のことばによって、天人たちは兜率天に帰っていく。こうして降り下った天人が、「業」をすすいで、仏に導かれて帰りゆく場として兜率天をみるならば、ここに贖罪をモチーフとした貴種流離譚をみることができる。

小嶋菜温子は、貴種流離譚の根源に贖罪のモチーフをみるとき、それが「アマテラス／スサノヲ」の罪に遡源されるとし、「スサノヲ―かぐや姫―アシュラ―光源氏」のように連なる物語史に主人公たちを配する。「かぐや姫」と「光源氏」を連携させる「アシュラ」には、『うつほ物語』で、やはり俊蔭が出会っている。「われら、昔の犯しの深さによりて、悪しき身を受けたり」（①二六頁）と語ってきかせる阿修羅は、「「犯し」「罪」のために木を守る。「悪しき身」に生きること――それがアシュラの贖罪行為であったのである」[48]として、小嶋は、『竹取物語』には描き得なかった醜悪な罪の一面を「アシュラに形象化した」とみる。貴種流離譚にとって、罪の犯しと贖罪は、流離と帰還のそれぞれの契機として予め構造化されているわけだから、そこにある罪はおのずと「原罪」のようなものとしてア・プリオリに措定されてくる。ただし、かぐや姫と光源氏とを比べるならば、『うつほ物語』が、仏による許しをもって天人を兜率天に再び戻すように、『我身にたどる姫君』の贖罪の終結には、極めて色濃く仏教的影響がみられることが認められる。『我身にたどる姫君』の兜率天への転生は、辛島が、「こうして見てくると、女帝とは、地上に生をうけながらも、やがて自己の〈かぐや姫〉性が発現し、昇天していった人物だ、ということになろう。もっとも、その昇天とは、時代思潮を映してか、困難とされる女人往生とダブらせてあるわけだが」[49]と述べたところの、「女人往生」を含めた浄土信仰の問題にむしろ深く関わると思われる。しかし往生伝に贖罪すべき原罪はあるのだろうか。

鈴木泰恵は、『狭衣物語』に語られる天稚御子の降下譚が「月の都の人」「天の羽衣」などの表現によって〈かぐや姫〉を引きながら、〈月の都〉から切り離されていることを指摘する。「つまり、狭衣は〈かぐや姫〉であることを証し立てられつつ、〈月の都〉から切り離されてしまったのである。しかし物語には、すでに事件のさなかから、新たな〈月の都〉が創出されていく」（九七頁）。

この〈月の都〉については、「次はいつかわからない天から迎えを待つのではなく、修行により自身で往くことのできる兜率天という〈月の都〉が、狭衣において創出された」として、あらたな天上との回路を切り開くことで、『狭衣物語』はかぐや姫の物語を終焉させたのだとする。「無限の流離を語るかの源氏物語を受けて、狭衣物語は、物語の時空とは贖罪不能の時空であるという認識を示し、〈かぐや姫〉の物語を明確に終焉に導いたのだといえよう」[50]（一〇二頁）。

鈴木のいう『狭衣物語』の創出した「新たな〈月の都〉」たる兜率天は『法華経』の教えに押し出されたわけだが、同様に『我身にたどる姫君』の女帝の問題も、『法華経』を引用しながら兜率天往生を志向していくのだから、ここにかぐや姫の物語とは異なる軸を導入する必要がある。

『狭衣物語』『在明の別』『夜の寝覚』にみられるように、天界との交歓は、物語において、楽器を奏でることで天界をおどろかす奇瑞譚として、典型的にあらわされる。『我身にたどる姫君』においても、女帝の天上への帰還の前哨譚として音楽奇瑞譚は用意されねばならなかった。『我身にたどる姫君』では、女帝が女であることの制約をあからさまに受けて、男君たちのなかに姿を露わにして交じらうことができないというので、嵯峨院行幸のでの楽の催しは、女帝とその補佐役についた先帝の后、皇后の宮との二人きりの八月十五日の月夜の晩に持ち越された。このときの女帝の琴の音は、実際には天界からなにかを呼び込むわけではなかったが、月夜の晩の演奏は、三条院をして、まるでかぐや姫のように、月の都から迎えにやってきた玉の輿で女帝が連れ去られる夢を想起させることで、ようやく奇瑞譚らしき構えを持つ。

女帝の異界との交歓は、音楽譚にではなくて、むしろその直前に語られる故女院によって営まれる御八講の儀式の日にあらわされる。

いかなるにか、この頃となりて、あらぬさまの御光添ふ心地して、もとより限りなかりし御衣《おんぞ》のにほひなども、あまりさまはしく、九重《ここのへ》の内もさまあしきまでのみおはしますを、朝夕候《さぶら》ふ人はなかなか驚かねど、皇后の宮はかしこき御目に、なほあやしきまで見たてまつらせたまふ。さるは、御法《みのり》の筵《むしろ》に住む御心と聞こえながら、いといたくもの心細くのみ思《おぼ》しめして、ながめがちにのみおはします。

（『我身にたどる姫君』「巻五」三四四頁）

どういうわけか、このごろ「あらぬさまの御光」が女帝には添うようで、その「御光」の証しとして、女帝の「御衣のにほひ」がむせかえるように香っている。朝夕そばに仕える人には、この香りに慣れきってしまって違いをかぎ分けることができないけれども、「皇后の宮のかしこき御目」はその香りの放たれる訳を見逃さない。先帝、三条帝の中宮であった皇后の宮は同じく三条帝後宮で皇后であった女帝とは、一人の天皇の寵愛をめぐってむしろ敵対関係にあったはずだが、女帝即位後は兄の関白に代わって補佐につき、女だけの政権実現に助力する。ずっと女帝のそばにいた皇后の宮は女帝の異変にいちはやく、ただ一人気づき、女帝の往生を予感した人であった。

皇后の宮は、女帝のそばで白昼夢を見る。言いようもなく気高げな人々の姿が現われ、御簾《みす》の内の女帝にかしこまり過ぎる。皇后の宮は、この異界の人の歌を聞く。ふと目覚めると、女帝は、まるで異界の人の歌に返歌するかのように、独りごちる。けれども女帝には、異界の人たちは見えてはいないようだ。それはまどろみのなかで皇后の宮だけが見た、女帝と異界の人との贈答歌であった。異界の人の歌には「あらたまの三歳《とせ》の月日なほ照《て》らせ天《あま》つ空には君を待《ま》つとも」とあるから、この異界は天界のことであろう。

女帝の譲位の日、曇りなき昼の光のなかで、扇で顔を隠してはいるものの、髪の肩にかかる姿がはっきりとえもいわれぬ様子で、「ただ神などの現はれおはします心地」の、神の顕れ出たような気がして、近くに仕える関白は涙をぬぐっている。この神のようにさえみえる女帝の様子は、女帝の死の予感に直結する。

大将たちは、かの夜の女帝の琴の音を思い出し、女帝にさし向かう関白はあらぬさまに言いようもない光が添うのを見る。女帝の身が放つ芳香は、風にのって門のあたりまでいき、官人のような下々までも驚かす。こうして、光が添い、言い知らず良い香を放ち、神々しさをまとった女帝はついに死を迎える。

女帝は、皇后の宮と歌を詠みかわし、それを絶唱とする。

御脇息《けふそく》に押しかかりて、法花経は十巻ながら覚えておはしませど、などにか持たせたまへる時もあれど、八の巻《まき》の奥ほどにぞありける。人びとは、さこそ言へ、今日の事にそそきありきつれば、みなうちまどろめど、宮はただ添ひきこえておはしますを、かく心得たまへるをいとほしうもはづかしうも思さるれば、すこしうち頰笑《ほほゑ》みて、
たちかへる雲井は幾重《いくへ》かすむとも君ばかりをや思ひおこせん
宮はましてえ聞こえやらせたまはず。
花の色は霞も雲もへだつとも恋ひん夜な夜な匂ひおこせよ

と、聞こえさせたまふほどもなし。（「巻五」三五九頁）

譲位のことで人びとは忙しくしているのに、皇后の宮は胸騒ぎがして、女帝のそばを離れない。女帝は、このように皇后が何かを感じとっているのを「いとほしうもはづかしうも」思うので「頬笑」んで、歌を贈る。幾重にもはばまれて遠くに別れようとも、「君ばかり」を思いおこす、と女帝は皇后の宮に言い残す。天界に行っても夜ごとに「匂ひ」を送ってくれるようにと、皇后が答えると、女帝の「御匂ひ」はさらに強く放たれる。

極楽往生が、芳しい香りに包まれることはすでにみた。女帝は、すでにあやしき香りで、すでに天界にいるかのようなあわいに生きて卓越性を示していた。

女帝の死の場面は、まずは三条院や男たちによってはりめぐらされたかぐや姫イメージのなかで音楽奇瑞譚を構成しようとするが、物語は、男たちの幻想を疎外するかたちで、皇后の宮という一人の女の白昼夢のなかに天人をよびこみ、往生伝へと更新していく。最期のとき、女帝は『法華経』八巻の終わりを読んでいた。八巻は「普賢菩薩観発品《ふげんぼさつかんぼつほん》」であり、『法華経』をよく読み理解した者を六牙の象に乗った普賢菩薩が迎えに来て、弥勒菩薩の住む兜率天に導いてくれることが書かれている。かぐや姫のように天界へ昇った女帝は、兜率天へ向かう。女性の信仰が篤かったという『法華経』五巻に説かれる龍女成仏譚は、変成男子という男子に変じて極楽へ行く極楽往生を約束するものであった。しかしここでは女の姿のままで往生できる兜率天往生が選び取られている。それはまさに、皇后の官によって幻視された女による往生の物語なのである。

第五章　女帝が生まれるとき――普賢十羅刹女像の構想力

『我身にたどる姫君』に描かれる女帝は、女だけの政治空間をつくり、善政を敷く。そこはとりたてて誰かが昇進を果たすことのない、非闘争的空間であった。ただ、いまある地位と位階秩序を守ることで、政権争いを機能停止の状態にするのである。そのことはつまり、摂関政治が権力奪取の基盤とした婚姻などの性的関係の不全を意味する。女帝に仕える女房たちにも男との関係を断たせ、女房を足がかりとして女帝や皇后に寄りつく権力志向的な男性関係を封じる念の入れようであった。なぜ女帝の政治空間において、性的関係は否定されるのであろうか。

薬子《くすこ》の変（八一〇年）を因として女帝が廃止されたとき、女の性は、制度を逸脱する統御不能な暴威であることが喧伝された。女の過剰な性のイメージが排除の構造に付加され、最後の女帝であった称徳天皇は、それゆえにことさらに道鏡との性愛に溺れた女として悪名を上げることになった。したがって『我身にたどる姫君』が鎌倉時代に現実には不在の女帝を擁立するにあたっては、女帝のそうした性の過剰さを否定する必要があったのだろう。性の過剰をいって女を排除しようとするときに持ち出されるのは、仏教である。仏教思想は、女身垢穢、女人五障などの、女の救われがたさをいって、僧侶集団から女たちを徹底的に排除することからはじまった。しかし同時に、中世において、女帝が物語内に呼び戻されるときにも仏教説話の形をとって、それを後押ししたのである。物語に女帝が出現するとき、そこにはどのような構想力が働いているのだろうか。構想力に仏教思想はどのように関わるのだろうか。

1　共同する像的記憶

個人蔵（現・日野原家本）(1)の普賢十羅刹女像《ふげんじゅうらせつにょぞう》（図10）は、画面中央の優美に描かれた普賢菩薩を、物語絵巻に描かれるような和装の女房たちが取り囲む、一風変わった仏画である。仏画というものは一般に中国からもたらされた図様を写したものが主だから、そこに十二単《ひとえ》を着ている女たちが描き込まれているのはたしかに奇妙である。日野原家本は、和装の羅刹女《らせつにょ》（鬼女）たちの描かれる普賢十羅刹女像としては現存最古とされ、その制作は、鎌倉時代にはいってから、十三世紀前半と推定されている。(2)普賢菩薩を唐風の十羅刹女が取り巻く図様も残されているものの、和装と唐装のいずれが先行する図様かという点について議論になるのは、そもそも普賢菩薩に十人の女の羅刹たちを合わせる図様自体の根拠が仏典に見つけられていないことによる。(3)つまり普賢十羅刹女像は日本の宮廷文化が生み出したオリジナルの図様の可能性が高いのである。

この和装化した図様のはじまりに、『法華経』経巻の巻頭に描かれる絵（見返絵《みかえしえ》）との関連が指摘されている。厳島神社に伝わる平家納経などに典型的なように、見返絵には物語絵をそのまま描いたような例が散見されるからだ。

梶谷亮治のまとめによれば、『法華経』の見返絵は、記録上では、『勧修寺文書』の延長三年（九二五）に醍醐天皇が法華八講のために書写したものを古例とし、延長三年の『法華経』は現存しないものの、それは紺綾の料紙に金字で書写したものだったとされる。[4] 現存の『法華経』の見返絵は、紺地に金泥で絵をつけるものが初期に多くみられ、平安時代前期九〜十世紀に遡り得る滋賀・延暦寺の紺紙銀字『法華経』を古例とする。紺紙金字の見返絵から発して、平安中期から、やまと絵系の彩色された絵を伴うものが出るが、紺紙金字の見返絵が、巻ごとに『法華経』に依拠して絵を付けてきたのにたいし、たとえば兵庫・太山寺経本が、全巻のうち、巻第八の第二十六「陀羅尼品《だらにほん》」と第二十七「妙荘厳王本事品《みょうしょうごんおうほんじほん》」（厳王本）にのみ見返絵を付し、「陀羅尼品」には普賢菩薩十羅刹女をあらわし、「厳王品」には、本文に登場しない文殊菩薩を描くように、『法華経』テクストから離れて、さらなる物語化の過程を経ていることが指摘される。「陀羅尼品」にあらわされた図様は、見返絵以外にも、普賢菩薩十羅刹女像として多くの絵画を伝えるが、普賢菩薩が十羅刹女を眷属とする図様それ自体は『法華経』「陀羅尼品」のなかからは見出せない。「陀羅尼品」では、十羅刹女と鬼

図10　**普賢十羅刹女像**（日野原家本、個人蔵）

子母神とその子および眷属が「法華経を読誦し、受持する者を擁護《まも》りて、その衰患《わずらい》を除かんと欲す」[5]と仏に約束することが語られるが、普賢菩薩は登場しない。普賢菩薩は、第二十八「普賢菩薩勧発品」で、同じく『法華経』を読誦し、受持する者を守護すると誓っている。この二つのモチーフを一つにして絵画化した具体的な過程は明らかになってはいない。

このような図様の創出を考えるにあたって、そこに挿し込まれる想像力の源泉を、たとえば和歌や物語といった享受者の言語実践のなかに探る試みがなされている。

梶谷亮政は、『法華経』見返絵について、享受者の詠んだ和歌を媒介として、絵画と和歌を同時に支える創造性を導き出そうと試みる。和歌を絵にする発想と、法華三十講に、法楽の歌合が催された例から梶谷は、「結縁和歌を詠うことによって、すなわち、和歌という、いわば新たなテキストを提供し、それによって『法華経』の内容を表現するという、重層的な構造」[6]をとることを想定し、源俊頼の『散木奇歌集』[7]を引く。

いみの程に結縁経供養しけるに、四巻をあたりたりけるに、みづから書きて、表紙に服なる男の泣きたるを書きて、尼の向ひたるに、経の文字より光をささせて、尼の頂にかけたる、かたはらに、あしでにて書ける歌

君こふる涙の滝におぼほれてふりさけさけぶ声はきこゆや

俊頼は亡母供養のために、『法華経』巻第四第十の「法師品《ほっしほん》」を写経し、その経巻の見返絵とし

て「『法華経』を受持する比丘尼の成仏を表」した、という。「換言すれば、俊頼は、結縁経を書写した際に、経意を表現したとみられる見返絵——ただし経意を表現するのに、比丘尼として母である出家せる尼上を配した——を描き、供養したことがわかる」[8]と述べて、梶谷は和歌の想像力を媒介とすることによる、『法華経』の解釈と絵画化に新たな展開を指摘する。

はやくに普賢十羅刹女像について検討した豊岡益人は、和装であらわされた十羅刹女を伴う普賢十羅刹女像がほかにもあることから、「十羅刹女に対する関心」が和装化の隆盛を促したとして、慈円の私家集である『拾玉集』（一三四六年成立）巻第四、「陀羅尼品」羅刹女等の項の「十の名を法の席に聞きしよりげになつかしき妹が言の葉」[9]、貞永元年（一二三二）後堀河天皇の命を受けて、定家が撰集した『新勅撰和歌集』「陀羅尼品」の項の「天つ空雲のかよひぢそれならめ乙女の姿いつかまちけん」[10]を、「当代の和歌中法華経を詠むもの」の例としてあげている。[11]『新勅撰和歌集』の一首に注目すると、普賢十羅刹女像の図様にあるように、雲に乗り降りきたる普賢菩薩と十羅刹女を待つ歌意となっている。ただし、菊竹淳一が、唐装の普賢十羅刹女像は、「その多くが持幡童子に先導され、雲に乗って表現されている」のにたいして、和装の普賢十羅刹女像は「雲に乗っているが、先導する持幡童子は描かれていない」と指摘するように[12]、普賢菩薩の現われを待つというこの歌は、日野原家本の図様よりも、むしろ持幡童子を伴い東方から飛来してくる図をあらわした太山寺経の『法華経』「陀羅尼品」見返絵によくあらわされているといえる。

日野原家本の普賢十羅刹女像は、画面右端から雲の流れ込むさまを描き、白象の歩みを進めるのに合わせて普賢菩薩が画面左方向に向くことで、雲に乗って顕現する（乗雲影向）様《さま》を大枠において維持しながら、しかし十羅刹女が、雲の動きに反して、普賢菩薩を取り囲むようにして中央に向かっているために、十羅刹女に目をやると画面は左方への動きをとめて、雲上の浄土的世界を現出させた図にもみえてくる。日野原家本は、いわば、乗雲影向の飛来の流れと、天上世界の静止画的構図とを、一幅のなかに同時に表現する図様となっている。[13]

松下隆章は、この画をして「その妍爛なる描写はこれをも仏書の範疇に入れる可きや否やに迷うほどの物語絵的ふんいきに溢れているものであり、一つ一つの羅刹女の姿態も夫々変化に富み、普賢菩薩を賛嘆する宮廷女人のひたむきな熱情を巧みに表現したものである」[14]と述べた。十羅刹女の和装化に、供養者であった宮廷女房たちの姿の自己投影をみることができるというのは、たとえば、『玉葉』養和二年（一一八二）正月十二日の条に、崇徳天皇中宮藤原聖子のために、女房たちが、みずから普賢十羅刹女像を作図したとする記録に証立てられる。追善供養のあり方として、亡き女主人を普賢菩薩に見立てることを想定し、ここから、普賢菩薩（＝女主人）を、女房たちが荘厳《しょうごん》する（飾る）図様の発生を導くことは可能である。[15]とすれば、次に、追善供養の構想力は、なぜ普賢菩薩と十羅刹女を必要としたのかが問われなければならない。

以下は、和様化のもたらす「物語絵的ふんいき」のイマジネーションを、絵と、結縁和歌や物語などの言語表現とに形象化させる「宮廷女人のひたむきな熱情」のなかに探る試みである。このとき、図像と言語の両者を同時に派生させる想像の源泉は、表象に潜まされ、そのまま取り出すことができない、形象化を突き動かす衝動としてある。このようにして異質な表現形式に共有されるものを本章では、「共同する像的記憶」と呼び、仮想的に置いてみることで、両者を同時に語る地点を確保する。像的記憶（iconic memory）は、視覚的情報がそのままに貯蔵される記憶のあり方をいう心理学用語の借用で、言語化されない図像を指すこととする。一つの像的記憶からは、複数の物語が現象しうるのだから、その意味において、物語に先立つといえる。しかしそれは、始源としての記憶を言い当てようとするためにではなく、物語を喪失した図像を問うために導入される。たとえば、影響関係を指摘する引用論や話型論は、物語化を経たもの同士のあいだにおいて成り立つ議論であって、いま、普賢十羅刹女像が、いかにして図様を形成したかを解く物語の復元を不能にしている以上、読み解かれないままに沈潜している写像は、記憶の底に探られるほかない。像的記憶が呼び出され、物語を付随させる言語化の過程を促す契機を、ここでは「構想力」[16]と呼ぶ。以下に、和装の十羅刹女を配した日野原家本の普賢十羅刹女像が、いかなる物語によって成ったのか、その構想力をさぐっていく。

2　天界の物語

絵画の世界においては、すでに来迎図という形式のなかに、天からの滑走とともに天人たちが楽を奏する図様を描き、天上世界を映像的にあらわしてきた。

一方、物語のなかでは、どうやら天界では楽しい宴があるらしいという想像を反転させて、地上界での楽の音に共感し、思わず降り下ってくる天人を描きつづけた。

『竹取物語』にはじまって、『うつほ物語』『夜の寝覚』『在明の別』『狭衣物語』の物語史に描かれた天人降下譚のうち、かぐや姫の話型を離脱して、仏教的な来迎と往生に最も近接したのが『狭衣物語』であった。しかし、ここに想像される天界は、あくまでも地上界から憧憬されるものとしてあって、往生伝をはじめとする説話や多くの物語は、来迎の瞬間を描くことにこだわっていたように思われる。それらは常に、往生という死の瞬間を魔術的に美粧させるためだけに描かれて、その先の来世まで描こうとはしなかった。物語が臨死体験を経るようにして天界に上るのは、鎌倉時代宮廷物語の『我身にたどる姫君』まで待たねばならない。現存の宮廷物語史上において、はじめて女帝を誕生させたこの物語は、女帝の兜率天往生を描き、兜率天内院における女帝主催の和歌の会まで描いた(17)。

ところで、『我身にたどる姫君』「巻六」巻末に描かれた兜率天内院での和歌の会の場面は、奇妙な一文で閉じられている。

丹波《たんば》の天人は、いまも髪上《かみあ》げ姿ましてきよげにて、如意微《ママ》(18)はきまはりて、主殿《とのも》の官人・女官・女嬬《にょず》までも捨てず尋ねもとめ導きたまひけりとなむ。（「巻六」四四五頁）(19)

丹波の内侍は、「丹波の天人」となって、「主殿の官人・女官・女嬬」までも見捨てず「尋ねもとめ」て、兜率天に「導」いた。ここに「いまも髪上げ姿」として、「いま」から過去に連ねる修辞をもって丹波の内侍の髪について言及し、「ましてきよげにて」と比較が持ち込まれることで、つづく「はきまはりて」（＝掃きまわりて）もやはり「いまも」のうちに取り込まれるのは、地上界で女帝譲位の日に、丹波の内侍が女帝のために「主殿の官人・女官・女嬬」をして掃除させた次の挿話に呼応する。

丹波《たんば》の内侍は、よしなきものまねびして、失せ消ゆまじかりける身と、今日よりぞ声も容貌《かたち》も出《い》で来て、女官呼びて台盤の上拭《のご》はせ、さきざきもかたらひつけたる女嬬に、「南殿《でん》めでたく掃け」と言ひ知らせ、唐衣《からぎぬ》とらせ、主殿《とのも》の官人の朝浄《あさぎよ》め心に入れたるに、身におはぬ単《ひとへ》襲《がさね》とらせなど、いたらぬ隈なく、百敷《ももし》きのうち塵一つもあるまじう言ひきかせける。

（「巻六」四二〇頁）

髪上げ姿は、『紫式部日記』に「御膳《おもの》まゐるとて、女房八人、ひとつ色にさうぞきて、髪上げ、白き元結《もとゆひ》して、白き御盤もてつづきまゐる。今宵の御まかなひは宮の内侍、いとものものしく、あざやかなる様態《やうだい》に、元結ばえしたる髪のさがりば、つねよりもあらまほしきさまして、扇《あふぎ》にはづれたるかたはらめなど、いときよげにはべりしかな[20]」と描かれて、「紫式部日記絵巻」（図11）に絵画化されたように、儀式に仕える女房姿としてなじみ深いものである。『我身にたどる姫君』の例も、女帝の譲位の儀式だったのだから、複数の女房が髪上げ姿であってよいはずだが、丹波の内侍の個性として限定的に特化されている。この譲位の日の「朝浄め」場面に丹波の内侍が髪上げをしていたことが物語に書かれていたわけではないのに、「いまもましてきよげ」と特徴づけて、譲位の日と変わらぬ姿として丹波の内侍をとりたてて描こうとするのは、あたかも日野原家本普賢十羅刹女

図11　紫式部日記絵巻（五島美術館蔵）

図12　普賢十羅刹女像部分（個人蔵）

図13　普賢十羅刹女像部分（奈良国立博物館蔵）

像の画面左最上に位置する羅刹女（図12）がただ一人髪上げ姿に描かれてあることを説明しようとしているかのようである。

普賢十羅刹女像の和装の十羅刹女には、たとえば奈良国立博物館所蔵（図13）のもののように明示的に尼削ぎ姿に描かれてあるものがある。女性の出家は、多くの場合、頭髪を剃り上げてしまう剃髪《ていはつ》ではなく、身の丈に余る程の髪を背中にかかる程度に切りそろえる尼削ぎをすることで行なった。天界の羅刹女たちが尼削ぎ姿で描かれることは、女房たちが女主人の死後、亡き女主人を普賢菩薩に見立てて供養した姿をそのまま天界へ引き映したものとみられる。

『我身にたどる姫君』においては、「朝浄め」場面直後に女帝が、あなたの母親が生きている間は尼になどなって悲しませるなと内侍に告げたにもかかわらず、女帝に近しく仕えた四人の近習の女房たちは、女帝を慕って「長き髪を剃り捨て、老いたる親を嘆かせて、安き寝《い》もねず、仕へ営み合はれたりし、あぢきなく見えしかど、後の世はみな、兜率《とそち》の内院《ないゐん》へ参られけるとかや」（「巻六」四四四頁）と、女帝亡きあと、女房たちは長い髪を剃り捨てて仏道に精進した、その結果として兜率天往生があることが語られる。女房たちは、髪を「剃り捨てた」のだから、亡き女主人に仕える姿をそのままに映すならば、剃髪姿ということになってしまう。しかし、日野原家本普賢十羅刹女像は、画面左最前の十羅刹女がおそらくは長く髪を伸ばしているように見え、ほかの十羅刹女も、髪を衣のなかに隠してしまっていて、少なくともあえて尼削ぎを表わしてはいない。『我身にたどる姫君』に描かれた兜率天内院が、歌会場面を用意して、地上界の女帝と女房たちの関係をそのまま保証するのと同様に、日野原家本普賢十羅刹女像は、十羅刹女像に俗体の髪を象ることで、天界での髪の蘇りを約束して、出家時の剃髪に伴う髪への断念に応えているのである。

松下隆章によれば、普賢十羅刹女像の十羅刹女は、『阿娑縛抄《あさばしょう》』に示された持物との対応から、それぞれの名前を同定できるという。(21)『阿娑縛抄』「十羅刹」の記載は以下のとおりである。(22)

一　藍婆形。如薬叉女。色青。右手持独股当肩。左手持念珠。即立左膝。当彼上居血肉色也。
二　毘藍婆形。如龍王女。円満月也。如向大海。右手把風雲。左手括衾持也。衣色碧緑也。面色白。前鏡台立也。
三　曲歯形。如天女。衣色青面伏俔。少前奉香花長跪居。半跏坐也。
四　華歯形。如尼女。衣色紫雲也。右手把花戯。左手把華盤。左方面少俔居也。
五　黒歯形。如神女顔。衣色都妙色。右手持刃。左手軍持也。猶如守護之形也。半跏坐。
六　多髪。如乾達女。右手銅鈸取。左手如舞。長跪居也。童女満月也。肉色如。
七　無厭足形。如頂経女之形。恒守護経箱。前花鑠立居。衣色浅緑也。
八　持瓔珞形。如吉祥天女。左右之手持瓔珞也。衣金色。面色肉色。結跏趺坐也。
九　皐帝形。如頂鳥女形。衣色紅青也。右手把囊。左手持独股。如打物之形。立膝居也。
十　奪一切衆生精気形。如帝釈女。帯鎧伏早於頂馬頬也。忿怒形。右手持杵。左手持三股。衣色採雑也。

『阿娑縛抄』の記述に鑑みて、豊岡益人は「之れによつて思ふに十羅刹女の服装は和様となさんより唐様を装はしむるを適切とすべく且又唐様を以つて和様に先立つものと見得る一根拠を与へるものの如くであるが、当初、藤原期にかかる儀軌に従つて本図様の行はれたりと認むべき積極的証左は発見し得ない[23]」と述べて、『阿娑縛抄』と図様の不一致を指摘するが、松下隆章は日野原家本が『阿娑縛抄』に忠実に、右側最前方に第一藍婆を置き、上に向かって第五まで、左側も、下から上へと第六から第十までを順に配するのにたいし、たとえば大福寺本（静岡・大福寺蔵）では、「向つて右側最前方より二番目を一とし左側最前方より二番目が二となり、三は一の前に、四は二の前に、次は順次後方に左右交互に順を追つて配され」、新形式をとるにもかかわらず、日野原家本のもつ「情緒性」を欠き、図様としても類型化していることから、日野原本をより古い図様として位置づける。[24]和装と唐装の図様のどちらが先行するかの議論は、和装を先とするものは、仁安二年（一一六七）ごろ制作されたとされる広島・厳島神社の平家納経に描かれた見返絵和装で、右手に剣、左手に水瓶を持って、十羅刹女の黒歯と思われる図様が描かれることを根拠とする。近年、兵庫・鶴林寺の太子堂柱絵が、唐装の十羅刹女をあらわすことが見出され、太子堂が天永三年（一一一二）頃の建立であることから唐装図様が先立つとみる説が有力となった。[25]

日野原家本の画面左上の髪上げ姿は、第十の奪一切衆生精気《だついっさいしゅじょうしょうけ》にあたっている。第十の奪一切衆生精気は、『阿娑縛抄』に「於頂馬頬也」（頂きに馬頬を出すなり）とあるから、馬頬（馬頭）を表現しようとして、それを再解釈したものかもしれない。いずれにせよ、ここに髪上げ姿の羅刹女が一人あらわされるのは、日野原家本固有の特異な図様であって他に例をみない。いま、日野原家本普賢十羅刹女像と『我身にたどる姫君』は、推定制作年代においても隔たりがある上、絵が物語に先行しており、両者を結ぶ回路は証立てられない。ここに影響や引用をみることが史的なレベルとして不可能であるならば、普賢十羅刹女像としては殊に異様な改変の意図と、『我身にたどる姫君』が描く天界の創造性の、両者の構想力《イマジネーション》のなかに共同する像的記憶を想定することで、おそらく判じ絵のようなものとして、隠された物語《ナラティヴ》は探り当てられよう。

たとえば、『我身にたどる姫君』「巻六」の女帝譲位の場面に、右近の内侍は「むげに幼くより候《さぶら》へば、髪など削がせたまふ人にて、御心とどめてかき撫でさせたまふ時もあれば」(四三一頁)と幼さが強調される。先にも丹波の内侍よりは「いま五つ六つ年がおととにて、廿に多く足らぬが」(四一六頁)と「幼さ」への言及があって、そこで「髪のすそいみじうふさやか」であることが描かれていた。この幼さと髪の多さへの殊更の指示は、あたかも、十羅刹女の第六の名が、多髪であって、『阿娑縛抄』が「童女満月也」と記していることに呼応するかのようである。

日野原家本の一見して特異な点として、画面右側最前の第一の藍婆《あいば》が、扇をかざしている図様があげられる。藍婆は、『阿娑縛抄』に「右手持独股当肩。左手持念珠」とあったとおり、日野原家本においても、右手の独鈷を肩に当てたように描かれている。左手の扇には、満月と波が描かれてあるから、これは、第二の毘藍婆《びらんば》に記載のある「如龍王女。円満月也。如向大海」を受けようとしたのかもしれない。「龍王女の如し、大海に向かうが如し」とされる毘藍婆は『法華経』「提婆達多《だいばだった》品《ほん》」に説かれる八歳の龍王の娘が成仏したという龍女成仏譚の主題を含むと考えられる。「円満月なり」はここでは海波に照る月と解されて扇面にうつされているらしい。

第九の羅刹女・皐帝《こうてい》などが、「左手持独股。如打物之形」とあるとおりに、左手の独鈷を「物を打つの形の如」く高くあげて比較的忠実に指示に従うのにたいして、第一の藍婆が扇をかざすのは何を意味するのか全く不明である。

ここに『我身にたどる姫君』を合わせるならば、扇は、いわば兜率天往生を保証するものとして重要である。兜率天内院に和歌を唱和する四人の「近習女房」、中納言の典侍、新宰相の典侍、丹波の内侍、右近の内侍に、女帝は扇と御守りを選ばせ授ける。この場面は、女帝の妹である前斎宮の悪口を流布させた丹波の内侍が面目を失ったところから語りはじめられ、丹波の内侍への女帝の寛大な赦しを背景としながら、女帝と近習の女房たちの絆を描く。実は、扇それ自体は、「さらぬ人びとにも扇《あふぎ》みな給はす」とあって、「誰《た》れを誰《た》れとも思《おぼ》しめさず、とり分きたるもな」い女帝の公正さを示しながら、皆に授受されたのだった。しかし物語は、すべての女房への扇の下賜を、この四人への授受の場面に代替させることで、この四人がのちに、兜率天の歌会に再び登場する有力な根拠をつくる。女帝の死後から事後的に遡及するならば、扇は兜率天内院の場面を、先取りして約束していることになる。

3　女帝の誕生

『我身にたどる姫君』における女帝の誕生は、多くの后を持った三条帝が譲位に際して、嵯峨の院の思いをくんで、子をなさなかった嵯峨院娘（＝三条院皇后）に位を譲ることによる。

嵯峨の院の御心掟てをはじめ、皇后の宮の御事を、なほいといみじう思ひきこえさせたまふあまり、かの御末の世におはしまさぬもいとほしう思《おぼ》しめさるるにより、昔も例《れい》なきにあらずと、御位を譲りきこえさせたまふ。「ひさしう絶えたる事を、いかが」と、世人かたぶけど、これはいと様変はりたる御譲りなれば、またひさしくおはしますべきにしあらねば、たれもいかがはきこえたまはん。御国譲りちかくなりて、まづ太皇太后の宮、太上天皇の位えさせたまひて、つぎつぎあがらせたまふ。

（「巻四」二八二頁）

物語のこの時点で皇后の宮と呼ばれるのは前節までの関白の妹ではなく女帝である。皇后の宮（女帝）は、男児を持たない嵯峨院の后腹の娘で、三条帝の后であった。ここで、あえて別系の嵯峨院の娘になんとしても帝位を譲らねばならないとする両統迭立にもとづくかのような三条帝の律儀な思いは、女帝即位は昔に例がなかったことでもない（昔も例なきにあらず）とするが、世人たちは、久しく絶えていたことなのにどうしたものか（ひさしう絶えたる事を、いかが）と、「いと様変はりたる御譲り」と評している。徳満澄雄によれば、「かの御末の世におはしまさぬもいとほしう思しめさるるにより」は、嵯峨院に息子がないことを指すとされるが、それには「御末」の先にある、皇后の宮（＝女帝）にも御子がないことが含まれよう。ただし、物語は皇后の宮（＝女帝）に子がないことを必ずしも否定的に描いていない。かつて華やかな三条帝の後宮にあって、中宮の懐妊の記述の直後に置かれた皇后の宮は、出産競争にたいする超然とした構えをみせる。

皇后の宮は、御心せちにきよらにおはしまして、昔の祖母上《うばうへ》の御心にや、いささかもまさなき御恨みなどまじらぬぞ、いま一しほの御思ひも添ふべき。あまり競ひ顔なるもつつましう思されて、嵯峨の院にぞつねにおはします。

（「巻四」一二三五頁）

出産競争を避けて、嵯峨の院にばかりいる皇后の宮（＝女帝）は、「御心せちにきよら」であるとして、「昔の祖母上の御心にや」のように、物語始発時の皇后の宮（関白と密通をし、物語の最初の女主人公「我身にたどる姫君」を生む）になぞらえられる。「祖母上」は、嵯峨院の母にあたる。

女帝は、譲位の時に、中宮（関白家姫君、のちの皇后の宮）の二の宮を養子とする。(26) 前章にみた女帝と皇后の宮との二人三脚の統治は、皇位継承を予め見込まれる皇后の宮の二人の皇子を分け合うことからはじまった。ここでの二の宮の養子縁組は、もともと三条帝の后として寵愛を争う関係にあるはずの二者を調停するためというよりは、一つに統合されようとする皇統の系をふたたび、両統に開こうとするものとして働く。それは、この物語にとって、物語始発時の関白の系と、密通によって継がれた隠された皇后の系の融合が、二の宮の養子縁組によって確立されることを意味する。さらに女帝の存在は、関白家の娘であった女帝の母を女院の地位につけさせることを実現したのだから、関白家にとっても二重の意味で歓迎されるべきことであって、女帝の実子の不在を埋め合わせることを目的としているのではない。

女帝の即位に伴って、女帝の母（嵯峨院后）は太皇太后の宮から太上天皇へとのぼる。女帝の昔の例にさかのぼるならば、太上天皇も女帝であった持統天皇が譲位後に称したのがはじまりとされ

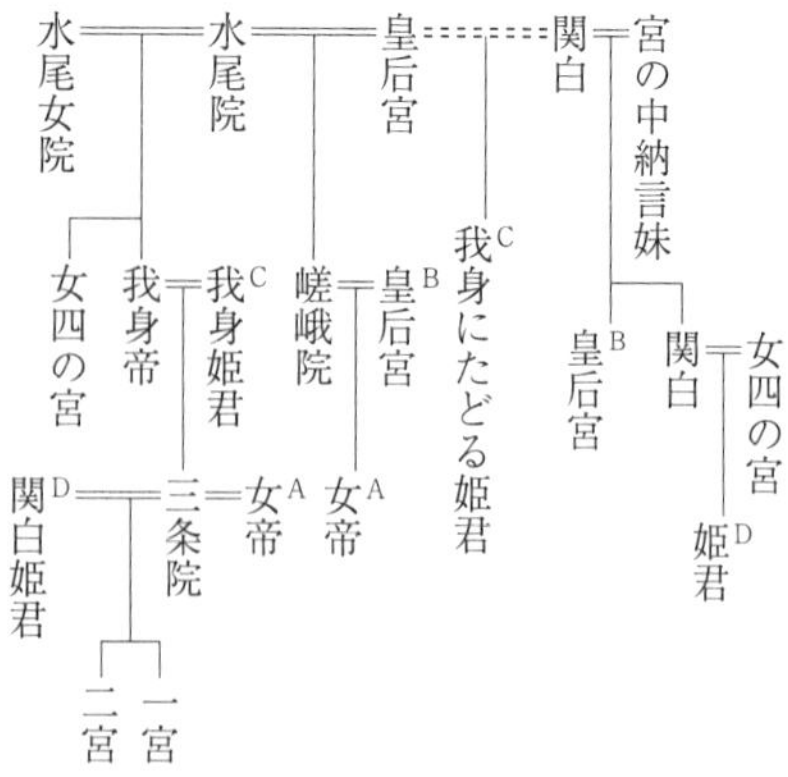

『我身にたどる姫君』登場人物関係図

（六九七年）、『我身にたどる姫君』の時代なら女院と呼ばれるこの地位は、にわかに元天皇としての存在を主張しだすのであった。『我身にたどる姫君』で、女帝の母が女院となったときには、三条帝の祖母にあたる水尾院后であった水尾女院が存命であった。水尾女院が女院であるのは、自らの子が天皇になったことによる。また娘・女四の宮は時の関白の北の方であった。天皇の母であり関白家を婿とすることで水尾女院は「産む母」として政界を牛耳っていた。強固な政治的勢力として君臨する女院の地位は、皇位継承者となるべき男児を、出産することによって勝ち取られるものであった。したがって、女帝の母が、男児を生まなかったにもかかわらず、娘が女帝として即位したことをもってすんなりと女院の座におさまってしまったことは、女帝の誕生以上に、当時としてまったく意外な展開であったに違いない。

樋口芳麻呂は『風葉和歌集』の撰定の場を、『我身にたどる姫君』の制作の現場と近いとみて、[27]女帝誕生の背景に、後嵯峨天皇皇后であった大宮院姞子《きつし》のイメージをみている。『増鏡』第十「老のなみ」から大宮院姞子像を確認しておこう。姞子は、後深草院、亀山院の母であり、『増鏡』に「二代の国母《こくも》」と仰がれる人である。弘安八年（一二八五）、姞子の母、「北山の准后」の九十の賀が催された。「北山の准后」は、「大宮院・東二条院の御母なれば、両院の御祖母、太政大臣の北の方にて、天の下みなこのにほひならぬ人はなし」(『増鏡』三六八頁)[28]とある人で、齢九十にして、有力者たちの系の頂点に立っている。つづいて、その娘姞子については、次のように語られる。

大かた、この大宮院の御宿世《すくせ》、いとありがたくをはします。すべていにしへより今まで、后・国母多く過ぎ給ひぬれど、かくばかりとり集めいみじきためしは、いまだ聞き及び侍らず。御位の初《はじ》めよりえらばれまいり給て、争ひきしろふ人もなく、三千の寵愛《ちょうあい》一人におさめ給。両院うち続きいで物し給へりし、いづれもたいらかに、思ひのごとく、二代の国母にて、今はすでに御孫の位をさへ見給まで、いささかも御心にあはず思し結ぼるる一ふしもなく、めでたくおはしますさま、来しかたもたぐひなく、行末もまれにやあらん。(『増鏡』三六九頁)

「両院」(後深草院、亀山院)の「二代の国母」である「大宮院」は、入内後も「争ひきしろふ人もなく、三千の寵愛一人におさめ給」とあって、後嵯峨天皇の寵愛を独占した幸い人であった。その幸いは「すべていにしへより今まで」の多くの「后・国母」と比べてもこれほどの「ためし」(例)はなかったとして、つづけて「いにしへ」の国母を次々に挙げる。

「いにしへの基経の大臣《おとど》の御女、延喜の御代の大后宮《おほきさいのみや》、朱雀・村上の二代の国母にておはせし」、「九条の大臣《おとど》の御女、天暦の后にておはせし、冷泉・円融、両代の御母なりしかども」、「御堂の御女上東門院、後一条・後朱雀の御母にて」、「待賢門院とて、崇徳・後白川の御母にて[29]」のように、「二代の国母」たちを列挙したあとで、『増鏡』は次のように「大宮院」を特化する。

されば、今のやうに、ただ人の御身にて、三代の国のをもしといつかれ、両院とこしなへに仰ぎささげ奉らせ給ば、前《さき》の世もいかばかりの功徳をはしまし、この世にも、春日大明神を初め、よろづの神明仏陀の擁護あつく物し給にこそ、ありがたくぞをしはかられ給。

（『増鏡』三七〇頁）

大宮院が、「三代の国の重しといつかれ」たのは、「前《さき》の世」の「功徳」と、藤原氏の氏神である「春日大明神をはじめ、よろづの神明仏陀の擁護」があついためだとまとめ上げる。

たしかにこの大宮院の姿は、『我身にたどる姫君』における水尾女院像に重なる。水尾女院は、孫娘にあたる中宮が三条帝の第一皇子を生むにあたり、じきじきに出でまして加持祈禱に加わっている。「女院耐へぬ御身に抱き持ちて」「女院つと抱ききこえたまひて」（二七〇頁）とあって、「御息も絶えたるやうに」弱っている中宮を女院はみずから抱きかかえ、次のように言う。

「我が氏に多くの后・国の親いでものしたまひしかど、氏の大明神にわれほど心ざし奉りて仕ふまつりし人やはおはせし。これ、横様《よこざま》のことを構へ祈るにもあらず。わが家・国の継ぎを伝へたまふべき御上《うへ》なり。前《さき》の世の報い、この世の犯《をか》しなりとも、山科《やましな》寺の本尊たち翔《かけ》りたまへ」

（『我身にたどる姫君』「巻四」二七二頁）

「多くの后・国の親」を出してきた「我が氏」とは藤原氏のことで、「氏の大明神」とは春日大明神をさす。「山科寺」とは、藤原氏の氏寺、奈良の興福寺である。男児の誕生を確認して、女院が「御身づから立ちて、南の方《かた》は臥《ふ》し拝《おが》ませたまふ」（二七二～二七三頁）のように、「南の方」へ礼拝するが、春日大明神、山科寺はともに、藤原氏の氏寺であるだけでなく、中世に復興した南都の勢力でもあった。

辛島正雄が「ただし、物語のなかで、現実の大宮院のごとき女院の姿をもっともよく映しているのは、「二代の国母」どころか、三代の国母となると予想される藤壺皇后のほうであろう[30]」と注記するように、天皇を生んだ母、「国母」であることがまず女院の基として強調されているのだから、子をなさなかった女帝とは自ずと異なる。「二代の国母」としての大宮院姞子のサロンを背景とするならば、なおのこと、女帝そのものの異例性はいうまでもなく、女帝擁立に付随して、男児を生まなかった女帝の母を女院につかせたことは、時代の思潮に反していた。

女帝は、三条院二の宮を養子にするが（「今の二の宮をば、皇后の宮に、せちに聞こえさせたまひて、もてかしづきたてまつらせたまふ」（二八二頁））、その後、二の宮を得たことで女帝が「母」になったことがとくに強調されるわけではない。むしろ、「巻七」で女帝の後をついで帝となった一の宮が敢えなく死んでいくのにたいし、二の宮については女帝が夢告に顕われて守護する姿が描かれるという意味で、一の宮を疎外することにのみ働く。

もとより女帝のあり方自体は、天皇の后、あるいは子であることに保証されているのだから、天皇の母であることを必須としない[31]が、そのことは当代の女性の最高位であった女院を全否定する。

女院が母となることによって確保できる地位であったとすれば、女帝は、それを「男といふもの」の拒絶によって徹底抵抗してみせた。結果として、女帝の制度は、三条院を排除し、関白をも排除する。関白の娘にあたる皇后の宮が、「関白殿の明け暮れ参らせたまはぬ御かはり」を果たしていて、二人の女性が「御門《みかど》の二所《ふた》おはしますやうなり」（二九〇頁）と言われるのは、たとえば、慈円の『愚管抄』(32)が「ヨキ臣家ノヲコナフベキガアルトキハ、ワザト女帝ニテ侍ベシ」（一四九頁）として、女帝の存在をよき臣家の補佐によってのみ認め、より具体的には、藤原氏が、「妻后母后」の父として「内覧」（天皇の政務の代行者）となるいわゆる摂関政治体制を最良とすることで「女人入眼ノ、孝養報恩ノ方モ兼行」するという思想を打ち出すことを思えば、単に天皇親政を強度に志向するものとばかりはいえない問題を孕む。『愚管抄』にとっては、藤原氏が国母となることが重要なのだが、それはさておき、国母であることが、「誠ノ女帝」に代わるものとされる『愚管抄』の論理は、「母」であることが、同時に「妻」である関係を前提とし、「妻后母后」の両方を兼ねるからこそ、神功皇后、皇極天皇のような女帝の即位が可能となったのだとし、そこに国母を接続することで、女院から女帝を逆措定する。つまり、女院と同様、母であることで女帝を認めようとするのが『愚管抄』の思想だとすれば、『我身にたどる姫君』は、あえて「母」ではない女帝を導こうとしている。「母」であることの拒絶は、必然的にその姻戚関係を根拠に成る関白を不要としてしまうから、摂政関白という「内覧」の擁護のために、女の母性を強調した『愚管抄』の「女人入眼」論すべてを、『我身にたどる姫君』は棄却する。

よその御目にはさらに人に劣らせたまはぬさまかたちをも、内の上に朝夕なづさひきこえさせたまふままに、さま異《こと》に輝くと聞こゆるばかりもてはなれたる御光りを、見知りきこえたまふ。まほならねど、さばかりと見えし中宮の御さまなどだに、たち並ぶべき身かは。限りありてわが氏《うぢ》を継ぐべかりける宿世《すくせ》のこよなさにこそ、かばかりもまじらひきこえけん。宣《のたま》はするばかりの御言の葉も、ただなさけ深き御心の癖ならんとのみ、あぢきなくをこがましければ、それを憎げにくねくねしうなどうちほのめかさんに、いとどをこがましう心づきなくこそあらめ、殿のもてかしづきたまふさま、春宮・二の宮の御ゆく末、われやは人に押し消たるべき身のほどなると、御ひとり寝のみたけく思《おぼ》し知らるれば、殿などにも、かけてあらぬさまなる御答《いら》へも聞こえたまはず。

（『我身にたどる姫君』「巻五」三一六〜三一七頁）

三条院をさけて、皇后の宮は、女帝に「朝夕なづさひきこえさせたまふままに」、女帝の「さま異に輝く」ばかりの「御光り」を「見知」るようになって、今、三条院とともにいる中宮を引き合いにし、かつて三条院と過ごしたことを「わが氏を継ぐべかりける宿世」であったからと自省的に回顧する。いまは、「春宮・二の宮」もいるのだから、なにも三条院の寝所を独占しようとしなくてもよいと、皇后の宮は「御ひとり寝」を選びとる。女帝に朝夕親しむことは、「御ひとり寝」と同列に扱われるのだから、女帝との同衾を意味しない。それは子孫繁栄のための出産によって「わが氏を継ぐ」使命とは対立的にあって、〈生む性〉の放棄である。(33) 皇后の宮がそのように心を動かされたのは、女帝の「御光り」に触れたからである。后としての「宿世」（運命）に抗う皇后の宮とは対照的に、女帝は、摂関家の論理にもとづく〈生む性〉を予め超絶している。

女帝の治世の効果は、女たちの「ひとり寝」を蔓延させ、男たちを引き離すことにあるようだ。三条院女御の「宮の女御」は、それほど「心づよき御心」ではないけれども、はりあっていた女たちがみな、院のそばを離れているのに、一人だけ競い顔でいるのも落ち着かないというので、「ただそむきそむきに、ひとり寝《ね》したまふ所ぞ多かる」とあって、女たちは次々に「ひとり寝」するようになったらしい。

女帝に仕える女房たちのうち、とりわけ中納言の典侍、丹波の内侍、右近の内侍、新宰相の典侍の四人が「まことにはすぐれて、御心とどめたる人」であるのは、「男といふものを、御簾の隔てなくて見じ聞かじ、と思ひたる心ざま」(四一七頁)であるからだという。皇后の宮が三条院を避け得たのも、三条院の妹(一品宮)の所に男(右大将)を手引きしようとした女房を厳しく押しとどめたのもまた、女帝の威光によるものだったのであろう。女帝の死後、男性を排した、この独自の体制はただちに崩れ去り、再び宮中には、〈生む性〉がもたらされることになる。女帝と善政をしいた皇后の宮は、女帝の死後三十一歳にして、再び三条院の子を懐妊し、三条院の妹(一品宮)は、即位したばかりの幼い新帝に恋慕され、密通の果てに死に、新帝も後を追って死んでしまう。男性を排して成る女帝の宮廷秩序が、女帝の死後、再び男性を引き入れたとたんに、密通というほころびを露呈するのである。密通は、女帝の後に即位した帝によって敢行され、天皇自らが自死を遂げる結末によって、天皇の系を密通物語が浸食し、食いつぶしてしまう。女帝という、摂関家の介入を許さぬ天皇親政的なあり方を描いた後で、若き天皇の死を描きながら、物語は摂関政治の依拠する性の配置の危うさを密通によって暴いているのである。

4　龍女成仏譚を超えて兜率天へ

『更級日記』に、黄色の袈裟をきた人が出てきて「法華経五巻を、とくならへ」と言ったという夢が記されているように、『法華経』のなかでとくに巻五「提婆達多品《だいばだったほん》」が女性の信仰の篤い巻であったのは、この巻が、龍女成仏《りゅうにょじょうぶつ》の物語を語り女人往生を説くからである。「提婆達多品」は龍女成仏譚だけでなく。前半部の提婆達多の成仏譚を語るが、たとえば『法華経』見返絵に、巻五の主題として採られるのは、龍女をあらわすものが多く、また『法華経』を詠題とする和歌において巻五に詠まれるのも、龍女成仏が多くとられることから関係の強さが指摘されてきた(34)。

龍女成仏譚は、次のような話である。文殊師利《もんじゅしり》は海中で『法華経』を説いて娑竭羅龍王《しゃからりゅうおう》の八歳の娘・龍女を菩提心《ぼだいしん》（さとりの心）へ至らしめたと告げる。これを疑った舎利弗《しゃりほつ》が龍女に言う。「女身は垢穢《くえ》にして、これ法器に非ず」、「女人の身には、猶、五つの障《さわり》あり」(35)。それなのにどうして「女身、速かに成仏することを得ん」と。すると龍女は、「忽然《こつねん》の間に変じて男子《なんし》と成り」、たちまちに成仏する(36)。

女人には「五つの障《さわり》」があるといういわゆる女人五障の教説は、たとえば『源氏物語』「匂宮」巻において、薫の女三宮にたいする次のような思いにあらわされる。「明け暮れ勤めたまふやうなめれど、はかもなくおほどきたまへる女の御悟りのほどに、蓮《はちす》の露も明らかに、玉と磨きたまはんことも難《かた》し、五つの何がしもなほうしろめたきを」（⑤二四頁）[37] また、龍女成仏については、「手習」巻で横川の僧都が浮舟について「竜《りゅう》の中より仏生まれたまはずはこそはべらめ」（⑥三四六頁）のように語っている。

小林正明は、『源氏物語』が「提婆達多品」の教説にしたがって、五障のある女が成仏する女人往生論として龍女成仏を捉え、かつその成仏の枠組みの疑義をただそうとする物語であることを示した。[38] この教えを女人の「救済」と捉えるべきか、「差別」と断ずべきかをめぐっては、女性学の影響下にさまざまに議論されてきており、ことに笠原一男の『女人往生思想の系譜』（吉川弘文館、一九七五年）の説については、笠原論がこれまで通説となってきたことから集中的に再検討が図られた。[39] また、小林は、龍女成仏が、女人五障を変成男子にすり替えて往生を語ることから、女人の罪障そのものは廃棄できないという「フェミニズム」的批判を『源氏物語』が内包していることを指摘し、平安宮廷社会における『法華経』の受容の問題を牽引した。

翻って『我身にたどる姫君』をみると、ここに描かれる女帝の兜率天往生は、『法華経』巻五の「提婆達多品」を完全に超脱している。[40]

女帝が突然に譲位すると、物語は女帝の崩御へと結末を急ぐ。このとき、女帝は、『法華経』の巻八の最後「普賢菩薩勧発品」（「八の巻の奥ほどにぞありける」）を読んでいたところであった。「普賢菩薩勧発品」は『法華経』の教えをどのように受容したかによって、その得るところを説明する。『法華経』を読誦すれば、普賢菩薩が六牙の白象に乗って現われる。『法華経』を書写すれば、忉利天の上に生まれかわり、往生には、八万四千の天女が伎楽を奏して迎えるであろう。さらに

『法華経』を「受持し読誦」した上に、その「義趣《いみ》を解《さと》」るならば、その者が「命終するとき」、「兜率天上の弥勒菩薩の所」へと迎えるという。

普賢菩薩は、兜率天上の弥勒菩薩のもとへ迎えとってくれることを約束しているのだから、たとえば日野原家本普賢十羅刹女像に、女帝の後世である兜率天内院をみるとすれば、少し手続きが必要となる。

普賢十羅刹女像は、女主人亡きあと、残された女房たちが、女主人を普賢菩薩に見立てるさまを描くと想定されるが、ただ普賢菩薩像が十羅刹女を伴わない独尊像で描かれたのでは、それが女主人の後の世の姿だとは、だれにもわからない。そこに、死後もひきつづき女主人に仕えるみずからの姿を、あえて女房姿で描き込むことによって、その普賢菩薩像こそが女主人その人であることの見立てがはじめて可能となる。女主人を普賢菩薩自身に押し上げていく構想力は、女房たちがみずからの兜率天往生を希求することによって、女主人の往生をまずは果たさせる。(41)女房たちは、そのようにして普賢菩薩へと繰り込まれた兜率天の女主人にひきつづき仕えることを、おそらく出家というかたちで果たしたのにちがいない。普賢菩薩は、『法華経』を受持し読誦する者を守護するのだから、女房たちの出家を媒介として、女房たちに兜率天往生が熱願されることで、いま眼前の女主人は、再び女房みずからの信仰を守護する普賢菩薩として待ち望まれることになる。

とはいえ、女房姿にあらわされた女たちは、持物によって十羅刹女だと知れるのだから、普賢菩薩が女主人であることを暗示するためだけに、単に女房が描かれたというわけではない。十羅刹女もまた、普賢菩薩と同様、『法華経』を守護するのだから、みずからが『法華経』を受持することを十羅刹女に仮託して、『法華経』の守護を約束することでみずからの往生を保証しようとする。このとき女房みずからも再び人びとを迎えに降り下ってくる天人として、天上界に位置する。迎えとられる者と迎えとる者が、女房姿の十羅刹女像として合一することで、普賢菩薩が女主人その人であることが再度確認される。こうした、普賢菩薩、女主人、十羅刹女、女房たちの錯綜する投射の往還運動のなかに、和装の普賢十羅刹女像の図様はあるのである。

『我身にたどる姫君』においては、女帝の死後、女房たちが髪を剃り捨て仏道に帰依したことが描かれた。女房たちの兜率天往生は、女帝の死がまず先立つことで、普賢菩薩に迎えとられる来迎イメージが、女帝その人に迎えとられるイメージに重ね合わされることになる。そうした女帝と普賢菩薩とが重層するイメージは、物語において、天人となった丹波の内侍が女官や女孺を迎えとり、そして女官も女孺もやはり、天界で天人となっているという物語の枠によって表象されている。

女帝が、四人の近習の女房に扇を与える挿話と、普賢十羅刹女像の右側最前列の十羅刹女がかざす扇とのイメージの相関を言い当てられるとするならば、女帝の物語と普賢十羅刹女像の物語は『法華経』巻五「提婆達多品」の説く龍女成仏譚を、扇面の海原と月の図様に押し込め、巻八の「普賢菩薩勧発品」を根拠とする兜率天往生に女人往生の行方を託したと読める。そこには、「女人五障」はもちろん「女身垢穢」の罪障感はない。『法華経』の教義から大いに離れて不可思議な図様を示す日野原家本の普賢十羅刹女像は、宮廷文化のなかで独自に醸成を遂げたイメージと信仰のかたちであるが、まさにそうした形象が、女人往生と一つになってこそ、龍女成仏が抱え込む「女身垢穢」の論理をまるごと押し流し、女身であることの罪を拭い去るのである。

『我身にたどる姫君』において、女帝の擁立は三条院の「御心ざしのあまり、あるまじう世人の思へりしふるごとを興《おこ》し立てて」（二九五〜二九六頁）実現されたのであって、「ふるごと」の昔は女帝の存在した奈良朝懐古をともなう。歴史上、女帝は奈良時代に限って、推古、皇極（斉明）、持統、元明、元正とあらわれ、薬子の変（八一〇年）を契機として、孝謙（称徳）天皇を最後に絶えている。(42) 古代史における女帝の途絶は、女帝が維持してきた尼寺の急速な衰微をもたらしたが、中世における古代の回帰と、廃れていた尼寺を復活させる動きとがおそらく連動して、女帝は寺社縁起のなかに再生される。

たとえば、『善光寺縁起』に皇極天皇の堕地獄譚が描かれるように、中世における女帝は、女人救済に利用されて、悪女として蘇った。善光寺参詣は、堕地獄という嗜虐的な信仰に駆り立てられて中世に栄える。堕地獄譚は、龍女成仏の論理とほとんど同じく、罪深ければ罪深いほど救済のありがたさが増すことになる。天皇の堕地獄であれば、是非とも救済が必要だということになる。『我身にたどる姫君』が女帝の聖代を描くためには、したがって、二つのことを克服しなければならなかった。一つは、女人垢穢の思想に引きずり込まれた古代の女帝たちを解放することであり、もう一つは、兜率天往生という龍女成仏譚とは異なる女人往生の物語を獲得することである。『我身にたどる姫君』において、女人の兜率天往生が、異性愛関係の断念によって果たされることを思えば、女身の罪は、男性の性に犯されることによって発生すると告げているかのようである。平安後期において、「産む母」の称揚によって価値づけられた女院は、権力の中枢に女性を君臨させるに至ったが、「女院」の存在は、逆に「女帝」誕生を不能にしていくことになった。『我身にたどる姫君』は、その根幹を見据えて、「母」（＝女院）であることの栄華をいったん棄却することによって、「女帝」への接近を試みる。しかし、入内の論理のなかで、子をなさない女は敗者でしかなく、そこから「女帝」への道はむしろ遠い。『我身にたどる姫君』は、普賢十羅刹女像の像的記憶を足場とすることで、いっきに女帝へと駆け上がる。そのことは結果として、関白家が皇統にすりよる摂関政治の論理を破綻させることとなった。女帝の代は、結局、どこにも子を生み出さないから、外形的には、古代の幾人かの女帝と同様、中継ぎの天皇ということになるのだろう。しかし『我身にたどる姫君』の女帝の聖代は、兜率天へそのまま空間移行することによって、ほぼ永久に堕地獄譚から逃れ去っているのである。

第六章　女帝なるものの中世的展開

1　中世における女帝とはなにか——孝謙（称徳）天皇の場合

神功皇后《じんぐう》は、歴史に仲哀天皇の后として記録されているにもかかわらず、中世に女帝として甦り、巨大な表象と化した。前章までで鎌倉時代の物語『我身にたどる姫君』にみたように、摂関政治が母であることを根拠に女院を女性の最高位に置いたことは、ただ天皇の娘であるというだけで皇位を継承する女帝の存在をますます有り難くしていった。そうした政治システムのなかで、それに抗するかのようにして、神功皇后は、母なる女帝として形象化されたのである。女を権力の頂点に置くためには、女院の論理を引き継がせ、母として称揚しなければならなかった。このことは、中世の女性観の限界を示すが、同時に、そこに孕まされた母かつ女帝であるという矛盾が、慈円が『愚管抄』で述べた女性観をみずから裏切っていく契機ともなる。

奈良時代以降に途絶えていたにもかかわらず、中世には女帝の表象が次々と現われ、ついには物語において女帝の即位が描かれるに至る。物語が女帝を語りとろうとする過程で、はからずも母でなければ価値を認められないはずの女性の、母であることを超えた女の栄達を描いてしまうのである。

たとえば、道鏡を寵愛し、彼を通して政治を牛耳ろうとしたとした、悪名高い称徳（孝謙）天皇の例をみよう。称徳天皇は、『愚管抄』において「此女帝道鏡ト云法師ヲ愛セサセ給テ、法王ノ位ヲサヅケ、法師ドモニ俗ノ官ヲナシナドシテ、サマアシキコトオホカリ」のようにして、道鏡の寵愛に関する「サマアシキコト」が語られる女帝である。しかし慈円はそこに「タダ人ニハオワシマサズ。西大寺ノ不空羂索《けんじゃく》堂ノモノガタリモ有リ。コレラハミナイヒフリタル事ドモナリ。カウホドノコトハ後ノ例ニモナラズ。イカニモ権化ノ事ドモト、コノサカヒノコトヲバ心得ベキ也。コノタビハ位五年ニテ、御歳五十三ニテウセ給ケル」（一四五頁）と付け加え、この女帝が「タダ人」でないだけでなく、あとにも例のない「イカニモ権化ノ事ドモ」として神格化された人であることも忘れてはいない。称徳天皇を「サマアシキコト」多い女帝として価値づけようとするにもかかわらず、口承において、あるいは記録において「イヒフリタル事ドモ」である神格化の物語があり、『愚管抄』の論理はそれを否定しつくすことができないでいる。中世における女帝をめぐる表象は、中世の論理において語りなおされあらためて価値づけが行なわれながらも、古くからの信仰や物語によって次々に打ち破られ、攪乱されるのである。

『愚管抄』が「コレラハミナイヒフリタル事ドモナリ」と述べて、多くを語らなかった「西大寺ノ不空羂索堂ノモノガタリ」は、「不空羂索」が「四天王」の誤りであるとすれば[1]、前田家本『水鏡』に載る次の説話のことであろう。

西大寺ノ建立ヲ企テ給。(a)此時ヨリ御門ハ権者御身ニテ御座ケリトテ人知奉ニケリ。其故ハ此西大寺ノ内ニ四王堂ヲ立。金銅ノ四天王ノ像ヲ鋳奉リ給シニ。三躰ハ既ニ成リ給テ。今一躰増長天ノ像ヲ鋳奉ト鋳物師ノ七度マデ力ヲ盡鋳奉ニ。尚ヲ叶ハザリ然バ。其時御門誓給テ。(b)若仏徳ニ依テ今生ノ移リニ永ク女人ヲ離テ仏ト成べクバ。銅ノ湯玉涌上湯釜ノ中ヘ我手ヲ入ズルニ。我手損ゼズタダレズシテ鋳レ給ヘ。若此願叶ベカラズバ我手焼損ズベシト誓給テ。雪ノ如クナリシ御手ヲ忽ニ彼湯釜ニ入給シニ。御聊モ損ゼズシテ。(c)世常ノ凡夫ニテ御座ザリケル其所見。更ニ疑所無リシ御事ナリ。

(『水鏡』七五頁)(2)

西大寺は称徳天皇の発願で建立された。四天王のうち、増長天だけが、七度鋳っても完成できずにいた。そこで称徳天皇は、(b)もし仏の徳によって、女人を離れて成仏できる運命ならば、我が手を損なわずに鋳ることができるが、もしこの願いが叶わない運命ならば、我が手を焼き損じるだろうと願をかけて、湯釜に手を入れた。手は少しも損なわれなかったので、(a)「御門《みかど》」は「権者」の身であること、(c)「凡夫」ではないことが疑いなきこととなった。これによって称徳天皇が「女人ヲ離テ仏ト成」ることが霊験によって予告されたことになり、これに続いて称徳天皇の兜率天往生が語られる。

サテ彼西大寺ノ本堂ニハ。弥勒ノ霊像ヲ安置シ給。基本堂ノ内ニハ悉ク都率ノ衆生ヲ土像ニシテ造立セシメ置給。是則此天皇ノ当来ノ御欣求。偏ニ都率ノ内院ノ御往生ヲ御願アリシ故ナリキ。此御願遂ニ成就シテ。アル夜御門ノイ子テ座ケル其御台ノ御座ニ。遙ニ音樂ノ響キアル事ヲウツツニ親ク聞食ニ。近付ママニ声アリ。告テ云。明年ノ其月ノ其日。必ズ都率ノ内院へ取奉。我ハ是都率ノ内院ノ其使ナリトテ去リキ。是ニ依テ天皇ハ兼他家ニ移ランズル其月日ヲ知食ケレバ。此寺造畢ヲバ然ベキ大臣ニ被仰付。其御約束ノ日ニ成ニ然バ。沐浴シ給テ新キ御衣ヲメサレ。雲ノ上ニ音楽ヲ親ニ聞食。殿上近付ママニハ紫雲来リテ迎奉畢リニキ。

（『水鏡』七五〜七六頁）

西大寺の本堂には「弥勒ノ霊像」を安置し、堂内に「都率《とそつ》ノ衆生」を塑像で造って、さながら「都率ノ内院」の世界のようであった。称徳天皇は、必ず「都率ノ内院」に迎えとるとの予言を受けて、その予言どおりに往生を遂げる。(3) 不婚の皇女である称徳天皇の「都率天」往生は、前章にみたように『我身にたどる姫君』が描いた女帝像にかぎりなく近い。

称徳天皇の霊験譚は、古く『扶桑略記』（十一〜十二世紀）称徳天皇条に記録がある。前田家本『水鏡』は独自の増補を持ち、後から派生的に成立したものである。『水鏡』はもともと『扶桑略記』を引いて書かれたものと言われ、後にみる専修寺本を古い形態とする。そこでは前半の四天王像鋳造の霊験のみが語られ、称徳天皇が兜率天に往生したかどうかまでは語られない。(4) つまり、称徳天皇の建立した西大寺の、そこに安置される像が天皇自らの助力によって成ることの由緒を語ることと女帝の兜率天往生とは、おそらく出所が違うものであり、それらがいつしか融合したという縁起の成り立ちがここには示されているのではないか。

　そのことは時を隔てて記録された巡礼記の西大寺条によくあらわれている。大江親通《ちかみち》が嘉承元年（一一〇六）秋に大和七大寺を巡礼したときの手記、『七大寺日記』の西大寺条には、孝謙女帝の願で西大寺が建立されたことと、西大寺金堂が弥勒浄土を模して造られていたことのみ記されている。(5)同じく大江親通の保延六年（一一四〇）三月の七大寺巡礼の記録、『七大寺巡礼私記』の西大寺条には、あらためて金堂の「弥勒浄土」が「兜率天宮」であることを記し、古老の伝えとして、金堂の完成した春二月の孝謙（称徳）天皇の夢に兜率天から四人の天人が降りきて、来たる七月に必ず天皇を迎えとると告げ、その予言どおりに天皇は兜率天往生したのだと述べられている。『七大寺日記』から『巡礼私記』までの三十数年のへだたりのうちに、称徳（孝謙）天皇の霊験譚は、四天王像鋳造の物語から、兜率天往生譚へと発展を遂げる。それらを一つに結んで、四天王鋳造の功徳を兜率天往生へと因果で結んだのが先の前田家本『水鏡』であったといえよう。

　これにたいして、前田家本に先立って成立し、『扶桑略記』との多くの重なりを持つ専修寺本『水鏡』(6)は、四天王鋳造の霊験については触れるけれども、兜率天往生については述べずに、専ら道鏡との関係にまつわる醜聞を語り、また別の称徳女帝像を示す。まず四天王鋳造についての部分を確認しておこう。


　今年西大寺をつくりたまひて。金銅の四天王をいたてまつりたまひしに。三躰はなりたまひて。(a)いま一躰のななたびまでいそこなはれたまひしかば。(b)みかどちかひたまひて。もし仏とくによりてながくおんなの身をすてて仏となるべくば。あかがねのわくにわがてをいれん。このたび。いられたまへ。もしこのねがひかなふべからずば。わがてやけそこなはるべしとのたまひしに。(c)御手にいささかなるきずなくして。天王の像なりたまひにき。

（専修寺本『水鏡』七〇頁）

専修寺本『水鏡』においては、(a)四天王のうち一体が七度試みても完成できないので、(b)みかど（称徳）の誓いによって、(c)無事に造立を遂げた、と帰結する素直な文脈になっていて、ここに往生譚の発生する隙はない。

翻って、前田家『水鏡』の同挿話をみると、増長天の一体だけが完成できないので、誓いをたてるところまでは同じでありながら、最終的に、増長天を鋳造することができたかどうかについては言及されぬまま、湯釜に入れた雪のような手が傷もなかったと閉じられていくことで、この誓いそのものが、増長天鋳造の誓いから、「永ク女人ヲ離テ仏ト成ベクバ」についての仏意を占うものとなっていたことに注意したい。増長天鋳造を完遂させることからは関心が離れて、仏意によって成仏するか否かに文脈がそれたことで、兜率天往生という物語の帰結の入り込む余地ができたことがみてとれる。

しかしここには奇妙なねじれがある。「女人ヲ離テ仏ト成」ることとは、成仏することをさすわけだから、女帝の末期は、極楽往生へと結ばれてよいはずなのに、なぜ兜率天往生なのか。女帝は成仏を約束された徳のある人だからこそ、鋳造を完遂させ得たにもかかわらず、成仏しなくても、すなわち女性のままでも往生できる兜率天をいうことで終えていることをもって、前田家本『水鏡』の往生譚部分が後から継ぎ足されたものとみることもできよう。たしかに、そのつじつまを合わせるようにして前田家本『水鏡』は、後半部で女帝自身が「都率ノ内院ノ御往生ヲ御願アリシ故」だと、「御願」を語り直している。西大寺本堂は、兜率天の外院ではなく、弥勒の住まう兜率天の内院を模して造られており、それを造った女帝もまた、兜率天往生を望んだとするのは、西大寺縁起としてはむしろ自然な流れである。対して専修寺本『水鏡』は、往生への契機を排することによって、結果として男狂いの猥雑な女帝像へと結ぶこととなった。たとえば『古事談』（一二一二〜一五年）はさらにセンセーショナルな女帝像を伝える。曰く、称徳天皇は道鏡の男根になお飽き足らず、ヤマイモで陰形を作り使わせていたところ、折れて取り出せなくなったため、陰部が腫れふさがり、そのせいで死んだのだという(7)。女帝が道鏡を政界にとりたてたのは、道鏡との性愛に溺れたためだという説が、女帝のニンフォマニアックなイメージへと伸張したということであろう。

『愚管抄』は、称徳天皇のスキャンダラスなイメージを承認しながらも、「サマアシキコト」として曖昧にぼやかし、女帝を仏神の化身なのだと付け加えた。色情症的女帝像と霊力を持つ女帝像は、相矛盾する説話として別々の縁起に語られてきたわけだが、両者が一つに結ばれた地点に兜率天往生があったのだとすれば、それはまるで『我身にたどる姫君』の描いてきたことそのもののようである。第四章、五章にみてきたように、『我身にたどる姫君』は、女帝の兜率天往生を描きながら、一方で「サマアシキコト」をくり返す妹の前斎宮を描いていた。称徳天皇の伝説の二面性を、物語は女帝と前斎宮という姉妹に移し分け、それらの行方を兜率天往生の物語に統合していたともいえる。しかし、『我身にたどる姫君』が、藤原摂関家の女院を排して、やすやすと女帝をたちあげてしまったのとは異なって、『愚管抄』は女院と女帝の問題に苦慮しつづける。

孝謙（称徳）天皇は、『愚管抄』に「（聖武天皇は）皇子オハシマサデ皇女ニ位ヲユヅリテ、天平勝宝ノトシオリサセ給テ八年オハシマス。孝謙天皇是也。コノ御時、八幡大菩薩、託宣有《たくせんあり》テ、東大寺ヲオガマセ給ンタメニ宇佐ヨリ京ヘオワシマスト云《いへ》リ。コノ時、太上天皇・主上・皇后、皆東大寺ヘマイラセオワシマシタリケリ。内裏ニ天下大平ト云文字スズロニイデキタリケリ」（一四四頁）とあるように、八幡大菩薩を宇佐から勧請したときの天皇であるが、東大寺での勧請の儀式に参列したことをいうのに、「太上天皇・主上・皇后」とある。主上は今上の天皇を指すから、ここでは、女帝である孝謙天皇が皇后を持つという奇妙な誤謬を犯していることになる。正しくは、「主上（孝謙）・太上天皇（聖武）・大后（光明）」とあるべきで、ここに『愚管抄』のほころびを読み取ることもできよう。『愚管抄』にとって聖武天皇は、藤原摂関政治の起点として重要な位置を占めている。

聖武ハシバラク東宮ニテ、御母ハ大織冠ノムマゴ不比等ノ大臣ノムスメナリ。是ヨリ大織冠の子孫ミナ国王ノ御母トハナリニケリ。ヲノヅカラコト人マジレドモ、今日マデニ藤原ノウヂノミ国母《こくも》ニテオハシマスナリ。（一四四頁）

聖武天皇の母が、藤原氏の始祖鎌足の孫・藤原不比等の娘・藤原宮子であって、この人が藤原氏が国母となることのはじまりに位置づけられている。国母の最高位が女院となるわけだが、『愚管抄』は、女院の誕生の背景と女帝を同じ構造で理解しようとしているらしく、国母について述べる直前に、文武天皇代の後、太上天皇という尊号をはじめて与えられたのは、女帝であった持統天皇であることを指摘している（「太上天皇ト云尊号給リテ、太上天皇ノハジマリハ、コノ持統ノ女帝ノ御時也」（一四三頁））。女院は、譲位した天皇になぞらえて女院としたとあって、実質、太上天皇（＝院）であることを指している。しかし、初めての太上天皇であった持統天皇は天智天皇の娘であって、母も藤原氏とはかかわらない。『愚管抄』が持統天皇という女帝を聖武天皇とすり替えてしまう誤謬は、国母としての藤原氏の女性ならば女院という最上の位を許容し、女帝をも女院と同等に位置づけなおそうとする『愚管抄』の欲望の暴発としての「言い誤り」であったろう。また、それは『愚管抄』の意図に反して迫り出してくる女帝をめぐる物語の力の暴威でもあるだろう。

中世において、おそらくは尼寺を復活させる動きと連動して、女帝あるいは皇后をめぐる縁起があらたに書き記された。称徳天皇の母・光明皇后は、「女帝」ではないけれども、中世に整備された法華寺の縁起においてその霊験が説かれるようになる。皇后の兜率天往生への願いは、釈迦その人への回帰に伴って南都の復興を希求しはじめるだろう。

しかし女帝への注目が、『八幡宇佐宮御託宣集《はちまんうさぐうごたくせんしゅう》』『八幡愚童訓《はちまんぐどうくん》』において神功皇后が「女帝」として発掘されることと同期しているとするならば、『愚管抄』においてもすべての女帝が神功皇后に結び合わされていたように、むしろ神功皇后説話の急浮上に伴って女帝は見出されたのかもしれない。蒙古襲来という海寇に付随した西端の軍事的強化に伴って、八幡の縁起は整備されたのであり、そのなかで新羅《しらぎ》征伐の神話を持つ神功皇后説話は呼び起こされたのである。

日本全国の神社のなかで最も数が多いのが八幡宮だとされるほど、八幡信仰は広く隆盛をみたわけだが、しかし九州にはじまる歴史的経緯は明らかとはいえず、少なくとも『古事記』『日本書紀』にはまだ神としての登録が果たされていなかったことが、そもそもの不審として知られる。いつのころからか、八幡三神は、神功皇后とその子応神天皇によって構成されるようになると、『古事記』『日本書紀』の神功皇后記があらためて八幡縁起に接ぎ木された。八幡神が異国調伏の守護神とされ、神功皇后は、応神天皇を懐胎したまま新羅征討を果たしたとして八幡縁起の中核に組み込まれるわけだが、これを強力に促したのが中世における元寇の脅威であったとみられる。

八幡神の縁起は、天皇の名をもって大和の論理に包摂されていったわけだが、もう一神がヒメ神という女神であるように、再編されてもなお、もともとの信仰が違和を表出する。おそらくは意図されざる、その違和によって、八幡縁起は、大和の論理の矛盾を鋭く突いているのではないだろうか。次に、縁起再編のダイナミズムのなかに神功皇后の変容をみとりながら、中世における女帝の問題を考えていくことにしよう。

2　神功皇后の問題領域

軍記物語をはじめとするいくつかの物語は、侵略戦争の記憶と結びつき、戦中に利用された分だけ、戦後のいっとき沈黙をよぎなくされた。たとえば前田晴人が神功皇后伝説の研究をはじめるに際し、次のように断わりを入れなければならなかったことも同様の理由による。「神功皇后伝説はかつての侵略戦争の時期に帝国主義者や軍国主義者の手で政治的に利用されたため、戦後の古代史学会では十分な研究の蓄積に恵まれていない。この伝説は、日本の古典のなかでも最も古い『古事記』『日本書紀』に記されているが、これらの書物に書かれていることの全てが歴史的事実であると喧伝され、また大多数の国民がそれを鵜呑みにしてしまったことが、その後に起こる悲劇の一つの要因となった[8]」。

しかし、具体的に神功皇后が戦後の禁忌《タブー》となった地点は、金光哲が次のように見通すように、中世版の語る「新羅征伐」「三韓征伐」が侵略戦争を保証したことの反省からであった[9]。「「新羅征伐」と「三韓征伐」の語は、神功皇后に連動した語であり、古代から連綿として朝鮮観形成に関与した思想用語であった。また「朝鮮征伐」の語は、「鮮人」呼称とともに、秀吉が朝鮮侵略で創作した侵略用語であった。「新羅征伐」と「三韓征伐」と「朝鮮征伐」の語は、日本帝国主義が朝鮮への植民地時代に、「鮮人」呼称とともに再生復活させた植民地統治用語であった[10]」。

つまり、問題はむしろ、『古事記』『日本書紀』に語られた神功皇后伝説そのものにではなく、中世にいたって八幡信仰に取り込まれ、変容を遂げた八幡縁起のなかの神功皇后にある[11]。一二六八年の蒙古国牒状《ちょうじょう》から、文永の役（一二七四）・弘安の役（一二八一）をはじめとする蒙古襲来の脅威に接して喧伝された八幡神の霊験は、八幡宮の縁起の再構築へと駆り立て、宇佐八幡宮においては『八幡宇佐宮御託宣集』、石清水八幡宮では『八幡愚童訓』甲本、乙本を相次いで成立させることになる[12]。

なかでも直接に蒙古軍との合戦を描いた『八幡愚童訓』甲本は、「倩《つらつら》異国襲来ヲ算《かぞう》レバ」（一七〇頁）とはじめ、神功皇后の神話を述べたあとで、「上代ハ仏神ノ奇瑞新ニシテ、異国ノ凶徒退散速《すみやか》也キ」（一八一頁）とまとめあげ、「蒙古ノ船共」を「八幡大菩薩ノ御影向」によって退散させた八幡大菩薩の霊験を語ることで神話を中世に結び合わせる。神功皇后征討譚は、末尾に添えられた「新羅国ノ大王ハ日本ノ犬也」(13)（一七六頁）の文言によって、とりわけ問題含みのものとなるが、(14)『古事記』『日本書紀』に語られた神功皇后伝承にはこの一文はまだなく、明らかに「日本」の優位性を主張するために後代に付け加えられたものだといえる。こうして神話的世界が、現実の侵略へと結ぶ回路を『八幡愚童訓』甲本はたしかに有している。しかし一方で、『八幡愚童訓』甲本の語る神功皇后説話には、征討譚として不要と思われるような鎮懐石の説話が、いかにも手放し難く、『古事記』『日本書紀』から受け継がれている。応神天皇を身ごもっていた神功皇后が出征に際し、石を腹にはさんで出産を遅らせたという伝説は、八幡信仰にとって、おそらくそれなしには成り立たないほどの重要な要素であったのだろう。『八幡宇佐宮御託宣集』は、「往昔息長足日女命《むかしおきながたらしひめのみこと》新羅国を征討《うち》し時、此の両《ふたつ》の石を用ひ、御袖のなかに挿著《はさみつ》け、以て鎮懐となせり」という神功皇后の鎮懐石の伝承の、古く『万葉集』巻第五「山上臣憶良鎮懐石を詠ふ一首」にあげられた歌をあげて、次のように解説する。

かけ《（懸）》まくは　あやにかしこし《（畏）》　たらしひめ《（足日女）》　かみ《（神）》のみこ《（御子）》らの　からくに《（韓国）》を　むき《（向）》たひらげ《（平）》
て　みこころ《（御心）》を　しづめ《（鎮）》たまふ《（給）》と　いとらして《（取）》　いはひ《（斎）》たまひし《（給）》　またま《（真珠）》なす　ふたつのいし《（石）》

を　よ《(世)》のひと《(人)》に　しめし《(示)》たまひ《(給)》て　よろづよ《(万代)》に　いひ《(言)》つぐ《(継)》がねと　わた《(海)》のそこ《(底)》　おき《(沖)》つふかえ《(深江)》
の　うなかみ《(海上)》のこふ《(子負)》のはら《(原)》に　みて《(手)》づから　しか《(敷)》したまひ《(給)》て　かむ《(神)》ながら　かむ《(神)》さびいます《(坐)》
くしみたま《(奇魂)》　いま《(今)》のをつつ《(現)》に　たふと《(尊)》きろかも

御記はじめにこれを載せたり。

あめつち《(天地)》の　とも《(共)》にひさ《(久)》しく　いひ《(言)》つげ《(継)》ど　この《(此)》くしみたま《(奇魂)》　しか《(敷)》しけらしも
石の事、伝へて言ふは、那珂《なかの》郡伊知郷《のさと》簑嶋《みのしま》の人、建部《たてべ》手麻呂是れなり。

已上、万葉第五に載せたり。

あやにかしこしとは。あやしおそろしきなり。

たらしひめとは。神功皇后なり。

からくにとは。三韓なり。新羅・百済・高麗なり。

いとらしてとは。威《おど》すなり。

ふたつのいしとは。鎮懐石なり。

世人とは。亀山院《後宇多なり》御諱なり。故《かるがゆゑ》にその人と読むべきなり。史書には世をば読まずして、ただ人と読むなり。源氏にも世を略して、ただ人とよむなり。

（『八幡宇佐宮御託宣集』六二一～六二三頁）


「かみのみこら」（神の御子ら）は、『万葉集』では「かみのみこと」（神の命）とあるところで、「からくに」（韓国）を「神の御子ら」としている点は、宇佐八幡宮がもともと新羅系の信仰を基盤としていたこととかかわって重要である。蒙古襲来における亀山院の八幡祈請によって、呼び起こされた八幡信仰は、まずもって神功皇后の新羅征討の事跡を中心化することで再生する。したがって、『八幡宇佐宮御託宣集』の「巻二」冒頭は、「日本紀第八に曰く」とはじめられ、天皇の系に八幡神を位置づけることからはじめられる。

このようにして寺社縁起としての性格からかき集められた信仰の蓄積に厚く阻まれて、神功皇后征討譚は、位相差の混在する物語群として不細工なかたちをなす。それは蒙古襲来について詳細に記した『八幡愚童訓』甲本の成立後に、八幡神の由緒とそれに不可欠な霊験譚を中心に編んだ乙本が遅れて成立したという『八幡愚童訓』の成り立ちにも相同であるが、本章で中心的に扱うことになる甲本内部においても、霊験譚との葛藤は随所に見いだせる。そうした縁起らしい不均一なまだら模様から、正確に「三韓征伐」に通じるところだけを切り合わせることで征韓論は形作られたわけだが、そのような縫合はむしろ複数のパターンを可能としてきたはずで、いくらでも違った物語をつくることができた。にもかかわらず、帝国主義が喧伝した歴史観は、唯一絶対の過去のことばの意味を不変のものとして現時点まで持ち越させる連続性にあったのだから[15]、ここではまず、それぞれのことばの意味を元の文脈にいったん返して、時代ごとの偏差をみることで切断線を入れる作業をしておく必要があるだろう。

3　八幡神の源流と中世八幡信仰

中世八幡信仰の語る神功皇后の事跡は、『古事記』『日本書紀』に語られた伝承を大枠において受け継ぐ。ただし、『古事記』や『日本書紀』において神功皇后が正しく「后」とされていたのにたいし、『八幡愚童訓』甲本では、「此后ト申ハ第十五代ノ帝王神功皇后」（一七〇頁）として、帝王の一代に位置づけている。あるいは『八幡宇佐宮御託宣集』「巻一」においても「日本紀第十に云く」とはじめる応神天皇の項で「母神功皇后は女帝たり」（六四頁）と記しており、仲哀天皇の后であった神功皇后は、中世において「女帝」となって再生する。神功皇后を「女帝」に押し上げる力は、たとえば真名本『曾我物語』(16)が北条政子を讃えるために引く八幡縁起にもみられる。

掛《か》けまくも忝《かたじけな》くも、異国の則天皇后は夫《つま》を重くして位《くらゐ》に即《つ》き、本朝の神功《じんぐう》皇后は夫の仲哀天王の別《わかれ》を悲しみて遺跡《ゆいせき》を尋ねつつ、女性《によしやう》なれども世を取らせ給ひつつ、日本国の皇帝とはならせ給ひぬ。今の北条の妃も女性なれども、日本秋津島、鎌倉の受領仁《じゆりやうじん》、将軍家の宝位・玉床《ぎよくしやう》に御身を宿し給ふべき御瑞相にや

（『曾我物語』「巻第三」一四二頁）

北条政子は、夫「仲哀天皇」の亡きあと、女性ながら政務をとり、「日本国の皇帝」となった神功皇后に重ね合わされている。『曾我物語』が『吾妻鏡』とともに北条氏の政権下で編纂されたという外的事情に基づいて解すれば、神功皇后が「女性」にして「日本国の皇帝」であることによってこそ八幡神の説話が重要となる。(17)したがって『曾我物語』において八幡三所は、神功皇后を中心として仲哀・応神の三神をたてて説かれている。

> 八幡大菩薩とは、忝《かたじけな》くも本地寂光の都を出でて、垂迹《すいじゃく》の三所と顕《あらは》れ給ふ。人間《じんかん》皇女の胎生を借りて、即ち本朝三代の皇帝と生れ給ふ。その三代とは、仲哀・神功・応神等なり。崩御《ほうぎょ》の後は皆本朝守護・百王《はくわう》鎮護の一所三躰の垂迹と顕れ給ふ。その三躰とは、弥陀・観音・勢至の三尊なり。（中略）その三所の内に、中の御前と申すは、即ち弥陀如来これなり。本朝誕生の御時は神功皇后と申す。（中略）左の御前と申すはまた、観世音菩薩これなり。本朝誕生の御時は仲哀天王これなり。（中略）右の御前と申すはまた、勢至《せいし》菩薩これなり。本朝誕生の御時はまた、応神天王これなり。
>
> （「巻第三」一七一～一七三頁）

八幡神は多く三神をもって祀られており、縁起によってあるいは神社によってその組合わせは一致していない。『曾我物語』では、神功皇后、仲哀天皇の夫婦に子の応神天皇を合わせた三神から成るとされている。ここでは、神功皇后、仲哀、応神天皇の三所を、それぞれ、弥陀如来、観世音菩薩、勢至菩薩に比定していくことで、神功皇后こそが主神であることが強調されている。「垂迹《すいじゃく》」の前世（本地《ほんち》）を表現することで、三神を弥陀三尊の形式に置き直すとき、横並びの三者関係は、本尊と脇侍という一対二の圧倒的な優劣関係を生じさせることになる。

そもそも八幡大菩薩は、応神天皇の本地とされるのが広く一般的であって、神功皇后を八幡三神の本尊とすること自体、政子を語るために要請されたものである。しかも「巻第五」の鷹狩り問答において、畠山重忠が「八幡大菩薩は我朝の帝にて御在《おは》せし古《いにしへ》は応神天王と申す。その第四の王子をば、仁徳天王とぞ申しける」（二八〇頁）と語っているところをみると、『曾我物語』の内部においても、主神八幡大菩薩の解釈は齟齬をきたしていることになる。

『八幡愚童訓』甲本は「抑《そもそも》八幡大菩薩者、仲哀天皇第四御子、御母儀ハ神功皇后ニ御座《おわしま》ス」（一七八頁）と述べているから、応神天皇を主神においているはずだが、一方で、神功皇后が出征に際して四十八艘の船を造らせたことについて、神功皇后は阿弥陀如来の化身だからだと説明してもいる。

神功皇后ハ阿弥陀如来ノ変化ニテ坐《ましませ》バ、六八超世ノ悲願ヲ発シ、沈倫苦海ノ衆生ヲ救ヒ給ハントノ、法蔵ノ昔ノ誓ヲ思食シ忘レズ、四十八艘トゾ定メケル。（『八幡愚童訓』甲本一七二頁）

『大無量寿経』に、阿弥陀仏がかつて法蔵比丘と称した頃に一切衆生を救うために四十八の誓願を立てた。四十八艘の船の由来はここにあるという。

ここで神功皇后を阿弥陀如来の変化だとすることは、神功皇后こそが本尊（阿弥陀仏）＝主神の主張であり、『八幡愚童訓』甲本もまた神功皇后を「中の御前」とする『曾我物語』の形式にはからずも添うかたちになる。

ただし八幡三所として仲哀天皇、神功皇后、応神天皇を説くこと自体、八幡神の縁起においては比較的新しいことに属し、八幡三所は神功皇后、姫大神《ひめおおかみ》、応神天皇として長く伝承されてきた。『八幡愚童訓』乙本が「八幡三所と申は、中は第一大菩薩、応神天皇、又は誉田《ほむた》の天皇《スメラミコト》とも申也。

右は第二姫大神。左は第三大多羅志女、神功皇后、又は気長足姫尊《ナガタラシヒメノミコト》とも申也」（二一一頁）と記しているように、また多くの現存する八幡三神像がそうであるように、応神天皇を主神として、二体の女神を添える形式を古態とする。乙本は「但姫大神をのぞきて仲哀天皇、又は足仲彦天皇《タラシナカツヒコノスメラミコト》と申をいはひ参《まいら》すといへ共、たしかならず」（二一二頁）とし、姫大神の代わりに仲哀天皇を加える説を紹介しながらも、それには与しない。

さらにいえば、八幡大菩薩をたてて、二神を付随させ八幡三所として祀られる形式において、八幡大菩薩に応神天皇を置くこと自体もまた、最古の形態というわけではない。中野幡能によれば、それは宇佐八幡が大和の信仰と合流してはじめて発生したものだという。宇佐八幡神は、秦氏系辛嶋氏・宇佐氏・大神氏のそれぞれの信仰の混合形態として成り、託宣をこととする新羅国の信仰を持ち込んだ秦氏系辛嶋氏の影響の強い場に、大和から派遣された大神氏が応神八幡を持ちこんだという経緯が見通される。つまり八幡神は、本来、朝鮮半島から渡来した秦氏系の氏族と思われる辛嶋氏の祀っていた「ヤハタ神」に、大和から派遣された大神氏の祖・大神比義《おおがのひぎ》が、応神天皇の名を持ち込んだものとされ、広く民間に膾炙した在地の神に、応神八幡神が上塗りされたのだという。

ところで、かつて八幡三所が持っていた「姫大神」とはいかなる神なのだろうか。この問いについて、八幡信仰研究ではさまざまに議論がなされてきた。中野幡能は「宇佐氏族のもつ巫子的女酋」の存在を示唆し、西郷信綱は柳田國男に導かれて「巫女であり、神の母」であると述べる。いうまでもなく男神を応神天皇とすれば、神功皇后はその母にあたる。比売《ひめ》神もまた「母」なのだとする西郷の説は、母子信仰と「（姉）妹が祭祀を、兄（弟）が政治をつかさどる原始的複式酋長制」

としてのヒメ・ヒコ制から導かれる(18)。

八幡縁起は、宇佐とは別に、大隅宮《おおすみぐう》の縁起としてもう一つの八幡神の伝承を持つ。中国の陳大王の娘が七歳で懐妊しうつろ船で流されたが、その娘の産んだ子が八幡神であるとする起源説話である。大隅八幡においては、大比留女《おおひるめ》こそが八幡神の母とされるのであり、父を不在とする典型的な母子神のかたちを示す。『八幡宇佐宮御託宣集』が「大隅宮縁起中に云く」として記すこの伝承は、『八幡愚童訓』甲本にも巻末のほうに採録されており、八幡信仰にとって容易には消し去り難い篤い信仰の核であったとみえる。

一。大隅《の》宮《の》縁起《の》中に云く。陳《ちん》大王の娘大比留女《おほひるめ》は、七歳にして懐妊す。九ケ月を経て産生す。天子・王臣共に恠《あや》しみて問ひて云く。汝幼少《なんぢいとけなき》なり。誰人《たれびと》と交抱《みとのまぐはひ》するか。答へて云く。全く以て交抱する人無し。但《ただ》夢《の》中に止《や》んごとなき人の為に寝《いね》られたり。覚めて四方《あたり》を窺ひ見るに人無し。只朝日の光、胸の間に在り。其の日より心神安からず。然る後懐妊して生む所の子なりと云々。已に三歳の時、問ひて云く。君は誰人ぞやと。答へて云く。我が名は八幡と云々。弥《いよいよ》奇異の思を成して、三四年を経て後、空船《うつろぶね》に乗せ、印鎰《いんやく》を相具して、母子共に流す。其の詞に云く。汝は人間の所為《しわざ》に非ず。流れ着く所を以て、所領と為すべしと云々。此の船大隅の磯の岸に着く。故に八幡崎と号《なづ》く。又云く。岸崎と云ふと。已後は略す。

（『八幡宇佐宮御託宣集』八八〜八九頁）

・陳王――大比留女――八幡

応神天皇、神功皇后を含む八幡三所の縁起と大隅宮の縁起を『八幡愚童訓』甲本は、右とほぼ同じ説話を引きながらそこに次の隼人征討譚を付加している。

是ハ継体天皇ノ御宇也キ。大比留女ハ筑前国若椙山へ飛入給キ。後ニハ香椎ノ聖母大菩薩ト顕レ給ヘリ。皇子ハ大隅国ニ留リテ、正八幡ト祝レ給リ。爰大隅国ノ本住人、隼人ト名付ク。敵心ヲ成シテ八幡ヲ追却シ奉ントテ、陳ヲ張テ合戦スト雖モ、隼人打負テ頸ヲ切ラルルガ故ニ悪縁ト成シ、其難ヲ致スニ依リテ御行《みゆき》ノ前ニハ二百人ノ兵騎ヲ随ヒ奉ル。隼人打取給フ御鉾ヲ号シテ、隼風鉾ト名付タリ。実ノ長サ八尺、広サ六寸也。仲哀天皇ノ御子トシテハ、皇后ノ御腹ニシテ異賊ヲ滅シ、大比留女ノ御子トシテハ、幼年ノ御身ニテ隼人ヲ討平給フ。

（『八幡愚童訓』甲本一九五頁）

古代から、八幡宮は「国家神・護法神(19)」として常に大和・京における宮廷社会の信仰と連動してきた。飯沼賢司は、国家神たる八幡神の成立を大隅隼人の反乱鎮圧と服属の時期にみる。その後、聖武天皇代の天平一二年（七四〇）、大宰府でおきた藤原広嗣の乱鎮圧祈願成就を契機として、東大寺大仏造立成就祈願をうけて八幡神は大和に乗り出していく。『続日本紀』によれば、天平勝宝元年（七四九）十二月廿七日条に八幡神は東大寺の大仏を礼拝するために大和に入り、「大神一品、比咩神《ひめがみ》二品(20)」をそれぞれ奉じられたとあって、この時点で八幡神は大神と比売神の二所で構成されていることになる。さらに天応元年（七八一）「護国霊験威力神通大菩薩」の尊号を奉じられ、翌延暦元年（七八二）には、「自在王」を添え「護国霊験威力神通大自在王菩薩」の尊号を奉じられ、ここに「八幡大菩薩」が誕生する。複雑な大和の取り込み過程と相まって、『八幡宇佐宮御託宣集』での八幡三所の解説は混迷を極め、「日本紀第八に曰く」とはじめ、「人王第十四代仲哀天皇」から説明しながら、だからといって仲哀天皇を加えて八幡三所となすとはいうのではなくて、神功皇后、応神天皇までを「日本紀」に沿って述べ立てた後、「名巻二」で、あらためて「大帯姫《おおたらしひめ》」を登場させ、大帯姫を八幡の母として位置づけている。大帯姫は神功皇后のことであると解されるが、「巻二」が次々に列挙していく記事は、およそ神功皇后とは無縁というべき伝承の断片である。『八幡宇佐宮御託宣集』が記す造宮の記録は、「三大帯姫」「二姫大御神」「一大菩薩」を宇佐宮三所に充てている。香椎宮三所は「左八幡」「中大帯姫」「右住吉」としており、住吉宮三所には「左八幡」「中住吉」「右香椎聖母」とある。『八幡宇佐宮御託宣集』において八幡三所は、明快な形をとらない。

宇佐八幡には、『八幡宇佐宮御託宣集』の迷走ぶりに表わされるように、古代より雑多な信仰を継承してきたもののうち、長く抱えもってきた辛嶋氏による新羅圏内の土着宗教からはじまって、女禰宜《ねぎ》による託宣で栄えた宮が、応神天皇を中心に祀る大神氏系の神職の宮へと革新されていった経緯があるという(21)。中野幡能は、九州の地で展開された秦氏系辛嶋氏・宇佐氏・大神氏の幾度かの勢力争いの末、神功皇后が浮上してくる理由について次のように推測する。比咩神《ひめかみ》が「宇佐氏族集団の神としての性格を現すと、ここに第三の殿として弘仁十一年大帯廟《おおたらしびょう》が成立する。大帯廟が併祀される理由としては、八幡神が応神天皇に擬せられるようになったために母神として併祀されるということと、比咩神がはっきりと宇佐氏の神としての性格を打ち出したために、八幡に直接奉仕する女禰宜の神としての性格が失われ、ここに神功皇后のすぐれた託宣技術を神として、女禰宜の神として併祀されたのではないかとおもわれる[22]」。

つまり、失われた「比咩神」の女禰宜の神としての性格を補うために神功皇后が呼び出されたということであり、ここに神功皇后の巫女王としての側面を強調する意図があるというのである[23]。託宣を伝えた女禰宜たちは、古くからの三神にあった比売神を断念したのちは、仲哀天皇に新羅出兵の託宣を伝え、みずからが海を越え遠征に乗り出した神功皇后にみずからの神性をひたすらに寄託したのだ、と。

たとえば、八幡三所をあらわした彫像をみると、実際、大分県・奈多宮の八幡三神像（僧形八幡神・比売大神・神功皇后）が、二女神像に大きさの著しい違いをみせ、はっきりと差異化をはかっている[24]ほかは、二女神像の造型がまるで分身であるかのように極めてよく似ることを特徴とする。二体の女神像がこれほどまでに似ているということは、彫像としていったい何を表現しようとしたものなのか。少なくとも、八幡神の母と応神の母が、八幡神と応神の合一によって母であることに収斂されたとする議論では、八幡神と応神とが二体の男神とはなっていないのに、いつまでも女神が二分しておかれることの意味が解かれない。八幡三神として一組にされて、応神天皇が、二人の母を持つことが、おそらく合理性を欠くとみなされて、後代の多くの八幡信仰では、神功皇后－応神天皇〈母－子〉の組合わせに、父、仲哀天皇を加える三神の構成が採られるわけだが、仲哀天皇－神功皇后－応神天皇という「家」的な三者関係を構成するならば当然のこととして、仲哀－応神の父子関係が強調されるべきであるにもかかわらず、たとえば『曾我物語』「巻第三」は〈母〉神功皇后をこそ八幡大菩薩なのだとしており、家父長制的構図はずらされている。『曾我物語』や『八幡愚童訓』甲本は、神功皇后を取り立てて主神に祀りあげることで、夫の影を消去し、后であることを忘却しながら「女帝」へと変貌を遂げさせる。ここに、中世に再生された神功皇后伝承の特徴が現われているといえる。同時に、八幡の来歴をみれば、神功皇后が主神とされてしまう心性は、古く八幡信仰の基底に探られるものでもあるといえよう。

4　竜神から犬譚へ

『八幡愚童訓』甲本が語る蒙古軍襲来記事によれば、弘安四年（一二八一）七月四日には「女御子ヲ男ニ成シテ、甲冑ヲ着セ兵杖ヲ持セテ、異国ノ合戦ニ打勝タル悦申ノ儀式也」（甲本一九一頁）とあって、神功皇后征討譚はまさに再演されることこそが祈禱であるといった神話である。ここで、「女御子ヲ男ニ成」すとは、神功皇后が髪を角髪《みずら》に結って遠征にでたとする伝承に倣うものである。『古事記』には、神功皇后が髻《みずら》に結い上げ男の姿を借りたというくだりはないから、[25]『日本書紀』が記す、ミズラを結うことを「暫く男《ますらを》の貌《すがた》を仮り」ることとしたことをふまえたものとみえる。

皇后、還《かへ》りて橿日浦《かしひのうら》に詣《いた》りまして、髪《みぐし》を解き海に臨みて曰《のたま》はく「吾、神祇の教《みをしへ》を被《かがふ》り、皇祖《おほみおや》の霊《みたまのふゆ》を頼《かがふ》り、滄海《あをうなはら》を浮渉《わた》りて、躬《みづか》ら西《にしのかた》を征《う》たむと欲《おも》ふ。是《ここ》を以ちて、今し頭《かしら》を海水《うしほ》に滌《すす》ぐ。若し験《しるし》有らば、髪自《おの》づからに分れて両《ふたつ》に為《な》れ」とのたまふ。即ち海に入れて洗《すす》ぎたまふに、髪自づからに分れぬ。皇后、便《すなは》ち髪を結ひ分けて髻《みづら》にしたまひ、因《よ》りて、群臣《まへつきみたち》に謂《かた》りて曰はく、「夫《そ》れ師《いくさ》を興《おこ》し衆《もろもろ》を動《うごか》すは、国の大事《おほきこと》なり。安《やす》きも危《あやふ》きも成るも敗るるも、必に斯《ここ》に在り。今し征伐《う》つ所有《ところあ》り。事を以ちて群臣に付《さづ》く。若し事成らずは、罪群臣に有らむ。是、甚《はなは》だ傷《いた》し。吾、婦女《たをやめ》にして、加以《また》不肖《をさな》し。然《しか》はあれども蹔《しまら》く男《ますらを》の貌《すがた》を仮《か》りて、強《あながち》に雄略《ををしきはかりごと》を起《おこ》さむ。上《かみ》は神祇《あまつかみくにつかみ》の霊《みたまのふゆ》を蒙《かがふ》り、下《しも》は群臣《まへつきみたち》の助《たすけ》に藉《よ》りて、兵甲《いくさ》を振《おこ》して嶮浪《たかきなみ》を度《わた》り、艫船《ふね》を整へて財土《たからのくに》を求めむ。若し事就《ことな》らば、群臣共に功《いさをし》有り。事就《ことな》らずは、吾独り罪有らむ。既に此の意《こころ》有り。其れ共に議《はか》らへ」とのたまふ。

（『日本書紀』①四二三～四二五頁[26]）

財宝国《たからのくに》を求めて、神功皇后は小山田邑《をやまだのむら》（筑前国宗像郡）に斎宮《いつきのみや》を造らせた。皇后は、吉日《よきひ》を選んで、斎宮に入り、自ら神主となって、武内宿禰《たけうちのすくね》に琴をひかせて、中臣烏賊津使主《なかとみのいかつのおみ》を召して審神者《さには》として、神の教えるところを聞く。『日本書紀』は、神功皇后の巫女性を示したのち、さまざまな縁起由来譚を列挙していく。次いで、神の教えに従って海を渡り、西方を討つことを皇后が宣言し、征討譚が語られる。「西を征《う》つ」に先立ち、海水に髪をひたして神の意志を占う。神意があらわれて二つに分かれた髪を皇后は結い上げ、「髻《みづら》」にする。ミズラは、古代の成人男子の髪形であったが、奈良時代以降、この髪形は成人前の男児の髪型となる。そうした服飾の問題とは別に、ミズラが男を装い戦闘に臨むことの定型表現であったことは、『古事記』『日本書紀』に共通してみられ、天照大御神《あまてらすおほみかみ》が速須佐之男命《はやすさのをのみこと》を迎え撃とうとしたときにミズラの髪を結って男の姿となったとする神話などにある。以下に『古事記』から引いておく。

即ち御髪《みかみ》を解き、御みづらを纏《ま》きて、乃《すなは》ち左右《ひだりみぎ》の御みづらに、亦《また》、御縵《みかづら》に、亦、左右の御《み》手《て》に、各《おのおの》八尺《やさか》の勾璁《まがたま》の五百津《いほつ》のみすまるの珠を纏《ま》き持ちて、そびらには、千入《ちのり》の靫《ゆき》を負《お》ひ、ひらには、五百入《いほのり》の靫《ゆき》を附け、亦、いつの竹鞆《たかとも》を取り佩《は》かして、弓腹《ゆばら》を振り立てて、堅庭《かたには》は、向股《むかもも》に踏みなづみ、沫雪《あわゆき》の如く蹶《く》ゑ散して、いつの男《を》と建《たけ》ぶ。（『古事記』五六～五七頁）(27)

須佐之男命がやってくるのは「我《あ》が国を奪はむと」してのことだというので、天照大御神はただちに髪を解き、ミズラに結い、勾玉《まがたま》を付け、鎧に矢を入れた靫《ゆき》を負い、竹の鞆《とも》をつけて武装する。踏み込んだ足は堅い土に腿が埋まるほどに力強く、地面を沫雪《あわゆき》のように蹴散らして「いつの男《を》」というばかりに雄々しい。ミズラを結うのは男の姿となるだけでなく、武装するためでもあった。

神功皇后もまた国の大事である西征に際して、ミズラを結うことによって、「暫く男《ますらを》の貌《すがた》を仮り」る。男に変じることによって、「雄略《をしきはかりごと》」を遂げようとするのである。しかし同時に、皇后は応神天皇をみごもっているのであり、「時に、適《たまたま》皇后《きさき》の開胎《うみづき》に当《あた》れり。皇后、則ち石を取りて腰《みこし》に挿《さしはさ》み、祈りて曰はく、「事竟《を》へて還《かへ》らむ日に、茲土《ここ》に産《あ》れたまへ」とのたまふ。其の石、今し伊都《いと》県《のあがた》の道辺《みちのほとり》に在り」（『日本書記』①四二七頁）として、『古事記』と同様の鎮懐石の伝説が語られる。出征前に産気づいた神功皇后は腰に石を挿んで出産を遅らせた。その時の石は今も伊都《いと》（福岡県糸島郡）の道の辺にあるという霊石の起源神話になっている。

『八幡愚童訓』甲本は、「去レ共緑ノ御髪鬢《グシビンヅラ》行取リ、唐綰《カラワ》ゲテ御冑《カブト》ヲ着シ」（甲本一七四頁）とあるのみで、「男の貌を仮り」るとする文言は失われている。[28]『八幡愚童訓』甲本では、そうした角髪《みずら》を結う意義よりも、海水に浸した髪を二つに分けた力を究めることに焦点がおかれ、新たに「水神・竜神ノ二人の童女参リ、御髪ヲ二ニ分ク」（一七一頁）ことが付け加えられる。この竜神の娘と水神の娘は後にそれぞれ厳嶋大明神、宗像大明神として顕現したことが告げられるが、こうして海のものとの関わりを語るのは、神功皇后と竜王との結縁をいうためである。[29]

『八幡愚童訓』甲本は、水神・竜神が神功皇后の髪を分けたとする角髪《みずら》の挿話から出征にいたるまでに、海中に住む沙竭羅《しゃがら》竜王に「乾珠《かんじゅ》・満珠《まんじゅ》」をもらい受けに行く説話を新たに加えている。『八幡宇佐宮御託宣集』にしろ『八幡愚童訓』甲本にしろ、中世における神功皇后の征討譚は、乾珠・満珠の二つの珠によって敵軍を溺死させることで完遂される。『古事記』『日本書紀』が、ただ海原を行く船が水を押し上げ陸地を水没させることによって降伏させたと語るのに対して、中世の再話においては竜神の霊験が前面に押し出されている。

具体的な合戦譚は、「皇后乾満ノ珠ハ三韓ノ敵ヲ亡ス」とあって、竜王に授かった二つの珠を海に投げ入れることで、海水をたちまちに乾かし陸地にし、敵陣が船を降りたところに、再び海水を満たすという呪術である。『古事記』『日本書紀』での具体的な服従の契機は、神功皇后の襲来自体が海面を上昇させて新羅国を脅かしたことであった。この水没のモチーフが、『八幡愚童訓』甲本の征討譚にも引き継がれているわけだが、『八幡愚童訓』甲本がそれに加えて取り込んだ乾珠・満珠譚は、神功皇后の出征以前のエピソードとして海中の沙竭羅竜王訪問譚を挿入することにこだわり、海の王たる竜王に征討の後ろ立てを得たことを語るのである。そもそも竜宮城を訪ねて竜王に珠を授かる神話は、『日本書紀』の、いわゆる海幸山幸譚にその淵源が探られるものとしてあった。弟・山幸（彦火火出見尊《ひこほほでみのみこと》）が、兄・海幸（火闌降命《ほのすせりのみこと》）と、弓箭《ゆみや》と釣鉤《つりばり》を交換するが、山幸は釣鉤を海に落としてなくしてしまう。海幸が許さないので、山幸はもとの鉤を取り戻すために海中へ下っていく。山幸は、鉤を得て、海神《わたつみ》の娘・豊玉姫を娶って三年を過ごしたのち地上界へ戻り、海神に授けられた潮満瓊《しほみつたま》、潮涸瓊《しほふるたま》によって、兄・海幸を懲らしめて服従させる。

彦火火出見尊が海中で出逢う豊玉姫と、神功皇后が海中に使わした妹・豊姫は、ともに地上界と海中世界の媒介者として通じ合う。『八幡愚童訓』甲本では、神功皇后は、竜王が珠を借してくれるならば、腹に宿った皇子を竜王の聟《むこ》とすると約束している。これを聞いて竜王は「日本ハ仏法ノ地也。皇后ハ賢王タリ。争《いかでか》宣旨ニ背クベキ。其上、忝《かたじけなくも》竜女ノ身ナガラ人皇ノ后ト成ラン事、且ハ面目也」と答え、皇子誕生の後には竜女を嫁としたと結んでいる。この竜女が「当社第二ノ御前、姫大神ト申是也」とあり、姫大神を応神の妻かつ竜女としている。『八幡愚童訓』乙本は「或又、姫大神をのぞきて玉依姫を西の御前と申事あり」として、八幡三所について姫大神の代わりに玉依《たまより》姫をおく説を述べ、「宇佐宮に大菩薩垂迹以前より崇奉《あがめたてまつる》によりて、大菩薩・大多羅志女・玉依姫と三所に祝《いわい》奉おや」（乙本二一二頁）と説明する。玉依姫は、乙本において「神武天皇の母后《ボコウ》、鸕鷀草葺不合尊《ウノハフキアエズノミコト》の后也」と解されるが、『日本書紀』の海幸山幸譚では、山幸が竜宮で娶った豊玉姫の妹の名であった。中世の八幡縁起はこうして『日本書紀』の様々なパーツを寄せ集め、組み立てられている。

となれば、『八幡愚童訓』甲本に語られる神功皇后伝説が、珠の呪力によって、「異国ノ王臣」の「我等日本国ノ犬ト成、日本ヲ守護スベシ。毎年八十艘ノ御年貢ヲ可奉備」という「誓言」を引き出したとする説話もまた、乾珠・満珠譚を通じてパラレルにおかれる『日本書紀』の海幸山幸譚が、やはり一書第二の別伝において、隼人の狗《いぬ》の由来譚に帰結することに呼応するものとみてよいだろう。

兄既に窮途《せま》りて逃去る所無し。乃《すなは》ち伏罪《したが》ひて曰《まを》さく、「吾已《われすで》に過《あやま》てり。今より以往《ゆくさき》、吾《あ》が子孫《うみのこ》の八十連属《やそつつき》、恒に汝《いまし》の俳人《わざひと》と為《な》らむ。一《ある》に云はく、狗人《いぬひと》といふ。請《ねが》はくは哀《あはれ》びたまへ」とまをす。弟還涸瓊《またしほふるたま》を出《いだ》したまへば、潮自づからに息《や》みぬ。是《ここ》に兄、弟の神徳《あやしきとく》有《ま》しますことを知り、遂に其の弟に伏事《したが》ふ。是《ここ》を以《も》ちて火酢芹命《ほのすせりのみこと》の苗裔《のち》、諸《もろもろ》の隼人等《はやひとら》、今に至るまで天皇《すめらみこと》の宮墻《みかき》の傍《もと》を離れず、吠ゆる狗《いぬ》に代りて事《つか》へ奉《まつ》れる者なり。世人《よのひと》、失せたる針を債《はた》らざるは、此、其の縁《えに》なり。

（『日本書紀』一七三頁）

弟に「伏事《したが》」った兄の子孫の隼人らは、今に至るまで天皇の宮垣《みやがき》を離れず吠える狗である番犬に代わって仕えているという。番犬の代わりとなって官中を護衛する隼人の先祖がこの兄・火酢芹《ほのすせりの》命《みこと》だとするのである。

『日本書紀』は一書第四に挙げられる伝には、兄が弟に服従することを誓っても弟は怒りをあらわにして口もきこうとしない。そこで兄は弟の怒りをしずめやわらげるために、ふんどしをつけ、顔面を赤く塗って海で溺れ苦しむ姿をしてみせた。兄は「吾身《われみ》を汚《けが》すこと此《かく》の如し。永《とこしへ》に汝《いまし》の俳優者《わざをきひと》為《た》らむ」と言って、その踊りともつかぬ動きをやめなかった。服属神話は隼人の服属の他にも俳優者のそれなども含みながら多層的である。『古事記』の海幸山幸の物語は、兄が「僕《やつかれ》は、今より以後《のち》、汝命《ながみこと》の昼夜《ひるよる》の守護人《まもりびと》と為《し》て仕《つか》へ奉《まつ》らむ」（一三四頁）と述べ、「守護人」となることを約束して結ばれる。『日本書紀』はそれを「隼人」「俳人」「俳優者」と関わらせていく。隼人の浮上とともに「狗人《ひぬひと》」のことばが引き出されてきたわけだが、『八幡宇佐宮御託宣集』「巻十六」もまた「異国降伏の事」として元正天皇代、養老四年（七二〇）の大隅、日向の隼人の反乱の宇佐宮祈禱による鎮圧を次のように語っている。「仏法よりは悪心を蕩《はら》ひ、海水よりは竜頭を浮べ、地上よりは駒犬を走らせ、虚空よりは鷁首《げきす》を飛ばす」（四五四頁）。

　ここでいう「竜頭」「駒犬」「鷁首」は、呪力を帯びて戦いに駆り出された兵である。「駒犬」となることが、仏法によって呼び出される呪術的な意味における「兵」を指すとすれば、「日本国の犬」となることもまた、そうしたイメージの圏内に発想されたものであったはずだ。

　そもそも、『日本書紀』にはなかった神功皇后の征討譚に犬譚が付加されたのはいつ頃なのか。『扶桑略記』（十一〜十二世紀）が女帝の始めとして記す神功天皇の記事にはまだ見えない。金光哲によれば、建保七年（一二一九）の書写記録があることから、それ以前の成立がみこまれる『八幡大菩薩御因位本縁起』にみられるのが初出となる。『八幡愚童訓』以前に成る『八幡大菩薩御因位本縁起』『八幡宇佐宮御託宣集』ともに、そこに記された文言は「高麗国ハ日本国ノ犬也」であった。狛犬の「狛《こま》」が、「高麗国」との連想に成った可能性は検討に値しよう。[30] 蒙古迫り来る当時に、高麗国《こまのくに》が蒙古に帰属してしまっていることに呼応するかのように、『八幡愚童訓』甲本の征討の語りは捩じれをみせる。神功皇后が乾珠満珠によって平伏させるのは「高麗国ノ国王・大臣・人民等」であって「新羅国」ではないにもかかわらず、皇后は「新羅国ノ大王ハ日本ノ犬也」と書き付けさせたとされているのである。ここでひき出された高麗国は、蒙古の牒状のいう「高麗ハ朕之東藩《カクイ》也。日本ハ高麗ニ蜜邇《みつじ》ナリ。国ヲ開テ以来、亦時ニ中国ニ通ズ」（甲本一八一頁）にたいして、高麗国への朝貢の立場をそのまま維持しながら、蒙古国に先んじて高麗国を支配したとする時間的優位性を確保しようとする。しかし過去の高麗国の服属を語ることが、新羅に守護を約束させることへと帰着するのは、おそらく蒙古の猛威の漸近線が高麗国から新羅国へと迫りくるただなかにあって、新羅においてこそそれを塞き止められねばならないこととかかわろう。

『八幡愚童訓』甲本において、日本を守護し、年貢を毎年おさめることを誓うという服属の引喩が「犬／狗」であることの必然性は、ひとえに皇后が、「新羅国ノ大王ハ日本ノ犬也」と大盤石の上に書きつけて帰国したということが、「犬追物《いぬおうもの》」[31]と呼ばれる「異国ノ人ヲ犬ニ象テ敵軍ヲ射ル」武神たちの競技の由来譚へと連なっていくことにあろう。

ただし、神功皇后が「日本ノ犬也」と書きつけたことが敵に疑した犬を追いたてる競技の由来だとする説は、すでに伊勢貞丈（一七一七〜一七八四）が『貞丈雑記』において、神功皇后の時代には文字がなかったはずだから、文字を書きつけたことも、これが起源だということもあり得ないと退けている。[32]『八幡愚童訓』甲本は「神功皇后三年ニ十四歳ニテ東宮ニ立チ、七十一ノ御歳、第十六代ノ帝位ニ備テ、応神天皇ト仰ガレ、天ガ下ヲ治給フ事四十一年。此御宇ニ、始テ文字ヲ書テ縄ヲ結シ政ニ替へ、衣裳ヲ縫事始リキ。百済国ヨリ衣縫工并五経ノ博士ヲ奉ル故也」(甲本一七八頁)として、応神天皇代に始めて文字が伝わったことを記しており、貞丈は甲本のテクスト内の矛盾を鋭くついたことになる。多田圭子[33]の神功皇后関係記事の話素分類表によれば、数ある神功皇后伝説のなかでも、それを犬追物の由来譚とするものはわずかに『八幡愚童訓』甲本と『八幡宮御縁起』だけであって、広く共有されたものではなかったらしい。とはいえ、犬譚が犬追物の語源的根拠であることの疑わしさは、犬譚の「犬」と犬追物の「犬」が同じ犬を指しているのかどうかという点に向けられるべきであろう。

弘安の役の帰結としてある「抑又異国ニ此土ヲ校《くらぶ》ルニ、蒙古ハ是犬ノ子孫、日本ハ則神ノ末葉也」(甲本一九一頁)において、「犬」と対置されるのが「日本国」でも「日本人」でもなく、「神」であることは、寺社縁起と密接に関係する日吉曼荼羅図をはじめとする多くの宮曼荼羅、参詣曼荼羅が、神殿の一つ一つにそれを守護する一対の狛犬を描き込む図に奇妙に一致する。神社に鎮座する狛犬の像的アナロジーにおいて、宮中で御簾や几帳のすそを押さえるための調度としての狛犬の置物は、「天皇の宮墻《みやがき》」を「守護」する魔よけの意味を持つ。本来、狛犬は、獅子と対をなした。宮中の慣例を記した『禁秘抄』[34]によれば、清涼殿の「帳ノ前」に南北に「獅子狛犬」が置かれ、「左ハ獅子」を配した。狛犬の姿については「其形ヲ見ルニ麒麟也」とあるように、本来、頭に一角を有するものとされる。坂元義種が「獅子と狛犬を南北に置き、左を獅子だと記しているのは、天皇が東を背にして西を向いているからであろう[35]」と注記するように、獅子狛犬は西面に向かって天皇を守護する位置を取る。「新羅国ノ大王ハ日本ノ犬也」が、守護する「犬／狗」の像的記憶に導かれるとき、蒙古軍の来襲にたいして門口で守護することを願う祈請となる。(36)

5　戦闘なき戦さと母と

『八幡愚童訓』甲本が記す蒙古軍の撤退は、戦闘による勝利がもたらしたわけでは決してなく、八幡の神慮によることが強調される。したがって、討伐神話としての神功皇后伝説は、軍記風に一見華々しく出征を語りながらも、その「敵国」を「帰伏」させたことを語るために、さらに別な物語と連絡させようとして奇妙な捩れをみせた。神功皇后の事跡は、海を呪術によってあやつる力によるにもかかわらず、敵を武具で追いまわす「犬追物」を持ち出すなどは皇后の霊験の伝承と、武神としての討伐の事跡との互いに異なる文脈の葛藤が現われているともいえる。

『八幡愚童訓』甲本は、皇后が、「新羅・百済・高麗」の「三箇ノ大国」を「女人」の身で靡《なび》かせたことを、戒日大王が五竺を従え、秦の始皇帝が六国を滅したことなどよりも勝ると位置づけてから、数ある合戦のなかでも、「敵国」が「帰伏」して、「日本ノ犬」となり、年貢を納めるようにさせたのは皇后の他にはいない、と述べたてる。ここで、「女人」が合戦の場におもむいて隣国の怨みを退けた例がないとしている点に注意したい。合戦の場におもむいた皇后は、「隣国」の怨みを退けたのであって、合戦において武勲を挙げたことを言祝がれているのではない。神功皇后のような例は他にないと言っておきながら、但書きを入れて神功皇后の事跡に並べ置かれるのは、般沙羅《はんしゃら》王《おう》の后の伝承である。

『今昔物語集』「巻第五」「般沙羅王五百卵、初知父母語第六《はんしやらわうのごひやくのかひごはじめてぶもをしれること》」にもおさめられているこの説話は、『倶舎論記』巻第八が原拠であることが指摘されており、次のようなあらすじである。

昔、天竺《てんじく》の国の般沙羅王の后が、子を産む代わりに五百の卵を産んだ。これを恥じた后は卵を小さな箱に入れてガンジス川に流す。それが隣国の王に拾われ、五百人の男子として育つ。この五百の男子を兵として隣国が攻め込んできたので、后は、我こそが母だと言って、乳房を絞って、乳を子どもらの口に入れる。子供たちは、みずから冑《かぶと》を脱いで、その後、隣国を攻めることはなかった。(37)

『倶舎論記』『今昔物語集』が、母の乳を口にすることを兜を脱がせた直接原因とするのにたいして、(38)岩波大系本が底本とする十行古活字本『曾我物語』(39)に取り入れられたこの物語は、卵生説話を維持しつつも、授乳のくだりを失って、ただ母と子の再会の物語となっている。ア・プリオリに価値づけられた母子の「恩愛」は、これほどの勇ましい武士も母親には従うならいなのだ、という説教へと結ばれて、母の命によって仇討ちを敢行する曾我兄弟の物語にふさわしい、母への服従の例となる。『今昔物語集』が「其ノ後《のち》ハ此ノ二ノ国、互ニ中善《なかよ》ク成《なり》テ、責メ罰《う》ツ事絶《たえ》ニケリトナム語リ伝ヘタルトヤ」(40)と付け加え、二国の合戦の歴史をこの母の孝養がとどめたというのが、この説話の骨子であるように、『八幡愚童訓』甲本においても、隣国の兵が「手自《てずから》」武具を取って敵国を討つことがなくなったということを語りおさめとする。神功皇后が「女人」でありながら、合戦の場におもむいて敵を退却させたことは、類例なきこととしながら、もっとも近い過去の事例として挙げられるのが、やはり合戦なき降伏をもたらした后の例なのである。その上で、『八幡愚童訓』甲本の以下の箇所はどのように読まれるべきだろうか。

今ノ皇后ハ、弓箭《きゅうせん》ヲ執リ異国ヲ討給事、漢家本朝ニ様《ためし》ナク、女人凡夫ノ態ナラズ。皇后若《もし》女人也ト思食《おぼしめ》シ、弓箭ヲ取ル御事ナカリセバ、天下早ク異賊ニ取ラレ、日本忽《たちまち》滅亡シナマシ。我国ノ我国タルハ、皇后ノ皇恩也。(『八幡愚童訓』甲本一七七頁)

「我国ノ我国タルハ、皇后ノ皇恩也」のように、「我国」の存続を、弓箭をとって異国を討った皇后のおかげとして「皇恩」を語るのはむしろなじみの方法である。しかしここで物語は、神功皇后が女人ながら武装したことを強調することで、比類なき女人の例として卵を生んだ般沙羅王の后に結び合わされ、戦闘をせずに「母」の力で帰伏させた霊験譚に帰着する。合戦物を語ろうとしても神功皇后を語れば否応なしに浮上してくる霊験の伝承は、文脈のせめぎ合いに信仰の根強さを透し見せる。

『古事記』『日本書紀』に記された神功皇后の新羅討伐が、ただ水の力で自然と降伏を導いた伝説は、中世の縁起で竜王に力をかりて、乾珠満珠による多少積極的な策を弄する物語となる。しかし依然として弓矢をとる武芸からは遠い。『八幡愚童訓』甲本が語る日本国を守護する物語は女人の参戦を言って神功皇后から離れることはなかった。

信仰としての伝承をさまざまにまとう神功皇后は、ヒメ神の、あるいは巫女王の伝承をかたくなに堅持しながら、中世において女帝として合戦に赴く姿を代表する。それが、神功皇后でなければならなかったのは、かつて巫女として新羅と交渉したところに遡らざるを得ないからであり、それが后ではなく「女帝」でなくてはならなかったのは、大和の応神天皇を持ち込むことで逆に巫女からの離脱を促してきた八幡信仰の来歴による。どうにも調停し難い巫覡《ふげき》性と武勇伝を皇統を根拠とすることで、中世の女帝の再生は成る。

中世において神功皇后伝説は、乾珠・満珠譚と犬譚を新たに加えるが、それらは『日本書紀』に語られた海幸山幸譚から引き込まれたものであった。なぜなら海を渡りゆく征討譚は竜神の信仰に深く結ばれて海神への祈りを必須とするからだ。竜神との交渉を果たした神功皇后は異国と折衝することの類比的イメージであろう。それらは侵略戦争が想像だにしなかった戦闘なき戦さの記憶である。

第三部　八幡信仰の構想力

第七章　八幡神像の構想力――見えるものと見えないもの

1　否定の形象

僧形八幡神像は実に不思議な彫刻である。僧の姿を象っていながら、これは僧侶ではない。八幡神像はつねにその外貌を否定しつづけながら眺めなければならない像である。S字に斜線をほどこしたような、あからさまな否定の表現は、文字によって明らかにされないかぎり絵画や彫刻などのイメージの上には成り立たない。カルロ・ギンズブルグは次のように述べている。「「牡山羊鹿」のような言葉は「非在」として断定されうる。だがそれに関連する図像はそうできない。図像は、実在のもの、非在のもの、あるいは何ものも描かないにしても、常に肯定的である。ルネ・マグリットの絵のように「これはパイプではない」と言うためには言葉が必要だ。図像とはそこにあるものなのである(1)」。

宗教的な絵画や彫刻は、いかに偶像崇拝が否定されたとしても、ひとたび具象化に手を染めてしまえば、その現前性を否定するための表象ではあり得なかったはずだ。にもかかわらず、僧形八幡神像は、それが僧ではなく八幡神を表わしているということをつねに言い続けなければならないことを自らに課しながら、あえて僧形を象っている。絵画や彫刻として視覚化され、表象という「見えるもの」のなかに、「見えないもの」を思いやれという。少なくともそれが僧形八幡神像のあり方であるなら、ここでは表象の、表象されざるものについて考えねばならない。ここに付与されるべき言葉あるいは物語《ナラティヴ》を探りあてる必要がある。

八幡神といえば、源氏の氏神として、また軍神として信仰されてきたことが知られる。軍神イメージの中核にあるのは、『八幡愚童訓』『八幡宇佐宮御託宣集』などに語られる神功《じんぐう》皇后の新羅征討譚であるが、これらは十三世紀末に元寇の脅威にさらされて、国家的要請のもとに『古事記』『日本書紀』から再編成されたものである。征討譚は異国調伏の祈請と手を結び、八幡神の霊験は中世に称揚された。それはそのまま近代の侵略戦争における大東亜の論理と結び合い、たとえば神功皇后が「新羅国の大王は日本の犬なり」と書きつけたなどという伝説はとりたてて戦時に利用されることとなった。

しかし八幡神像の遺品や、相互に食違いを持ったまま取り集められた縁起類は八幡信仰の複雑な様態を示していて、神功皇后伝説に一本化するような物語自体に疑義を呈しつづけている。したがってここでは、そうしたものたちから、縁起と神像、つまり言葉と像とを重ね合わせることで透かし見えてくるような、いまは見えなくなってしまった八幡信仰の様態を復元的に回復することを試みることとしよう。

2　三神という形式

　八幡神像には、三神像を一組とする形式で僧形男神像に二躯の女神像で構成されるものあるいは束帯《そくたい》男神像に二躯の女神像で成るものと、僧形の男神像一躯の単身像形式とがある。この三躯の名称はまちまちで、九州・奈多宮では、僧形八幡神像（図15）に、神功皇后（図16）、比売《ひめ》神（図14）を付随させる。奈良・薬師寺は、僧形八幡神（図18）に、神功皇后（図19）、仲津姫（図17）が添う。また束帯男神像をもつ島根・赤穴八幡宮の三躯は、大鞆和気命《おおともわけのみこと》、息長足姫《おきながたらしひめ》、比売神と伝えられる。これに対し、中世の『八幡愚童訓』乙本においては、応神天皇を主神とし、神功皇后、姫大神あるいは玉依姫の名を挙げている。『曾我物語』などでは、神功皇后を主神として、仲哀天皇、応神天皇の三神であることを説いて、それぞれを弥陀如来、観世音菩薩、勢至菩薩にあてている。中世に至るまでに、八幡三所は天皇の名を与えられて応神天皇へと絞り込んでいった経過を見取ることができるわけだが、ここではまず、八幡神像が多く僧形で象られることに注目することとしよう。

　僧を象っていながら「これは僧ではない」という僧形八幡神の否定のメッセージは三神像の形式でこそ、その効果を発揮する。僧形八幡神は、僧侶が二人の女人を伴っていることがいかにも不審であることから、この像が僧の姿であることへの疑義を喚起する。そうでなければ、この像は神であることをただちに忘れられて、ただの僧侶になってしまうに違いない。(2)その意味で三神像の形式によって、神であることの完全なる忘却は食い止められているのである。

図14　女神坐像（伝比売神）

図15　僧形八幡神坐像

図16　女神坐像（伝神功皇后）

大分・奈多宮の三神

図17　仲津姫坐像

図18　僧形八幡神坐像

図19　神功皇后坐像

奈良・薬師寺の三神

僧形八幡神像は、不可視の八幡神を具象化しようとする。単なる否定のためには「これは僧ではない」と述べる言語が添えられればこと足りるとして、僧形八幡神像は「これは僧ではなく、八幡神である」と主張したいわけだから、そのためにはなにゆえ神が僧として現われたか、あるいは僧が神を表わし得るのはなぜかといった物語《ナラティヴ》の介在を必要とする。

八幡信仰において、物語とは託宣であり、信仰とは託宣の場であった。そして、託宣は、神のことばを聞く巫覡《ふげき》によって、とくに女の禰宜《ねぎ》によってもたらされるものであった。そのことをここでは『八幡宇佐宮御託宣集』からみていこう。

中世に九州宇佐でつくられた『八幡宇佐宮御託宣集』(以下『託宣集』と略す(3))には、同じ頃京の石清水八幡宮で作られた『八幡愚童訓』に比して、より雑多な、しかし中世においていまだ無効となっていないらしい前代の信心のかけらが集積されている。異国調伏を喧伝するために必要とされた神功皇后の物語へと八幡の縁起を収斂させていくことが、中世に改めて縁起を再編する主要な目的であったにもかかわらず、『託宣集』はさまざまな由来譚を盛り込んだ挙句、神功皇后伝説の描こうとする物語から大きく逸脱する。そのズレの過程で、女禰宜が無意識の言い間違いのようにして神功皇后にすり替えられて姿を現わす。『託宣集』は神功皇后の伝説を語る「異国降伏の事」の巻において、神功皇后伝説とよく似た出兵説話を隼人の乱平定説話に描き、それを神軍を率いて女禰宜が出兵したものとしているのである。

神功皇后の伝説をここでざっとさらっておくと、中世に再生した伝説では、『古事記』『日本書紀』の神功皇后神話に海幸山幸譚を加えた形で成る。新羅出征において、髪を角髪《みずら》に結い上げ男装した神功皇后は、竜王の神威をかりて、授かった乾珠・満珠の二つの玉で降伏させ、以後の朝貢を約束させたというものである。

海幸山幸譚から引用する乾珠満珠のくだりは、もともと隼人の服属神話としてあったわけだから、隼人の乱を鎮圧する記事が神功皇后伝説と重なりを持つのは当然のこととして、ここで問題にしたいのは『託宣集』が採録する物語が養老四年（七二〇）の隼人鎮圧を女禰宜の主導するものとして描いていることである。

一。元正（四十四代）天皇御宇治むること九年なり。第六年、養老四年庚申《かのえさる》、大隅・日向両国の隼人等、日本の地を傾けしめんと擬する間、(a)公《く》家《げ》此の凶賊を降伏せしめんが為、宇佐宮に祈り申さる時、豊前国守正六位上宇努首男人将軍、(6)大御神を請じ奉る間、(b)祢宜《ねぎ》辛嶋勝波豆米、大御神の御杖《みつゑ》と為《し》て女官の名なり。御前に立ちて行幸す。此の時彦山権現・法蓮・華厳・覚満・体能等、倶に値遇《ちぐう》し、同じく計を成し給ふ。(c)仏法よりは悪心を蕩《はら》ひ、海水よりは竜頭を浮べ、地上よりは駒犬を走らせ、虚空よりは鷁首《げきす》を飛ばす。隼人等、大に驚き、甚だ惶る。彼の大隅・日向の内に、七ヶ所の城を構ふ。爰に仏法僧の威を振ひ、各大力を施し、二十八部の衆を出す。細男傀儡《ぐぐつ》子の舞。を舞はしむる刻、隼人等、宴に興すに依り、敵心を忘れ、城中より見出しむる時、先づ五ケ所の城奴久良《ぬくら》・幸原《さちはら》・神野《かうや》・牛《うし》屎《くそ》・志加牟《しかむ》。の賊等を伐り殺す。今二ケ所の城曾於《そを》の石城・比売《ひめ》の城。の凶徒忽に殺し難き間、託宣したまふ。

須《すべか》らく三年を限つて、衆の賊を守り殺すべき由、謀り給へ。神我《われ》此の間に相助けて、荒振《あらふる》奴等を伐り殺さしめんてへり。
(d)時に将軍等、神道の教命を請《う》けしめ、蜂起せる隼人を伐り殺し畢《おわん》ぬ。
大菩薩隼人等を追ひ給ふ時、隼人等肝尽きて死する所を、今肝尽《きもつき》と云ふは是なり。今肝付と云ふ。大菩薩凶賊の頭を取り、串に差《さ》し給ふ所を、今串良《くしら》と云ふは是なり。大菩薩これを見て笑ひ給ふ所を、今咲隈と云ふは是なり。

今御在所を霊山《れいせん》と申すと云々。

大菩薩凶賊の頭を切つて、還御せしめ給ふ。此の頭を以て、松の隈《くま》に埋む。宇佐廟の西なり。

今凶士墓と云ふは是なり。大いなる楠木の本《もと》なり。 (『八幡宇佐宮御託宣集』四五四〜四五五頁)

隼人の乱の鎮定に乗り出すのは大和の(a)「公家」である。このとき豊前守に任ぜられた宇努首男人《うののおびとをひと》(4)が八幡「大御神」を請うにあたって、神との交通を可能にするための禰宜が必要となる。しかしここで(b)「祢宜辛嶋勝波豆米《すぐりはつめ》」は単に託宣する者としてのみあるのではなく、率先して「行幸」をする者として描かれる。結局(d)「時に将軍等、神道の教命を請けしめ、蜂起せる隼人を伐り殺し畢ぬ」とあるように宇努首男人の手によって隼人の討伐は果たされるわけだが、それを助けるのは(c)「仏法よりは悪心を蕩《はら》ひ、海水よりは竜頭を浮べ、地上よりは駒犬を走らせ、虚空よりは鷁首を飛ばす」などのような霊験である。このマジカルな力を顕現せしめるのはむろん「大御神」であるけれども、そこにわざわざ禰宜の辛嶋勝波豆米が率いると記すことで、その効験があたかも女禰宜によってもたらされたかのようにもみえてくる。したがってこれを簡略にまとめあげた『扶桑略記』(5)には、「大隅。日向両国乱逆。公家祈請於宇佐宮。其祢宜辛嶋勝代豆米相率神軍。行征彼国。打平其敵」として、「祢宜辛嶋勝代豆米」が自ら「神軍」を率いて敵を打ち平らげたと記されることになる。

同じく禰宜の名を記す『三宝絵』(6)も「八幡放生会《ほうじょうえ》」の縁起を語る段において、「養老四年ニ、大隅、日向ノ両国ニ軍兵《ぐんぴやう》アリ。祈中《いのりまうす》ニヨリテ、大神公家《おほみわくげ》ノ軍《いくさ》ト共ニアヒ向テ戦《たたかひ》シ給シカバ、禰宜《ねぎ》辛《から》嶋勝波豆米《しまのカツハヅメ》ツカマツル。ソノアヒタヲウチタヒラゲテカヘリ給《たまひ》ヌ」としているが、ここで重要なのは「辛嶋《からしま》ノ勝氏《カチノうぢ》ガタテマツレル日記ニ云《いはく》」(7)として辛嶋勝氏の周辺の古記からの引用であることを告げていることである。『続日本紀』(8)では、養老四年（七二〇）二月の条に「太宰府奏して言《まう》さく、「隼人反《はやひとそむ》きて大隅《おほすみ》国守陽侯《やこ》史麻呂《まろ》を殺せり」とまうす」とした直後に、「三月丙辰、中納言正四位下大伴宿禰旅人《たびと》を征隼人持節大将軍《せいはやひとぢせちだいしやうぐん》とす。授刀助《たちはきのすけ》従五位下笠《かさ》朝臣御室《みむろ》・民部少輔《みんぶせうふ》従五位下巨勢《こせ》朝臣真《ま》人《ひと》を副将軍とす」とする記事が載っており、大伴宿禰旅人を軍の中心とする。禰宜辛嶋勝波豆米の進軍という筋立ては、もともと宇佐宮周辺で信仰された伝説であったのだろう。

この伝説自体、この合戦で多く殺生をしたことから八幡大神が放生会を行なうようにと託宣したという、放生会の起源譚として八幡信仰にとって極めて重要な縁起となっており、『託宣集』『八幡愚童訓』ともにこの記事を記しておかねばならない積極的理由がある。しかし『託宣集』と同時期に石清水で成立した『八幡愚童訓』乙本に載せられた「放生会事」(9)は「大隅・日向両国乱逆に神軍を率《そつ》して打平《うちたいらげ》給て」として、神軍を率いた禰宜の姿をこともなげに消し去ってしまう。

一方『託宣集』は「異国降伏の事」の下巻のほかならぬ神功皇后伝説の直後にこの記事をおく。隼人から新羅へと敵を違えてはいるものの、征討譚の型を共有するものとしてみれば、神功皇后と入れ換え可能な位置に禰宜は代入されていることになる。しかし起源はあるいはまったく逆なのかもしれない。『古事記』(10)には「天皇、御琴《みこと》を控《ひ》きて、建内宿禰大臣《たけうちのすくねのおほおみ》、さ庭に居て、神の命《みこと》を請ひき。是に、大后の帰《よ》せたる神、言教へ覚《さと》して詔《のりたま》ひしく」とある。『日本書紀』(11)では「皇后、吉日を選ひて斎宮に入《い》り、親《みづか》ら神主と為《な》りたまひ、則ち武内宿禰に命《みことおほ》せて琴《みこと》撫《ひ》かしめ、中臣烏賊津使主《なかとみのいかつのおみ》を喚《め》して審神者《さには》としたまふ」のように神託を受ける次第を記した。これに対し、『八幡愚童訓』甲本では、「皇后御物狂ノ気出来ル」として、神功皇后自身が神がかりして「我ハ五十鈴川ノ辺ニ栖ム天照大神也」と名のりして、「三韓」へ向かうことを「武内大臣」に告げていることをみれば、伝説化の過程で神功皇后こそが禰宜の位置に入り込んできたということになる。征討譚の枠組みのなかに奇妙に共通して神の憑坐である女禰宜の姿が見え隠れし、そこに女禰宜あるいは神功皇后の進軍が重ね合わされているのである。

3　大和における禰宜の記憶

『八幡宇佐宮御託宣集』は、女禰宜の正統性を保証する歴史を数多く収載しており、中世になってもいまだ禰宜の存在を捨て去れないでいる。とくに八幡神がはじめて大和に勧請された東大寺入りの記事は重複をいとわずさまざまな資料を載せて詳細である。

天平勝宝元年（七四九）十二月、宇佐八幡の禰宜が、多くの人を遣わして宇佐から招かれ、天皇、太上天皇、皇太后とともに、紫の輿に乗って東大寺の大仏を礼拝した。(12) この次第を『八幡宇佐宮御託宣集』は、「類聚国史第五に云く」として引いている。

十二月戊寅《つちのえとら》、五位十人・六衛府舎人各二十人(13)を遣し、(e)八幡神を平群《へぐりの》郡に迎へ奉る。是の日京に入る。即ち宮の南の梨原《なしはらの》宮に於て、新殿を造り、以て神宮と為し、僧四十口を請ひ、悔《け》過《くわ》することと七日なり。丁亥《ひのとゐ》、(f)大神祢宜・大神朝臣社女、同じく輿に乗り一に云く。其の輿は紫色なり。東大寺を拝む。天皇、太上天皇・皇太后を相率して、同じく亦行幸したまふ。是の日百官及び諸《もろもろの》氏人《うぢびとら》等、咸《ことごと》く寺に会し、僧五千を請ひ、礼仏読経す。大唐・渤海・呉楽《くれがく》・五《ご》節《せち》・田儛《たまひ》・久米儛《くめまひ》を作《な》す。(g)因つて太神に一品、比咩神に二品を奉る。左大臣橘宿祢諸兄、詔を奉《うけたまは》つて曰さく。

(h)天皇《あまつすへら》が御命《みこと》に坐し、申し賜ふと申さく。去る辰年《たつのとし》、河内国大縣《おかたの》郡の知識寺《ちしきじ》に坐す盧舎那仏を礼《ゐやま》ひ奉つらく。則ち朕も造り奉らむと欲すと思へども、得為さざるの間に、豊前国宇佐郡に坐ます広幡の八幡大神に申し賜へと勅《のた》まはく。

神我が天神地祇を率ゐいさなひて、必ず成し奉つて、事立有らず、銅の湯を水と成し、我が身を草木土に交へて、障る事無くなさむと勅《のたま》賜ひながら成ぬれば、歓び貴みなも念《おぼほ》し食《め》さる。然れども猶、止む事を得ずして、恐ろしけれども、御冠献る事を、恐《かしこ》み恐むも申し賜はくと申す。(i)尼社女《もりめ》に従四位下、主神大神朝臣田麻呂に外従五位下を授けたまふ。

（『託宣集』二二三～二二四頁）

ここで重要なのは、実際に入京したのは(f)禰宜社女《もりめ》であるにもかかわらず、宇佐から招かれたのはあくまでも(e)八幡神すなわち(g)八幡大神、比咩《ひめ》神であるという点である。したがって、輿に乗っていたのは禰宜社女ではないと考えねばならない。そこでは禰宜社女の姿を目にしながら、そこに大神と比売神の八幡二神をみなければならないという、僧形八幡神像と同様の詐術が施されているのである。僧形八幡神へにじり寄るかのように、叙位を得た(i)社女《もりめ》が「尼」と言い換えられていることに注意したい。社女が、禰宜でありかつ尼であることは、天平一三年（七四一）に出された国分寺建立の詔とかかわるであろうし、またすでに天平九年（七三七）に、神宮寺であった弥勒寺を八幡境内に移すことが託宣されていることも、中央大和とともに仏教の要素が早くに入っていたことの証左となろう(14)。

(h)都に招いた神に対座し天皇が丁重に語りかける。しかし実際人々の目には、そして天皇自身の目にも、社女という名の一人の女禰宜の身体が見えているだけであった。

『託宣集』が「旧記に云く」として繰り返して語る東大寺供養の記事には、次のようにある。

(j)吾が神、祢宜大神社女と同じく神輿に乗り、(k)神主大神朝臣田麻呂は神駅《しんえき》に乗つて京に入り、大膳職《だいぜんしき》に宿り給ふ。賀し奉ること数日なり。此の日、大神を一品、比咩御神を二品、(l)社女を従四位下に叙《つい》で、食封四十戸・位田一百卅町を給ふ。田麻呂に外従五位下を給ふ。(m)仍《すなは》ち祝神主を以て宮司為るの由、勅定し畢ぬ。往て京に住むに及んで、粮料を給ふ。共に官給なり。
（『託宣集』二二六頁）

位については、社女を(l)「従四位下に叙で」とあって、叙位が示唆されているのは『続日本紀』天平勝宝元年（七四九）の十一月辛卯の朔条に「八幡大神《やはたのおほかみ》の禰宜《ねぎ》外従五位下大神社女《おほみわのもりめ》・主神司《しゆじんし》従八位下大神田麻呂《おほみわのたまろ》の二人に大神《おほみわ》朝臣の姓を賜ふ」とあるように、このとき大神朝臣賜姓とともに、すでに社女が外従五位下、田麻呂が従八位下の位を得ているためである。

(j)「吾が神」すなわち八幡二神は、社女とともに輿に乗り、(k)田麻呂《たまろ》は、馬に乗って京に入った。その結果、(m)「仍《すなは》ち祝神主を以て宮司為るの由、勅定し畢ぬ」として、この二人が八幡神の主催者であることが正式に定められたこと、また二人が京に移り住むことになったことを述べる[15]。

輿に乗ったのが、社女だけであったことから、この儀式において禰宜社女の役割こそが重要であったことがわかるが、さらにいえば、『続日本紀』天平二十年（七四八）八月乙卯条には、「八幡《やはたの》大神《おほかみ》の祝部《はふり》従八位上大神宅女《おほみわのやかめ》・従八位上大神社女《おほみわのもりめ》に並に外従五位下を授《さづ》く」とあって、もともと宇佐八幡を代表していたのは、大神宅女と社女という二人の女祝部《はふり》であった。それから先の天平勝宝元年十一月の記事までのあいだに、宅女に代わって、田麻呂が加わり、社女が禰宜となったということらしい。

二人の女の祝部が宇佐八幡の首長であったところへ、田麻呂が入り込んだからといって、これをすぐさま女禰宜の衰退とみるわけにはいかない。むしろこの時点においては、田麻呂が加わってからも禰宜の社女が八幡二神を身に寄せる力を持つ有力者とみなされていたということを重くみるべきだろう。というのも、この後も『託宣集』には、相変わらず社女の記事がいくつも挙げられ、社女の後の代の女禰宜までをも追っていくからだ。

その後、天平勝宝六年（七五四）には、薬師寺の僧行信とともに呪詛《じゅそ》を行なったという、厭魅《えんみ》事件にかかわり、社女、田麻呂はともに任を解かれ配所へ流される。『続日本紀』天平勝宝六年十一月甲申条に「薬師寺の僧行信と、八幡神宮の主神大神多麻呂らと、意を同じくして厭魅す。所司に下して推し勘へしむるに、罪遠流に合へり」とあり、つづく丁亥条に「従四位下大神朝臣社女、外従五位下大神朝臣多麿を並に除名して本の姓に従はしむ。社女を日向国に配す。多麿を多褹嶋《たねのしま》。因て更に他人を択ひて神宮の禰宜・祝に補す」とあって、代わりの者が補任されたことを記す。

しかし『託宣集』にとっては、社女と田麻呂が解任されたことよりも、八幡神が宇和嶺へ遷座したことが重要であったらしい(16)。

一。孝謙天皇七年、天平勝宝七年乙未《きのとひつじ》、祢宜社女、朝廷の貴命を被《お》ひ、奉仕すること年久し。而るに彼の祢宜、大宮司大神田麻呂と、国司殿に於て穢有るの間、託宣したまはく。汝等が穢過有り。(n)神吾、今よりは帰らじてへり。嶺に在りて、大虚《おほぞら》より大海《おほうみ》を渡り、伊与国宇和《うわの》嶺に移り坐す。同年七月、社女日向国に至る。田麻呂を多胤島《たねがしま》に遣はす。宇和嶺は十二ケ年なり。此の間の御託宣は、彼の嶺より茲に飛来し、以て告げ示し坐す。

（『託宣集』二三〇頁）

当然、八幡の不在は禰宜の配流と連動して生起するわけだが、神の(n)「今よりは帰らじ」のことばが禰宜の口から託宣されることで、禰宜の露骨なまでの作為が透かしみえる。すなわち禰宜を排することは、神を手放すことに他ならないのだ、というのである。

しかし、次の引用にみるように、社女、田麻呂らはやがて呼び戻されることになる。称徳天皇二年、天平神護二年、新羅国の訴えによって大唐国が日本国に軍兵をよこしたが大隅と薩摩の両国の間に嶋を造って、軍が来たり着く日に、西北の風を吹かせて撃退したであるとか、(17)恵美押勝《えみのおしかつ》こと藤原仲麻呂の霊が天朝の命を取ろうとしている(18)などという不穏な出来事を契機として、八幡神が再び国家守護につく。(o)八幡神が戻ると同時に、田麻呂、社女は召還された。

一に云く。彼の社女等がしわざ不信の時は、虚《そら》に雲隠れし給ふべかりしかども、逆人仲麻呂が霊の、天朝の御寿《みいのち》を奪ひ取らんとせし時、誓願に依つて、還り坐して、彼の難をも掃ひ退け給へと申し給はくと申すてへり。

一。称徳天皇二年、天平神護二年丙午《ひのえうま》十月八日、託宣したまはく。

祢宜社女がしわざの穢《けがれ》に依つて、神吾、宮を出離して、大空に雲隠れして在しかども、天の御子を取奉るとて、逆人仲麻呂等、隠謀を発《おこ》して有りしかば、神吾、本誓に依つて還り坐して、天朝の御命を守り助け奉れり。今も又吾が御子達を引率して、日々に守護し奉らんてへり。

一。称徳天皇二年、天平神護二年丙午《ひのえうま》十月二日、(o)大宮司田麻呂・女祢宜社女、配所に経

ること十二年にして神託以後四年なり。召し還さる。同じく大神の姓を給ひ、田麻呂に、位豊後員外《ゐんぐわい》の掾《じよう》を給ふ。其の後同じく十一月八日、大弐・勅使、同じ時に参宮の日、社女託宣を為る。

田麻呂を哀《めぐ》むべしと云々。

後日、七歳の童子、地上七尺に登つて託宣す。同じき九日なり。

(p)今より以後、託宣を用ふべからず。社女は我が峯を穢して、偽《いつはり》の託宣を成すが故に、十五年、此《ここ》に住むべからず。大尾に移るべし。(q)今より以後、七歳の童子、地上七尺に登り坐して、云ふ事を用ふべしてへり。（『託宣集』二三六頁）

偽の託宣をしたとして社女は、(p)宇佐の大尾山に移され託宣をすることを再び禁じられた。それと入れ代わりに、(q)童子の託宣がはじまるのである。ただし、その後、大尾山の頂を切り開いて、八幡大菩薩の宮を造り、神体を移したとする記事が載るから[19]、社女が大尾山へと移されたことはかつての配流とは意味がいささか違っているようである。社女は大尾山に神体を遷座させるために宇和嶺の八幡神とともに移されたのかもしれない。いずれにしろ、国難にあって朝廷は田麻呂と社女を召還せざるを得なかったのであり、社女の禰宜としての力は政治的な配流ののちもなお絶大であったことを思わせる。また八幡の女禰宜の託宣は、さまざまな政治的事件に関わっており、禰宜社女が大尾山に移されるときに(p)「今より以後、託宣を用ふべからず」とされたのも、おそらくは神を呼ぶことを禁じられたわけではなくて託宣を政治的に利用することが禁じられたのであろう。

しかしながら、社女の物語は中世にはむろん遠い過去のものとなっていたはずだ。『八幡宇佐宮御託宣集』を書いたとされる神吽《じんうん》は、自らを「比義二十一代に生れ」た者と位置づけているが、この大神比義《おおがのひぎ》がはじめて八幡神と出会ったときには「三歳の小児と現れ、竹の葉の上に」姿をみせたことになっている。すでにそこには禰宜の姿はなく童がいるのみである。それでもなお『託宣集』からは、中世にいたって神功皇后説話との結びつきが確立したのちにも女禰宜の問題がなお落とすことのできないものであったことが見えてくる。

このように女禰宜の強く働く八幡信仰において、八幡神像はどのように見えるものであったのか。鎌倉時代後期の制作年代が推定される京都・仁和寺に伝わる八幡神影向《ようごう》図から考えてみよう。

4　神を語る身体

仁和寺・僧形八幡神影向図（図20）は、画面上部に、全画面のおよそ三分の一にもおよぶ空間を大きくあけて、開かれた扉の向こうの簡素な堂内を、直線と単調な色調[20]によって描く。扉の枠内に、左手奥へいままさ

図20　僧形八幡神影向図（京都・仁和寺）

に立ち去ろうする僧の背を描き、手前の扉の際に武官と文官の跪坐する背を描く。立っている僧と、坐している官人たちとの小さな三角形の空隙は、上に大きく広がる空間によって、あたかも引き上げられるように、上方へと視線を振り向けさせる。と、そこに、宙にふわりと浮かぶ大きな影が描かれてある。

称徳天皇の代、帝位を狙う道鏡が宇佐八幡の託宣によって未来を約束された。その真偽をめぐって和気清麻呂が宇佐へ遣わされた。この画はその和気清麻呂が八幡の託宣をきく場面とされている。『託宣集』が採録したいくつかの物語のうち次のものを例にあげておく。

一。称徳天皇、神護景雲三年己酉《つちのととり》七月十一日巳《みの》時に、近衛将監《このゑのしやうげん》兼美濃大掾従五位下和気朝臣清麻呂、高野天皇の勅使と為《な》りて参宮し、神に宝物を貢《たてまつ》り、宣命の文を誦《よ》まんと欲《おも》ふ時、御大神託宣したまはく。

[r]神吾、貢進の宝物は、朝家の御志なり。請け納むべし。汝が宣命をば、吾、聞くべからず。祝の為に識り畢ぬてへり。

清麻呂答へ申して云く。[s]祢宜、汝は女の身なり。清麻呂は男の身なり。汝、宣を伝ふれば、信ずべからざるなり。清麻呂、倩《つらつら》思慮を廻すに、竜女成仏の後、未だ女身為り乍《なが》ら、直に仏神の教勅を奉るといふことを聞かずと。時に祢宜、合掌して宮殿に向ひ奉つて申して云く。

[t]御神、清麻呂卿の申す所、頗る此れ疑滞《ぎたい》有り。菩薩の身・比丘並に大小国王の形を顕現せしめて、天竺・震旦・日本国に修行せしめ給ふ時、随逐《ずいちく》給仕し奉る四人の内、我其の一人の子孫

なり。本より宣を伝へしめ御《まします》事、今日のみに非ず。早く形《みかたち》を顕さしめ給ふて、明らかに朝《みかど》天の御返事を申し奉らしめたまふべきとなり。

(u)時に御宝殿の動揺すること、一時許《ひとときばか》りなり。御殿の上に、紫雲忽に聳《たなび》き出でたり。満月の輪の如く、出で御《ましま》す。和光《わくわう》宮の中に満つ。爰に清麻呂、頭を傾け、合掌してこれを拝見し奉る。顕《あらは》れたる御体は、即ち止《や》んごと無き僧形なり。御高《たけ》三丈許りなり。清麻呂に対《むか》つて宣ふ。(v)清麻呂卿、汝《なんぢ》託宣を信ぜず。女祢宜の奉仕の元由を知るや否や。女祢宜は、受職灌頂《じゆしきくわんぢやう》の位に諧《かな》ふ者を撰び任ずるなりてへり。

清麻呂言上す。受職灌頂の位とは、何れの位を申すやと。又宣く。

彼の位と謂ふは、妙覚朗然の位に相諧《あひかな》ふ。(w)弥陀の変化の御身なり。汝託宣を用ふべし。又吾誓願を発して、形を三身の神体に顕して、慥《たしか》に善悪の道を裁《ことわ》るなり。法体と俗体と女体、是れなり。今汝が宣命を受けじ。此の旨を以て、奏聞せしむべきなり。定て汝科怠《くわたい》に処《お》かれんか。然りと雖も、神吾、吉《よ》く相助くべきなり、自余の事等は、祢宜の託宣を受くべしてへり。

清麻呂は、三ケ度神を拝み奉る。時に大御神の御形は、一所にして御坐《おはしま》すと雖も、紫雲聳ゆること三箇度にして、各《おのおの》御殿に入らしめたまふ。(x)仍ち清麻呂卿、涙禁じ難く、思惟して云く。今日直に大御神の宣を奉《うけたまは》るは、祢宜の功なり。汝、臣我と共にして、真言《まことのことば》並に御託宣等を仰ぎ、新旧を注記せしめ、且は公家に進《たてまつ》り、且は社家に置き、末代に広めんと。仍ち女祢宜と共に、南大門の下に於てこれを記す。

（『託宣集』二五五～二五六頁）

神護景雲三年（七六九）に、和気清麻呂は、八幡宮に参って、神に宝物を奉り、自ら宣命を読もうとする。そこへ八幡大神が託宣して言うには、(r)「神吾《われ》、宝物は朝家の志だから受け納めよう。しかし汝の宣命を、直接聞くわけにはいかない。祢宜にとりつげ」。

ここで「祢宜にとりつげ」という神の命令を伝えているのはほかならぬ女禰宜である。ここまでに引いた『託宣集』に度々みられたように、「神吾」とわざわざ断わっているのは、いま禰宜の身体が語っている「吾」は禰宜自身を指すことばではなく、神の一人称吾《われ》であることをあらわそうとするものである。したがって女禰宜の語る声のなかに神を聞き取らねばならない。しかし禰宜を疑っている清麻呂は託宣を聞くことのルールを違反して、女禰宜その人に向かって返答する。(s)「祢宜、汝は女の身なり。清麻呂は男の身なり。汝が伝える宣命は信じることができない。思うに、竜女成仏のあと、いまだ女の身でありながら仏神の教えを奉るということをきいたことがない」と。清麻呂の言は、女人成仏の法として名高い『法華経』巻五「提婆達多品」を踏まえている。文殊に導かれ沙竭羅竜王の八歳の娘が女でありながら成仏する。ただしその直前に竜女は男子に姿を変じていた。変成男子なくして女人成仏はないとする『法華経』の限界を清麻呂は鋭くつくのである。しかし八幡信仰において神との交渉を行なえるのは「男の身」の清麻呂ではなく、「女の身」の禰宜なのである。

そこで禰宜は、(t)宮殿に向かって合掌して「清麻呂の言うことには疑いがある。菩薩、比丘、大小国王の形を顕現させ、天竺、震旦、日本国に修行したとき、仕えていた四人の眷属、そのうちの一人の、私は、子孫である。もとより、託宣を伝えることは、今日に限ったことではない。神よ、早く形を現わして、はっきりと朝天《みかど》への返事を申し上げよ」と直接「御神」に語りかけている。(u)すると堂内が動揺し、紫雲がたなびき、満月の輪のように出《い》でます。宮に光が満ちて、顕われたる御体は、やんごとなき僧形である。その丈、三丈（九メートル）ばかりの巨大な僧が清麻呂にむかって言う。(v)「清麻呂卿、汝は託宣を信じないというのだな。女祢宜の奉仕のはじめの理由を知っているのか。女祢宜は受職灌頂《じゅしきかんじょう》の位にかなう者を選び任じているのだ」。

清麻呂が「受職灌頂の位とはいずれの位のことか」と問うと、「その位というのは、妙覚朗然の位にあいかなうもので、この女祢宜は(w)阿弥陀如来が変化《へんげ》した者なのだ」と答えている。清麻呂が持ち出した『法華経』「提婆達多品」の論理は女祢宜を「阿弥陀の変化《へんげ》」と位置づけることで強く退けられている。(x)清麻呂は、大御神の宣をじかにいただくことのできたのは、祢宜の功だと、涙を禁じえなかったという。大神の姿は一所にありながら、三つの紫雲となって三所それぞれへ別れ入ったのだった。ここでの三所は、法体、俗体、女体とされている。

この僧形八幡神影向図について、景山春樹は「宇佐八幡に於いて和気清麿が託宣を受ける処と考えて見れば、遠山文様の御袈裟を著けて異様に大きなこの僧は、恐らく八幡大神の姿と解し得られる」と述べて、二人の官人に対して大きくあらわされた僧こそが、八幡神の姿であると解する。(21)これに対して平田寛が、「画面中央に描写され」た「このぼんやりとした影像こそ、本図表現の目的ではないか、と考えさせられる(22)」として、影像にこそ八幡神があらわされていることをごく控えめに示唆するにとどめるのは、八幡神が多く僧形であらわされるのだから、ここに描かれた僧を八幡神とみるのはごく自然に導かれる解釈だからであろう。この画が『託宣集』に記された物語を忠実に再現したと考えるなら、和気清麻呂の眼前に姿を現わしたのは「丈三丈」の巨大な僧形であったのだから。

しかし仁和寺・八幡神影向図は跪坐する人物より数段大きな僧を描くだけでは飽き足らず、そこに不可思議な影を浮かべ、他に例をみない極めて独創的な画面を構成してみせた。

この影像が画中の礼拝者たる官人たちと僧との間に描かれ、画中の誰の目にも捉えられていないことに注意したい。官人たちはうつむき、僧は影に対して背を向ける。外から呼び込まれたかのように、大きく扉を開いた堂内の、その影は、この絵に向かう礼拝者に向けて描かれているのであり、画中の人物ではなく、この画幅を眺める者によって見出されるしくみとなっている。景山春樹の「恰かも絵巻物の一齣を眺めるような構図[23]」との指摘に、平田寛が「共感せざるをえない」とするのは、「本図に神像本尊図らしい正面観が欠け、しかも画面に画想の完結が感じられないからである[24]」が、この画の「完結」は、この画を礼拝する者に委ねられている。正面観が欠けているのは、神護寺に伝わる単身の僧形八幡神像にも共通する特徴であり、空海と八幡神が互いに姿を描きあったという「互いの御影《みえい》」の伝承もここに発するわけだが、僧形神像は、この僧を祀っているのではなく、この僧が憑依させる八幡神を祀っているというねじれが、この正面観の欠けていることにかかわっているように思われる。

『託宣集』に記された物語において、神の顕われを実現するのは禰宜の力であることが強調されていたのだから、画面と礼拝者との間に、つまりこの絵の手前に、不可視の女禰宜の姿、すなわち『託宣集』が弥陀の変化の身にまで高めた禰宜の姿が存在していなければならないことになる。

仁和寺・八幡神影向図はいくつもの僧形八幡神を礼拝してきたあと、鎌倉時代にいたって着想されたことを思えば、間にあらわされた影は、僧形八幡神像の信仰の過程《プロセス》そのものを取り込んだ表現とみることができよう。それはつまり礼拝者が単身の僧形八幡神の描かれている画面に向かい、僧侶の人物画風の絵と礼拝者自らの間に八幡神を感得することではじめて、その僧侶こそが八幡神であるという信仰に至るといった過程《プロセス》である。

翻って、僧形八幡神像は、それが僧であるのに、僧以上のものを感得しなければならない複雑な表現を採用していた。多くの仏画にみられるような、礼拝者を手前に描きこむことで表現しようとした間は、彫刻という形式においては省略されざるを得ない。したがって、彫刻である八幡神像にとって、仲哀・神功・応神の姿でも、弥陀・観音・勢至の姿でもなく、あえて僧形という表現が採られていることは、垂迹の過程そのものを表現すると同時に、その垂迹の過程を想像させ理解させるための物語が絶えず必要とされることを示している。僧形八幡神像という表現が観念的すぎる巧みな想像力に依拠するために、それを神であると告げる媒介者（＝物語）が常に要請される。さらにその媒介者が憑坐かつ神という一体のうちに神格化を遂げて神像として描かれるようになる。その媒介者の神格化を告げるための媒介（＝物語）がさらに必要とされて、八幡神像の形式は、神と媒介者との二者関係から媒介者の神格化へといった無限の螺旋運動を呼び寄せる。単純な二項対立モデルを排した僧形八幡神像は、その意味で、すぐれて物語的な形式であり、物語なくしては成り立ち得ない表現である。その複雑な思考の形式ゆえに、八幡神にまつわるおびただしい数の縁起は必要とされるのである。源信の『往生要集』が示しているように、仏像は礼拝者に観想をもって仏世界を擬似体験させるものであり、像と礼拝者とが直接に向き合うのに対して、八幡神像は、必ず媒介者を必要とする。不可視の神の物語は、不可視であるがために神の物語を媒介するメディエイターを必要とするからだ。宇佐八幡の中核に仏教が入ってきたことによって、しだいに禰宜は衰退する。禰宜の神威の独占状態が僧によって解体され、開かれたのである。

ここでふたたび三神像の問題に戻ってみたい。なぜ男神像一体と、二体の女神像で構成されるのか。

八幡三神像の女神のうちの一体が、ときに玉依姫とよばれたり、仲津姫とされたりなど定まらないのだから、そこに後から神功皇后が加えられたという説明では足りない。むしろ宇佐八幡の主催者はもともと二人の女禰宜であって、そこに男の神主が加わったという過程こそが、極めてよく似た女神像二体に僧形が付随する形式を説明しているようにみえる。しかし、男の神主が加わったときには女禰宜は一人になったのだから、それでも不十分である。

なによりも、はじめて東大寺に八幡神が現われたときの盛大かつ念入りな儀式において、八幡神は、まだ三神ではなく二神で構成されていた。大和にやってきた八幡神のイメージは、輿に乗る女禰宜一人と同乗する八幡大神と比咩神《ひめがみ》として刻まれたのであった。八幡大神と比咩神、そしてそれを祭祀する女禰宜。八幡大神は僧の姿に、そして比咩神は尼の姿につくられ、その尼姿はそれらの神々を祭祀する女禰宜の姿そのものであったはずだ。八幡神像とは、いったんは祭祀する側であった女禰宜を経由して呼び込まれた神の姿であって、さらにそれをあらわすときに祭祀する者を象るほかなかったのではなかったか。

託宣のことばに時折差し挟まれる「大神吾」「神吾」のことばは、禰宜の身体によって発せられる「吾」ということばが、禰宜その人ではなく、そこに身を借りた神の言であることを明示するのだろう。しかし、見えないものである神の姿は、いま、「吾」と口にしている禰宜の身体をとおしてしか私たちには感得しえない。禰宜の発する「吾」が、禰宜と神とで二重化しながら、しかしその見えるものである身体性によって、「神」と「吾」が一体となって、逆説的に禰宜＝神と思い込まされてしまうことになる。

和気清麻呂の物語は、このあと道鏡の失脚を経て、禰宜辛嶋勝与曽女《よそめ》の託宣が偽託だったとされるに至る。だとすれば、禰宜の功によって神をみた清麻呂が流した涙は何であったのか。幾度となく偽託事件があっても、くりかえし禰宜が召還されつづけるのは、託宣の場における神のリアリティを禰宜のみが体現できるからであろう。

するとこの女神像は、紺野敏文が指摘するように、「言語を発する神の実体をどのように認知させるかという課題は神変の諸相から神意をうかがい、その言語を解するシャーマン的な特殊の人物——感応力のある異能者の存在を媒介することによって造形が試みられた[25]」ということなのであろう。少なくとも中世の人々にとって、頭頂に一髻を結う姿は、儀式に仕える女房の「髪あげ」のような髪形にみえたことであろう。髪あげ姿は、儀式のみに生き残って、『紫式部日記』にも髪あげを嫌がる若き女房たちの愚痴が書き留められている。『源氏物語』「末摘花」巻では、末摘花に仕える老女房たちが髪に櫛をさした髪あげ姿なのをみて、内教坊や内侍所などにこういう人がいるのではなかったか（「内教坊、内侍所のほどに、かかるものどもあるはや」）と言っている。内侍所は温明殿にあって神鏡を奉る賢所《かしこどころ》である。

『更級日記』の書き手は、その内侍所を訪ね、「あさましく老い」て「神さびた」女房に会って、とても人間のようには感じられず、神でも顕われたかと思った（「人ともおぼえず、神のあはれたまへるかとおぼゆ」）と記している。ここにも神と神に奉仕するものとがすり替えられてしまう思考のパターンが確認できる。

八幡の女神像という女性の身体の表象に、『託宣集』を寄り添わせることによって、浮かび上がった禰宜の存在は、現在では見えないものとなってしまっている。ここに見出された禰宜は、大和の政治に深く関わったことが記録から知られるが、それを禰宜の権力として、禰宜が権力的存在であったとして考えるわけにはいかない。なぜなら禰宜は、天皇などのようには、自身に内在的な権力を持たないのである。禰宜は神の依代としていつでも挿《す》げ替え可能な存在にすぎなかった。天平勝宝七年（七五五）に禰宜社女《もりめ》がやはり偽託の罪で流されたあとに選ばれた禰宜辛嶋勝久須売《くすめ》は、九年たってもひとつの託宣も得られず解任された。

禰宜は、神が降りて、神と一体となった瞬間においてのみ強大な権力を発現する。朝廷による八幡神取り込みによって、八幡三神像には天皇という安定した権力の名が授けられた。神功皇后が新羅出征のときに身籠もっていたその子、応神天皇を八幡大神として、神功皇后とその妻・仲津姫《なかつひめ》を添えることで、応神天皇を中核に据え直す。

しかし八幡信仰が天皇の名によって整備されたのちも、そうした安定した権力や一本化された言説に対し、禰宜の存在が否と言いつづける。禰宜の力は神の憑依する、その一瞬に賭けられており、決して安定することがない。それゆえにこそ禰宜の力は、既存の権力組織を揺るがし攪乱する力となる。中世に発する神功皇后の新羅討征の物語は、同じく中世に成る縁起に埋め込まれた「見えないもの」によって自らを脱臼させているのである。

第八章　女たちの信仰──『曾我物語』の巫女語り

1　海からくる神──新羅明神をめぐって

神功皇后《じんぐう》の征討譚の根源には、海をあやつる巫覡性《ふげき》があったわけだが、そもそも神像のイメージが抱え込んだ〈新羅《しらぎ》〉は、海からやってくるものとして、神かつ祭祀者という両面をあらわしていた。それは仏教においても同様であって、唐招提寺の鑑真像がそうであったように、神仏に仕える僧侶の似姿は、それ自体、信仰の対象として尊崇されてきた。このような神像のイメージは、内部と外部といった二項対立の関係で語ることができない。巫覡が神を体内にとりこむように、あるいは、八幡大菩薩が神として地上に顕われ垂迹するように、二者を呑み込んだ一体として形象化されるのである。その意味において、神功皇后の新羅征討は、神功皇后自身を限りなく新羅に近づけ、渡来人と位置づけていくことではじめて可能になる方法であった。日本国守護の神は、外来神の例を出すまでもなく日本国と敵国とを二分した一方にのみ帰属するわけではない。

さしあたってここで確認したいのは、覡《かんなぎ》であった武内宿禰《たけのうちのすくね》が新羅と結びつけられているのをはじめとして、八幡宮にかかわる神々は、さまざまな形で〈新羅〉の痕跡を残していることである。

園城寺《おんじょうじ》の新羅明神坐像（図21）は、平安後期十一世紀の作と推定されるが、すでに新羅社は貞観二年（八六〇）には創建され本尊を持っていたらしい。伊東史朗が「血走って極端に垂れ下がる目、鋭く高い鼻、神経質な細い指など、神秘的な感情をたたえながらもなお彫法は軽妙」[1]と解説するこの新羅明神坐像の他に、園城寺には絵画の新羅明神も伝わるが、笑うように大きな口をあけた形相は異様で、この彫像と似た、異形の神像である。岡直己は、新羅明神に、京都八坂の祇園社に通じる「御霊神的な性格」をみる。その異様な相貌については、「新羅明神の異様なのは、この神格の現われであって、決して異国の神であるから異様の相貌をしているものではない」と述べて、異国神であるから異形だという短絡的な連想を強く退けている。「神像に表わされた神は多く帰化人系のものであるから、この像のみを異国視する必要はないのである」として、むしろ「祟りのある神として新羅神を見る」ことが主張される。[2]岡によれば、園城寺は、本来大友村主《おおとものすぐり》の氏寺であったものが、後に智証大師に寄せて天台別院となったものである。大友村主は「漢族系」の「いわゆる帰化人系氏族」であり、漢族系が三韓の秦氏と結んで松尾神社を構

図21　新羅明神坐像（滋賀・園城寺）

成したのと同様の経違が、園城寺においても推定されるという。美術史において新羅神は、たしかに新羅から持ち込まれた神でありながらも、すでにどっぷりと土地に根付き、勢力をのばしていた氏族が祭祀するものとして捉えられている。

山本ひろ子は、天台の山門（延暦寺）と寺門（園城寺）との確執において、おもに寺門・園城寺が、後朱雀天皇代に戒壇建立を朝廷に願い出て、それが山門勢力によって果たされなかったという敗北の経緯のなかで、祟り神として新羅明神が前面化してくることを指摘している。その意味でも、新羅明神は、おなじく天台という宗教を共有している二大勢力の、とりわけて園城寺を象徴する中心的なシンボルとして担ぎ上げられたとみるべきであろう。しかし山本は、これを朝廷（＝王法）との対立関係に置き直し、「けれども王法と仏法（ここでは寺門）の関係が亀裂を生じる時は、新羅明神は王法からあくまで超越的な、その存在理由《レゾン・デートル》によって崇咎神として王法に対峙する。その構造はひとえに、新羅明神が「国神」ではなく「異域の神」であることに根ざしているのだ」（『異神』二二三頁）と述べている。それは、「円融天皇の天禄二年（九七一）に正四位上に、また後冷泉天皇の永承四年（一〇四九）には三位に叙せられていた」（二二二頁）ことについて、新羅明神が託宣して「私が日本に来たのはひとえに智証大師の仏法守護のためで、国主に存在を認めさせるためではないから、官位を受ける気などまったくない」（『寺徳集』）のように、位階を拒否したという伝聞から、撰者・志晃法印が『寺門伝記補録』でなした次の解釈から導かれる。「新羅明神は「国神」ではなく「異域神」である。にもかかわらず、その位階叙列は「恒式」を超えたものだから、どうして勧賞の「厚寵光盛ナル者」でないと言えようかと結語するのである」（二二三頁）。

ここで、「国神」「異域神」が、ただちに「日本」と「異国」の対立項におとしこまれるのは、新羅明神の中世における変転をみようとする山本の意図に関わる。山本が、志晃説に拠るのは、中世における神の変容のモメントを捉える試みであって、まさに、新羅明神は、スサノオと同体であるとする新しい縁起を中世に生み出していくことが指摘されるのである。

しかし、「ここで見るべきは新羅明神の出自にある。つまり神典に登場する、れっきとした日本の神＝スサノオとされるに至って新羅明神は、異国から訪れた「異神」ではなく、日本から異国に来臨する神となったわけだ。韓国→中国→日本という伝来のルートの逆転、日本→中国→韓国（あるいは日本→韓国→中国）という新しい神の足跡は、異神＝新羅明神が土着化していく経緯の縁起的表出とみなすこともできよう」（九七〜九八頁）とされるとき、園城寺が、山門との紛争において、わざわざ「異神」を持ち出し拠り所とすることの意味は何か。新羅明神こそが園城寺を代表するものとして定着していたからこそ、新羅明神の祟りが山門との紛争に意味をもったのではなかったか。そのように考えるならば、園城寺が、自らの根拠として持ち出したはずの新羅明神について、志晃は、もともと「異国から訪れた「異神」」として考えていたのではなくて、むしろいったん「異神」として外に投げ出され、再びスサノオによって取り込まれる過程をこそ、捉えようとしていたように見える(3)。

円珍（智証大師）の唐からの帰途、老翁が船中に現われる。この老翁は、海からやってきた翁神あるいは新羅からやってきた神として、新羅明神の特異な信仰を伝播させる。鎌倉時代十三世紀の作とされる画像は、右手に文殊の象徴として経巻、左手に普賢の象徴である錫杖を持つ。画面上方に文殊菩薩を描き込んでいるところから、本地仏は文殊菩薩とみるべきなのであろう。

円仁（慈覚大師）の赤山明神《せきざん》は、円珍（智証大師）の新羅明神と同様の経緯で現われるとされる。景山春樹は、「赤山神も新羅神も同じ神様、中国では赤山法花院において新羅系の求法者が祀っていたというので、円仁はこれを赤山神と称し、円珍はこれを新羅神と呼んだわけである」(4)とし、あるいは、「この中国土着の神、五岳の守護神ともされ、泰山府君神などと同じだとする中国における道教思想との習合も説かれているが、赤山神の梵号を「まはから」または「またら」などと言ったので、比叡山ではこの神をまた「摩多羅神《またら》」とも名づけて信仰している」として、中邑家蔵の摩《ま》多羅《たら》神図を挙げて次のように解説する。「狩衣様の衣裳をつけて鼓を打つ主神（またら神）と、その左右に二童子（にした童子とちょうれいた童子）を配し、二童子は小笹と茗荷《みょうが》の小枝をもって舞い、主神また神歌を詠唱するという不思議な像容をもって表される」(5)。

この摩多羅神もまた、正面を向いて鼓を打って歌うように口を開けた姿で描かれる。『八幡宇佐御託宣集』における「鍛冶の翁」が童子に変じたのも竹の葉の上であったが、笹の葉は新羅系の巫女の神事に関わる。また画面上方に北斗七星が描かれることも、北辰信仰との関わりで理解すべきだろう。空海が開いた高野山が、狩人の姿をした明神と女神の姿をした丹生《にう》明神とを祀ることについて景山は、入山した空海を山中の平地へと導く狩人と、そこに住まう丹生族たちの大きな援助があったとみるが、実際に新たに侵入してきた空海が、まったく別個の宗教を持ち込んだ際に、既存のものを取り込むかたちで、先住者たちとの調停をはかったであろうことは、単に神と仏との宗教的な調停というだけでなく、それに付随する土地の勢力基盤の調停をも当然のことながら含んでいる。したがって、祭祀者そのものも、寺院に取り込む必要があったものと思われ、予め相容れないはずのものを取り込んだ一瞬の怯《ひる》みとそれを畏怖し祀ろうとする決意との表われが、その異形の姿に表わされているのであろう。

『八幡宇佐御託宣集』で大神比義の前に現われた「鍛冶の翁」は、「其の相貌甚だ奇異なり」[6]「首甚だ奇異なり」と表現され、一目でそれとわかる異形の翁であった。八幡神の基層に新羅が見出されたのと同様に、このような取込みの過程は、多くの寺院がその縁起に塗り込めて伝承してきており、中世において、異国を敵国として征討の対象として見出した対立の論理が伝承のなかの由緒に遡るときに矛盾をきたすことは、第六章で『八幡愚童訓』甲本の征討譚にみた。

蒙古襲来が、あらためて神功皇后を喚起させ、八幡大菩薩に頼るのは、八幡宮が九州の西端にあって、常に外部にさらされていたという理由のみには帰せない。八幡宮が過去からかかえこんできた新羅の巫覡が、おそらく対外的な折衝も含めて、海に対峙する役割を果たしてきたのだと思われる。新羅神が「異域」の神としてこそ強力な守護となり得たのと同様に、八幡神もまた西の海に臨んで最も「異域」に近い守り神としてあり、新羅征討と新羅折衝はほぼ同一のこととして考えられていたのに違いない。そのことは八幡神像が表象されたもの以上の様々な物語を付加され、異なる意味を積載した像であることによく表われている。

大治五年（一一三〇）、「在俗幾多の人々」のうち多く女性の名が記されて、石清水関係、宇佐宮、太宰府関係の各氏によって奉納された屋山《ややま》の太郎天像（図22）は、角髪《みずら》を結う唐装の少年像を本尊とし、脇侍に矜迦羅《こんがら》・制多迦《せいたか》像を配した、類例をみない像である。石清水八幡宮で書かれた『八幡愚童訓』甲本系が、角髪を結って遠征にゆく神功皇后に従う「大将軍」「住吉大明神」と「副将軍」「高良大明神」について、左右に「矜迦羅・制多迦ノ明王」を配しているかのようだ[7]と述べていることを思えば、この三体の組合わせは脇侍二体が住吉、高良の両神で、太郎天は神功皇后だということになる。

太郎天は、一方で、応神天皇が、三歳の小児となって竹の葉の上に顕われ、「我ハ日本人王十六代誉田《ほむた》天皇也。護国霊験威力神通大自在王菩薩也」[8]と告げた応神天皇（＝誉田天皇）を中心とする神話をも思わせ、神功皇后と応神天皇の二つの伝承を壊すことなく、一体化しようとした苦心の策ともみえる。

図22　太郎天および二童子立像（大分・長安寺）

もともと応神天皇は、母の出征のときに腹の中にすでにいて、母子ともに三韓征伐をなし遂げた功績を言挙げされるのだから、一体化のなかにこそ、「母子信仰」は生成されてきた。角髪を結った太郎天は、つまり八幡大菩薩の、母でありかつ子である神功皇后と応神天皇の関係と、女でありかつ男である神功皇后の征討との、両面を一体にあらわすものではなかったか。古代には男性の髪型であったが中世には童の髪、男児の髪型であったわけだから、太郎天の角髪もまた、童子の髪型でありながら、神功皇后征討譚にとっては成年男子の髪型であるという二面を持つことになる。その意味で太郎天は、成年でありながら童子の髪型に留めおくことで童子の時間に据え置こうとする稚児の制度が内包する欲望の表象でもある。太郎天についての以上のような推論は、むろんそれを証立てるものなど何もない。太郎天像の縁起が伝わらない現在では、もはやこの像の意味は解けなくなってしまっている。だからこそ、太郎天の彫像をつくらせた当時の信仰の様態は、物語の復元によって明らかにされなければならない。

2　童と翁――子捨てと姥捨てをめぐって

ここでみておきたいのは、八幡縁起の根幹にある翁神と童《わらわ》神の、二体同体の形式に潜行する物語である。

高木信は、真名本『曾我物語』のいくつかの説話が、「ありえたかもしれない」物語を背後に期待させながら、それを押し流すかたちで、物語を仇討ちへと焦点化していくと述べた。たとえば、伊藤助親《すけちか》が娘と頼朝がなした子、千鶴を殺す段に引かれている「保昌《やすまさ》誕生説話」は、山野に捨てられた民部卿元方の子（保昌）が、〈英雄〉として回帰する物語である。高木によれば、『曾我物語』は千鶴を山野に捨てるのではなくて殺すことで、その子が〈英雄〉として回帰する可能性を押し流してしまうが、そこに保昌を引用することで千鶴を殺してしまった助親を物語が批判していることになるという。また、曾我兄弟の母が、夫・河津助通《すけみち》の死後、身ごもっていた子の行く末を悲観して子を捨てようとする。このとき母が「土に埋めずして野原に捨てよ」と口にするのは、保昌説話と連絡することで、〈英雄〉回帰の可能性を持たせるが、結局生まれた子が助通の弟にひきとられ捨て子を逃れることで、この道は閉ざされる、としている。(9)

この母の身ごもった子への捨て子の可能性の問題は、保昌説話の他に、もう一つ〈英雄〉化の可能性の説話を引き寄せる。兄弟たちに父の敵をとれと説くときの母は、兄弟たちと腹の中の子に、次のようにことばをかけている。

「己《おのれ》ら諦《あきら》かに聴け。腹の内なる子だにも、母の云ふ事を聞き悟りて、親の敵《かたき》をば討つぞよ。その故は、周の幽好《いうかう》王は殷《いん》の中好町に亡ぼされける時、母の麼侸《まてい》夫人の腹に子を宿して七月にぞなりにける。母の夫人は王に後《おく》れて後、悲しみの余りに腹の内の子に向て、『汝、諦かに聴け。縦《たと》ひ九月を待たずとも、それより内に生れて急ぎ父の敵を討つべし』と云ひ含めたりければ、未だ八月に足らざるに早く生れたりける。母大きに喜びてこれを養ひ成長《そだ》てつる程に、生年七歳と申しける十一月に、敵中好町を討ち、その首を切りつつ、父の墓の上に懸けたりければ、立てて六年になりける墓の五輪が三度まで踊りけるこそ哀れなれ。天下にこの由聞えて、諸人大いに感じつつ、人々力を合せたりければ、終《つひ》にその国の王となりにけり。これをば吉《よ》く吉く己ら聞き持《たも》つべし。己らが父をば宮藤一郎助経が討つたんなるぞ。未だ弐拾にならざらむその前に、助経が首を取て我に見せよ」

(『曾我物語』「巻第二」七四頁)(10)

曾我十郎、五郎の二人の息子と腹の中の未だ生まれていない子にまでも「親の敵」を討てと命じる、気迫に満ちた母のことばは、周の幽好王が殷の中好町に亡ぼされた時の故事を引合いにして、腹の中の子に向けて父の敵を討つために早く生まれてこいと告げている。周の物語では、腹の子は父の敵をとるために、八ケ月に未たずして早く生まれ、「生年七歳」で父の敵を討ち、その首を切って、父の墓の上に懸けたという。『曾我物語』で、母の告げたとおりに腹の子が早く生まれて父の敵を討つとしたら、十郎五郎のお馴染みの兄弟の仇討ち物語は成立しないのだから、引用された産み月の移動の神話は排棄されてしまわねばならない。実際、物語のなかで、生まれた子は他家へやられることで、この神話は完全に棄却される(11)。

再び、子捨ての物語に戻れば、『曾我物語』において「子捨て」は「姨母捨」と鏡合わせにおかれていることに気づく。伊藤助親が頼朝の血を引く千鶴を殺させた逸話についての物語は、人々が爪弾き《つまはじ》(非難)したことを述べたあとで、藤原元方の故事を引く。元方は家を継ぐべき男児がなかったので「仏神三宝」に祈念して若君をもうけたが、その子が家を継ぐべき者とも見えず、山野に交わるべき瑞相《ずいさう》(兆候)があるとして、侍二人、雑色《ぞうしき》二人に命じて、荒血《あらち》山の奥深い谷底に捨て子させた。これに物語は次のように付け加えている。

信濃に在《あ》んなる姨母捨《をばすて》の山、伝へ聞くこそ悲しけれ。都に在んなる子捨《こすて》山、今に見るこそ無慚《むざん》なれ。姨母捨の石、子捨の明神《みようじん》、思ひ遣るこそ悲しけれ。
(「巻第二」九六頁)

「捨てる」ことを媒介として、子捨ての物語に姥捨てが引き寄せられる。等価に並置される「姥捨の石」と「子捨の明神」はいずれも、捨てられた「姥」や「子」が、信仰のレベルにまで高められた姿である。捨てられた「姥」「子」は、殺された霊魂が、怨霊となりつつも、守護神となる御霊信仰によく似た変転を遂げて、静かに「石神」や「明神」となり変わる。

山折哲雄は、翁と童子を、相互互換的な関係とし、ともに神性をみている。翁と童子は、人の生の時間において、「二極的な構図」を示しており、「中年もしくは壮年といった世代がちょうど空白」として欠落している。修行僧が肉体的鍛練でめざすのは、まさにこのような「極」に属する身体であり、「無性化した人間の理想型（翁）」と「性的な開花期以前の胎生的始元（童子）」だという。(12) つまり山折論においては、「中年もしくは壮年」はもっとも性的な年代なのであり、翁と童子はその対極の「非性性」をあらわしている。非性性はそのまま非生産性を意味するから、社会において翁と童は同時に排棄される可能性を有する。その意味で子捨て譚と姥捨て譚は、一様にある種のリアリティを有し、しかしその遺棄の現実を隠蔽するために神の発見という物語的昇華がなされた物語として同じ構造をもつ。

八幡信仰が最期まで手放さなかった伝承として、鍛冶の翁が現われ、大神比義《おおがのひぎ》が祈請すると、たちまち三歳の小児に変じたというものがあって、『八幡宇佐御託宣集』「霊巻五」にはこれのさまざまなバリエーションが記されている。童と翁の二極を超時間的に同時に備えることこそが、八幡神の信仰の要となる。

日本書紀に云く。

欽明天皇三十二年辛卯《かのとう》、八幡大明神、筑紫に顕れたまふ。豊前国宇佐郡厩峯《まき》菱形池の間に、鍛冶の翁有り。首甚だ奇異なり。これに因つて大神比義《おおがのひぎ》穀を絶つこと三年、籠居精進して、即ち幣帛を捧げて祈つて言く。若し汝神ならば、我が前に顕るべしと。即ち三歳の小児と現れ、竹の葉に立つて宣く。我は是れ、日本の人皇第十六代の誉田《ほむた》天皇、広幡八幡麻呂なり。我が名は、護国霊験威力神通大自在王菩薩なり。国々所々に、跡を神道に垂れ、初て顕るのみ。

（『八幡宇佐御託宣集』一六四〜一六五頁）

宇佐八幡の伝承では、「小児」と「翁」という二つの時間を瞬時に移動してみせることで、たとえば、浦島伝説で浦島太郎をあっという間に老けさせた玉手箱のような霊験を示す。同時に、「翁」が「甚だ奇異」な異形の者であることも重要な要素となっているらしい。いずれにしろ、「翁」と「小児」に「非性性」をみるとするならば、それは非生産的つまり非社会的な時間を生きていることを意味し、出家者と同様に、異なる時空を生きることをさすだろう。

同時に、なぜ「翁」や「小児」が、山中で発見されるのかといえば、やはりそれは「姥捨て」「子捨て」の伝承と表裏をなすからではないか。『曾我物語』において、「姥捨て」「子捨て」という鏡合わせの二つの説話は、曾我兄弟がいよいよ仇討ちに向かう直前に引用された富士野にまつわる二つの伝説のなかで再びくり返される。子捨て、姥捨ての地として縁起づけられた富士野は、曾我兄弟の死に場所として選ばれた場である。『曾我物語』において、死という異空間への旅立ちが、社会からの離脱としての「姥捨て」「子捨て」に重ねられているのである。二極かつ同一の〈翁〉と〈童子〉は、十郎と五郎の二人の兄弟に、丁寧に振り分けられて、姥捨て伝承を十郎に、子捨て（拾い）伝承を五郎に語らせている。

十郎の語る姥捨て伝承は、「日本無双の明山《めいざん》と聞え、大唐の香盧山《かうろざん》に比したる富士の山の麓において、我らが屍《かばね》を曝して名を後代に留《とど》めむ事こそ、同じ死《しに》ながらも今生《こんじやう》の思ひ出、迷途《めいど》の訴へなれ」（「巻第七」九五頁）のことばに導かれ、「かくの如く由緒ある明山の麓において今日はまた我らがために死処《しにどころ》となるべき故に、故《ことさら》煙の茂く見ゆる心細さはいかに」（九八頁）と語りおさめられる次の話である。

富士野の村では、昔、死者が出るのを忌んだ。家から、死者を出さないために、家人は、老人を予め山に捨てに行くので、そこは棄老国《きろうこく》とよばれた。あるとき、姑を捨てにきた男が、谷に落ちそうになり、姑は、娘のために男を助けてくれるよう山神に祈請して事なきを得た。男はこれを国王に告げ、王は老人を捨てることを禁じ、そこは養老国《ようろうこく》とよばれるようになった。

一方、五郎が語る子捨て（拾い）の伝承は、『竹取物語』によく似た話で、老夫婦が、竹の中に幼い女の子を見つける説話。拾われた少女、赫屋姫《かぐやひめ》は成長すると、下ってきた駿河の国の国司と結婚する。その縁によって、赫屋姫を養った翁は「官吏」になった。ここまでは幸い譚だが、翁夫婦の死後、仙女であった赫屋姫は富士の仙宮へ帰っていく。残された国司は、悲しみのあまり富士の頂上の池に入水し死んでしまう。この物語は五郎の次のことばで語りおさめられる。

「されば、この山は仙人所住の明山なれば、その麓において命を捨つるものならば、などか我らも仙人の眷属《けんぞく》と成て、修羅闘諍《しゆらとうじやう》の苦患《くげん》をば免れざらむ。多く余業《よごふ》この世に残りたりとも、仙人値遇《ちぐ》の結縁《けちえん》に依て富士の郡の御霊神《ごりやうじん》とならざらむ。また我らが本意なれば、もとより報恩の合戦、謝徳の闘諍なれば、山神もなどか納受なかるべき。

中にも富士浅間《せんげん》の大菩薩は本地千手観音にて在《まし》ませば、六観音の中には地獄の道を官《つかさど》り給ふ仏なれば、我らまでも結縁《けちえん》の衆生なれば、などか一百三十六の地獄の苦患をば救ひ給はざらん。

これらを思ふに、昔の赫屋姫も国司も富士浅間の大菩薩の応跡示現《おうじやくじげん》の初めなり。今の世までも男躰女体の社にて御在《おはしま》すは則ちこれなり。（中略）

かかる眦《めで》た
き明山の麓において屍《かばね》を曝しつつ、命をば富士浅間の大菩薩に奉り、名をば後代に留めて、和漢の両朝までも伝へん事こそ喜《うれ》しけれ」

（「巻第七」一〇一〜一〇三頁）

富士は仙人の住む名山（明山）であるから、そこで死ぬことは「仙人の眷属」となることを意味し、「修羅闘諍の苦患」を免れ得ることになる。また、この仇討ちは「報恩」「謝徳」の戦いなのだから「山神」もこの祈請を受け入れるであろう、なかでも、「富士浅間大菩薩」は地獄の道をつかさどる「千手観音」を本地仏とするのだから地獄の苦患から救われるであろう、とし、「仙人」「山神」「千手観音」という富士野にまつわるあらゆる伝承を総動員して、赫屋《かぐや》姫の物語を「赫屋《かぐや》姫も国司も富士浅間の大菩薩の応跡至現の初めなり」という富士浅間大菩薩の伝承のなかに位置づける。赫屋姫が山中で発見されるということは、つまり親にも捨てられた子のはずなのだが、その前史にあるべき子捨てを隠蔽し、子の発見を始発とすることで、富士の霊験が糊塗された物語である。(13) 発見者たる老夫婦の「父母はあるか、兄弟はあるか、姉妹・親類はいづくにあるか」（九九頁）の問いに対し、「七つ八つ」ほどの少女は、「我には父母もなし、親類もなし。ただ忽然《こつねん》として富士山より下りたるなり」と答え、前世からの宿縁が残っていてそれにまだ報いることができていない。老夫婦が子のないことを嘆いていたので、それを叶えるために来たのだ。私を恐れるな、と語った。「ただ忽然と」富士山より下ってきた女子と老夫婦とは、山野という非社会的な場で邂逅する。この出遭いが、国司を呼び寄せ、翁を、「国の官吏」となさしめ、「国務政道を管竹の翁が心に任せてけり」（一〇〇頁）とまで言われる地位へと押し上げる。翁夫婦が死ぬと、五年後に、赫屋姫は、自らが仙女であることを夫に告げ、富士の山の仙宮に帰っていく。「かの管竹の翁夫婦に過去の宿縁あるが故に、その恩を報ぜんむがために且《しばら》く仙宮より来れり」という「宿縁」が尽きたためである。男は、去っていった赫屋姫を追って、富士の山頂へいく。山の頂上の池の浮島の宮殿から現われた赫屋姫は「その形人間の類《たぐひ》にはあらず。玉の冠、錦《にしき》の袂《たもと》、天人の影向《やうがう》に異ならず」と語られ、天人の地上に顕現した姿である。これを見て男は、悲しみにたえず、池に身を投げて死んでしまった。

　老夫婦への「報恩」は「不足の念《おも》ひなく」することによって果たされねばならないのだから、そのためには中央から送り込まれた国司を姫との結婚によって取り込み、翁を社会復帰させる必要があった。宿縁が絶えたのちは、国司が自死することで、翁以外の系に富を残さない。仙宮の姫が「天人の影向」としてなおも、仙女から一歩遠い異界世界へ押しやられるなかで、富士の赫屋姫伝承は、老夫婦への報恩の裏に、山が「国司」を呑み込み、二度と下界に戻さなかった取込みの恐怖を潜在させてもいる。

『曾我物語』において、自死の場として選びとられた富士野の伝承にふさわしい信仰に支えられた赫屋姫の物語は、童子と老人の出遭いを大菩薩の霊験という幻想域におくことで、これもまたひとつの「あり得たかもしれない」物語とする。山中に発見された幼な子は、頼朝の娘、千鶴でありえたかもしれない。殺されずに、山野に捨てられていたなら、老夫婦に富をもたらす仙女のようであったかもしれない。

子捨ても姨捨《うばす》てもともに、ある現実的な行為であるはずで、その捨てた子が英雄となって回帰してくることとは、子捨ての罪悪感のなかに託された願いであり夢である。同じように姨捨ての行為も、捨てられた老者が、石神となって守ってくれることを夢見させる。「捨てる」という行為は、ほとんど「殺す」行為の結果を先のばしにした婉曲法であって、山野に行方知れずに葬り去られた死を、「神」として回帰させようとする心性は、まさにその死者の怒りを恐れ、慰撫・鎮魂する御霊信仰に等しい。

子捨てと姥捨てを内包する物語は、その英雄回帰譚をもそこへ留めており、童と老人が一体となった稚児神像の隆盛をたしかに引き出していく。社会に不要な者としての「極」をなす翁と童は、同時に生起し、いずれも山奥に捨てられる説話を多く残し、英雄回帰の幻想に寄与する。捨てられた童子は、成年を超えても、元服・裳着《もぎ》のような社会参入のための儀式が行なわれるわけではないのだから、山野に永遠の〈童〉の時間を過ごす。翁が童と代替可能なのは、ともに社会の外野に捨て去られ、参入の契機を失ったまま無時間の空間に生きることを意味するからだろう。

子捨て譚は、子の誕生そのものが幸いの頂点として描写される摂関家的宮廷の論理が働かない場所にあってしかるべきなのに、保昌神話は宮廷とそれをつなぐ回路を持つ。宮廷で産み落とされた寵児が、山野で突然に発見されるのである。こうした語り《ナラティヴ》が、英雄たちを宮廷に結びつけ、搦め《からめ》とる。だからこそ御霊信仰は、たしかに宮廷文化圏に結ばれて、天変地異の度に呼び出され、畏怖されるのである。

八幡信仰の奥深くに埋め込まれた童と翁の怨霊めいた回帰のなかに潜行する排棄のメカニズムは、おそらく、新羅神をはじめとする崇り神としての明神のあり方と同じように考えることができるだろう。こうした神についての思考は、二元論的な発想を解体するだけでなく、いまだ掘り起こしを待たれている物語のための視座を与えるのである。

3　八幡信仰をめぐる物語――交点としての八幡信仰

『我身にたどる姫君』「巻六」において、中将の君の呪詛にあって苦しむ前斎宮《さいぐう》は、侍女を鼓《つづみ》をたたいて異界の者を口寄せする「巫子《みこ》」のもとへやって占いさせた。

「新大《しんだい》がいひし事のおそろしきに、かやうの事にもやあらん。行きてこれ問へや。まろといはばこそ人も聞かめ、その下衆《げす》のすなるやうに。行けとよ、行けとよ」と仰せらるれど、宰相の君さすがにせんかたもなくて、いかやうにやと、調法《てうはふ》もなげなるに、大夫の君、「主命《しゆうめい》には何事をかせざらんや。わらはまかりて問ひさぶらはん」といふままに、局《つぼね》へ走り行きて、足もとかひしたためて、萩こそといふ樋洗《ひすまし》うち具《ぐ》して巫子《みこ》とて、皷《つづみ》たたく者のもとへ往《い》ぬ。

(『我身にたどる姫君』「巻六」四〇七頁)(14)

女帝の妹である前斎宮のことだと言えば人のうわさにものぼろうから、下衆のようにして行け、と言われて、女房、宰相の君は躊躇する。対して、前斎宮の寵愛を得ようと画策する別の女房、新大夫は、「主命」に従わぬことなどないと言って、邸内の便所の掃除役である樋洗童《ひすましわらわ》を連れてしっかりと履物をはいて自らの足で「下衆」のように行く。ここにいわれる「主命」はおよそ宮廷物語の姫君と女房の関係には相応しからぬ、さながら軍記物語の主従関係でいうようなことばである(15)。三河の阿闍梨が邸内に呼び寄せられる者であるのに対して、「皷《つづみ》たたく者」という「巫子」は、宮廷社会の外へと出かけていくことによって出遭うことができる「下衆」であるが、同時に「下衆」のための「巫子」は、宮廷社会の者たちにとってもその効験を信じられているのであって、交渉不能な外部としてあるわけではない。その霊験に対する信心という共同性につなぎとめられている。

「皷たたく者」についての注に徳満澄雄は、『梁塵秘抄』第二の「金《かね》の御嶽《みたけ》にある巫子の、打つ皷。打ち上げ打ち下ろし面白や、我等も参らばや、ていとんとうとも響き鳴れ、響き鳴れ。打つ皷、如《い》何《か》に打てばかこの音の絶えせざるらむ」(四〇九頁)を参考としてあげている。『梁塵秘抄』は、後白河院によって編まれた歌謡集であるが、よく知られるように、後白河院は、熊野詣をたびたび行ない、宮廷社会と外の世界を行き来した人である。(16) こうした巫覡性をまとう芸能者たちは、信仰を回路として宮廷社会と結び合う。

室町時代中期頃の成立とされる『七十一番職人歌合』の二十五番にあげられた「女盲」が、鼓をかたわらにおき、『曾我物語』の一節らしきものを語っていることから、『曾我物語』の伝播者として盲瞽女《ごぜ》が想定されることをはじめとして、『曾我物語』研究では唱導する芸能民の姿がさまざまに掘り起こされてきた。(17)

真名本『曾我物語』は、大磯の虎の往生を最終場面とし、「末代なりといへども、女人往生の手本ここにあり。まことに貴かりし事どもなり」と語り終えており、女人往生を説く説教譚としてみることができる。その中核に虎の存在が注目されてきたわけだが、最後の虎の語りが物語のすべてを包摂するという形にはなっていないため、そこから当然こぼれ落ちていくようなまとまりきらない断片をいくつも抱え込んでいるというのが真名本『曾我物語』のありようだといえる。そこで本章ではあえて、次に挙げる文言に注目して女人往生をめぐる説教語りについて考えを進めてみよう。

その三所の内に、中の御前と申すは、即ち弥陀如来これなり。本朝誕生の御時は神功皇后と申す。御本地は忝《かたじけな》くも安養世界の能化《のうけ》であり、摂取衆生《せつしゆしゆじやう》の如来なり。無上念王《むじやうねんわう》の昔は九品《くほん》の階級を案じ、法蔵比丘《ほふざうびく》の古《いにしへ》は四十八願を発《おこ》し給ふ。（中略）弘誓《ぐぜい》限らず、悲願止《や》むことなし。故に捺梨《ないり》の衆生は忽《たちまち》に出離を得て、鉄湯《てつたう》の群類は悉《ことごと》く極楽に預れり。閑《しづ》かに以《おもんみ》れば、憑《たの》むべきは弥陀の御願、欣《ねが》ふべきは安養の浄刹なり。その故は、五障の逆接《せふ》を許されて、男女の罪悪を

擇《えら》び給はず。十念また利益《りやく》を蒙りて更に邪正《じやしやう》を弁《わきま》へず。（「巻第三」一七二頁）

八幡三所の中尊を弥陀如来として、この世に生まれたときは神功皇后であったと、八幡主神の神功皇后と本地仏の阿弥陀如来との対応を示す。阿弥陀は、極楽世界（安養世界）へと衆生を導く如来である。したがって、神功皇后の霊験は、地獄（捺梨《ないり》）に落ち、鉄湯に入れられた衆生をたちまちに極楽へと救ってくれるのである。なぜならば、弥陀の願とは、「五障の逆接《せふ》を許されて、男女の罪悪を擇《えら》び給はず。十念また利益《りやく》を蒙りて更に邪正《じやしやう》を弁《わきま》へず」というものだからだ。

「五障の逆接《せふ》を許されて、男女の罪悪を擇び給はず」という一言は女人往生を説く上で、かなり大胆な宣言といえるのではないだろうか。女人には五つの障り（五障）があって予め成仏が阻まれているというのは、『法華経』「提婆達多品」にも説かれるところである。そこでは、「女身は垢穢《くえ》にして、これ法器に非ず(18)」とされる女人の、そしてさらには龍女という人ならぬ異類(19)のものの成仏は、成仏の直前に男子と成る「変成男子《へんじょうなんし》」を説いてようやく可能になるわけだが、しかし真名本『曾我物語』は、女人に五障のあることをあっさりと「許」してしまい、「男女の罪悪」「邪正《じやしやう》」を選ばないのだ、と高らかに宣言してはばからない。「男女」を選ばないのだから、当然そこには男でなければならないという「変成男子」の介入する隙もないということになる。そしてこの文言は、神功皇后を主神とした八幡三神を語るなかに現われるのである。そこで以下では、真名本『曾我物語』に語られた八幡を、女人往生の語りの問題として位置づけなおしてみよう。

4　仇討ち物語——神慮をよむ託宣の語り

『曾我物語』は曾我兄弟の父の仇討ちを語りながら、同時に頼朝の関東制覇を語る。それらを仮に「仇討ち物語」と「頼朝物語」と呼び分けることにする。このふたつの物語は八幡をめぐって抜き差しならないかたちで結ばれている。したがって頼朝物語において八幡神が語られることは、八幡がただ源氏の守護神であるという以上に物語の構造に深くかかわるものとして考える必要があるだろう。以下にまず仇討ち物語をみていく。

曾我兄弟の仇討ち物語は、兄弟の父・河津三郎助通《すけみち》が、助経《すけつね》によって殺されることからはじまる。この事件は本来、助通の父である助親《すけちか》を狙ったもので、助親に土地を横領されたことが発端となっている。助経、幼名金石の後見を兄助継に頼まれた助親は、自ら「金石殿においては助親かくて候へば後見《うしろみ》をば仕るべし。努々《ゆめゆめ》疎略の義あるべからず。もし疎略の義あらば、二所・三島の大明神・富士浅間《せんげん》の大菩薩・足柄《あしがら》明神の御罰を蒙るべし」と宣言した。兄助継の死後、助親は、「七日毎《ごと》の仏事の外になほ種々の善根《ぜんごん》どもを修し、四十九日、一百ヶ日、一周忌、第三年に至て追善忠節を尽《つく》す」とある。金石に乳母を付けて養い、「遺言を違へずして」十三歳になると、元服させて宇佐美の宮藤次助経と名乗らせることとし、娘の万劫《まんこう》とめあわせ、京都の重盛に目通りさせる便宜も図った。しかし、そのまま助経を都に留め置くことで、「屋敷の一所をも配分」せずに、養父助親は土地を横領したのだと語られる。この助親の土地の横領についての訴えを退けられた助経は、助親・

助通親子を誅することを謀り、助通が死ぬことになる（二八六頁系図参照）。助親は、死にゆく兄に、「もし踈略の義あらば、御罰を蒙るべし」と誓ったのだから、この事件を、約束を破ったので天罰が下ったのだ、とみることもできる。しかし物語は、兄助継の死の、入念な供養を積み上げた「善根《ぜんごん》」を語った上で、「遺言を違へずして」、助経を元服させ娘と婚合わせたと語っており、むしろ助経の行ないについて、次のように語ることで、物語は天罰説を留保している。

この条《でう》において、いかがあるべからむ。神慮もっとも量《はか》り難し、冥《みやう》の照《せう》覧《らん》も不審《おぼつかな》し。縦《たと》ひ、限りある道理なりとも、一方《ひとかた》ならぬ重恩を忘れて忽《たちまち》に悪行を工《たく》みて、その身もいかがあるべからむ。七星《しちせい》天に居《いま》す、星位順を違へ給はず。堅牢《けんらう》地に居《いま》す、地神これを許し給はんや。第一には叔父なり、第二には養父なり、第三には舅《しうと》なり、第四には元服の親なり。その重恩においては諍ふべからざるをや。（「巻第一」一二頁）

「いかがあるべからむ。神慮もっとも量り難し」として、ここでいったん事の顚末を投げ出し、さらに助経が、叔父、養父、舅、元服親に背こうとしていることを挙げ連ね、「地神これを許し給はんや」という反語をもって、地神に許されるはずがない、とすることで、物語の行方を決する「神慮」が更新されている。この後「地神」の神慮の意味づけは、物語る過程に委ねられ、仇討ち物語の最終場面でようやく助経の死として「神慮」が解かれていくことになる。このような神慮の折り込みによって、物語を語ることそれ自体が、神のことばを解いていくことであるといった仕掛けがほどこされている。それゆえ、この物語を語ることは、神のことばを受け、その意味を解いていく巫覡の役割を負い、まさに物語るという唱導性に深くかかわっていくことになる。本章では深く触れないが、ここに北斗信仰といった、八幡信仰と同様に託宣を基盤とする信仰に寄り添って書かれていることは注意していいことかもしれない。[20]宇佐八幡の縁起が『八幡宇佐宮御託宣集』であることによく表わされているように、八幡信仰は元来、託宣をことととする巫女に担われてきたのであった。そうした託宣の語りが『曾我物語』のなかで物語を語ることと結ばれているのである。

5　頼朝物語——八幡大菩薩への祈念

『曾我物語』を語ることが、そんなふうに神との交流を擬態することにあるとして、真名本『曾我物語』の八幡が最初に呼び込まれるのはどの時点であるかといえば、助経が助親らを討つように命じた郎従《ろうじゅう》、大見小藤太、八幡三郎《やわたのさぶろう》の名にある「八幡《やわた》」すなわち「はちまん」が語られたときなのであった。この八幡三郎が助親を狙いそこなって、代わりに曾我兄弟の父河津三郎助通を討つのはどうも意味深長である。というのも、助通の死は、明確に八幡への祈請にかかわって語られているからだ。これを祈り上げるのが、源頼朝である。

河津三郎助通の誅される顚末は、次のように「一つの不思議」として霊験奇譚のように語り出される。

ここにまた一つの不思議あり。武蔵・相模・伊豆・駿河、両四箇国の大名たち、伊豆の奥野の狩して遊ばむとて伊豆の国へ打超《うちこ》えて伊藤が館へ入りにけり。助親、大きに喜て様々に賞《もてな》しつつ三日三箇夜の酒宴ありけり。両四ヶ国の人々はかれこれ五百余騎の勢を以て伊豆の奥野へ入りにけり。(「巻第一」二三頁)

武蔵、相模、伊豆、駿河の大名たちが伊豆の奥野に集まり狩をすることとなった。そこで、伊豆の伊藤の荘の領主である助親が彼らをもてなすのである。大見小藤太、八幡三郎の計画は、この狩の行事のときに果たされることになる。(21)この伊豆の奥野の名所での酒宴には、熊を狩ることと、大石を投げ落とすこと、そして人々による相撲などのエピソードが並行して語られている。これらの「力態《ちからわざ》」は同時に神事に深くかかわるものとして知られる。その相撲の場で頼朝の祈念は語られているのである。

流人兵衛佐《るにんひやうゑのすけ》殿は、伊豆の国の住人に南条・深堀といふ二人の侍を御友《とも》として御在《おは》しけるが、「哀れなる世の習ひかな。奴原《やつばら》が心のままに彸《ふるま》ふこそ安からね。帰命頂礼《きみやうちやうらい》八幡大菩薩、願はくは頼朝が思ふ本意を遂げしめ給へ」とぞ祈念せられける。(「巻第一」三八頁)

この相撲の場に、突如頼朝の祈念が差し込まれることで、仇討ち物語と頼朝物語が接するわけだが、半ば唐突な頼朝の登場と八幡大菩薩への祈念は、助経の助親らを誅する思いと重なって、八幡三郎による助通暗殺を完遂させることになる。「帰命頂礼八幡大菩薩」が、まったく唐突に挿入されることで、助通の死は文脈上、頼朝の八幡大菩薩への祈念に導かれる恰好になる。頼朝の「本意」はここには詳しく述べられないが、のちにそれが助親を誅することと関東制覇にあることが明らかにされる。

「道了《みちすがら》も御心中に祈念せられけるは、「仰ぎ願はくは八幡大菩薩、頼朝が先祖八幡太郎義家は、男山石清水《をとこやまいはしみず》の参籠《さんろう》の時の示現《じげん》にて大菩薩の御子《みこ》となりつつ、八幡太郎と云ふ名を得たり」」とはじまり、次の八幡大菩薩の縁起の、八尽くしの調子のいい語り口がつづく。

「それ、以《おもんみ》れば八幡大菩薩と申して八の数を官《つかさど》り給ふ事は、諸仏の出世は必ず八正道あり。教化《けうけ》衆生の法、仏法東漸の宗教は八宗にして八教の宗義なり。釈尊出世の本懐は八箇年の説教、それまた一仏乗経は八軸の妙文なり。弥陀如来は八種の功徳《くどく》を以て浄土を荘厳《しやうごん》し、八正宝階は八大菩薩遊び給ふ。宝池《ほうち》の岸には八功徳水《はちくどくすい》波を寄す。宝樹林には八種の清風梢を渡る。八珍の宝座には八種の音楽声を響かすなり。また聞く、日月燈明仏《にちぐわつとうみやうぶつ》には八人の王子、薬師如来には八大菩薩、転輪聖王《てんりんじやうわう》には八珍の床《ゆか》、厭《いと》ふべきは八寒地獄、恐るべきは八熱地獄、悲しむべきは八難処、歎くべきは八忍八智、行ずべきは八解脱《げだつ》、大仲臣《おほなかど》経には八万神《やほよろづのかみ》たち高天原《たかまがはら》に留《とど》まり、天《あめ》の八重雲に在《いま》して伊豆《いつ》の千分《ちわ》けに千分け給ふ。素盞烏尊《そさのをのみこと》と云ふは「出雲八重垣妻込に」とて云ひ給へり。日吉《ひえ》の社には八王子、鹿嶋の宮には八龍神、伊豆・筥根《はこね》の両社には八大金剛童子なり。これらの義を以て思ふに、八幡大菩薩は八大明王《みやうわう》を遣《つか》はして八苦の我らを守護し給ふ。八大神の加護を以て八色輪の内に籠《こも》るなる我らを導き、生死流転《しやうじるてん》の凡夫《ぼんぷ》を救ひて八苦の愛河を済度し、流来生死の苦を抜いて八正の直路に入れ給ふ。八幡と云ふ神号をば方取《かたど》り給ふにこそ」
（「巻第二」一〇四～一〇五頁）

八尺くしの語りは『神道集』や『源平盛衰記』などにもみられる典型的な語り口だが、弥陀如来から高天原の八万神《やおよろづのかみ》まで、そして、日吉、鹿嶋から伊豆・箱根までも、八幡大菩薩の「八」の数の中にひたすらに折り込んでいくのは、仏教と神道と、巫覡の道教的な信仰がひとつに入り交じった八幡の状況の表出であるとともに、あらゆる神々を八幡神の下位に位置づけていこうとする『曽我物語』の意志でもある。

これに、「頼朝既に末世に及びて、東国に住して今この苦に合へり。そもそも八幡大菩薩の御願には、「我必ず東国に住して東夷を平らげん」とこそ誓ひ御在《おはしま》す」（一〇五頁）とつづく。

「……しかるに源氏皆《みな》亡び了《は》てて頼朝一人になれり。家癈《すた》れ人亡びて、正統《しやうとう》の名残とては頼朝ばかりなり。八代守護の御誓空しくして四代を残し給はむこと口惜しかるべし。今度運を開かずは、いづれの人か家を興して誓を継がむ。既に世に澆季《げうき》に臨み、また後胤なし。仰ぎ願はくは八幡大菩薩の誓約をば頼朝に施し給へ。伏して乞ふ。諸大冥官《みやうくわん》擁護《おうご》を垂れて幸徳を授け給へ。縦《たと》ひ広く東国を寃《しへた》げむ事こそ難くとも、当国の土民ばかりを授け給へ。運墳《うつぷん》の腹を断て愁苦の悲しみを除かむ。愛子の敵《かたき》伊藤入道が首を取て我が子の後生《ごしやう》の身代りに手向《たむ》けむ」とぞ祈念せられける。八幡大菩薩も争《いかで》かこれ程なるに影向《やうがう》もなからむや。

（「巻第二」一〇五～一〇六頁）

源頼朝の系の勢力を根拠づけているのは、鎌倉に八幡社を頼義の京都石清水から勧請した義家の父、源頼義である。その長男義家が八幡で元服したことが、のちに旧八幡社を鶴岡八幡宮にした頼朝には重要なのである。八幡太郎義家が男山石清水で元服したという由緒に基づく頼朝の祈念は、八幡大菩薩の長大な縁起語りを経て、「八幡大菩薩も争《いかで》かこれ程なるに影向もなからむや」と結ばれて、これほどの祈りであれば八幡大菩薩もこの世に顕われるであろうとし、「影向」を物語は一応の予言とする。

頼朝の念じたことのひとつは伊藤助親を倒すことであったが、これは八幡三郎《やわたのさぶろう》によって半ば成就をみている。いまひとつの関東制覇の行方がここでは未来に説かれるべき神慮として残されたわけだが、これを説くのが頼朝の北の方・北条政子であることに注意したい(22)。

6　北条政子の巫女語り

「巻第三」で、伊豆の目代和泉《いづみ》判官平兼隆に嫁がされた政子は、頼朝のもとへ逃げゆく。兼隆が頼朝に合戦をしかけてこようというとき、密厳院の律師は大衆を集め、その土地の者たちの信仰している、伊豆の走湯権現《そうとうごんげん》は頼朝の先祖である八幡大菩薩と深い関係にあるのだから、ぜひとも頼朝に加勢すべきだと説きふせる。

されば当山に八幡の御社《みやしろ》あり。水尾《みづのを》の清き御流れなれば、八幡大菩薩も、当山住持の三宝も、当山守護の走湯権現《そうたうごんげん》も、争《いかで》か捨て奉らせ給ふべき。我が山の古《いにしへ》を思《おぼ》し食《め》さば、権現も定めて加護し給ふらむものを。

されば権現は我らに神力を与へ、我らはまた源氏を守りて佐殿《すけどの》を助け奉らむ。源氏の跡永く絶えずして久しく祈祷を致す。もし我が山繁昌すべくんば、大衆たち一同に、山木が梟悪《けうあく》を防ぎ、源氏の怨敵《をんでき》を平《たひら》げて、末代の栄耀《ええう》を待ち給へや　（「巻第三」一四七〜一四八頁）

兼隆（山木《やまき》）の悪事を防ぎ、源氏の「怨敵」を討つために、走湯権現は、大衆たちに「神力」を与えるのだから、大衆たちも頼朝（佐殿《すけどの》）を助けよというのである。大衆たちの蜂起に怖じけたのか、兼隆が攻め込むのを断念したことが語られ、これに力を得た頼朝は、「願はくは、大悲権現八幡大菩薩、頼朝が思ふ宿願を、遠くは三年、近くは三月の内に成就《じやうじゆ》せしめ給へ。もし我が願成就する程ならば、先づは山木を亡ぼして、次には伊藤を討たん」と祈念する。ここで、再び大菩薩への祈念は更新されたのである。

この後、頼朝は政子とともに精進潔斎し伊豆山権現に参籠するわけだが、これについて物語は「佐殿の御祈請よりも、殊に北の方の御祈請こそ、外《よそ》にて承るに、随喜の涙も留《とど》まらね」（一四九〜

一五〇頁）と語り、政子を予め優位においていることに注意したい。

政子は、暁を過ぎて、「御珠数《じゆず》をも搏《も》みて、「咹苦《あな》しや」とて、さも苦しげなる御声付《こわつ》き」で、神に憑依されて、「そもそも、当山と申すは、走湯権現これなり。……」と縁起を語りだす。「御誓まことに平氏の女《むすめ》が宿願に違はずんば、忽《たちまち》に成就《じやうじゆ》せしめ給へ。将亦《はたまた》、源頼朝が年来《としごろ》の念願をば速《すみや》かに満足せしめ給へ。（中略）……況《いは》んや我ら夫婦、倶《とも》に精進潔斎にて丹精を神前に至《いた》して、降伏《がうぶく》を宝殿に乞ふ」として、「もしまた愛夫頼朝の果報拙《つたな》くして、この願成就すまじくは、事を起さぬその前に自《みづか》らが命を召せ」と、命を引き換えにした壮絶な祈りを捧げる。続けて神によみかける歌が、「且《しばら》く有て、御戸帳《みとちやう》の内より馥《かうば》しき風俄かに吹き来りて、気高げなる御声付《おんこわつ》き」の神との歌の贈答を引き出している。それに対して物語は「この御歌を承りて、人々は身の毛弥立《よだ》つて、随喜の涙肝《きも》に染《し》む」と添えている。(23)

次に政子に導かれるようにして、頼朝も神との歌の贈答を果たすが、「北の方の御祈請《きしやう》かくの如し。況《いは》んや佐殿《すけどの》の」として、頼朝の歌の贈答は北の方を指標にして語られ、神の声についても、「これも先の如くに馥《かうば》しき風吹て」のように、政子の贈答歌を指示しながら語られている。政子による神との交信は、まず政子の声色を変えて「当山」の縁起を語らせ、さらに呼びかけから神の声を引き出し、政子を巫女へと押し上げる。これにつづく、夢合わせの場は、頼朝に近しく仕えている侍藤九郎盛長と頼朝、北条政子がみた三つの夢を書き留めているが、ここでも政子は巫女性を発揮する。盛長の夢は、「君の御ために目出《めでた》き御示現《じげん》を蒙りて候ふなり」と言って、吉夢としてのみ、とりあえず投げ出された。次に、頼朝が自らの夢を語り、「八幡大菩薩の守り給ふやらむと憑《たのも》しく覚ゆる」と語る。つづく北条政子の夢は、最後に政子自身のことばによって、「いか様にも殿の御代《みよ》の後は自ら将軍家の後家《ごけ》として、日本国を知行すべきや」と解釈がほどこされ、夢解きされている。このことは「これ程に打話《くど》き御祈請《きしやう》の候はんには、権現も争《いかで》か御納受なかるべき」と異口同音《いくどうおん》に感じて申し合へり」として、先の政子の祈請と因果づけられている。頼朝の死後に政子がその勢力を継ぐことが、夢の形をとって先取りされているわけだが、政子の知行を「承久の兵乱《ひょうらん》」などを例に出しながら讃え、さらには次のように添えることで、物語の時間の外からの評を確定的に語り加えている。

されば平家に曾我を副《そ》へて渡したりけるに、唐人これを披見して、「日本は小国とこそ聞きぬるに、かかる賢女ありけるや」と感じ合へりけるとかや。日本・唐の両州において、賢女の名誉を施して、末代の女人のためには有難かりし手本なり。(「巻第三」一五七頁)

『平家物語』と『曾我物語』とを唐の人に見せたら、日本は小国と聞いていたがこれほどの賢女がいたのかと感心されたというのである。この政子の賢女ぶりは、政子一人に終わらず、末代の女人の手本となる。

その後、懐嶋《ふところじま》の平権守《たいらのごんのかみ》景義の夢合わせがあって、頼朝の未来を「主上《しゆしやう》・上皇《しやうくわう》の御後見《うしろみ》とならせ給ひて、日本秋津嶋の大将軍とならせ給ふべき御示現なり」と解くが、しかしそれはすでに政子のことば「殿の御代《みよ》の後は自ら将軍家の後家《ごけ》として」のなかに含まれていたことであり、政子の夢解きにつづいて、すでに物語は頼朝の死後、政子を日本国の賢女として語るに至っているわけだから、つまり、この叙述において夢合わせを真に解いたのは政子であり、景義の夢解きは実はすでに既知のことを語りなおしているにすぎないという意味で、その巫覡性は無効化されている。物語は神に憑依される巫女的な力を特権的に政子のものとして描き込むことで、政子こそが頼朝を継ぎ政《まつりごと》を行なう資質をもつと暗示し、それを女人の手本としているのである。

頼朝の関東制覇が果たされると、物語は「伊豆の御山にて藤九郎盛長が見たりし夢相に違はず」と語り、伊豆の夢合わせと関係づけた上で、そこから鶴岡八幡への八幡大菩薩勧請の話題に転じている。

そこで語られる八幡三神は、以下のとおりである。

八幡大菩薩とは、忝《かたじけな》くも本地寂光の都を出でて、垂迹《すいじやく》の三所と顕《あらは》れ給ふ。人間《じんかん》皇女の胎生を借りて、即ち本朝三代の皇帝と生れ給ふ。その三代とは、仲哀・神功・応神等なり。崩御《ほうぎよ》の後は皆本朝守護・百王《はくわう》鎮護の一所三躰の垂迹と顕れ給ふ。その三躰とは、弥陀・観音・勢至の三尊なり。（「巻第三」一七一頁）

「中の御前と申すは、即ち弥陀如来《みだによらい》これなり。本朝誕生の御時は神功皇后と申す」、「左の御前《ごぜん》と申すはまた、観世音菩薩これなり。本朝誕生の御時は仲哀天王これなり」、「右の御前と申すはまた、勢至《せいし》菩薩これなり。本朝誕生の御時はまた、応神天王これなり」（一七二〜一七三頁）と語られ、神功皇后を本尊とした、仲哀・応神の三神をあげ、『曾我物語』独自の八幡信仰が提示される。「巻第五」の鷹狩り問答で、畠山重忠が「八幡大菩薩は我朝の帝にて御在《おは》せし古《いにしえ》は鷹神天王と申す。その第四の王子をば、仁徳天王とぞ申しける」(二八〇頁)と語っているところにもみられるように、そもそも八幡大菩薩は、応神天皇とするのが広く一般的である。

真名本『曾我物語』において、神功皇后が主神に押し上げられているのは、政子に重ね合わせるためである。『曾我物語』「巻第三」のはじめに、無理やり腰入れさせられた兼隆の屋敷から夜中に逃げ出す段に次のようにあった。

掛《か》けまくも忝《かたじけな》くも、異国の則天皇后は夫《つま》を重くして位《くらゐ》に即《つ》き、本朝の神功《じんぐう》皇后は夫の仲哀天王の別《わかれ》を悲しみて遺跡《ゆいせき》を尋ねつつ、女性《によしやう》なれども世を取らせ給ひつつ、日本国の皇帝とはならせ給ひぬ。今の北条の妃も女性なれども、日本秋津島、鎌倉の受領仁《じゆりやうじん》、将軍家の宝位・玉床《ぎよくしやう》に御身を宿し給ふべき御瑞相にや……

(「巻第三」一四二頁)

ここに政子と重ねられるのは、「異国の」則天武后と「本朝の」神功皇后である。いずれも夫を継いで女性でありながらも政を行なったことが共通する。則天武后は、唐代の高宗の后で、夫の死後に即位した息子を廃位し、自らが皇帝となる、中国史上、唯一人の女帝である。一方、「本朝」の例としてあがる神功皇后は、仲哀天皇亡き後、夫の意志を継いで新羅へと出かけるが、しかし事実としては帝位にはついていなかった。『曾我物語』において神功皇后は「日本国の皇帝」のはじまりとして位置づけるが、天皇代に数え入れるのは『愚管抄』などの中世の歴史観に共通するところである。ここで北条政子は、則天武后と神功皇后に列なる者とされることで、単に頼朝の死後に政治を行なったというだけでなく、「日本国の皇帝」と等価に置かれているのである。

兼隆と褥《しとね》を共にする前に屋敷を抜け出した政子は、このとき童女《めのわらわ》と乳母子《めのとご》の侍従と呼ばれる女房を連れていた。足を血に染めて野辺の草むらを進みゆく辛い道中で、二人の侍女たちが励みとしたのは「主従は三世《さんぜ》の契り深くして」といった主君への忠誠であった。その堅固な主従関係の例もまた女帝たちの歴史に彩られているのであった。

「一樹の影に宿るも先世《せんぜ》の契、一河の流れを汲むも多生《たしやう》の縁深し。いかに況《いは》んや、主従は三《さん》世《ぜ》の契深くして、この世の一つの事に非ず。天竺の古風を聞くに、釈尊の大壇那頻婆娑羅《びんばしやら》王の后、韋提希夫人《いだいけぶにん》の七百人の従女の五百の従女は、夫人一人の得果に依て、従女も同じく菩提《ぼだい》を取れり。耶輸多《やしゆた》羅女《らによ》の七百人の従女は、主君の発心《ほつしん》に依て菩提に至れり。皆これ主君に随《したが》ふ故ぞかし。尊陀羅《そんだら》女《によ》の三百人の従女が同じく聖果を得しも、これまた主君に随ひし故なり。摩登迦女《まとうがによ》の四百人の童女《どうによ》が仏果に至りしも、主に随ふに非ずや。哀陽夫人《ぶにん》の二百人の童女が仏道を得し事も、また主君に随ふ故ぞかし。

震旦の縦跡《しようせき》を尋ぬるに、漢の李夫人《りふじん》の死去には、五十人の従女反魂香《はんごんかう》の煙に咽《むせ》びて仙を得たりし事も、主君に随ひし故ぞかし。王昭君が胡国《ここく》へ趣《おもむ》きし時は、七人の従女が名を漢宮に留めし事も主君を念《おも》ひし故なり。楊貴妃の馬嵬《ばくわい》が堤にして安禄山に失はれし時の五人の従女が、誉を驪山《りさん》の宮に留めし事も、主君を念ひし故に非ずや。
本朝の古跡を訪《とぶら》へば、衣通《そとほり》姫の七人の童女が主君に随ひし故に、后妃の玉津島の明神となり給ひし時は、七所浜の王子と顕《あらは》れき。神功《じんぐう》皇后の七十人の従女、光明皇后の八十人の童女、京極の女帝の五十人の従女、これらが皆仏道を得たりしも、主君に随ふ故ぞかし。これらの古風を聞くにも、我ら昔の人には劣るまじものを」

（「巻第三」一四三～一四四頁）

天竺（インド）、震旦（中国）、本朝（日本）と三国の侍女たちの例を順に示す。天竺の例の筆頭に挙げられる阿闍世王の母、韋提希夫人の五百人の侍女は、夫人の徳によって、悟り（菩提）を得たとあるので、極楽往生したのであろう。震旦の李夫人の侍女たちは、咽ぶような香の煙という、往生伝の典型のような表現をともないながらも、仏ではなく、仙人となった。つづく王昭君や楊貴妃の侍女たちも同様だというのであろう。ただ主君への忠誠をのみ強調されて、それが結実する先までは知らされない。

本朝の例のはじめとして挙げられるのが衣通姫《そとおりひめ》である。『古事記』と『日本書紀』とで異なる説話を持つ。『古事記』に載るのは、衣通姫（軽大郎女《かるのおほいらつめ》）が、同母兄軽太子《かるのおほみこ》と通じた挙げ句、伊予に流された軽太子を追ってともに自死する物語である。[24]『日本書紀』では、允恭《いんぎょう》天皇が后の忍坂大《おしさかのおほ》中姫命《なかつひめ》の妹・衣通姫（衣通郎姫《そとほしのいらつめ》）を寵愛し、皇后の嫉妬をかい、政務をおろそかにするほどであったという物語である。[25]天皇を惑わす女たちという意味では、『日本書紀』の筋立ては、王昭君、楊貴妃の物語に通じ合う。[26]その意味において、いかにも堕地獄譚の例となりそうな女たちが挙がっているわけだが、それでもそれに付き従った侍女たちの忠義はほめあげられるという、なんとも屈折した列伝である。ただし、衣通姫の例が、死後に「玉津島の明神」となったことをもって、侍女たちもまた「七所浜の王子」となったと言うことで、悪女の堕地獄譚の物語は封じられてしまう。そうすることで、「神功皇后の七十人の従女、光明皇后の八十人の童女、京極の女帝の五十人の従女」を女主人を慕うことによって後の世を約束されるという、『我身にたどる姫君』の女帝と近習の女房たちの関係によく似た枠へと回収していくのである。

中世の縁起においては、衣通姫が玉津島明神だということこそが重要である。『古事記』や『日本書紀』の神話世界は中世に当世風の信仰への変貌を遂げた。そのようにして中世の縁起に取り込まれた女たちのなかには神功皇后も光明皇后もいた。光明皇后は法華寺の縁起において、湯屋で癩病者をてずから湯浴みさせ功徳を積んだのであった。

神功皇后も、光明皇后も女帝ではないはずだが、その侍女たちを介して、北条政子に結ばれ、北条政子が「日本国の皇帝」と呼ばれることから、ここでは神功皇后や光明皇后が「京極の女帝」と等価な「女帝」としてあることが示されている。

『曾我物語』において、政子もまた女帝の一人であることを証立てるために強調されるのが、彼女の巫女性であった。神功皇后の巫女性は、新羅征討の根拠となるが、政子も頼朝の関東制覇を予言し、それを継ぐことを自ら宣言するのである。こうしたことを「女帝」の問題として語ろうとするときに見逃してはならないのは、そこにいつも女人往生の結末が絡んでくる点である。諸国をめぐり『曾我物語』を唱導してまわった、おそらくは女性の語り部は、聴衆の女人往生を約束してまわったのであろう。女人には五つの罪障（女人五障《にょにんごしょう》）があって、汚れた女の身（女身垢穢《にょしんくえ》）を男子へと転じ（変成男子《へんじょうなんし》）なければ、極楽往生は叶わないというのに、『曾我物語』は女人の五障は許されて男も女もないのだ、「五障の逆接《ぎゃくしょう》を許されて、男女の罪悪を撰び給はず」と言うのである。女人である神功皇后を弥陀如来だとして、地獄の衆生たちを救い出し、男女、邪正を問わず、極楽往生の願いを聞き入れてくれる、と説く。『神道集』に類似の文言があるが、真名本『曾我物語』は、そうしたことばを吸収しながら、神功皇后と北条政子を重ね合わせることによって、女人往生を説くための八幡縁起をたち上げていく。

中世に再編された縁起が女帝や皇后の物語を必要としたのは、尼寺の復興とも関わるだろう。女たちの信仰が説く女人往生は、『法華経』のいう変成男子も読み換えていくものであった。そのような女たちの信仰が神功皇后を仲哀天皇の后妃から女帝に押し上げる力となったのではないか。むろん神功皇后は元寇をきっかけとして盛り上がった八幡信仰の中核であったわけだが、北条政子の「女帝」ぶりを語る『曾我物語』の八幡信仰とは、女人往生をめぐる女たちの信仰の問題にかかわるものであった。

神功皇后が八幡大菩薩といわれることから、それになぞらえられる北条政子もまた、八幡信仰の中核に取り込まれる。『曾我物語』の唱導の担い手として、末尾に往生伝がつく曾我の十郎の妻・虎を中心にこれまで議論されてきた。虎の語りが御霊信仰にかかわる兄弟の物語の中核にあるとすれば、八幡信仰をめぐっての、それとは異なる語りが想定されてもよいだろう。『曾我物語』が『吾妻鏡』と並んで北条方を言祝ぐものとして用意されたという指摘によれば、語り手が政子に寄り添う存在であるのは当然のことともいえる。しかし、『曾我物語』の語ろうとする北条政子は、単に為政者としてのそれではなく、八幡神の霊験を説きながら、八幡信仰のなかで醸成された巫女である。巫女たる北条政子は、頼朝を継ぐ政治家としてではなく、女人往生を語って、女たちの信仰のためにある。

第九章　再び母へ——『曾我物語』における〈子〉の背理

1　名をめぐって

『忠臣蔵』とならんでいわゆる仇討ちものとして歌舞伎や文楽でいまも人気の高い『曾我物語』[1]は、曾我の兄弟の仇討ちが果たされるまでをひたすらに追う物語であるという意味においてたしかに仇討ちものの型を有してはいるが、実のところ曾我の兄弟が仇討ちすることの意味は物語においてそれほど自明ではない。というのも、曾我兄弟の仇討ちは、『曾我物語』冒頭より曾我兄弟の登場までに、皇統からたどられた長々しい源平両氏の来歴を連ねていながら、『忠臣蔵』にいうような御家騒動の、いわゆる譜代の論理とは異なっているのである。

『曾我物語』の冒頭は、神代のことからはじめ、天皇代を語り、その末尾に「本朝にも中比《なかごろ》源平両《ふたつ》の氏を始め置かれ、猥《みだりがは》しく奢《おご》れる者を鎮むる事、既に四百余歳の星霜を経たるなり」（「巻第一」四頁）と源平両氏の争いに触れたあと、平氏、源氏それぞれの来歴を再び天皇を起点として語る。源氏の代語りの末尾が、頼朝の「意符」（威風）が「前代にも超えて重きが故」に、「公私諍《あらそ》ひを留めて一人として帰伏」しない者はなく、そういうわけで「世納まり」、万人がその恩恵を受けていることに帰結すると、あらためて「しかるを何ぞ、伊豆国の住人・伊藤次郎助親《すけちか》が孫子、曾我十郎助成《すけなり》・同五郎時宗《ときむね》兄弟二人ばかりこそ、将軍家の陣内を憚《はばか》らず、親の敵を討て、芸を当庭《たうには》に施し名を後代に留めけれ」と述べて、ここでようやく曾我兄弟による敵討ち物語の幕が切って落とされることになる。

「将軍家」の陣内に押し入った兄弟は、まず「伊豆国の住人」の「孫子」にすぎない者たちとして立ち現われ、そこに「曾我十郎助成」「同五郎時宗」の固有名が唐突に接続される。「伊東」の「孫子」でありながらなぜ「曾我」なのか、かつまた兄弟といわれながら、兄のほうが十郎で、弟が五郎であるのはなぜなのかといった幾多の不可解を投げ出したままで、物語は兄弟の先祖の土地をめぐる紛争に時をさかのぼり、「巻第二」で父の死後にその「子」として再度登場するまで、この兄弟は物語から姿を消してしまう。再び登場したときに、「そもそも、河津三郎助通《すけみち》には男子二人あり。兄は一万《いちまん》とて五歳、弟は筥王《はこわう》とて三才になる」（七三頁）のように童名であらわれ、この二人が「曾我十郎助成」「同五郎時宗」となるには、「巻第四」での兄の元服、「巻第五」での弟の元服を待たねばならない。

にもかかわらず、冒頭の一文で「曾我十郎助成」「同五郎時宗」と語られることが可能なのはなぜなのか。単純な推測として、「曾我」の名が物語の始発に先立ってすでに成立していたからではないかという倒錯的な事態が思い浮かぶ。事実、そうしたことは、唱導という語りのうちには、いつでも起こっている。

『曾我物語』研究にとって、曾我語りが主に女性の唱導者に担われて伝承されたことは重要である。『七十一番職人歌合』に「琵琶法師」とともに「女盲」があらわれ、この「女盲」が「大鼓」を打ちながら「宇多天皇に十一代の後胤、伊東が嫡子に河津の三郎とて」のように語る画中詞があることから、唱導の実態究明は研究の一翼をなしている。しかし『曾我物語』が瞽女《ごぜ》などの女性芸能者たちによって語られたことが物語構成と関わるのか、関わるとすればどのようなかたちでかといった問題は、いまだ課題として残されている。本章の考察は、最終的には女性唱導者の問題にゆるやかに結ばれることになるが、それは演唱者の実態というよりは、『曾我物語』本文から曾我語りという視角へと向かうものとなるだろう。たとえば、前章にみたように、「巻第三」の伊豆山権現に参籠した政子の神憑りする語りはどこからくるのかといえば、八幡信仰における託宣する巫覡《ふげき》の問題と関わるものとしてあった。

ところで、柳田國男は、次のような曾我語りの事例を報告している。「曾我の物語と不可分なる大磯の虎も中国九州まで出かけて居り、もつと驚くのは十郎五郎の母といふまんこう御前が、伊予から土佐へかけての山間に住し、又東北にもこの珍しい名の女が、鷲に児を取られた話を伝へて居る(2)」。

柳田がいう、この「十郎・五郎の母」という語り手の名乗る「まんこう御前」という名は、兄弟の敵となる宮藤助経（金石）に妻合《めあ》わせた伊藤助親の娘の名であって、物語において母の名ではない。母は、河津三郎の死後、まずは「河津の女房」としてあらわれ、「そもそも河津三郎助通には男子二人あり。兄は一万とて五歳、弟は筥王とて三才になる」と兄弟が登場すると、ただちに十郎、五郎の二人の子を左右の膝に抱きよせて、「己《おのれ》ら諦《あきら》かに聴け。腹の内なる子だにも、母の云ふ事を聞き悟りて、親の敵《かたき》をば討つぞよ」（七四頁）と兄弟たちへ仇討ちの誓いを植えつける「母」となる。河津の妻として夫の仇討ちを兄弟たちにふきこみ、それでいて曾我氏と再婚したのちには、曾我の家を守るために仇討ちを禁じつづけることで、物語のクライマックスを引き延ばしていくプロット・メーカーは、兄弟の母その人であるにもかかわらず、この母は物語のなかで名を持たない。『曾我物語』の仇討ち物語において、まずはじめに出てくるのは曾我の兄弟なのだから、その兄弟の母は、つねに「母御前」のように言及されればよく、物語においては名乗ることを必要としていない。母は、自らを「母」と名指しながら、「己らが父をば宮藤一郎助経が討つたんなるぞ」と「父」の敵討ちを命じる。この母のことばのなかでは、仇討ち物語の主人公である曾我兄弟でさえも、実際には仇討ちには出かけない「腹の内なる子」と区別なく、ただ母の「子」として等し並みに置かれる。ここで名指されるのは敵である「宮藤一郎助経」のみであって、それを討つ側の当事者たちは、「父」「母」「子」の相対関係のなかに位置づけられている。

したがって、物語の語り手とするにはあまりに小さな役回りであった登場人物、「万劫《まんこう》御前」の名を、いわば横奪するかたちで、兄弟の母が名乗りをあげねばならなかったとすれば、それは唱導の場で自らが兄弟の母であることを指示するために固有名が必要とされたからに違いない(3)。つまり、柳田の報告する名乗りは、物語の登場人物としての母が演唱者として物語の外へ放り出されてしまい、「母」と「子」といった相対関係に委ねられたことばのネットワークから断ち切られてしまったことによって発動するのである。同時に極めて逆説的に、ひとたび演唱者が兄弟の母として名乗りをあげれば、名が「万劫御前」であることはもはや意味をもたなくなって、曾我兄弟は、その〈母〉からまなざされる物語の永遠の〈子〉でありつづけることになる。『曾我物語』冒頭に語られる歴史が固有名の羅列にすぎなかったのに対して、仇討ち物語にかかわる人物は、「母」「父」「子」という関係に強固に支えられている、その仇討ち物語の内部へと、演唱者の〈母〉の名乗りは結んでいこうとするのである。

そのように考えるならば、「曾我」の兄弟という言われようもまた物語内部から導かれる相対としての名ではなく、仇討ち物語という枠組みの外側に付随する固有名として機能するといえる。では、物語内部の名はどのように問われるべきか。次にみていく。

2 土地の名

「曾我」の名は、いうまでもなく土地の名に由来する。兄弟の「曾我」の呼称は、物語において、「曾我の人々」「曾我の人共」のようにして、「敵の助経」宮藤左衛門尉の登場にともなって「鎌倉殿」が「諸国の侍共」をひきつれて狩をする道程の後を追うところにはじめて登場する。「北条・早河・鹿野・田代・土肥・岡崎・本間・渋谷・海老名・渋美・松田・河村・秦野・中村・三浦・横山の人々」(「巻第五」二五九頁)などの呼び名に呼応してあらわれ、「曾我の里」という土地の名に結ばれることによって、この兄弟が武士として登録されるまでは、この兄弟は、「兄は一万《いちまん》とて五歳、弟は筥王《はこおう》とて三才」という、一介の童子であった。

兄一万が、十郎祐成《すけなり》となるのは、父河津三郎助通《すけみち》の死後、母が「相模の国の住人曾我太郎助信《すけのぶ》」へ再再婚(4)を果たした後のことであり、「継父の片名を取り、曾我十郎助成とぞ呼びける」こととなるのだが、それは助成が、曾我の家では十番目の男子にあたることを意味する。一方、弟筥王は、「建久元年庚戌年神無月中半《なかば》のころ、曾我十郎助成は弟の筥王《はこわう》を引き具して、年来《としごろ》通ひて遊びける北条殿の御宿所に入りつつ、男になさんずる由を申し入れて、名をば北条五郎時宗《ときむね》とぞ呼びにける」(「巻第五」二五三頁)とあり、兄の十郎に連れられて、元服するために、北条時政を訪ね、元服後の名を烏帽子親の北条時政の「時」の字を受け時宗とし、北条の五男にあたることを示す「五郎」を冠することとなった。

兄弟でありながら、河津から曾我に再登記された名を持つ兄と、元服親としての北条を冠する弟は、「名」における不均衡を抱え込み、「曾我」兄弟は実のところ、「曾我」という名のもとに兄弟なのではないし、敵は河津(父の名)の敵であって曾我のではない、というように、「曾我」の兄弟というあり方は、仇討ち物語の最もミニマルな単位としても背理する。にもかかわらず、この兄弟が「曾我」兄弟であり得るのは、母とともに河津の地から曾我という土地へ再登記されたことに拠る。

こうして名と密着的であるはずの土地が、名実を分け、土地の名と氏の名を分裂させていくような兄弟のありようは、そもそも兄弟の敵討ちの物語の前史として語られた、さらに陰惨な土地をめぐる収奪の結果としてあるのであった。仇討ち物語を誘引した「その由緒」は、「世を取り給ひては、伊藤・北条とて左右の翅《つばさ》にて、執見《しつけん》に勝劣はあるまじけれども、北条殿の御末は栄えて目出《めでた》けれども、伊藤の末の絶えけるこそ悲しけれ。その由緒をいかにと尋ぬれば」（「巻第二」九一頁）として、以下のように詳細な展開が語られる。

まず、「伊豆の国の内に大見《おほみ》・宇佐美《うさみ》・伊藤と云ふこの三箇所を束《つか》ねて楠美《くすみ》の荘と号す」（「巻第二」一四頁）広大な土地を楠美《くすみ》入道寂心《じやくしん》（助隆《すけたか》）が分割割譲するに伴つて、伊藤の荘を譲った助継《すけつぐ》には「伊東武者助継《いとうのむしやすけつぐ》と名乗ら」せ、河津を譲った助親を「河津次郎助親《すけちか》と名《なづ》く」ことで、「楠美」の名が分断されたことを発端とする。

寂心（助隆）亡きあと、助親は「我こそ嫡々なる上、祖父にも養育せられたれ。嫡子にも立ち、伊藤の荘にも住すべきに、異姓《いしやう》他人の継娘の子をこの家に入れて宗《むね》の所を相伝することこそ安からね」と思う。助親がここでいう「異姓他人」であるなしの問題は助継の父親に関わる。継娘は、後妻に入った女が異姓他人とのあいだに儲けた子であるが、助隆の子として母とともに再登記されているはずで、その子が異姓他人というのは、父方の出自を問題にしたいために違いない。「我こそは嫡々」というのは、すなわち、父―子の直系の孫にあたることを言いたいわけで、家父長的な論理によって「宗」となる伊藤の荘への権利を主張するものである。これについて語り手は「但し、またこの助継と申すも楠美入道寂心が継娘を秘かに思ひて儲《まう》けたりし子なり。実に同氏なり。申せば叔父《をぢ》に当れり。それを異姓他人と思ひけるこそ不思議なれ」と解説を加えている。娘として登記された連れ子を孕ませた母子婚を恥じたためであろうか、助継が助隆の実子であるという事実は表向きは伏せられていたことになっているが、この事実をもってすれば、助継・助親の兄弟は、叔父―甥の関係だということになる、というのである。ここで語り手によって暴露された事実によれば、

「我こそは嫡々」の論理ではこの兄弟の争いを決することができないということである。したがって土地争いは、次代に先送りされる。

伊藤次郎助親がまだ河津次郎助親であったころ、兄伊藤武者助継は助親に先立って死ぬことになるが、死の床で助継はその子金石を助親に託す。助継の望みは、伊藤荘の「領家小松殿の見参《げんざん》に入れて大宮に私候《しこう》し、伊藤・河津両所をば御辺の娘と金石と、他の妨げなく知らせ給へ」という、助親の河津の権利さえも嫡男へ譲ることなく、伊藤へ統合させよという虫のいい申し入れであった。金石には「今日より後は河津殿をば、叔父なりとも実の親と憑《たの》み奉れ」と遺言する。叔父―甥関係から親―子関係に再登録されたこの金石が、後の兄弟の敵、宮藤一郎助経である。

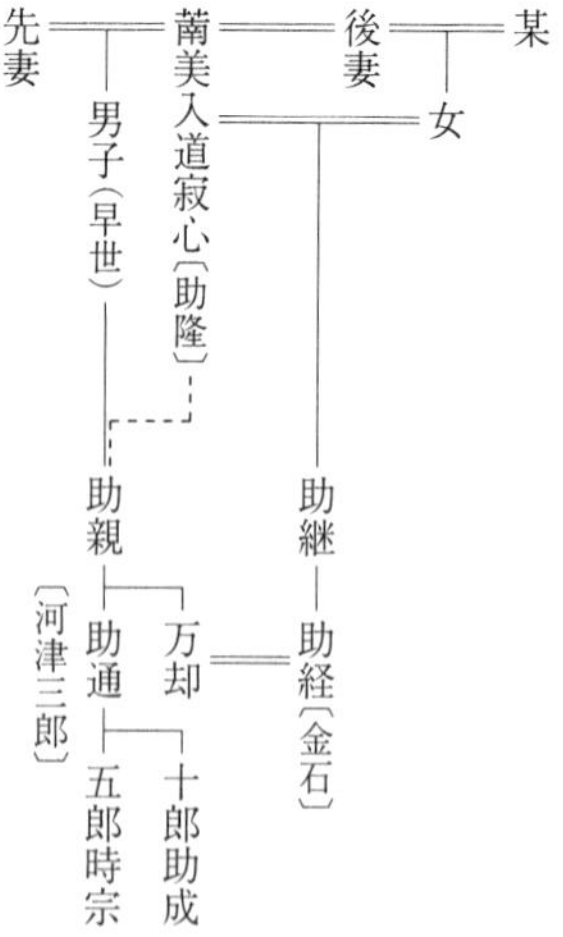

伊藤氏系図（真名本『曾我物語』による）

助継の死後、河津次郎助親は、「河津の屋形《やかた》をば立ち出でて伊藤《いとう》の荘《しやう》に移りつつ、河津屋形をば子息の三郎助通《すけみち》に譲て今は河津三郎助通と名乗らせて、我身は伊藤次郎助親と改む」（一九頁）とあって、河津の土地とその名を息子（兄弟の父＝河津三郎助通）に譲り、自らは「伊藤」に再登記し、伊藤次郎助親と名乗る。金石には「宇佐美《うさみ》の宮藤次助経《くどうじすけつね》と名乗らせて」、「その後、伊東・河津をば助親一人して押領《あふりやう》して、助経には屋敷の一所をも配分せざりけり」（二〇頁）とある。こうして宮藤次助経（金石）は「河津」と「伊藤」の両方の土地から排斥された。次々と変更される名は、土地の名と一致して、土地に対する固有の名として顕われている。しかし、土地が不動の境界線を持てないために、土地の拡大縮小は、その土地の名の変更可能性を常に有する。このような土地の動きに従って、名は絶えず分離と統合の可能性にさらされるのである。[5] 土地とともに収奪可能な土地の名は、婚姻とよく似た改姓を繰り返し、[6] 物語が冒頭に語った氏《うじ》の来歴とは全く異なる次元に位置している。

一方、助親が「宇佐美の宮藤次助経と名乗らせ」京に追いやることで片づけた金石こと助経は、宇佐美では宮藤次助経にすぎない名を、武者所というもうひとつ別次元の序列に加わって、一郎を獲得することによって「宮藤一郎助経とぞ呼ばれける」ことになる。そもそも宮藤という姓は、藤原氏の木工助《もくのすけ》からとられた名であった。土地の名を捨てて新たに得た「一郎」の名は、官職配属の論理に属し、自ら名乗ることが許される類のものではない。土地を有することにこだわった助経は、「河津」「伊藤」を名乗りたかったのだろうが、皮肉なことに「武者所の一郎」という名に保証されてはじめて土地の奪還に成功することになる。これまで伊藤助親の賄賂によって不正に反故にされつづけてきた助経の「訴詔」は、武者所での助経の務めが、そのように名指す人々に評価されることで、「半分づつ知行す」る権利へと決着したのだった。

このようにして、『曾我物語』において土地をめぐる名は、他者から名指されることによって成り立つ名ではなくて、自ら名乗ることによって成り立つ、掛け替え可能なものにすぎない。それでいて兄弟たちが「曾我」の名を『曾我物語』という形で、長く固定的な「名を後代に留め」得るのはなぜなのか。

ここでの名は、「家」や「氏」の系譜に関わらないというだけでなく、血縁にも関わらない。だから十郎・五郎の兄弟が、仇討ちの助太刀にかき集める母方の兄弟たちは、「母」を紐帯とした血縁を根拠に力を貸すこともない。京の小五郎は、母が河津より前の結婚でなした子、御房《おんばう》は河津の死の際に身ごもっていて産後に他家へおくった子である。別の名にバラバラに登録された子供らは、仇討ちのレベルにおいて一つに結ばれることがなかった。

あるいは土地の名の問題としてみるならば、この物語において「曾我」の土地は、頼朝によって、「公役御免」の土地として母に託されることによって、[7] そこに登記された兄弟と土地の名が固定して終わる、とひとまず言える。[8] しかし、それは兄弟たちが仇討ちに果てて、物語が終結したのちに発生するのであって、兄弟たちが仇討ちへ向かう時間のうちには獲得し得ないことであった。なによりも、幼い兄弟に敵討ちを呪言のように刷り込んだ母親は、曾我に嫁いだ後は、その「曾我」の名において徹底して兄弟の敵討ちを阻止しようとする。物語のプロットにおける因果を断ち切られて、曾我の兄弟の仇討ちは物語において幾重にも失効させられる。また兄弟たちも曾我の兄弟であることを自認していたわけではない。少なくとも討入りの前に彼らがしたためた別れの文には、それぞれ「藤原助成」(一八二頁)、「藤原時宗」(一八三頁)と署名している。その意味においても、「曾我十郎助成とぞ呼びける」、「北条五郎時宗とぞ呼びにける」は、『曾我物語』の外側から名指される呼び名であるといえるだろう。[9] そのようにして唱導という物語の時間を超越した語り手の時間が、名をめぐってあからさまに介入してくる。そうしたメタ・レベルに立つ語りを随所に取り混ぜて、『曾我物語』は唱導の世界と深く結ばれて成るのである。

3　神の名

『曾我物語』は、兄弟の仇討ち物語を語りながら一方で、鎌倉幕府成立までの頼朝の関東制覇の物語を描く。兄弟が討ち取る敵、宮藤助経は、頼朝の臣下であることで兄弟と交錯する。大川信子によれば(10)、頼朝が官職名である「佐殿《すけどの》」から「鎌倉殿」と呼称を変えるのは鎌倉・鶴岳に八幡大菩薩を勧請した後からである。鎌倉という土地の名を冠するという意味で、頼朝もまた『曾我物語』の命名の論理を共有している。そのうえで、八幡大菩薩を鎌倉という土地に移植することで、鎌倉の土地とそれを支配する頼朝の卓越性が誇示される。

頼朝が八幡大菩薩の御願に「我必ず東国に住して東夷を平らげん」（「巻第二」一〇五頁）ことを誓ったのは、「頼朝が先祖八幡太郎義家」が「男山石清水《をとこやまいはしみづ》」で元服した由緒に基づく。八幡太郎義家という名には、「鎌倉」殿のような土地の名とは異なって、神の名が冠されている。そのこととかかわって、『曾我物語』で兄弟の父・河津三郎助通を死にいたらしめた大見庄の郎従が、八幡三郎の名を持つことの意味について押さえておく必要があるだろう。京の「宮藤」となった助経は、「伊藤」「河津」を横奪されたことを怨んで、大見庄の「年来の郎従大見小藤太・八幡三郎」に、助親を誅することを命じる。大見庄にありながら、なぜ大見小太郎のような「大見」ではなく、「八幡」を名乗るのか。「八幡」を冠するために系図未詳とされる、この八幡三郎とはいったい何者なのか。

いうまでもなく、ここには八幡信仰の影がちらつく。八幡太郎義家は、「男山石清水参籠の時の示現《じげん》にて大菩薩の御子となりつつ、八幡太郎と云ふ名を得たり」（一〇四頁）と説明されて、つまり、義家は「八幡大菩薩の御子」になり、神といわば猶子《ゆうし》のような擬制の親子関係を結ぶことによって、八幡の名を獲得したのであった。(11) 義家はほかに『曾我物語』冒頭の源氏の来歴を語る箇所にも「かの伊予入道頼義の嫡子をば八幡太郎義家と名《なづ》く。次男は賀茂次良頼賢なり」（「巻第一」一二頁）のように列挙されてあった。

石清水八幡宮での義家の元服は、『源平盛衰記』によれば、「又故伊予守頼義《こいよのかみよりよし》三人の男《なん》を三社の神に奉る。太郎義家《よしいえ》、石清水次郎義綱《よしつな》、賀茂社《かものやしろ》、三郎義光《よしみつ》新羅《しんら》の社、其中に佐殿正縁《すけどのしやうえん》として、八幡殿の後胤也。八幡宮の氏人也」(12)、「伊予守頼義に三人の子ありき。国家を守らんため、家門の繁昌を思ふ故に、三社の神に進《まゐ》る。所謂《いはゆ》る太郎義家八幡大菩薩、二郎義綱賀茂大明神、三郎義光新羅《しんら》権《ごん》現《げん》」(13)のようにあって、「国家を守らんため、家門の繁昌を思ふ故」に頼義は三人の子を「三社の神に進《まゐ》る」のであった。三人のうちの長男が八幡に奉られたことは小さいことではないにしろ、賀茂次郎、新羅三郎もまたそれぞれの神の加護を手にしているのだから、源氏の守護として八幡神のみが強調されているわけではない。(14) ただし、この三兄弟のうちの新羅三郎義光の名は、『曾我物語』から落とされている。

塚口義信は、『曾我物語』の一万と筥王の曾我十郎祐成、曾我五郎時宗への元服と、八幡太郎、賀茂次郎、新羅三郎の元服を等しく例に挙げて、成年式の通過儀礼を名づけの問題として、『日本書紀』巻第十「一云」に記された角鹿《つぬが》の笥飯大神《けひのおほかみ》と応神天皇の名の交換に遡らせて位置づけている。(15)

一《ある》に云はく、初め天皇、太子《ひつぎのみこ》と為りて、越国《こしのくに》に行《いでま》して、角鹿《つぬが》の笥飯大神《けひのおほかみ》を拝祭《をろが》みまつりたまふ。時に、大神と太子と名《みな》を相易《あひか》へたまふ。故、大神を号けて、去来紗別神《いざさわけのかみ》と曰《まを》し、太子の名は誉田別尊《ほむたわけのみこと》とまをすといふ。然らば大神の本名《もとつみな》は誉田別神、太子の元名《はじめのみな》をば去来紗別尊と謂《まを》すべし。然れども見ゆること無く、未だ詳《つばひら》かならず。（四六九～四七〇頁[16]）

応神天皇が名の交換を行なうのが、笥飯大神《けひのおほかみ》であることとの必然性は、笥飯大神＝気比《けひ》神宮の祭神が天之日矛《あめのひほこ》であることと、応神天皇の母、神功皇后（＝息長足姫）の母系が、『古事記』によれば天之日矛に連なることから導かれる。天之日矛は『古事記』に「又、昔、新羅《しらき》の国王《くにぎみ》の子有り。名は、天之日矛《あめのひほこ》と謂ふ」[17]として現われ、天之日矛が「由良度美《わらどみ》を娶りて、生みし子は、葛城之高額比売命《かづらきのたかぬかひめのみこと》」とあるが、ここに注記として「此は、息長帯比売命《おきながたらしひめのみこと》の御祖《みおや》ぞ」[18]と入っている。

この逸話は『八幡愚童訓』[19]甲本系にも採られているが、「皇子ヲ越前国気比宮ニ預ケ奉リ給シカバ」とあって、応神天皇を気比宮に預けたのは神功皇后自身であると説明されている。またこの気比宮は、「越前国気比宮ハ、武内ヲ崇メ申ニヨテ、大菩薩翔リ通給《カヨハセ》也[20]」として、武内宿禰の神格化した「武内大明神」と関連づけられている。

三品彰英は『古事記』のこの伝承が『日本書紀』に見られないことについて、「神功皇后を後の女帝のごとく天皇とまでは認めなくても、それに近い摂政太后として天皇に準ずる取扱いをしている「書紀」の立場からすれば、皇后の父系を明らかにすることが何よりも必要であった。と同時に、皇后が母系的に帰化族アメノヒボコに系譜することは好ましくなかったからかも知れない」[21]と述べている。八幡の祭神である応神天皇が、母系において新羅明神に連なることは、新羅からの帰化人に支配されていた八幡宮の来歴に密接に関わるが、ある時点において、新羅神信仰は、一種のタブーとして消去されたということらしい。そのようにして、国家守護の神としての八幡から切り離された新羅神の信仰は、しかし依然として信仰生活のなかに粘り強く生き延びていく。

『日本書紀』は、神と名を「交換」するということにこだわって、もともと神の名は「去来紗別《いざさわけの》尊《みこと》」だったのか、と疑問を投げているが、八幡太郎義家の例をみる限り、名は「交換」されるものではなくて、元服を行なった烏帽子親の名を冠するのと同様の方法で、神の〈子〉として登録されるかたちで、その名を受けるものなのであった。そのように考えるならば、『曾我物語』の八幡信仰において、「八幡三郎」の名が用いられることは、八幡神と猶子《ゆうし》関係を結んだことを意味するはずだ。しかしなぜ、太郎でも次郎でもなく、三郎であったのか。

伊藤助親に攻め込まれた八幡三郎の最期は「腹搔《かい》切て」の壮絶な自害が演出される。このまがまがしいほどの死にざまからは、この三郎が、怨霊と化す物語が導かれ得るはずで、荒ぶる八幡三郎の霊が大見庄の八幡宮に関わっている可能性もまた検討に値するだろう。たとえば、それは中国の関羽信仰が土着の三郎神と結びついて、形をゆがめつつ生き延びていくさまに似ているのかもしれない。関帝廟で知られる関羽は、唐代において民間信仰の三郎神と融合して「関三郎」と呼ばれる怨霊として恐れられるようになっていく。この「三郎」は、関羽自身が三男であることを意味したり、関羽の三男を意味したりなど伝説はさまざまである。[22]たとえば、『神道集』に収められた「諏訪縁起の事」の甲賀三郎の伝承などとともに、「三郎神《さんろうしん》」信仰の可能性を考えておく必要があるだろう。

ともあれ、『曾我物語』の物語内に限って「三郎」を探れば、その名には、「八幡」信仰を強化しながら、同時に「三郎」のなかに、隠蔽された新羅三郎の(23)「新羅」を隠し持たせ、物語として新羅明神の影を神功皇后にまとわせて送り込むという、いささか手の込んだ複層ぶりを発揮することになる。

八幡三郎の自死は、「武家に仕はれける者の、主君のために命を捨つる」例として、位置づけ直されるが、そこに並記される主君を助けた例は、「耆婆《ぎば》・月光《ぐわつくわう》が闍王《じやわう》に報じて殺母の逆罪を留め」（八八頁）たという、阿闍世王《あじやせおう》（闍王《じやおう》）の母殺しをいさめた耆婆《ぎば》と月光《がっこう》である。「我が朝」の例としては、「垂仁天王の御時、氷上《ひかみ》の左大臣の君王を助けし事、大鳥の大臣は景行天王の時の横災《わうさい》を退け、武内の大臣は六代の帝を育《はごく》み奉る。藤原の大織冠は天智天王の逆鱗《げきりん》を留め、秦高竭《はだのかうかつ》は聖徳太子の軍《いくさ》を輔《たすけ》けし事」（八九頁）とあって、軍を助けた武勇伝か、武内宿禰の名がその典型的であるように託宣を司る者に彩られる。「武家に仕はれける者」の例であるから、軍を助けるのはむしろあたりまえで、ここで注目したいのは、武内宿禰や、同じく神託がらみの説話が推定される氷上《ひかみ》の左大臣の例(24)である。教王護国寺（東寺）の八幡三神像に武内宿禰の像を添える例があるように、神功皇后とともに神の託宣を聞いた武内宿禰はとくに八幡信仰との関係が深い。

「巻第五」の鷹狩りの是非をめぐる問答において、畠山重忠は、鷹狩りをも八幡信仰の由緒に位置づけ、源氏の由緒に結び合わせている。ここに八幡大菩薩(25)に関わって引用されるのもまた武内宿禰である。

武内の大臣が六代の帝を育《はぐく》み奉りしも、この帝の御時とこそ承り候へ。この武内の大臣と申すは、母の胎内に孕まれて八十年に白髪生《お》ひてぞ生まれたる。年は二百八十歳、死する所をば人に知られず、忽然として失せられぬ。されば、今の世に八幡の御社壇の内に香良《から》・武内《ふない》と申しつつ社を並べて崇め奉るは、即ちこの人の夫婦の事ぞかし。

（「巻第五」二八一頁）

さしあたって、ここで確認しておきたいのは、武内が、「八幡の御社壇の内に」祀られていることと、「香良《から》・武内《ふない》と申しつつ社を並べ」ている「夫婦」とされるのが、「香良《から》」であることである。覡《かんなぎ》であった武内は、「香良」を通じて新羅と結びついている。

「八幡三郎」は、その名「八幡」に明示的に八幡神を宿し、「三郎」には、その上に冠されるべきであった「新羅」を連想させることを通じて「香良」神と夫婦関係である武内の、神と交通する覡へと連想を伸ばしていく。三郎が「新羅」だとすれば、「八幡」の子として、新羅神がそこに包摂されるといった、八幡信仰における新羅の取り込みをそのまま反映しているともいえるが、なによりも信仰の場において、八幡三郎の、河津三郎（助通）を射取るマジカルな力と、激烈な自死によって怨霊と化す禍々しさは、八幡神とともに新羅神あるいは三郎神をまとう、その名がおそらくは自ずと保証しているのである。

4　八幡信仰のつむぐもの――再び〈母〉へ

『曾我物語』「巻第三」の巻末において、「源氏擁護」のために八幡大菩薩を鎌倉鶴岳に勧請すると、頼朝の呼称が佐殿から鎌倉殿に変わるという指摘は先にみた。ここで語られる八幡三所は、「仲哀・神功・応神」に置かれ、本尊を神功皇后とし、仲哀、応神天皇は、その脇侍としているが、たとえば鎌倉時代に石清水八幡宮、宇佐八幡宮で、それぞれ成った『八幡愚童訓』『八幡宇佐宮御託宣集』[26]は八幡大菩薩を応神天皇としているし、『曾我物語』においても「巻第五」の鷹狩り問答で畠山重忠が八幡大菩薩を応神天皇と述べているように、八幡の主神といえば応神天皇に置かれるのが広く一般的である。「巻第三」では明らかに政子賞揚の文脈で主神を女神として位置づけたわけだが、しかしこのような変更が物語中にさしたる説明もなく可能であるからには、これもまたすでに物語の外部にその根拠が確定されているとみるべきであろう。

『曾我物語』があげる八幡三所は主神をどこに置くにせよ「仲哀・神功・応神」であるが、現存する多くの八幡三神像が八幡神に二体の女神像を付随させているように、応神・姫大神・神功皇后を八幡三所としてあげる『八幡愚童訓』乙本の説が古態としてある。ここで問題となるのは、姫大神とは誰かということだが[27]、このことは八幡信仰に、神功―応神の母子以前に別の母子神が伝えられていたことと関わっている。

桜井好朗によれば「『八幡愚童訓』甲本系が蒙古襲来の時の八幡大菩薩の霊験を説きたてるのに

対して、『託宣集』がほとんどこれにふれていないのは」、『八幡宇佐宮御託宣集』「巻二」の性格に由来する。『託宣集』「巻二」には、「大帯姫―八幡神という母子関係を基軸として、この地方で信仰されている神々をこの母子に結びつけた神統譜が、いくつも収められている。その伝承は「神功皇后の外征説話を主体とする海神的説話」だといわれている」[28]という。ここでいわれる母子神の信仰とは、陳大王の娘大比留女が七歳にして懐妊し、母子ともに海に流され、その流れ着いた先が大隅であるとする大隅八幡宮の伝承をさす[29]。この縁起をもってすれば神功皇后を強調せずとも、母子神の信仰のなかに母神を示し得た。つまり八幡信仰の伝える物語のうちのあるものでは一貫して母神が重視されているのであり、『曾我物語』において、神功皇后こそを八幡神の本尊となした心性は、北条政子礼賛の文脈を待つまでもなく、すでに八幡信仰の枠組みに用意されてあったものといえる。

天平勝宝元年（七四九）東大寺の大仏を礼拝するために、八幡神は大和に勧請され、「大神一品、比咩神二品」がそれぞれ奉じられている[30]。のちに三神となる八幡神だが、大和に乗り込んだこの時点ではまだ二神であったことをあらためて確認しておきたい。九州の信仰であった母子神の母神が八幡神として大和に召還されたのち、神功皇后という正統な「名」において二重化しても、女禰宜の神としての性格は分有され、神功皇后は巫女王としての側面を強調されることになる。『曾我物語』における政子の神憑りは、このような八幡をめぐる信仰を背景としているのである。

『曾我物語』における八幡三神は、姫大神、神功皇后という二人の〈母〉による二重の〈母―子〉関係を廃し、〈父〉の不在を仲哀天皇を加えることで補おうとする。しかし、それでいて神功皇后を本尊に据えるのは、「曾我」兄弟の「名」の成り立ち難さとどこか相同的である。仲哀天皇の名を冠することで、ヒメ神の母神たる性格を消し去ろうとしたにもかかわらず、大和の論理で「名」づけが行なわれなかったヒメ神の、母への回帰は『曾我物語』のなかでこそ果たされるのである。

『曾我物語』が物語の締めくくりとして兄弟の母の往生譚を語ることは、聴衆をただひたすらに往生へと誘おうとする、まさに唱導性に帰着する。虎が、芸能者・遊女としてしごく当然のように唱導者とされるのに対して、「母」の唱導は、わずかに柳田の報告が暗示するだけで、託宣を下す巫女と母神の物語の底に停留する。物語のそここに、母神は発現してくるが、それがはっきりと名づけられるような形を結ぶことはない。たしかに『曾我物語』が、仇討ち物語の根幹に置く〈母〉は、明示的な仕掛けではなく、武士たちの物語に仕込まれた信仰の基底にある八幡信仰の母神＝ヒメ神を揺り動かすだけである。そしてそれは、唱導につながれて物語のことばが物語の外と折り合う場においてのみ意味を持つのである。かつて『曾我物語』が身を委ねていた時空に充満する信仰の様態が見えなくなれば、〈母〉の唱導の可能性もまた見失われてしまう。

『曾我物語』において、曾我兄弟は、十郎・五郎の名の不均衡に端的に示されるように、死後に曾我の土地に結びあわされて、母の手に曾我の土地を残すことで、「曾我」の名を得る。遊女としてやはり曾我の「名」と関わらない虎という〈妻〉に後世を弔われる兄弟は、むしろ徹底して固有名を志向しないままに父の仇討ちに果てた。

ヒメ神が血縁によらず、ただ〈母〉であったように、『曾我物語』の母もまた兄弟の「母」として名を持たない。その「母」によって語られた〈子〉は、信仰のなかで、いわゆる童子を意味する

「子」でも、親子関係を血縁によって示そうとする「子」でもなく、ただ〈子〉としてのみ登録される。こうして、誰にとっても〈子〉であるものとして登録された者たちの、仇討ちに果てた非業の死は、それゆえに、人々が共同してその死を鎮めねばならない「御霊」となるのである(31)。

おわりに

渋澤龍彦の小説『うつろ舟』は、江戸時代に常陸の国はらどまり村（茨城県）に不思議な舟が流れ着いたという逸話に取材して書かれた。うつろ舟といっても空《から》ではなくて、中には金髪碧眼の女性が乗っていたのだから、これは事件である。そのようにして、からっぽの舟が漂着する説話は、いくつも伝わっていて、それが「うつぼ舟」の伝説という一つの話型をかたちづくる。『源氏物語』に先立って成る『うつほ物語』の「うつほ」は木のうろの意味で、物語の冒頭、行きずりの男と関係し子を生んだ母子が、熊の家族が住んでいたところをゆずりうけて住むのであった(1)。そうした空洞は子宮をイメージさせるものであり、ほんとうには「うつほ」ではなくて、必ず胎児のようにしてそれに抱かれる人がいるのである。「うつほ」自体が子宮なのだから、中には子供が乗っていればよいものを、母子がともに流されてくるという話になっているのが、大隅《おおすみ》八幡宮に流れ着いた、母子神の縁起である。大隅八幡宮が伝える八幡縁起は、うつろ舟に乗って流れ着いた母子が、それぞれ香椎宮の聖母大菩薩、大隅宮正八幡となった。しかし震旦国（中国）の陳大王が、父親の知れぬ男児を出産した娘、大比留女《おおひるめ》を子とともにうつろ舟に乗せて流したと言っているのだから正体は知れていて、神格化をうながすためには「うつろ舟」によって海からやってくることがぜひとも必要とされたのであろう。息子のほうは、幼年の身で当地土着の隼人を平定した、やはり軍神であった。

妊婦の神功皇后が船で新羅へ出かけていくのは、言わばその裏返しである。甲冑を着込んだ神功皇后は、髪を角髪に結って男装するが、臨月が近づき膨らんだ乳房が鎧を押し上げるほどだったという。子宮の「うつろ」に子を孕んで海を渡るから神功皇后は神となるのであろう。震旦国から流れ着いた子が隼人を平定したように、神功皇后もまた新羅を制する。しかし豊かな乳房の神功皇后の出征は、戦闘にはほど遠い服属神話であった。八幡縁起を語る『八幡愚童訓』甲本では、こうして神功皇后が「敵国」を帰伏させた例として、隣国の怨みを退けた般沙羅王《はんしゃらおう》の后の説話を並べている。

般沙羅王の后が生んだ五百の卵が、五百人の兵士となって隣国から攻めてくる。その国難に際して、后は、子は母を見れば、悪い心などおのずからなくなってしまうのだからと、自ら高楼に昇って説き伏せた。「父母を殺して罪を作るな」と。そして言った。「口を開いてわたしの方を向きなさい。私の乳房を揉みさすれば、乳が出ておまえたちの口にはいるだろう」。高台にいる母の乳房から噴き出した乳は、階下の五百人の口に、同時に入っていったのである。母の乳を呑んだ息子たちは、ただちに武器を捨てた。それをさせたのは「母」の力であった。猛き兵《つわもの》の心をとろかす母の乳房は、いかにもあまやかな母幻想を語るかのようである。

しかし、そんな「母」像は神話でしかないことが、ただちに明らかにされる。この話の発端は、母が子を川へ流し、遺棄したことにあった。「五百の卵」という神話的なモチーフに粉飾されようとも、これは母の、子殺しの物語なのである。頻婆娑羅王《びんばらしゃおう》の后・韋提希夫人《いだいけぶにん》の子殺しを語る阿闍世《あじゃせ》コンプレックスが再び思い起こされる。父母を殺そうとする阿闍世は、未だ生まれ出ずる前に、母が殺した仙人の生まれ変わりであった。そうした生まれる前の怨み、未生怨《みしょうおん》をかかえて生まれた阿闍世は、生まれると高い塔から投げ落とされて再び母に殺される。だが阿闍世は生き延びた。この物語も、腫れ物ができて苦しむ阿闍世を母が看病することで、結局は母子の恩愛を語るが、それにしても、母の子殺しの物語は、どこかで救われるのだろうか。

本書では、宮廷社会から子殺しの衝動を回避するための装置として乳母《めのと》があったことをみてきた。乳母はときに母以上に「母」であった。それがために、現代からみれば「母」として一つに括られてしまいがちである。それはある意味では正しいかもしれない。「生みの親より育ての親」という言い方が一方では成り立つ。本書では母と乳母とは異なっているのだということを最大限に強調し、母の制度を脱臼させるものとして乳母の制度を捉えたわけだが、やはりいったんは乳母を母とは区別して位置づける必要があるだろう。欲望の問題は、したがって母ではなく乳母のもとに語りなおされねばならない。

中世に現在の千葉県を牛耳った千葉氏は、北斗七星につかさどる北辰妙見菩薩を祀る北辰（北極星）信仰の圏域にあった。栄福寺蔵『千葉妙見大縁起絵巻』[2]（一五二八年）によれば、妙見菩薩は十二、三歳ばかりの童子であり、角髪を結い、甲冑をまとって剣を持つ像であらわされる。絵巻に描かれた神社の境内には、八幡宮、弁才天、清瀧権現、稲荷、石神、天神、香取などに混じって「御《おん》乳母《めのと》社」という社が並んでいる。詞書によれば、妙見の乳母が、旱魃で川が枯れたときに、放尿したところ、それが川を満たした。以来そこを尿沢《ゆばりざわ》という。「御乳母社」は尿を垂れて日照りを救った「神」として、妙見の「乳母」が祀られた社だということだろう。また別の神宮寺と豊かな川を描いた画面には、川岸に五輪塔が立ち、そこに「乳母御廟」と書かれている。八幡信仰と近い関係にあるとされる北辰妙見信仰が、「母」ではなく、「乳母」こそが祀られて神格化されることを伝えているのであった。

本書では母を支える乳母について、宮廷社会の性の制度からみてきた。宮廷社会は、信仰を回路に市井に通じており、中世の女の救済についてのイメージを共に築きあげた。たとえば当時に主導的であった『法華経』の教義は、女たちの極楽往生を約束してくれはしたものの、その代償として女たちに男に変じること(変成男子)を要求する。現代のフェミニズムは、仏教が女性差別的な宗教であることを暴いたが、しかし中世の女たちは、それに無自覚だったわけでも、屈してしまったわけでもなかった。経典とは異なった、女たちのための壮大な物語を創りあげたのである。

女の姿のままでの往生として、積極的に選びとられた兜率天往生の想像力は、中世社会にはあり得なかった女帝の復権を物語のなかに果たした。『我身にたどる姫君』の想像力は、しかしその物語だけに特異なものでは決してなくて、女帝と兜率天往生は、中世において、最後の女帝だった称徳天皇の縁起にもしきりと語られたことであった。

女帝の復権は、神功皇后を皇后から女帝へと押し上げた。中世の歴史観においては、神功皇后は一人の女帝として把握されたのである。神功皇后が大事なのは、むろん八幡信仰とかかわっているからだが、源氏の氏神である八幡神は、和辻哲郎が伝えるように先の侵略戦争においても軍神として祀られていたことはよく知られている。「南無八幡大菩薩」は戦闘を守護してくれるまじないのことばであった。しかしそこで言われる八幡大菩薩は、応神天皇などではなくて、その母である神功皇后だったのである。八幡信仰においても、信仰の基底に潜む女たちの存在が一筋縄ではいかない物語を創り出した。変幻自在の女性像は、そのつど既存の制度を脱臼させ、それとは別の物語《オルターナティヴ》を紡いできたのである。

註

第一章

（1）訶梨帝母の仏道帰依の過程は、およそ変成男子の女人成仏と同じ論理であり、シャーロット・ユーバンクスはこれを端的に「男性主導型の調停」（male-guided intervention）と呼んでいる（シャーロット・ユーバンクス「母の愛――書き直された神話としての鬼子母」Charlotte Eubanks, "A Mother's Love: Kishimo and the Re-writing of Myth", *Love and Sexuality in Japanese Literature, PMAJLS*, Vol.5, 1999）。

（2）「言い換えれば、少なくとも今のところ、（児授けの神への）変転は未完であり、与那覇のいう、社会的役割と個人的欲望の理想的な合一は、葛藤を抱えた不調和のままにある」（ユーバンクス、同論文、一三三頁）。

（3）「鬼子母の愛」の引用は『岡本かの子全集』第一巻（冬樹社、一九七四年）に拠る。

（4）「鬼子母神」の引用は『平林たい子全集3』（潮出版社、一九七七年）に拠る。

（5）シャーロット・ユーバンクス、前掲論文。

（6）与那覇恵子「岡本かの子――〈純粋母性〉と〈役割母性〉」『国文学解釈と鑑賞』至文堂、一九八〇年四月号。

（7）リュス・イリガライ「身体《からだ》と身体《からだ》――母をめぐって」『性と系』（英訳本に拠る。Luce Irigaray, [trans. Gillian C.Gill], "Body against Body: In relation to the Mother", *Sexes and Genealogies*, Columbia University Press, 1993）。

(8) アイスキュロス「供養する女たち」呉茂一訳、『ギリシア悲劇I』ちくま文庫、一九八五年、二六四頁。

(9) アイスキュロス「供養する女たち」呉茂一訳、『ギリシア悲劇I』ちくま文庫、一九八五年、二六五頁。G・M・クックソンによる英訳版では次のようになる。"Oh, hold thy hand! My child—my babe—look here! My breast; be tender to it; thy soft gums Did in thy drowze so often drink its milk." (trans. G.M.Cookson, "Choephoroe", *The Plays of Aeschylus, The Great Books*, The University of Chicago, 1952, p.78.)

(10)「複数形の乳房ではなく、単に単数形の乳房を焦点化することは、予め母の身体を非性的なものとし、授乳の側面へと限定してしまうことになる。このようにして母は、産むことと授乳にかかわる母にのみ還元される」(ミシェル・ブルース・ウォーカー『哲学と母なる身体――沈黙を読む』Michelle Boulous Walker, *Philosophy and the Maternal Body: Reading silence*, London and New York: Routledge, 1998, p.140)。

(11) リュス・イリガライ「身体《からだ》と身体《からだ》――母をめぐって」『性と系』(前掲書)。

(12) 古澤平作「罪悪意識の二種」『阿闍世コンプレックス』創元社、二〇〇一年、八〇頁。

(13) 安川洋子は、いち早く古澤版阿闍世の検討を行ない、『源氏物語』における薫の出生に関わって論じ、阿闍世説話の可能性を示唆した(安川洋子「阿闍世王説話と薫の造型――正編から続編へ」『季刊 iichiko』二三号、一九九二年)。

(14) このとき阿闍世は小指を骨折し、親に殺されかけた記憶が身体に刻印される。アジャセ(Ajatasatru)には「折れた指」という意味と「未生怨」の意味がある。

(15)「阿闍世コンプレックス論の展開」『阿闍世コンプレックス』創元社、二〇〇一年、五三〜五四頁。

(16) エウリピデス「オレステス」松本仁助訳、『ギリシア悲劇IV』ちくま文庫、一九八六年、三六二頁。

(17) 古澤平作「罪悪意識の二種」『阿闍世コンプレックス』創元社、二〇〇一年、八〇頁。

(18)『日本霊異記』の引用は、新編日本古典文学全集『日本霊異記』(小学館、一九九五年)に拠る。

(19)「吾《わ》が汝を育てしとき、日夜に憩《やす》むこと无《な》かりき。他《ひと》の子の恩に報ゆるを観るときに、吾が児の斯《かく》の如きを持ち、反りて迫《せ》め辱《はづかし》めらゆ。願ひし心は違ひ謬《あやま》てり。汝も也《また》負へる稲を徴《はた》りたり。吾も亦《また》乳《ち》の直《あたひ》を徴《はた》らむ」(八二頁)。

(20)本章の趣旨に沿っていえば、法華経の効力を語る説話が、〈乳房〉のありかを「乳母」においている点で『今昔物語集』の〈乳房〉の問題を示す好例として、巻第十九第四十三(「貧女棄子取養女語《まづしきをむなのすつるこをとりてやしなふをむなのこと》」)を挙げておきたい。乳母が他人の子をもらい受けて育てようとして、子を産まなくなって二十五年になるのに、法華経の功徳によって、盛りの時のごとくに乳が沸き出したという話である。なお『今昔物語集』の引用は、新日本古典文学大系(岩波書店、一九九四~九九年)に拠る。

(21)田辺勝美「鬼子母神と石榴――研究の新視点」『大和文華』一〇一号、一九九九年三月。

(22)「現在手首の矧面に銅の環釘を打ち、これに銅製透彫りの柘榴華(後補)を挿している」(『奈良六大寺大観 東大寺三』岩波書店、一九七二年、三七頁)。

(23)『うつほ物語』の引用は、新編日本古典文学全集『うつほ物語』(小学館、一九九九年)に拠る。

(24)『源氏物語』の引用は、新編日本古典文学全集『源氏物語』(小学館、一九九四~九八年)に拠る。頁の前の数字は巻号を示す。

(25)稲本万里子「「源氏物語絵巻」の詞書と絵をめぐって――雲居雁・女三宮・紫上の表象」『叢書 想像する平安文学第四巻 交渉することば』勉誠出版、一九九九年。

(26)藤本勝義「〝不生女《うまずめ》〟紫上――源氏物語の深層」『文学』一九八五年三月号。のちに『源氏物語の想像力――史実と虚構』(笠間書院、一九九四年)に収められた。さらに『人物で読む『源氏物語』第六巻―紫の上』(勉誠出版、二〇〇五年)に採録される。

(27)新日本古典文学大系(岩波書店)の注は「自分の乳の出るはずのない乳房を姫君に含ませている姿を「た

はぶれ」としながらも、紫上の母親らしい所作にふれた叙述」（②二二五頁）と指摘している。新編日本古典文学全集（小学館）の注には「乳の出ない乳房をふくませるから「戯れ」という。この紫の上の姿態、女性の秘奥に触れる趣がある」（②四四〇頁）とある。

（28）藤井貞和『物語の結婚』ちくま学芸文庫、一九九五年、一四頁。（初版は一九八五年、創樹社。のちに『タブーと結婚――「源氏物語と阿闍世コンプレックス論」のほうへ』笠間書院、二〇〇七年所収）。

（29）「澪標」②二九〇頁。

（30）『源氏物語』「紅葉賀」巻において、二十歳の光源氏が性的関係を持つ源典侍という女房（五七、八歳）は、かつて父、桐壺帝の召人であった。

（31）河合隼雄『明恵 夢を生きる』法蔵館、一九八七年、一一九頁。なお『理趣経』は男女の性を肯定的に菩薩の境地に至るエネルギーとみる経典である。

（32）『栂尾明恵上人傳』のいくつかの伝本のうち、最も古い鎌倉時代末期の書写と目されるものを用いた。本文は、『明恵上人資料第一』高山寺資料叢書第一冊、東京大学出版会、一九七一年所収「六 栂尾明恵上人傳」による。適宜、表記をあらためた。

（33）モハッシェタ・デビ「乳房を与えしもの」『ドラウパディー』現代企画室、二〇〇三年。

（34）ガヤトリ・C・スピヴァック「副次的なものの文学的表象――第三世界の女性のテクスト」『文化としての他者』紀伊國屋書店、一九九〇年。

（35）Ramachandra Guha, "Book Reviews," *The Indian Economic and Social History Review*, vol.28, no.1, January-March 1991, pp.116-119.

（36）「さる所にはかばかしき人しもありがたからむを思して、故院《こゐん》にさぶらひし宣旨《せんじ》のむすめ、宮内卿《くないきやう》の宰相《さいしやう》にて亡くなりにし人の子なりしを、母なども亡《う》せてかすかなる世に経《へ》けるが、はかなきさまにて子産《う》みたりと聞こしめしつけたるを、知るたよりありて事のついでにまねびきこえける人召して、さるべきさまにのたまひ契る。まだ若く、何心もなき人にて、明け暮れ人知れぬあばら家にながむる心細さなれば、深うも思ひたどらず、この御あたりのことをひとへにめでたう思ひきこえて、参るべきよし申させたり。いとあはれにかつは思して、出だし立てたまふ。（中略）人のさま若やかにをかしければ、御覧じ放たれず、とかく戯《たはぶ》れたまひて、「取り返しつべき心地こそすれ。いかに」とのたまふにつけても、げに同じうは御身近うも仕うまつり馴《な》ればうき身も慰みなましと見たてまつる」（「澪標」『源氏物語』②二八七〜二八八頁）。

(37)『とはずがたり』の引用は、新編日本古典文学全集『建礼門院右京大夫集／とはずがたり』（小学館、一九九九年）に拠る。

(38) 藤井貞和「タブーと結婚」『物語の結婚』ちくま学芸文庫、一九九五年。

(39) 後深草院が二条に語った乳母としての二条の母との情交は、この場において後深草院が二条を有明の月と交わらせその子をひきとるという混乱した欲望を説得するためにあった。乳母（＝召人）の〈性〉はそうしたタブーのただなかにありながら、乳母（＝召人）であることという制度に守られてあったはずだが、二条は結局正妻によって宮廷を追われる身となって出家する。「中の品」幻想がすでに幻想ではなく、事実として婚姻に至ることができた時代の乳母コンプレックスは、『とはずがたり』において二条の身体を犠牲にいたずらに後深草院の欲望の錯綜を繰り返した挙げ句、出家という形で〈性〉を剝奪される結末に至る。

(40) ここで、右下方で母を見上げる子を父と見なすのは奇妙かもしれないが、キリスト教の聖家族が、しばしば生母マリアと抱かれたイエスに、幼子のヨハネを添えている構図と類比的に捉えるものとする。

(41) なお、三者の視線が柘榴に集まるという指摘は小川貫弌「パンチカとハーリティーの帰仏縁起」（『民衆宗教史叢書　第九巻　鬼子母神信仰』雄山閣出版、一九八五年。初出は『仏教文化史研究』永田文昌堂、一九七三年）にある。

（42）そして同時に柘榴の実である乳母は、〈母〉を「子殺し」の衝動から救済する。

第二章

（1）阿部秋生『源氏物語研究序説』上、東京大学出版会、一九五九年、三五〇〜三七八頁。

（2）吉川真司「平安時代における女房の存在形態」（脇田晴子、S・B・ハンレー編）『ジェンダーの日本史』下、東京大学出版会、一九九五年、三一〇頁。

（3）『うつほ物語』の引用は、新編日本古典文学全集『うつほ物語』①〜③（小学館、一九九九〜二〇〇二年）に拠る。

（4）田畑泰子「女房役割と妻役割」（脇田晴子、S・B・ハンレー編）『ジェンダーの日本史』下、東京大学出版会、一九九五年、三三九頁。

（5）武者小路辰子「中将の君――源氏物語の女房観」『源氏物語　生と死と』武蔵野書院、一九八八年　三二頁。

（6）平川直正「源氏物語ノートⅢ　源氏物語の端役者――女房―中将を中心として」『東横学園女子短期大学紀要』第三号、一九六四年六月、九二頁。

（7）武者小路辰子「中将の君――源氏物語の女房観」『源氏物語　生と死と』武蔵野書院、一九八八年、三一頁。

（8）『源氏物語』の引用は、新編日本古典文学全集『源氏物語』①〜⑥（小学館、一九九四〜九八年）に拠る。

（9）武者小路辰子「中将の君――源氏物語の女房観」『源氏物語　生と死と』武蔵野書院、一九八八年、二五頁。

（10）武者小路辰子「中将の君――源氏物語の女房観」『源氏物語　生と死と』武蔵野書院、一九八八年、三三頁。

(11)『枕草子』の本文は、新編日本古典文学全集『枕草子』(小学館、一九九七年)に拠る。新編全集の底本は、三巻本系統第一類本の陽明文庫蔵本に拠っている。能因本系を底本とする旧版の日本古典文学全集では「身をかへたらむ人はかくやあらむと見ゆるものは」とあって、「天人」の語はない(日本古典文学全集『枕草子』小学館、一九七四年、三七七頁)。

なお、西村汎子は、『枕草子』につづられる乳母と乳母の夫の幸いぶりを引用して、子との接触を通して「情緒的な」「親愛関係」、「身内意識」が形成されることを指摘する(西村汎子「乳母、乳父考」『白梅学園短期大学紀要』第三一号、一九九五年)。

(12)秋山喜代子「乳父について」『史学雑誌』九九巻七号、一九九〇年、四二頁、四六頁。

(13)五味文彦「執事・執権・得宗――安堵と理非」『中世の人と政治』吉川弘文館、一九八八年。

(14)『とはずがたり』の引用は、新編日本古典文学全集『建礼門院右京大夫集・とはずがたり』(小学館、一九九九年)に拠る。

(15)祖父江有里子「雅忠女と二条――乳母子としての痕跡」『国文目白』第四〇号、二〇〇一年。

(16)標宮子「『とはずがたり』の虚構とその意味――「祖父久我太政大臣が子」をめぐって」『女子聖学院短期大学紀要』第一六号、一九八四年、五七頁。

(17)河添房江「女流日記における父親像――『とはずがたり』を中心に」『女流日記文学とは何か』女流日記文学講座第一巻、勉誠社、一九九一年、二九〇頁。

(18)三角洋一「『とはずがたり』における構想と執筆意図」『とはずがたり・中世日記文学の世界』女流日記文学講座第五巻、勉誠社、一九九〇年、六三頁。

(19)志村有弘「『とはずがたり』の旅と人生」『とはずがたり・中世女流日記文学の世界』女流日記文学講座第

五巻、勉誠社、一九九〇年、一四九〜一五〇頁。

（20）仏教信仰における釈迦への回帰は、とくに釈迦の生き姿をうつしたと伝えられる京都・清涼寺の釈迦如来像を模刻し増殖をくり返した熱狂に代表される。清涼寺のものもまたオリジナルではなく九八五年に宋で作らせた模像を奝然が持ち帰ったものである。像内には、絹でつくられた五臓が納められている。『とはずがたり』において、二条は清涼寺の釈迦如来像をみて死んだ有明の月のために次のように祈っている。「生身《しやうじん》二伝《にでん》の釈迦と申せば、唯《ゆい》我《が》一人《いちにん》の誓ひ過《あやま》たず、迷ひたまふらむ道のしるべしたまへ」（生身で、天竺、震旦とに二伝の釈迦如来と申しますから、唯我一人の誓いに違わず、迷っていらっしゃるであろう人の道のしるべをなさってください）（「巻三」三九七頁）。

（21）「中阿含経巻第二十八　瞿曇彌経第十　第二小土城誦」如是汝剃除頭髪著袈裟衣、盡其形壽淨修梵行。於是瞿曇彌大愛再爲佛所制。稽首佛足遶三匝而去。（中略）世尊。女人可得第四沙門果耶。因此故女人於此正法律中。至信捨家無家學道。（中略）彼時瞿曇彌大愛塗跣汚足塵土坌體。疲極悲泣住立門外」（『大正新脩大藏經　第一巻　阿含部　上』大正新脩大藏經刊行会、一九二四年、六〇五頁）。

（22）「瞿曇彌大愛爲世尊多所饒益。所以者何世尊母亡後。瞿曇彌大愛鞠養世尊」（「中阿含経巻第二十八　瞿曇彌経第十　第二小土城誦」六〇五頁）。

（23）「瞿曇彌大愛爲世尊多所饒益」。

（24）三角洋一は、二条の仏教信仰について次のように示唆する。「信仰は個人の問題であるように考えられ、当然のことながら父や母、あるいは父方や母方の信仰を受け継いだり、配偶者の信仰をも汲んだりするところがあり、雑修であったと言ってよいであろう」（三角洋一「『とはずがたり』の仏神信仰」『源氏物語と天台浄土教』若草書房、一九九六年、三七二頁）。

第三章

（1）『愚管抄』の引用は、日本古典文学大系『愚管抄』（岩波書店、一九六七年）に拠る。

（2）『水鏡』神功皇后の項においても「女帝ハ此御時始シ也」（一八頁）と記される。なお『水鏡』の引用は、『国史大系第二十一巻上 水鏡・大鏡』（吉川弘文館、一九六六年）に拠る。

（3）田中貴子「光の母と影の娘」『〈悪女〉論』紀伊國屋書店、一九九二年、三九〜四〇頁。

（4）田中貴子「光の母と影の娘」『〈悪女〉論』紀伊國屋書店、一九九二年、三九頁。

（5）たしかに『八幡愚童訓』乙本においても、「不浄事」の項は、「我人五辛《シン》肉食せず、女の穢汚おのおの三日七日、死穢は三十三日、生穢は二七日也」と御託宣にあることを述べ、「香椎の宮には聖母《しょうも》の月水の御時いらせ給ふ所とて、別の御殿をつくり御さわり屋と名付たり。神明なを我身をいまれ給ふ。況《いわんや》凡夫の不浄つつしまざらんや」（二四一頁）と説かれている。

（6）『栄花物語』の引用は、新編日本古典文学全集『栄花物語』①〜③（小学館、一九九五〜九八年）に拠る。頁数の前の丸数字は新編全集版の巻数を示す。

（7）野村育代は次のように述べている。「当時の宮廷では、円融上皇がすでに死去し、一条はいまだ幼少のため、実権は詮子の手中にあったという。女院制は、このような詮子の権力を背景として創始された母后優遇の制度であった」（野村育代「女院論」『シリーズ女性と仏教 三 信心と供養』平凡社、一九八九年、一三七頁）。

（8）橋本義彦『平安貴族』平凡社選書、一九八六年、一四九頁。また龍肅は、「女院制の成立」において次のように述べる。「すなわち国母たる皇太后または太皇太后の落飾のために創始された女院は、第三次の女院陽明門院（後三条母、太皇太后禎子内親王）に至っては、落飾と関係なく、国母尊崇の意をもって登祚の初めに宣下する例を啓き、第四次の二条院（白河伯母、後冷泉后、太皇太后章子内親王）においては、新たな立后のために后位の空位を儲ける必要上、国母でない后妃に宣下する初例をつくった」（龍肅「女院制の成立」『平安時代』春秋社、一九六二年、八九〜九〇頁）。

（9）橋本義彦は次のように述べている。「また東三条院の院司としては、院号宣下の日、皇太后宮亮・権亮・大進の三人が別当に、その他の進・属等が判官代・主典代に補され、次の上東門院藤原彰子の場合も、太皇太后宮大夫以下の宮司に補されたが（『左経記』万寿三年正月十七日条）、これらも勿論上皇の院司に倣うものである」（橋本義彦『平安貴族』平凡社選書、一九八六年、一四九〜一五〇頁）。

（10）「女院」が出産した母を特定していく制度だとしても、実際に詮子が一条帝を本当に出産したかどうかをグロテスクに保証する必要はない。ただそこにそのようなパフォーマンスがあればよい。

第四章

（1）『栄花物語』の引用は、新編日本古典文学全集『栄花物語』①〜③（小学館、一九九五〜九八年）に拠る。

（2）新編日本古典文学全集『源氏物語』④、小学館、一九九六年、五三九頁。

（3）『往生要集』の引用は、日本思想大系六『源信』（岩波書店、一九七〇年、八七頁）に拠る。物相観は色相観の三つ（別相観、物相観、雑略観）のうちの一つ。

（4）『日本往生極楽記』高階真人良臣の項（三七頁）。引用は、日本思想大系『往生伝・法華験記』（岩波書店、一九七四年）に拠る。

（5）千々和到は次のように述べる。「じつはこの時代、「往生伝」によれば、極楽に往生できた人の遺体は腐らず、時には芳香さえ発すると考えられていた。つまり、死臭を発する死体は、往生できなかった人びと、もっといえば地獄に堕ちた可能性の高い人びとだったということになる」（千々和到「死の風景」『日本美術館』小学館、一九九七年、四一八頁）。

（6）多くの錯簡を有しながらも伝わる『雫ににごる』は、「これを御覧ぜむ人は、念仏申させ給ふべし、必ず、必ず」（三四頁）と閉じられ、帝の即身成仏を描く。「御髪《みぐし》下ろさせ給へば、人にも見えさせ給はで、仏の御前に御経読ませ給ふ。日も暮れたれども、山の座主は、あまり悲しくおぼえ給へば、しばしやすらひて、うち泣きて候ひ給ふに、四の巻の法師品になりて、「一偈一句、乃至一念随喜」と、ゆるらかにうち上げて読ませ給ふ御声、雲の上に澄み上ると聞こゆるに、やうやう御声の遠くなるやうにて、音もせさせ給はず。「念仏せさせ給ふにや」と思ふに、香ばしき香満ち満ちて、空に、えも言はずめでたき楽の声、かすかに聞こゆ。山の座主、あやしさに、「これは、聞こし召すにや」と申し給ふ。異音《ことおと》もせさせ給はず。なほあやしくて、御障子を引き開けて見させ給ふに、さらにおはしまさず。（中略）「果ては、軀《から》をだにとどめずならせ給ひぬる、めづらかにこそ。即身成仏といふことありと聞け、まだ見聞かざりつることを。さにこそおはすめれ」と、めでたう尊きものから、あへなしとも疎《おろ》かなり」（『雫ににごる 住吉物語』中世王朝物語全集一一、笠間書院、一九九五年、二九〜三〇頁）。

（7）稲木吉一「「和様」美術と平安時代の宗教観——彫刻における和様と養生思想を中心に」『日本宗教文化史研究』第六巻第一号、二〇〇二年五月号。

（8）武笠朗「平安後期宮廷貴顕の美意識と仏像観」『平等院と定朝 平安の建築・彫刻Ⅱ』日本美術全集第六巻、講談社、一九九四年、一八四頁。

（9）ここでいう神話と物語の距離は、たとえば『無名草子』が、『狭衣物語』に描かれた「大将の笛の音《ね》めでて、天人の天降《あまくだ》りたること。粉河にて普賢の現れたまへる。源氏の宮の御もとへ、賀茂大明神の御懸想文遣はしたること。夢はさのみこそと言ふなるに、あまりに現兆なり。斎院の御神殿鳴りたること」などを「さらでもありぬべきことども」として難じていながら、「阿私仙《あしせん》に仕へけむ太子」のような釈迦の説話を肯定的に受け入れることができるといった態度に象徴的にあらわされる。

（10）『狭衣物語』の引用は、新編日本古典文学全集『狭衣物語』①②（小学館、一九九九年、二〇〇一年）に拠る。

（11）『無名草子』の引用は、新編日本古典文学全集『松浦宮物語・無名草子』（小学館、一九九九年）に拠る。

（12）三谷栄一は『小夜衣』における「天稚御子のめで給ひけむ琴の音もかぎりあれば、これにはまさらじと、天の羽衣いまやと思しやらるるに、忍びがたうて御笛を吹き給ひて、さしいで給へるに」と『とりかへばや物語』における「何某の大将の笛にめでておりくだりけむ天つ少女も、耳留めつべかめるに」を同様に「天稚御子の降臨」として捉え、「無名草子にも「狭衣ののあまの乙女」といつてゐるから、絵巻などに見る狭衣の場面の美しい御子の描写の印象から、誤解したのかも知れないし、竹取物語の懸想も関係はあらう」とする。『在明の別』もこの列に等しく置かれる（三谷栄一『物語文学史論』有精堂、一九五二年、四三六～四三七頁）。

（13）物語のイメージ化の方法は、石田百合子「空を飛ぶ琴――宇津保物語の仏画的印象」にすでにある。石田は狭衣の天稚御子については「その素性及び絵画との関係については未詳未勘である」としている（石田百合子「空を飛ぶ琴――宇津保物語の仏画的印象」『上智大学国文学科紀要』第八号、一九九一年、四〇頁）。

（14）『竹取物語』の引用は、新編日本古典文学全集『竹取物語・伊勢物語・大和物語・平中物語』（小学館、一九九四年）に拠る。

（15）『在明の別』の引用は、大槻脩『在明の別』（桜楓社、一九七〇年）に拠る。

（16）『うつほ物語』の引用は、新編日本古典文学全集『うつほ物語』①（小学館、一九九九年）に拠る。

（17）松本彦次郎は「奈良朝は大体において弥勒浄土、平安朝には阿弥陀浄土が信ぜられたのであるが、宇津保の生れた時期はまだ浄土教の曙期であり、従つて浄土は西方にありとの信念が既に生れてゐるが、また弥勒浄土の天宮昇天の思想がより廣く行はれた」と述べ、『うつほ物語』には華厳経などの南都仏教の影響がより強いことを指摘する（松本彦次郎「宇津保物語の天上國について」『国語と国文学』一九四一年八月号）。
(18) 石田百合子「空を飛ぶ琴――宇津保物語の仏画的印象」『上智大学国文学科紀要』第八号、一九九一年。
(19) たとえば、波斯国の場面は正倉院所蔵の「金銀平文琴」飾絵から見いだされるが、「金銀平文琴」はまさに「宇津保で扱われる琴、七絃琴」であり、七絃琴を目の前にしながら物語を紡ぎ出していく現場を垣間見るような思いがして、非常に興味深い。
(20) 石田百合子は「天女、音声楽をして植ゑし木なり」、「音声楽して、天女下りまして」、「大空に音声楽して、紫の雲に乗れる天人、七人連れて下り給ふ」などの「天女」のイメージについて、法界寺の飛天に言及している（石田百合子「空を飛ぶ琴――宇津保物語の仏画的印象」『上智大学国文学科紀要』第八〇号、一九九一年、三八～四〇頁）。『うつほ物語』「吹上」下巻で天下る天人は「天人、下りて舞ふ」とあり、「朝ぼらけほのかに見れば飽かぬかな中なる乙女しばしとめなむ」（①五三三頁）とよまれることから「乙女」という点でも『在明の別』に通じあうことを付け加えておく。
(21) 天稚御子は、『梁塵秘抄』で「奥山に覆弾く音の聞ゆるは、天稚御子の召す音ぞよ召す音ぞよ」とうたわれるように、音楽に関わっていることはたしかなのだろうけれど、彼自身が楽器を奏でるイメージはみられない。「狭衣物語絵巻」に描かれた天稚御子もやはり楽器を手にしてはいないようである。
(22) 井上眞弓「『狭衣物語』の構造私論――狭衣の果たした役割より」『日本文学』一九八三年一月号、五四頁。
(23) 長谷川政春「『狭衣物語』に浮上する神――「天照神」「賀茂神」」『国文学　解釈と鑑賞』至文堂、一九九二年十二月号（『物語史の風景』若草書房、一九九七年所収）。
(24) 井上眞弓「視線の呪縛――『狭衣物語』の方法にふれて」『立教大学日本文学』第四八号、一九八二年、一一三頁。
(25)『竹取物語』からの乖離については、鈴木泰恵が、『狭衣物語』は「〈かぐや姫〉の物語を明確に終焉に導いた」として『法華経』の引用の問題として論じるところである。狭衣の弥勒信仰を受けた兜率天への思いは、「狭衣は〈かぐや姫〉であることを証し立てられつつ、〈月の都〉から切り離されてしまった」ことによるあらたな〈月の都〉の創出であったと指摘する。その転回点に天稚御子事件は位置する（鈴木泰恵「『狭衣物語』と『法華経』――〈かぐや姫〉の〈月の都〉をめぐって」『国文学　解釈と観賞』至文堂、一九九六年十二月号）。

(26) ただし田中佐代子の作図によれば、第二系統に位置づけられる為家本には「天稚御子言ひしらずきよげに降りおはしたり」とあり、「角髪結ひて」の本文はみえない（田中佐代子「『狭衣物語』の本文に関する一考察――巻一天稚御子降下場面について」『甲南女子大学大学院論叢』第二一号、一九九九年）。

(27) 大串純夫「来迎芸術論」『来迎芸術』法蔵館、一九八三年、五九頁。

(28) 浄土と来迎の二様が一つの空間にあらわされているイメージ構成は、本書第三部にみる僧形八幡神のイメージに類比的であり、脱二元論のモデルとして重要である。

(29) 「また十余ばかりの小法師ばらの、いとをかしげなるが色うるはしく愛敬づきたる、二三人具して、すゑ筥《ばこ》、草座《さうざ》などいふ物ども持たり。また男童《をのわらは》のつくりたてたるやうなる三四人具したり。おのおのかく引き具して参りこみたり。中大童子《ちゅうだいどうじ》、さまざまの装束どもしてととのへたり。一人の御供かうやうなり、おのおの集まりたるほどおしはかるべし」（『栄花物語』②「おむがく」二八〇～二八一頁）。

(30) ここでいう「稚児」は、一義的には、幼さを意味していて、ただちに稚児愛の欲望に結ばれるわけではないが、稚児の幼さがそのまま欲望の対象となることを思えば、寺院につとめる稚児と無縁であるわけではない。同時に、信仰と結びついた絵画や彫刻に、童子像という形式が多くあらわされることから、狭衣の「稚児」性は、天界へと結びつけられる特異な美質としても価値づけられてある。

(31) 鈴木泰恵は「天稚御子事件は狭衣に孤立的な時間を抱えもたせ、物語を決定づける契機になった」とし、

「一方で狭衣を子供の時間から疎外し、成人の時間への移行を促す」が、「もう一方では、狭衣自身の、子供の時間からの脱皮を遮断し、成人の時間への移行を果たさせない」といった「物語の時間を二重化する」物語構造を読み解く（鈴木泰恵「狭衣物語の時間と天稚御子事件――時間の二重化と源氏物語の異化をめぐって」『源氏物語と平安文学』第三集、早稲田大学出版部、一九九三年）。

(32) 井上眞弓は『狭衣物語』について、「この物語に登場する群としての「世人」の存在は、狭衣帝出現を支え、世人＝狭衣間の幻視は、それを促した」ととらえ、物語の方法としての「世人」の「視線の呪縛」を論じる（井上眞弓「視線の呪縛――『狭衣物語』の方法にふれて」『立教大学日本文学』第四八号、一九八二年）。

(33) 『拾遺往生伝』（日本思想大系『往生伝・法華験記』岩波書店、一九七四年）三四九～三五〇頁。

(34) 武笠朗「霊像の模像」『日本美術館』小学館、一九九七年、三六六頁。なお三室戸寺は、『石清水物語』において「三室戸の僧正も御忌みにこもり給て、大方の作法しとりもち行ひ給」（『石清水物語』二七八頁）のように登場し、伊予守が出家後に向かうのは「正身の阿弥陀のおはします善光寺といふ所に参りて」（三七二頁）とあって、清涼寺式釈迦如来像の模像を安置する善光寺である。

(35) 田村良平「狭衣の宗教意識と物語世界――兜率天へのまなざしと弥勒菩薩信仰」『源氏物語と平安文学』第二集、早稲田大学出版部、一九九一年。鈴木泰恵「『狭衣物語』と『法華経』――〈かぐや姫〉の〈月の都〉をめぐって」『国文学　解釈と観賞』至文堂、一九九六年十二月号。

(36) たしかに弥勒菩薩は半跏思惟像であらわされることが多いが、半跏思惟の像がすべて弥勒菩薩であるわけではない。

(37) 中世にいたって聖徳太子をはじめとして童子像が盛んにつくられることについては、幼童天皇の問題とかかわって松岡心平が論じている（松岡心平『宴の身体』岩波書店、一九九一年）。文殊菩薩の眷属である善財童子は角髪を結った姿であらされるが、金子啓明によれば、やはり善財童子信仰もまた、弥勒信仰と同じ南都から発している（金子啓明「文殊五尊図像の成立と中尊寺経蔵文殊五尊像（序説）」『東京国立博物館紀要』第一八号、一九八二年）。

(38) 金光桂子は、「阿弥陀信仰と併存する形ではあるが、弥勒信仰は狭衣の道心の大きな核をなしており、出家・現世離脱願望は、兜率天上生願望と置換可能なものであったといってよい」と指摘する（金光桂子「『我身にたどる姫君』女帝の人物造型――兜率往生を中心に」『国語国文』一九九九年八月号、六頁）。

(39) 速見侑「律令社会における弥勒信仰の受容」『民衆宗教史叢書第八巻　弥勒信仰』雄山閣、一九八四年、一一六頁。

(40)「三月、志賀の弥勒会《みろくゑ》に参らせたまふ。これは天智天皇の御寺なり。天平勝宝八年、兵部卿正四位下、橘朝臣仲麿がおこなひ始めたるなり。いとあはれに思されて、よろづの事いそがせたまふ」（『栄花物語』②「うたがひ」一九五頁）。

高野山参詣記事もまた、弥勒信仰にかかわって次のようにある。「高野《こうや》に参らせたまひては、大師の御入定のさまを覗き見たてまつらせたまへば、御髪青やかにて、奉りたる御衣いささか塵ばみ煤けず、あざやかに見えたり。御色のあはひなどぞ、めづらかなるや。ただ眠りたまへると見ゆ。あはれに、弥勒の出世竜花三会《しゆつせりゆうげさむゑ》の朝にこそはおどろかせたまはめと見えさせたまふ。大師、承和二年三月二十一日仁明天皇の御時のほど、百八十余年にやならせたまひぬらん。かく思し至らぬ隈なく、あはれにめでたき御心のほど、世の例になりぬべし。六波羅蜜寺、雲林院の菩提講などのをりふしの迎講《むかえかう》などにも思しいそがせたまふ」（『栄花物語』②「うたがひ」一九七～一九八頁）。

新編日本古典文学全集は、『小右記』には「廟内を見た道長は「墳ノ如キ物有リ」と言ったという」と注記して、空海入定説の出典を未詳としているが、速見侑は、「空海は生身のまま高野山に入定して、弥勒の下生を待っている」という考えは、「道長の参詣から、「栄花物語」の成立（一〇二九〜一〇三三ころ）の間に、高野山関係者（おそらく仁海や祈親がその中心であったろう）によって、となえられはじめたのかもしれぬ」と述べている（速見侑『日本人の行動と思想一二　弥勒信仰』評論社、一九七一年、一〇〇頁）。

（41）物語の女帝の誕生が、先立ついくつかの物語のなかに準備されてきたものとして、それを物語史のなかに探る試みがすでに辛島正雄によってなされている（辛島正雄『中世王朝物語史論　上巻』〈笠間書院、二〇〇一年〉所収の以下の各論。「『我身にたどる姫君』読解小考――徳満澄雄著『我身にたどる姫君全註解』に寄せて」、「『我身にたどる姫君』における二つの女系――対立と融和の〈年代記〉」、「『我身にたどる姫君』の女帝（その一）――物語史上の位置」、「『我身にたどる姫君』の女帝（その二）――〈かぐや姫〉の系譜から」、「〈女の物語〉としての『我身にたどる姫君』――女帝と前斎宮と」、「『我身にたどる姫君』研究史――昭和五十七（一九八二）年まで」）。これにたいして金光桂子は、女帝即位の意義を「天女・兜率往生といった特殊な趣向」にのみみるのではなく、「聖代を築いた明主としての女帝」を物語史に探り、女帝―今上帝の二代に『松浦宮物語』の唐后、鄧皇后をみる。ただし鄧皇后が「母后」であることから、「その役割は、女帝・藤壺の両人に分与されたことになる」とする。辛島が女帝の誕生に「女の物語」の系譜をみるのにたいし、金光は「女帝の明王としての造型が直接に拠ったのは」、男性作者の手になる『松浦宮物語』であることを指摘し、女帝の聖代描写が「女の理想として追求されたものとはいいがたい。むしろ歴史物語風に展開する物語世界に聖代を実現させ、その有様を詳述すること自体に意義があったのではないか。そうした物語の伝統から逸脱するほどの聖代描写も、やはり『松浦宮』という先蹤があってこそ可能になったものと思われるのである。「女の物語」の流れが、必ずしも『我身』まで直線的に展開してきたのではなく、男性作の物語による屈折を経ていることを確認しておきたい」と述べる（金光桂子「『松浦宮物語』と『我身にたどる姫君』――聖代描写について」『人文研究』大阪市立大学文学部紀要、第五十二巻第三分冊、二〇〇〇年、二四頁）。

(42) 辛島正雄「『我身にたどる姫君』の女帝（その一）――物語史上の位置」『中世王朝物語史論 上巻』笠間書院、二〇〇一年、二二一頁。

(43)『我身にたどる姫君』の引用は、徳満澄雄『我身にたどる姫君物語全註解』（有精堂、一九八〇年）に拠る。

(44)「玉の輿の、いひ知らず飾れるを、この御迎へと覚しくて、すこし遠らかにまうけたるを、「いとあさましう。いかで」と聞こえさせたまへば、

色に出でん秋の涙のかひもあらじ月の都に契り絶えなば

と宣はするに、御袖をひかへていみじう泣かせたまふ」（「巻五」三五二頁）。

(45) 辛島正雄「『我身にたどる姫君』の女帝（その二）――〈かぐや姫〉の系譜から」『中世王朝物語史論』上巻、笠間書院、二〇〇一年、二三八～二三九頁。

(46)「いったい、かぐや姫が昇天するさい、かの女は、なぜ悲しまねばならないのだろうか。元来、いわゆる羽衣伝説とは、地上に運悪く囚われた天女が、念願の昇天を果たすのが、その結末の定石である。しかるに、『竹取物語』の結末とは、そうした伝承的なパターンを、大きく踏み破るものであった。そして、『源氏物語』が継承しようとしたのは、まさしく、そのような「物語」たる『竹取物語』の神髄なのである。それとの対比でいえば、『我身にたどる姫君』の女帝は、むしろ、物語『竹取』を通り抜けて、それ以前に広がっていたであろう伝承の世界での主題性を継承するものといえないか。女帝もまた、三条院や皇后宮と、別れを惜しむところはあった。しかし、それは、しょせん『竹取物語』の終末のごとき哀切さを湛えたものとはなりえない。なぜなら女帝には、昇天（死）への強い意志があり、この世への恋々たる思いなど、微塵もないのだから」（辛島正雄「『我身にたどる姫君』の女帝（その二）――〈かぐや姫〉の系譜から」『中世王朝物語史論』上巻、笠間書院、二〇〇一年、二三九頁）。

(47)「われは昔兜率天の内院の衆生なり。いささかなる犯しありて、忉利天の天女を母として、この世界に生

まれて、七人のともがら同じところに住まず、またあひ見ること難《かた》し。しかあるを、乳房の通ふところより
とて渡れる人のかなしさに、七《なな》のともがら集ひてうけたまはるなり」(『うつほ物語』①、小学館、一九九九
年、三五頁)。
(48)小嶋菜温子「物語の出で来はじめの親――『竹取物語』と『宇津保物語』から」『源氏物語批評』有精堂、
一九九五年、一八三頁。
(49)辛島正雄「『我身にたどる姫君』の女帝(その二)――〈かぐや姫〉の系譜から」『中世王朝物語史論』上
巻、笠間書院、二〇〇一年、二三九頁。
(50)鈴木泰恵「『狭衣物語』と『法華経』――〈かぐや姫〉の〈月の都〉をめぐって」『国文学　解釈と鑑賞』
至文堂、一九九六年十二月号。

第五章

(1)個人蔵のこの絵を、本書では、日野原家本と呼ぶ。
(2)林温「普賢十羅刹女像」解説『曼荼羅と来迎図 平安の絵画・工芸I』日本美術全集第七巻、講談社、一
九九一年、二二六頁。
(3)ただし現在は、天永三年(一一一二)の記録が残る鶴林寺太子堂の柱絵が唐装をあらわし、それを現存最
古とすることで決着をみているようである。
(4)梶谷亮治「法華経見返絵の展開」『法華経――写経と荘厳』東京美術、一九八八年、三七一～三七二頁。
(5)「この十羅刹女は鬼子母并びにその子及び眷属と倶に仏の所に詣《いた》り、声を同《そろ》えて仏に白して曰わく「世尊
よ、われ等も亦、法華経を読誦し、受持する者を擁護《まも》りて、その衰患《わずらい》を除かんと欲す。若し法師の短《あやまち》を伺い
求むる者ありとも、便りを得ざらしめん」と」(「陀羅尼品」『法華経 下』岩波文庫、一九六七年、二八〇頁)。

（6）梶谷亮治「総論 我が国における仏教説話絵の展開」『仏教説話の美術』思文閣、一九九六年、二四〇頁。
（7）一二二七年の『金葉集』成立後から一二二八年の俊頼没後三年のあいだの成立とみられる。引用は、『新編国歌大観』第三巻（角川書店、一九八三～九二年、四四四頁）に拠る。詞書引用は『散木奇歌集・集注篇』下巻（風間書房、一九九九年、三六頁）に拠った。
（8）梶谷亮治「総論 我が国における仏教説話絵の展開」『仏教説話の美術』思文閣、一九九六年、二三七頁。
（9）『新編国歌大観』第三巻（角川書店、一九八三～九二年）には次のように表記される。「十の名を法のむしろにききしよりげになつかしきいもがことのは」（六九二頁）。
（10）『新編国歌大観』第三巻（角川書店、一九八三～九二年、二七一頁）には次のように表記される。「あまつそら雲のかよひぢそれならぬをとめのすがたいつかまち見む」。傍線部において語が異なる。「まち見む」は、空海、最澄の弥勒下生思想に中心的な概念「待見弥勒」に通じる。「待見弥勒」思想については、平岡定海「平安時代における弥勒浄土思想の展開」（『民衆宗教史叢書 第八巻 弥勒信仰』雄山閣、一九八四年）。
（11）豊岡益人「普賢十羅刹女圖考」『美術研究』第四一号、一九三五年五月、二〇七頁。なお、豊岡論文で日野原家本は、「東京・益田孝氏蔵」とされ、「益田家本」とされる。
（12）菊竹淳一は「このことは、唐装の普賢十羅刹女像が、来儀形式を示していて、なにかの修法の本尊として用いられたことを想像させる」と述べる（菊竹淳一「普賢十羅刹女像の諸相」『佛教藝術』第一三二号、一九八〇年九月、八二頁）。
（13）このような影向の場面と天上世界を同時に表現する方法は、平等院鳳凰堂のあり方に似る。本書第四章に述べたように、鳳凰堂は、堂内壁面に来迎図を描きながら、同時に堂内に定印をむすぶ阿弥陀如来と雲中供養菩薩の彫像を配することで浄土の風景を現出させている。
（14）松下隆章「普賢十羅刹女像について」『佛教藝術』第六号、一九五〇年二月、四八頁。

(15)「普賢菩薩、并十羅刹女、一鋪半、女房等手自所レ奉レ圖也」（「巻第三十七」『玉葉』国書刊行会、一九〇六年、五四九頁）のようにある。ただしこの図がどのようなものかは詳らかではない。その他、追善供養に普賢十羅刹女像が作成された記録上の例については、菊竹淳一「普賢十羅刹女像の諸相」（『佛教藝術』第一三二号、一九八〇年九月）を参照されたい。

(16) 物語化を促す力であるイマジネーションは、三木清が現象を可能にする力として捉えた「構想力」を指す。三木清は「構想力の論理」（Logik der Einbildungskraft）の語をカントに影響を与えたバウムガルデンに由来すると明言している（そしてそれは「想像の論理」〔Logik der Phantasie〕とも呼ばれた）。バウムガルデンは「構想力とは、かつて感覚に現在した知覚を、対象が現在しない場合再び表象する能力である」と説明している（三木清『創造する構想力』京都哲学撰書第一八巻、燈影舎、二〇〇一年）。あるいはそれを、現実と表象との相互運動をうながすパフォーマティヴな様態としてイメジャリー（imagery）と呼んでもよい。

(17) 本章では、天上界に上る表現として兜率天内院の歌会を捉えるが、菊地仁は逆に、天人が「地上的尺度でしか機能」せず、地上界に乗っ取られる構図となっていることを指摘する。「こうして見てくると、主人公たち（特に女性）の特異な美質を天人のあまくだった姿に擬すという、単純な使用例は我身姫の場合以外まったく存在しないことに気づく。殊に、「あまくだ（天降）れらんをとめ（乙女）」（巻五）より優れるとされた女帝は、遂に自身「あまくだ（天降）りおはしま」（巻八）すのである。こうした過激な視覚化はもう、物語文学の枠組みを踏み外し始めているのではないか。現世の価値を根拠づけるはずの理想界の「天人」が、ここ『我身にたどる姫君』では、とりあえずの地上的尺度としてしか機能せぬどころか、その立場さえ女帝によって乗っ取られてしまうのである。天人を地上に現出した『夜の寝覚』や『狭衣物語』では、それでもまだ神仏が向こう側の権威として君臨しえた。ところが、『我身にたどる姫君』ではあからさまな天人を登場させない代わりに、丹波内侍のごとき「又まねび」としての「天人」が跳梁する構造になっている。鎌倉時代物語の世界を、神秘的とか非現実的とかと一括できぬ所以である。この丹波内侍が女帝と前斎宮とが交錯する位置にいることは、どうも偶然とばかりは思われない」(菊地仁「『我身にたどる姫君』の表現構造――系図のなかの人工世界」『源氏物語と古代世界』新典社、一九九七年、三五九〜三六〇頁)。

(18)市古貞次・三角洋一『鎌倉時代物語集成』第七巻(笠間書院、一九九四年)所収の『我身にたどる姫君』は、「微」は「殿」とすべきと注記する。

(19)『我身にたどる姫君』の引用は、徳満澄雄『我身にたどる姫君物語全註解』(有精堂、一九八〇年)に拠る。

(20)『紫式部日記』の引用は、日本古典文学全集『和泉式部日記・紫式部日記・更科日記・讃岐典侍日記』(小学館、一九九四年、一四三頁)に拠る。

(21)松下隆章「普賢十羅刹女像について」『佛教藝術』第六号、一九五〇年二月。

(22)引用は、「阿娑縛抄」『大日本仏教全書』(仏書刊行会、一九一四年)に拠る。『阿娑縛抄』は十三世紀半ばの成立で尊澄と承澄らが編纂。これにたいして、鎌倉初期成立の覚禅(一一四三〜没年不詳)が著わした東密の仏教図像集、『覚禅抄』があるが、これには十羅刹についての記載がみられない。

(23)豊岡益人「普賢十羅刹女圖考」『美術研究』第四一号、一九三五年五月、二〇九頁。

(24)松下隆章「普賢十羅刹女像について」『佛教藝術』第六号、一九五〇年二月、四八〜四九頁。

(25)菊竹淳一「普賢十羅刹女像の諸相」『佛教藝術』第一三三号、一九八〇年九月、八二頁。

(26)女帝が二の宮を養子とすることについて、金光桂子は『在明の別』の女院が重ねられると指摘する。「『有明の別』は、『我身』に少なからざる影響を与えた先行物語の一つだと思われる。女帝の周辺に限っていえば、女帝が皇后宮腹の二宮を養子とするのは、『有明の別』の女院が次男の東宮を偏愛したことに倣っているのではなかろうか。女帝亡き後、一宮(悲恋帝)の御代は沈滞気味だったが、その悶死を受けて即位した二宮が、女帝の教えを守って聖代を回復する。『有明の別』では、女院＝右大将の愛児東宮が、右大将に代わる世の光となるであろうと、兄帝を凌いで期待されているのである」(金光桂子「『我身にたどる姫君』女帝の人物造型――兜率天往生を中心に」『国語国文』第六八巻第八号、一九九九年八月号、九～一〇頁)。

「巻七」以降の展開とその構想について、『在明の別』が比定され得るとして、本章では、『在明の別』が女院であって実子との関係において成るのにたいし、『我身にたどる姫君』では、養子関係にすぎないことにこだわって考える。

(27) この「大宮院」のサロンが『風葉和歌集』に関わることから、『風葉和歌集』に前半の半分までの和歌がとられた『我身にたどる姫君』の創作環境が推定される(樋口芳麻呂「物語と中世」『解釈と鑑賞』至文堂、一九八一年十一月号)。

(28)『増鏡』の引用は、日本古典文学大系『神皇正統記・増鏡』(岩波書店、一九六一年)に拠る。

(29) 藤原基経の娘穏子、師輔の娘安子、道長の娘彰子、公実の娘璋子を指す。

(30) 辛島正雄「『我身にたどる姫君』の女帝(その一)」『中世王朝物語史論』上巻、笠間書院、二〇〇一年、一二二頁。

(31) なぜ、女院ではなく女帝なのか、の問いに答えるものとして、やはり、ここに摂関制度の論理にもとづく〈生む性〉の問題を考えたい。

(32)『愚管抄』の引用は、日本古典文学大系『愚管抄』(岩波書店、一九六七年)に拠る。

(33) ここでの〈生む性〉の放棄は、〈生まない性〉に転じることを意味しない。家格によって天皇の后たちは、予め〈生む性〉に繰り入れられていて、その放棄は端的に、出産の放棄を意味する。

(34) 宮次男「法華経の絵と今様の歌」(『佛教藝術』第一三二号、一九八〇年九月)三〇～三一頁の表によれば、『法華経』見返絵二八本のうち四本を除いてすべてが龍女出現を主題としている。そのうち龍女成仏の主題も付属させるものが三本ある。釈教化を含む和歌集では、一二二頁の表によれば、『公任集』『赤染衛門集』『発心和歌集』『聞書集』が龍女成仏を主題とする。

(35)「五つの障」は、このあとにつづけて次のように説明される。「一には梵天王と作ることを得ず、二には帝釈、三には魔王、四には転輪聖王、五には仏身なり」(『法華経 中』岩波文庫、一九六四年、二二二頁)。

(36)「提婆達多品」の引用は、『法華経 中』(岩波文庫、一九六四年)による。

(37)『源氏物語』の引用は、新編日本古典文学全集(小学館、一九九四〜九八年)による。頁数の前の数字は巻号をあらわす。

(38)小林正明「女人往生論と宇治十帖」『国語と国文学』一九八七年八月号。

(39)牛山佳幸「律令制展開期における尼と尼寺」(『民衆史研究』第二三号、一九八二年)、同「古代における尼と尼寺の問題」(『民衆史研究』第二七号、一九八四年)。

(40)金光桂子は兜率天往生の必然性について次のように述べる。「もっとも、極楽往生が不都合だった理由の推測は、困難ではない。極楽と兜率の優劣がしばしば論議される中で、極楽優位の主張の一つに、女人の不在が数えられていた。「かみあげすがた、ましてきよげ」なる天女達が舞い遊ぶというような情景は、極楽ではあり得ないのである。また、極楽は輪廻を解脱した浄土なので、そこから人間界に転生し、再び戻って行く、という論理は成り立ちがたい。女帝がかぐや姫の面影を帯びた天女である以上、やはりその帰る先は「天」でなければならないのである」(金光桂子「『我身にたどる姫君』女帝の人物造型——兜率天往生を中心に」『国語国文』一九九九年八月号、四〜五頁)。

(41)往生伝にみるように、往生はいつもそばに死を看取った者によって感取されることで果たされる。

(42)中世に編纂された『愚管抄』などは、八幡信仰の隆盛に伴って活性化された神功皇后を第一代としてこれに加えている。

第六章

（1）『愚管抄』の引用は、日本古典文学大系『愚管抄』（岩波書店、一九六七年）に拠る。『愚管章』の注に次のようにある。「ただし西大寺の不空羂索は四天王の誤りか。この時に西大寺の金銅の四天王を鋳た話が略記及び水鏡・元亨釈書に見える」（注二七、一四五頁）。

（2）前田家本『水鏡』の引用は、『水鏡・大鏡』（国史大系第二十一巻上、吉川弘文館、一九六六年）に拠る。

（3）高木豊は、孝謙（称徳）天皇が退位後、天平宝字六年（七六二）五月、法華寺に入って出家していることから、重祚された称徳天皇を「この専制君主は尼でもあり、髪を剃り袈裟を着けた法体の女帝であった」（二七九頁）と述べている。女帝みずからが尼僧であったことが、僧侶道鏡の政治的な活躍を下支えしたということである。しかし中世に懐古される称徳天皇については、院政のかたちに重ねられそうな「法体の女帝」像が明記されていない。なお、高木豊は、東大寺にならぶ大寺としての西大寺、そして西大寺の建立を女帝の政治的事跡としてよりも、父聖武・母光明子《こうみょうし》の東大寺・法華寺を意識したものとして、両親へのコンプレックスの現われとして解釈する（高木豊『仏教史なかの女人』平凡社選書、一九八八年）。

（4）『扶桑略記』には次のようにあって「天皇誓曰。朕若依此功徳。永異女身。可成仏道者。銅沸入手。今度鋳成」、『水鏡』の「女人ヲ離テ仏ト成」が「女身をかえて仏の道と成る」とあって、変成男子を強く意識した文言となっている。『扶桑略記』の本文は、『新訂増補　扶桑略記・帝王編年記』（国史大系第十二巻、吉川弘文館、一九六五年、一〇五頁）に拠る。

（5）『七大寺日記』『七大寺巡礼私記』の引用は、『校刊美術史料（寺院篇上巻抜刷）七大寺日記・七大寺巡礼私記』（中央公論美術出版、二〇〇三年）に拠る。

（6）専修寺本『水鏡』の引用は、『水鏡・大鏡』（国史大系第二十一巻上、吉川弘文館、一九六六年）に拠る。

（7）『古事談』には次のようにあって、称徳天皇の死の直接原因は、治してみせると言ってやってきた小手尼の肩を剣で切って阻止した百川のせいだとされる。「称徳天皇。道鏡之陰。猶不足ニ被思召テ。以暑預作陰形。令用之給之間。折籠云々。仍腫塞。及大事之時。小手尼奉見云。帝病可癒。手ニ油欲取之。爰右中弁百川。灵狐也ト云テ。抜剣切尼肩云々。仍無療帝崩。」小手尼には、「百済国医師。其手如嬰児手」と割注があるところで、百済国の医師であり、嬰児のように小さな手をしていたとされる。『古事談』の引用は、『宇治拾遺物語・古事談・十訓抄』（国史大系第十八巻、吉川弘文館、一九六五年、一頁）に拠る。

（8）前田晴人『神功皇后伝説の誕生』大和書房、一九九八年、三頁。

（9）禁忌《タブー》からあらたに開始された研究史は、たとえば、前田晴人が、神功皇后伝説をテクスト分析して「このストーリーの中には二つのきわめて重要な事柄が記されているのを認識することができたと思う。即ち皇后の新羅征討と聖なる御子の誕生・成長である。さらにこの二つのテーマのうち、後者の話こそが伝説の主題であるらしいことが明らかになってきたことと思う」（前田晴人『神功皇后伝説の誕生』大和書房 一九九八年 四九頁）として、さらにその根幹に住吉神の起源譚を位置づけたように、主題の読み換えに力点が置かれることになる。あるいは、三品彰英が「オキナガタラシヒメ」と呼称される神功皇后の系譜を取り上げ、新羅系氏族を指摘するように、帝国主義に隠蔽された神功皇后伝説に潜む新羅との連関を指摘されたことが一方の成果としてある（三品彰英「神功皇后の系譜伝承――イヅシ族とオキナガ氏」『日本書紀研究』第五冊、塙書房、一九七一年）。またこのことは、中野幡能の宇佐八幡の研究に詳しい。この流れをうけて田村圓澄が「宇佐八幡は、元来は朝鮮半島からの渡来人によって奉祀されていた「韓国」の神である。また宇佐八幡の指示により、大仏鋳造の銅を提供した香春も、新羅系渡来氏族の本拠であった」と述べるように、現時点では通有の認識である（田村圓澄『古代朝鮮仏教と日本仏教』吉川弘文館、一九八〇年、二〇三頁）。

（10）金光哲『中近世における朝鮮観の創出』校倉書房、一九九九年、二七七頁。

（11）小峯和明は「〈侵略文学〉の位相――蒙古襲来と託宣・未来記を中心に、異文化交流の文学史をもとめて」

（『国語と国文学』二〇〇四年八月号）において、『八幡愚童訓』甲本を〈侵略文学〉と名づけ、現在の侵略を起点とする戦争の支配、抑圧構造の問題とかかわらせた。その上で侵略のあとに一変する世界を異文化接触の結果として捉え、そこから文化論へと開いていく道筋を示した。

(12) 新間水緒のまとめによれば、『八幡宇佐宮御託宣集』の成立は、序の日付と跋文の日付から一二九〇～一三一三年とみられている（弥勒寺僧神吽《じんうん》による）。『八幡愚童訓』甲本は、一二九三～一三〇〇年、乙本は少し遅れて一二九八～一三〇一年の成立とみられる（新間水緒「八幡愚童訓・八幡宮巡拝記」『説話の講座　第五巻　説話集の世界Ⅱ　中世』勉誠社、一九九三年）。

(13)『八幡愚童訓』の引用は、日本思想大系『寺社縁起』（岩波書店、一九七五年）に拠る。

(14) この一文について、和辻哲郎は「「新羅国の大王は日本の犬なり」という言葉が我々の幼少のころ母親の口から聞かされた言葉であることなどによっても知られる」（和辻哲郎「尊皇思想とその伝統」『和辻哲郎全集　第十四巻』岩波書店、一九六二年、一四三頁）と述べている。

(15) この意味において金光哲のアプローチもまた検討を要する。

(16)『曾我物語』の引用は、真名本を参照することとし、引用は、東洋文庫『真名本 曾我物語1』（平凡社、一九八七年）、『真名本 曾我物語2』（平凡社、一九八八年）に拠る。真名本は仮名本に先立って成立し、古態を保つと言われるものである。

(17) 一方で頼朝の関東制覇を語る『曾我物語』にとって、八幡神は源氏の守護として重要であるが、八幡の主神をどこへ置くかという問題は頼朝と政子の関係において相矛盾するものとしてある。ここで政子を神功皇后に充てることで、頼朝が仲哀天皇に重なることにはまったく触れられることなく、頼朝と八幡三所の関係についての話題は回避されている。

(18) 中野幡能「八幡信仰の二元的性格——仁聞菩薩発生をめぐる史的研究」（四四頁）、西郷信綱「八幡神の発

生」（五、七頁）ともに中野幡能編『民衆宗教史叢書第二巻　八幡信仰』雄山閣、一九八三年所収。

(19) 新城敏男「石清水八幡宮の縁起」『八幡信仰事典』戎光祥出版、二〇〇二年。

(20) 新日本古典文学大系『続日本紀三』岩波書店、一九九二年、九六頁。

(21) これにたいして飯沼賢司は、八幡神、比売神について土着神、氏神からの発展的形式とはみていない。九世紀に入り関係の悪化した新羅にたいして「政治的に創設された境界の神」としており、まず征討神話を持つ神功皇后信仰が取り立てられ、それに付随して応神天皇が浮上してきたものと捉える。「中野がいう比売神と宇佐氏や辛島氏が密接になったのは、大神氏が厭魅事件で宇佐神官団を追放されている間（藤原仲麻呂政権期）、辛島氏が禰宜や祝《はふり》として宇佐に残っている比売神の祭祀にかかわったためである。宇佐氏も池守《いけもり》の段階で、神官団に加わり、比売神とかかわり、辛島氏が没落した後は、比売神の祭祀は宇佐氏が独占してゆくようになったと考えられる。そのような中で、新たな対新羅神としての大帯姫＝神功皇后霊が登場した。これは結果として、比売神の対新羅神としての性格を喪失させることになり、祭祀を独占していた宇佐氏の氏神的性格を強めることになった」（飯沼賢司『八幡神とは何か』角川選書、二〇〇四年、一一九頁）。

　飯沼の見解は民俗学的なアプローチによる過剰に牧歌的な神観を制して、八幡神のしたたかさを強調する。

(22) 中野幡能「八幡信仰の二元的性格――仁聞菩薩発生をめぐる史的研究」『民衆宗教史叢書第二巻　八幡信仰』雄山閣、一九八三年、四七頁。

(23) 塚口義信は、神功伝説が「水辺の少童と母神」のいわゆる「海童信仰」にもとづく、「民間信仰に立脚した「海神の祭儀」の説話化にその原古的形態を求めることができる」とし、その母神に「戦闘に参加する巫女たちの姿を理想化したものとして理解すべき」だとして、「巫女王」を読み取る。さらに、神功皇后伝説が、このように朝廷の記事に書き込まれるに至った点について、この説話が、蘇我氏の勢力を抑えるべく働いた息長氏の始祖伝説との重なりをもつと推定し、「神功皇后伝説は、「オホタラシヒメ」の神話的要素と「オキナガヒメ」の歴史的要素の二大分野によって構成されている」（七七頁）と結論する（塚口義信『神功皇后伝説の研究――日本古代氏族伝承研究序説』創元社、一九八〇年）。

(24) 津田徹英は、三像のうち、伝応神天皇像（像高五五・〇cm）と伝神功皇后像（像高五五・九cm）がともに檜材を用いているのにたいし、伝比売大神像（像高四八・七cm）が広葉樹材を用いており、かつ作風も前二軀と違っていることから、八幡神信仰の展開にかかわらせて「八幡神信仰が八幡神と比咩神の信仰から、さらに、もう一体の女神が加わったことを色濃く反映するものと解されよう」（五三頁）と指摘する（津田徹英「僧形八幡神像の成立と展開――神護寺八幡神像と東寺八幡三神像をめぐって」『密教図像』第一八号、一九九九年十二月）。

(25)『古事記』には、神功皇后が髻に結い上げ男の姿を借りたというくだりはない。『古事記』において、神功皇后は、帯中津日子天皇《たらしなかつひこのみこと》（仲哀天皇）の大后、息長帯比売命《おきながたらしひめのみこと》としてあらわされ、「熊曾国《くまそのくに》を撃《う》たむとせし時」に、神をよせて次の託宣をきく。「西の方に国有り。金・銀を本《もと》と為《し》て、目の炎耀《かがや》く、種々の珍しき宝、多《あま》た其の国に在り。吾《あれ》、今其の国を帰《よ》せ賜はむ」（二四三頁）を受けて、軍を整え、「新羅国は、御馬甘《みまかひ》と定め、百済国は、渡《わたり》の屯家《あれ》と定めき」（二四七頁）とのみある。神功皇后が西の国へ行くのは、敵国として攻めてきたからではない。金銀の財宝を求めてみずから向かうのである。新羅国と百済国を朝廷の直轄下に治めてくることに帰結することをもって、征討譚が構成されている。

(26)『日本書紀』の引用は、新編日本古典文学全集『日本書紀』①（小学館、一九九四年）に拠る。

(27)『古事記』の引用は、新編日本古典文学全集『古事記』（小学館、一九九七年）に拠る。

(28)『八幡宇佐宮御託宣集』では「暫く男の形を仮り、強て雄略に起《た》ちて」（五七～五八頁）のように、角髪《みずら》に結うことが男装の表現として継承されている（『八幡宇佐宮御託宣集』現代思潮社、一九八六年）。

(29)「皇后ノ御妹豊姫ハ、如来ノ相好ノ如クシテ世ニ類無キ御姿也。縦《たと》ヒ竜畜ノ身也共、此女人ニハ争心《いかでか》ヲ解ケザラン」（一七二頁）とあって、妹豊姫のほうに、竜王の娘の表象はある。

(30) 宮島正人は、隼人が「狗人」と称されることを、葬送儀礼にたずさわる職掌の問題として捉える。彦火火出見尊の「海神宮遊行（往路）の段」は「即ち「死」の儀礼に相当する」として、「狗」たる隼人が、「死者の霊魂を冥界に先導する」役割を担うと説く（宮島正人『海神宮訪問神話の研究――阿曇王権神話論』和泉書院、一九九九年、四一頁）。

(31) 岩波大系本『曾我物語』では、兄弟が父の仇を討つための「稽古」として「を犬《いぬ》・笠懸《かさがけ》をも射《い》ならいなん」ことを求めている。ここに付された注一二によれば、「を犬」は彰考館本に「いぬ」、流布本に「いぬおふ物」とある箇所である（日本古典文学大系『曾我物語』岩波書店、一九六六年、一三三頁）。

(32) 「神功皇后三韓をせめ亡し給ひて御弓の弭を以て磐石の面に新羅国の大王は日本の犬也と字を書付たまひしより三韓せめを表して犬追物は始たりといふ説あり此説非也用べからず神功皇后は仲哀天皇の后也仲哀天皇の御代までは日本に文字といふ物無之神功皇后の御腹にやどらせ給ひし御子の応仁天皇仲哀天皇の御子也御代に至て百濟国より王仁といふ儒者日本へ渡りて文字を教へけるよりして始て日本に文字あり神功皇后の御時は日本にいまだ文字なかりし故弓の弭にて文字書給し事は無之也」（新訂増補故実叢書第十六『貞丈雑記』明治図書出版、一九五二年、四八〇頁）。

(33) 多田圭子は、中世における神功皇后討征説話の展開を検討し次のように結論する。「神功皇后討征説話は、中世に八幡神の前世譚的な意味を担って、八幡縁起の一貫として語られるようになったことで、『書記』の記述を基にしながらも、干珠満珠という要素を特色とし、一挙に説話的色彩を強めた。更に蒙古襲来前後の一時期には、討征説話が国土守護の神祇との関係においてかたられたことで、神祇による異国討征・国土守護の説話へと展開する。そこで培われた神々の討征のイメージは、やがて説話の核である皇后の存在に凝縮され、皇后は八幡の母神であると同時に、異国討征・国土守護の武神として神格化されていく。その一方、もうひとつの核である龍宮の宝珠についても、その来歴への興味が高まり、珠を招来する磯良の存在も説話の中に占める割合を増していった。それは、新たな形での冥界への関心・認識の表出であったものと考える」（多田圭子「中世における神功皇后像の展開——縁起から『太平記』へ」『国文目白』第三一号、一九九一年、二〇二頁）。

(34) 順徳天皇が著わしたとされ、承久（一二一九〜一二二二）年間成立とみられる。引用は増訂故実叢書『拾芥抄・禁秘抄考註』（吉川弘文館、一九二八年、一二頁）に拠る。

(35) 坂元義種「狛犬の原像について」『日本古代国家の展開』上巻、思文閣、一九九五年、注一三、四五一頁。

(36) むろん「新羅国ノ大王ハ日本ノ犬也」の「犬」が金光哲の指摘するような蔑称ではなく「狛犬」を指すのだとしても、「犬」と名指すことで隷属させようとする意図には違いない。ここで強調しておきたいことは隼人のアナロジーとして新羅国があるのだとすれば、対外意識は必ずしも現在から想像するような「国家意識」に一致しないという点である。その意味で歴史が大隅国の反乱と新羅国の討伐を「国家意識」のレベルで明確に区別することの根拠は問い直されねばなるまい。

(37) ここで朝鮮半島の開国神話が卵生譚であることが思い起こされてよい。

(38)『倶舎論記』には次のようにある。「妃按両乳有五百道乳汁各注一口。応時信伏」（『大正新脩大蔵経』第四十一巻、論疏部二、一九二七年初版、一九七八再刊、一五五頁）。『今昔物語集』には次のようにある。「我が乳《ち》按《おしすら》ムニ、其ノ乳《ち》自然《おのづか》ラ汝等ガ毎口《くちごと》ニ可入《いるべ》シ」ト誓《ちかひ》テ乳《ち》ヲ按《おしする》ニ、五百ノ軍《いくさ》此ノ事ヲ聞テ、皆高楼《かうろう》ニ向《むかひ》テ居《ゐ》タル毎口《くちごと》ニ各《おのおの》同時《どうじ》ニ入《いり》ヌ。其《その》時ニ五百ノ軍《いくさ》、皆此ノ事ヲ信ジテ畏リ敬《かしこまうやまひ》テ還リ去《さり》ヌ」（新日本古典文学大系『今昔物語集一』岩波書店、一九九九年、四一三頁）。

(39) 岩波大系本が底本とする十行古活字本『曾我物語』は、真名本から流布本への過渡的位置にある本文とされる。日本古典文学大系『曾我物語』（第一一版、岩波書店、一九七九年）に拠る。初版は一九六六年。

(40) 新日本古典文学大系『今昔物語集二』岩波書店、一九九九年、四一三頁。

第七章

(1) カルロ・ギンズブルグ『ピノッキオの眼――距離についての九つの省察』せりか書房、二〇〇一年、二〇九頁。

(2) 実際、僧形は、鑑真和上坐像（唐招提寺）などにみられるような高僧を象るいわゆる頂相という形式に似ている。

(3)『八幡宇佐宮御託宣集』の成立は一二九〇～一三一三年とされ、弥勒寺僧神吽による。引用は、『八幡宇佐宮御託宣集』（現代思潮社、一九八六年）に拠る。

(4) 養老四年に豊前守に任ぜられた。『万葉集』「巻第六」九五九に「豊前守宇努首男人《ぶぜんのかみうののおびとをひと》の歌一首」として「行き帰り常に我《わ》が見し香椎潟《かしひがた》明日《あす》ゆ後《のち》には見むよしもなし」が載る（新日本古典文学大系『万葉集二』岩波書店、二〇〇〇年、四三頁）。『八幡宇佐宮御託宣集』一七一頁の注九によれば、「『姓氏録』「大和諸蕃」に、宇努首は百済国君弥奈曾富意弥の後であるとみえる」とある。

(5)『扶桑略記』の引用は、『国史大系』第五巻（吉川弘文館、一九六五年、八三頁）に拠る。

(6)『三宝絵』の引用は、新日本古典文学大系『三宝絵・注好選』（岩波書店、一九九七年、二〇八頁）に拠る。

(7) 新日本古典文学大系の注六によれば、前田家尊経閣本には「日記」ではなく「古記」とある。

(8)『続日本紀』の引用は、新日本古典文学大系『続日本紀二』（岩波書店、一九九〇年、六七頁）に拠る。

(9)『八幡愚童訓』乙本の引用は、日本思想大系『寺社縁起』（岩波書店、一九七五年、二三一頁）に拠る。

(10)『古事記』の引用は、新編日本古典文学全集『古事記』（小学館、一九九七年、二四三頁）に拠る。

(11)『日本書紀』の引用は、新編日本古典文学全集『日本書紀』①（小学館、一九九四年、四一七頁）に拠る。

(12) この記事自体は、『続日本紀』『類聚国史』のほかに、『宇佐八幡宮弥勒寺建立縁起』（祢宜社女が従四位下をさずかったことはあり）、『扶桑略記抄』（モリメが儀式のため上洛とあり）、『東大寺要録』『水鏡』『帝王編年記』『愚管抄』があるが、社女が輿に乗って云々の記事は他のものにはない。

(13)『続日本紀』には、「五位十人、散位廿人、六衛府の舎人各廿人」とある。『類聚国史』『八幡宇佐宮御託宣集』ともに「散位廿人」を落としている。

(14) 飯沼賢司『八幡神とはなにか』角川選書、二〇〇四年、五二頁。

(15) むろん八幡二神への叙位は、具体的には宇佐の経済に直結する問題である。「類聚国史第五に云く。二年天平勝宝二月戊子。一品八幡大神に、封八百戸前に四百二十戸、今三百八十戸を加ふ。位田八十町前に十五町、今廿町を加ふ。二品比売神に封六百戸・位田六十町を宛て奉る」（『託宣集』二二五頁）とある。

(16)『続日本紀』天平勝宝六年十一月丁亥条には次のようにある。「従四位下大神朝臣社女、外従五位下大神朝臣多麿《たまろ》を並《ならび》に除名《ぢよみやう》して本《もと》の姓に従はしむ。社女を日向国に配す。多麿を多褹嶋《たねのしま》。因《より》て更に他人を択《えら》ひて神宮《かむみや》の禰宜《ねぎ》・祝《はふり》に補《ほ》す。その封戸《ふうご》・位田《るでん》并《あは》せて雑物《ざふぶつ》一事已上は大宰《だいさい》をして検知せしむ」（一五一頁）。ここには八幡神が宇和嶺へ下ったことについては述べられていない。

(17)「一。称徳天皇二年、天平神護二年丙午正月十二日、神託きたまはく。

新羅国の訴に依つて、大唐国は一千艘の船に軍兵等を乗せて、日本国に遣して、責め罰すべき由、宣旨あり。仍《すなは》ち神吾、大唐に渡つて、八箇年の間、疫の気を発《おこ》す。然而《しかれども》、宣旨を下してより以後、件の疫の気来り留る。明年に件の軍、来着すべきなり。これに因つて、大隅と薩摩の両国の間に、嶋を造つて、軍来り着く日に、西北の風を吹かしめて、我が城に狩り入れて、悉く以て滅亡せしめんものぞ。即ち一日一夜に、城の嶋を建立する間、多く生類《しやうるい》を滅亡せり。然る間、毎年放生会《はうじやうゑ》を勤行《ごんぎやう》して、彼の含霊《がんれい》を覚岸《かくがん》に至らしめんてへり」（『託宣集』二三五頁）。

(18)「一。称徳天皇二年、天平神護二年丙午六月二十二日に託宣しまたはく。
比年《としごろ》の間、朝廷に嫌ひ捨て給ふ諸人等の霊、大小の患《わざはひ》、競ひ発つて悩し奉るを、好々解除《よくよくかいぢよ》して守り奉るべし。然ども、此の霊等の為に、放生すべし。不清浄の人は、出離せしめよ。彼等が心も怨《うらみ》無くして、悉く止《し》息《そく》しなん。逆人仲麻呂の霊は、下津みなとより、諸の悪鬼を率して、天朝の御命を取らんとす。放生すべしてへり。神吾は帝位に即《つ》くべき皇子をば、胎孕《はらま》せたまふ時より、諸天神祇、扶け奉るなりてへり。

仲麻呂は、大弐藤原朝臣恵美なり。天平宝字八年九月十六日庚戌《かのえいぬ》、水海《みづうみ》に船に乗り、十八日誅せられ畢んぬ」（『託宣集』二三五〜二三六頁）。

(19)「称徳天皇二年、天平神護二年丙午《ひのえうま》冬天より、神護景雲元年迄、両年の間に、託宣・官府等を守り、宇佐公池守は、造宮の押領使を差《つかは》して、大尾山の頂を切り払ひ小椋山の東なり。大菩薩の宮を造り奉る。同じき帝三年、神護景雲元年丁未《ひのとひつじ》に、神体を崇《あが》め鎮《しづ》め奉る」（『託宣集』二五四頁）。

(20) 平田寛は「わずかに黒白をのぞき、全面すべて黄土をもちいる彩色構成は、絵画としては簡素で、無表情というべきで、異色である」と指摘する（平田寛「仁和寺蔵八幡神影向図」『国華』第一二四九号、一九九九年十一月、五頁）。

(21) 景山春樹『神道美術の研究』臨川書店、一九六二年、一一八頁。ただし、景山は『神像　神々の心と形』（ものと人間の文化史、法政大学出版局、一九七八年、一六〇〜一六一頁）において、影こそが重要であると強調している。

(22) 平田寛「仁和寺蔵八幡神影向図」『国華』第一二四九号、一九九九年十一月、六頁。

(23) 景山春樹『神道美術の研究』臨川書店、一九六二年、一一八頁。

(24) 平田寛「仁和寺蔵八幡神影向図」『国華』第一二四九号、一九九九年十一月、七頁。

(25) 紺野敏文「平安彫刻の成立（8）」『佛教藝術』第二二九号、一九九五年、五六頁。

第八章

(1) 伊東史朗「新羅明神坐像」解説『智証大師一一〇〇年御遠忌記念　三井寺秘宝展』日本経済新聞社発行、一九九〇年。

(2) 岡直巳は祟り神として考えられる根拠として次の例を挙げている。「寺門伝記補録に、慶祚阿闍梨が社を改めて東向きであったのを南向きにした理由は、遙に社前を通るものさえ不敬で、必ず災難があるとしている。これは祟りの霊をいっているもので、祇園神と通ずるものである」(岡直己『神像彫刻の研究』角川書店、一九六六年、二二八頁)。

(3) 山本ひろ子『異神――中世日本の秘教的世界』平凡社、一九九八年。念のために付け加えれば、山本ひろ子が指摘する、中世の新羅神の展開について異を唱えるものではない。ただし山本がいう新羅神がスサノオを取り込む中世の変転の過程において「異域神」といわれることが、「新羅」であるから異国であるというイメージをもって解される点については、美術史の側面からみると成り立ち難い。神像をとおして信仰を捉えるならば、日本、異国の二項は成り立たない上に、その分断線は必ずしも明確に引かれない。

(4) 景山春樹『神像　神々の心と形』ものと人間の文化史、法政大学出版局、一九七八年、三三頁。

(5) 景山春樹『神像　神々の心と形』ものと人間の文化史、法政大学出版局、一九七八年、三五頁。

(6)『八幡宇佐御託宣集』現代思潮社、一九八六年、一六四頁。

(7)「此内梶取ニハ志賀嶋大明神、大将軍ニハ住吉大明神、副将軍ニハ高良大明神也。今ノ両大将軍ハ皇后ノ前後ニ随ヒ、左右ニ侍テ、樊噲・張良ガ漢祖ニ翼従シテ楚王ヲ誅伐シ、矜迦羅《こんがら》・制多迦《せいたか》ノ明王ニ奉仕シテ悪魔ヲ降伏シ給フ歟《か》ト覚ヘタリ」(『八幡愚童訓』甲一七五頁)。

(8)「第三十代欽明天皇十二年正月ニ至テ、大神比義ガ五穀ヲ断チ精進シテ、御幣ヲ捧ゲテ祈申シ時、三歳小児ト顕テ、竹葉上ニ立賜テ、「我ハ日本人王十六代誉田《ほむた》天皇也。護国霊験威力神通大自在王菩薩也」ト告給ヒシヨリ、百王鎮護三韓降伏ノ神明第二ノ宗廟ト祝レ給也」(『八幡愚童訓』甲一七九頁)。

(9) 高木信「曽我物語の構成——迷宮的世界の中で」『国文学解釈と鑑賞別冊 曽我物語の作品宇宙』至文堂、二〇〇三年一月。ただし、史実において保昌は元方の子ではなくて孫にあたる。

(10)『曾我物語』の引用は、『真名本曾我物語』1・2(東洋文庫、平凡社、一九八七年、一九八八年)に拠る。

(11) だからここは、「母」(=神功皇后)みずからが征伐へでかける物語よりも、『日本書紀』でいえば「巻第八」に記される神功皇后の夫、仲哀天皇が神功皇后の託宣による新羅征伐を果たさずに熊襲を討とうとして失敗し死ぬという前史を思うべきかもしれない。曾我兄弟は「母」の託宣を受けて、敵討ちへと立ち上がるのである。

(12) 山折哲雄『神から翁へ』(新装版)青土社、一九八九年。

(13) かぐや姫伝説は、老夫婦が幼子を拾う物語として、姥捨てと子捨ての出遇う物語ともいえる。かぐや姫が理想的な申し子譚と成り得るのは、そこに捨て子自身(=かぐや姫)の罪を前世の因縁として塗り込めておくことで、子捨ての前史が消去されるためである。

(14)『我身にたどる姫君』の引用は、徳満澄雄『我身にたどる姫君物語全註解』(有精堂、一九八〇年)に拠る。

(15)『日本国語大辞典』によれば、文永六年(一二六九)、経尊によって、北条実時に献上された辞書『名語記』に、「王めい、主めいなどに命をかけり」とあるのが初見のようである(『日本国語大辞典』小学館、一九七二〜七六年)。元寇にかかわる時期であることに注意したい。

(16) 多くの宮廷物語は、物詣、方違えといった信仰を回路として、しばしば小路を抜け出している。物詣は、次第に距離を伸ばすことで、受領として任国への道中を体験する『更級日記』にも劣らない旅路を経験する。『我身にたどる姫君』には、雑仕の生んだ小童が「いみじき楽匠」となって「阿弥陀仏高く申して、朗詠・今様など心をやりてひ、か広き京にてはさも聞かざりしかど、朗詠よませ、今様教へて、八十代までありける」（四四〇頁）とあるから、ここに今様はすでに供養の歌として根づいている。

(17) 福田晃『曽我物語の成立』三弥井書店、二〇〇二年。

(18)『法華経 中』岩波文庫、一九六四年、二二二頁。

(19) 山本ひろ子は、「提婆達多品」が女人成仏だけではなく龍女の成仏を告げているということを強調して次のように述べる。「もちろん「提婆品」龍女成仏の文言がありていに告げるものは、女人成仏という説相であろう。けれども中世の宗教思惟と切り結んでいったとき、龍女成仏というテーゼは、経文のくびきを離れ、女人救済というモメントを超出して、とある途方もない世界を開示していった。その曙光と予兆は、すでに『平家物語』「灌頂巻」のなかに見てきている。龍畜の身と化した一門の人々を弔い、ついには「灌頂巻」の最終場面で龍女として成仏した建礼門院。これらの人々の成仏を引導したのは、『法華経』「提婆品」と「龍畜経」なる経巻であった。つまり異類の成仏こそが畜生道の語りの深層に隠されていた最大のモチーフであったことになる」（山本ひろ子『変成譜——中世神仏習合の世界』春秋社、一九九三年、二四三頁）。

(20)「堅牢地に居す、地神」「七星天に居す、星」と対句的に重ねられた「七星」「堅牢」からは、北斗信仰と結びついた北辰信仰が導かれる。北極星を神格化したといわれる妙見菩薩は日蓮宗の隆盛にともなって、関東に広まり、とくに千葉氏によって守護神とされたことが『源平闘諍録』から知られる。『源平闘諍録』「巻第五　妙見大菩薩の本地の事」は、妙見菩薩に将門を由緒に位置づけ、千葉氏の代々の守護神として示す。しかし、その根ざしは道教にあり、筑前福岡県嘉穂町が北斗宮をもつなどから、八幡宮と圏域を同じくするといわれる。中野幡能は、宇佐神宮に伝わる神像について、道教的北辰神に、弥勒菩薩の半跏思惟像が重ね合わされた、道仏融合の姿だとし、「北辰神に変容した秦氏の崇拝する神」として位置づけ、「原始八幡神」（弥秦神《やはた》）と呼んでいる（中野幡能「八幡信仰の源流」『八幡信仰事典』戎光祥出版、二〇〇二年）。

（21）曾我兄弟の仇討ち物語の前史におかれた父殺しは、狩場である「山の案内者」（七二頁）と呼ばれる八幡三郎によって敢行される。のちに曾我の敵討ちの物語のプロットにとってさほど重要とは思われないにもかかわらず、敵討ちの物語を先送りしながら、延々と展開されるストーリーが狩の場面の反復であることなどの一つ一つが山岳修験道に育てられた八幡信仰の問題系に結ばれているのもまた奇妙な一致である。

（22）物語には「北条のムスメ」「北の方」とでてくるので、歴史上の人物に単純に一致させて北条政子とするのはふさわしくないかもしれないが、本章では便宜上このように呼ぶことにしておく。

（23）ところで政子は「北条の先腹の妃君万寿御前《まんじゅごぜん》」として登場し、いつのまにか「北の方」と呼称されるようになるのだが、先の伊豆参籠の請願においては「御誓まことに平氏の女《むすめ》が宿願に違はずんば、忽《たちまち》に成就せしめ給へ。将亦《はたまた》、源頼朝が年来《としごろ》の念願をば速《すみや》かに満足せしめ給へ」（一五二頁）のように、自らを「平氏の女」と位置づけている。平氏の娘が、源氏の宿願を祈禱するという関係は、新羅の討伐を新羅系の巫覡が祈禱する関係にどこか似ている。源氏の氏神である八幡宮は平家が権勢をふるった時には、平家守護を担った。その後、元暦元年（一一八四）七月六日に、緒方惟栄、臼杵惟盛、佐賀惟憲らによる宇佐宮強襲を経て源氏の守護神へと決定的に書き換えられることになる。これに先立って宇佐八幡の加護を平家が失うことを物語が予言的に描き込んだ逸話が『源平闘諍録』、『八幡愚童訓』甲本にみられる。『八幡愚童訓』甲本には次のようにある。「平家ノ一類、筑紫ニ下リ宇佐宮ニ参テ、「今一度都へ帰シ給へ」ト、種々の立願アリシ時、世中ノウサニハ神モ無キ物ヲ　何ニ祈ン心ヅクシニ　此御詠、御殿ノ内ヨリ聞ヘシカバ、弱リ果ヌル秋ノ暮哉トテ心細クモ出ラレシ事ハ哀ニ見ヘシカド……」（一九八頁）。宇佐という八幡の霊地は、源氏にとっても平氏にとっても極めて重要な位置を占めていたことがわかる。

（24）『古事記』の引用は、新編古典文学全集『古事記』（小学館、一九九七年）に拠る。

（25）『日本書紀』の引用は、新編古典文学全集『日本書紀』②（小学館、一九九六年）に拠る。

(26) あるいは『古事記』の衣通姫の物語をとるとすれば、夫の死後、義理の息子と二女をもうけた王昭君や息子の妻を見初めた玄宗の妃となった楊貴妃の王昭君と楊貴妃の、父と子の二代と通じたことと、衣通姫が同母兄、軽皇子と通じたこととの連想なのかもしれない。

第九章

(1) 『曾我物語』の引用は、『真名本曾我物語』1・2(平凡社、東洋文庫、一九八七年、一九八八年)に拠る。
(2) 柳田國男「小野於通/妹の力」『柳田國男全集』第十一巻、筑摩書房、一九九八年、四二五〜四二六頁。
(3) 柳田國男は「老女化石譚」(『柳田國男全集』第十一巻、筑摩書房、一九九八年、三六六〜三七九頁)において、大磯の虎は「固有名詞では無くして」、女巫を意味した「トラ・トウロ・トラン」などの古い日本語からきたのではないかと推定する。母は、その意味で、まったく固有名詞的ではない。
(4) 曾我兄弟の父・河津三郎との結婚がそもそも再婚であった。
(5) 大津雄一は「王権の至高性の脱神秘化によるアプローチ」のひとつとして「王権の至高性を支える論理の矛盾を露呈させる方法」を示し、「王権の至高性を支えているものは、「神孫君臨」とそれに随伴する「神明擁護」である。天照大神の子孫が王位を継承し、それ故に、天照大神・八幡大菩薩を始めとする共同体の超越者が王権を守るというのが王土の共同体の神聖な規則なのであり、神孫以外のものが王権を手にすることはそもそも論理的に不可能なのである。天皇王権の至高性は、人知人力の干渉を拒絶する、このいわば神秘化した「血の論理」によって守られているのである。それはまさに、決して手の届くことのない隔絶した聖なる高みに存在し、唯一不二の王の血の絶対性に支えられているものである」(大津雄一「軍記物語と王権の〈物語〉——イデオロギー批評のために」『平家物語　研究と批評』有精堂、一九九六年、一七五〜一七六頁)と述べるが、およそ血縁というものは、まずもって、それと同定できる「家」を基点にして、その直系の血族が固定的な系図を描くことによってのみ、はじめて意味を持ち得るのであって、少なくとも『曾我物語』が展開させる名の状況は、血縁ということの不毛さを露骨に曝け出す。

（6）「中にも万劫御前をば金石に見せて」、「伊藤・河津両所をば御辺の娘と金石と、他の妨げなく知らせ給へ」（「巻第一」一七頁）と遺言するように、婚姻と土地の拡大は同時に発生する。

（7）「東国の方へ落ちくだり、伊豆国の流人、前右兵衛佐頼朝をたのばやとは思へども、それも当時は勅勘の人で、身一つだにもかなひがたうおはすなり。日本国に平家の庄園ならぬ所やある。とてものがれざらんものゆゑに、年来住みなれたる所を、人にみせんも恥ぢがましかるべし。ただ是よりかへッて、六波羅より召使あらば、腹かき切つて死なんにはしかじ」（新編日本古典文学全集「巻第三行隆之沙汰」『平家物語』①小学館、一九九四年、二五〇頁）と語られた「庄園」を朝廷の手に返し、そのままひとからげに釣り上げてしまいたい頼朝の欲望の圏内に、宮藤はおり、その欲望の反作用として兄弟の母の曾我への再再婚はなされる。伊東助親は、義理の娘関係の兄弟の母を曾我へと嫁に出すことで、母を曾我の「土地」に登記すると同時に、平家の残党として共にあることを約束する。しかし行隆が死んだ翌年頼朝が挙兵し、曾我は源氏方へ組み込まれ、伊東助親は自害に追い込まれる。

（8）ただし物語は兄弟の死後に、曾我助信とのあいだに母がなした子、「曾我殿の少き人々《をさな》には、今若・鶴若・有若《ありわか》とて三人」が「母の袂に取り付きつつ」（「巻第十」二四三頁）泣く場面を挿入する一方で、兄弟が仇討ちの助太刀を頼った御房、京の小次郎などといった母系の兄弟たちを殲滅的に死においやることで、この土地が母から母系的に移譲される可能性を周到に絶っている。

（9）このことは『曾我物語』が物語の途中でみずからの語る物語を外側から「曾我」物語として指し示すありかたによく表わされている。「されば平家に曾我を副へて渡したりけるに、唐人これを披見して、「日本は小国とこそ聞きぬるに、かかる賢女ありけるや」と感じ合へりけるとかや。日本・唐の両州において、賢女の名誉を施して、末代の女人のためには有難かりし手本なり」（「巻第三」一五七頁）。

(10) 大川信子は、物語中、頼朝の呼称が「佐殿」から「鎌倉殿」に代わるのが鎌倉鶴岳に八幡大菩薩を勧請した後からであると指摘し、「頼朝のもっとも大きな本意、東国支配も実現する。そこに八幡大菩薩の擁護があったというように物語は語っている」、「見様によっては頼朝は、八幡大菩薩と同化した存在というようにもいえるかもしれない」、「頼朝が体制者として曽我兄弟の生きる世界を決定付けたこと、すなわち兄弟の御霊神への方向付けをなしたことは、見方をかえれば神が神を呼び出すことになろう。その神と神とは、質的に異なるものであろうが、「神」（新たな神を呼び出す役目を持つ）の出自を語る必要性も物語の根底にはあったと考えられないだろうか。その意味で、頼朝物語が、本地物語的構造を持つことは看過できないことなのであろう」と述べる（大川信子「『曽我物語』の文芸世界——頼朝譚とのかかわり」『曽我・義経記の世界』軍記文学研究叢書11、汲古書院、一九九七年、八一、八三、八四頁）。

(11) 八幡の名は、魔術的な呪文ともなり、『八幡愚童訓』乙本には「唯垂迹大神、われを財宝と思ふべし。一念も我名字をとなへん者のいささかもむなしき事なき也」（二一四頁）とあって「南無八幡大菩薩」が祈請のことばとして示されている。『平家物語』「巻第十一」で那須与一が、扇を射るときに唱えた文言としてもよく知られる。

(12) 『源平盛衰記』国民文庫、国民文庫刊行会、一九一〇年、四七七頁。

(13) 『源平盛衰記』国民文庫、国民文庫刊行会、一九一〇年、六七四頁。ここは兵衛佐（頼朝）と木曽冠者（義仲）との「中悪《なかあし》き事出来《いできた》れり」の説明としてあるところで、引用のあとに「木曽は太郎の末、頼義より五代の孫《そん》、信光は三郎の末、頼義より又五代也」と続き、太郎、三郎のそれぞれの「末」とされる。『源平盛衰記』における「家」の問題はまた別に論じる必要がある。

(14) たとえば、『源平盛衰記』「佳巻第十四　南都山門牒状等」において、「天神も地祇も、必ず納受《なふじゅ》をたれ、仏力も神力も速《すみやか》に降伏《がうふく》をくはへ御座さん事疑有べからず」（三三七頁）にあらわされる。ただし、「二宮御入《にう》寺偏《じひとへ》に是正八幡宮の衛護《あご》、新羅《しんら》明神の冥助《みやうじよ》也」（三三七頁）と語られるのは、三井寺が寺内に新羅社を持つことで、八幡をも同時に取り込んでいくあり方を示している。

(15) 塚口義信『神功皇后伝説の研究』創元社、一九八〇年。

(16) 新編日本古典文学全集『日本書紀』①、小学館、一九九四年、四六九～四七〇頁。

(17) 新編日本古典文学全集『古事記』小学館、一九九七年、二七五頁。

(18) 新編日本古典文学全集『古事記』小学館、一九九七年、二七七頁。

(19)『八幡愚童訓』は甲本と乙本があり、その内容は大きく異なっている。また両者の関係については、議論があるところだがここでは触れない。

(20)『八幡愚童訓』甲本、日本思想大系『寺社縁起』岩波書店、一九七五年、一九八頁。甲本、乙本いずれの引用も日本思想大系『寺社縁起』に拠る。

(21) 三品彰英「神功皇后の系譜と伝承――イヅシ族とオキナガ氏」『日本書紀研究 第五冊』一九七一年、四〇頁。

(22)『西遊記』に知られる、三つ目の「三郎神」もまた民間に信仰されたものであることは知られているものの、関三郎、三郎神とともに、実態はよくわかっていない。

(23) ただし、新羅三郎の「新羅」は具体的には、新羅明神そのものよりも、三井寺の勢力を取り込む意図があったと思われ、八幡と新羅の関係とはまた異なる次元で考える必要がある。

(24) 氷上の左大臣について次のような注記がある。「氷上の左大臣については不明。ただし、『日本書紀』崇神天皇六十年条に、出雲臣一族に内紛があり、出雲大神の祭祀が絶えたとき、丹波の氷上（兵庫県氷上郡）の人で氷香戸辺《ひかとべ》という人物が皇太子活目尊《いくめのみこと》（のち垂仁天皇）に、神鏡が人々にかえりみられないことを悲しむ神の託宣を告げ、皇太子の奏請によって天皇が神鏡を祭らせた、という記事がある。この話と関係あるのかもしれない」(『真名本曾我物語1』東洋文庫、平凡社、一九八七年、一一七～一一八頁)。

(25)「八幡大菩薩は我朝の帝にて御在せし古は鷹神天王と申す。その第四の王子をば、仁徳天王と申しける」(二八〇頁)とあるから、ここに引用される八幡大菩薩は、応神天皇を指している。

(26)『八幡宇佐宮御託宣集』の引用は、『八幡宇佐宮御託宣集』(現代思潮社、一九八六年)に拠る。

(27) これについては乙本は「或又、姫大神をのぞきて玉依姫を西の御前と申事あり」(二一二頁)とも触れている。

(28) 桜井好朗「八幡縁起の展開――『八幡宇佐宮御託宣集』を読む」『八幡信仰』民衆宗教史叢書第二巻、雄山閣、一九八三年、二三三頁。

(29) 石田英一郎は「桃太郎」において、柳田國男の『桃太郎の誕生』や『妹の力』に導かれて、「八幡信仰の根底には、本来、ある母子の神の古い信仰が存在して」いることを想定し、「インドから地中海にわたる古代文明圏の原始母神の信仰に由来するか、少なくともこれと系統を同じくするものである」とし、キリスト教文化圏による、処女マリアとキリストという母子神信仰へ水脈をたどることで、世界信仰を構想する。それらが「とくに水辺に出現すること」が多いという指摘は、ここでは、相同性と共通性の提示に留まり、「海神」はなぜ、女神なのか、なぜ姫神は海からくるのか、といった点については、解かれないままである(石田英一郎「桃太郎」『石田英一郎全集』第六巻、筑摩書房、一九七一年、二五五～二五七頁)。

(30) 新日本古典文学大系『続日本紀 三』、岩波書店、一九九二年、九六頁。

(31) そもそも曾我語りは、御霊信仰とかかわって、死者を供養するための巫覡による口寄せの語りとして捉えられる。高木信は「反逆の言語／制度の言語――真名本『曽我物語』の表現と構造」(『名古屋大学国語国文学』第六四号、一九八九年七月)において、鎮魂の主体について問い、「五郎＝御霊」が制度の〈外部〉に置かれていること示し、制度を脅かす存在として「御霊」を読み解く。本章は、唱導によって広まった信仰の場で、人々に畏怖される「御霊」について考えたものである。

おわりに

(1) 正確にいえば、『うつほ物語』で熊が住んでいたのは、大木に穿たれたうろではなく、大きな杉の木が四本、物を合わせたように立っている、その間のところである。

(2) 千葉市立郷土博物館『紙本著色千葉妙見大縁起絵巻』一九九五年。

参考文献

アガンベン、ジョルジョ『スタンツェ――西洋文化における言葉とイメージ』ちくま学芸文庫　二〇〇八年
阿部泰郎『湯屋の皇后』名古屋大学出版会　一九九八年
阿部泰郎『聖者の推参』名古屋大学出版会　二〇〇一年
網野善彦『無縁・公界・楽――日本中世の自由と平和』（平凡社ライブラリー）平凡社　一九九六年
網野善彦他著『中世の罪と罰』東京大学出版会　一九八三年
網野善彦『日本中世の非農業民と天皇』岩波書店　一九八四年
飯沼賢司『八幡神とはなにか』（角川選書）角川書店　二〇〇四年
池田忍『日本絵画の女性像――ジェンダー美術史の視点から』（ちくまプリマーブックス）筑摩書房　一九九八年
石母田正『古代末期政治史序説――古代末期の政治過程および政治形態』未來社　一九六四年
石母田正『中世的世界の形成』（岩波文庫）岩波書店　一九八五年
Irigaray, Luce, *Sexes and Genealogies*, Columbia Univrersity Press, 1993.
上野千鶴子『構造主義の冒険』勁草書房　一九八五年
上野千鶴子『近代家族の成立と終焉』岩波書店　一九九四年
上野千鶴子『ナショナリズムとジェンダー』青土社　一九九八年
上村忠男『無調のアンサンブル』未來社　二〇〇七年
牛山佳幸『古代中世寺院組織の研究』吉川弘文館　一九九〇年
梅田義彦『神道の思想　第三巻　神社研究篇』雄山閣　一九七四年
江原由美子『装置としての性支配』勁草書房　一九九五年

追塩千尋『中世の南都仏教』吉川弘文館　一九九五年
大串純夫『来迎芸術』法蔵館　一九八三年
大隅和雄『中世 歴史と文学のあいだ』吉川弘文館　一九九三年
大隅和雄・西口順子編『シリーズ女性と仏教』1〜4　平凡社　一九八九年
岡倉天心『日本美術史』（平凡社ライブラリー）平凡社　二〇〇一年
岡直己『神像彫刻の研究』角川書店　一九六六年
景山春樹『神道美術の研究』臨川書店　一九六二年
景山春樹『神像　神々の心と形』（ものと人間の文化史）法政大学出版局　一九七八年
笠原一男『女人往生思想の系譜』吉川弘文館　一九七五年
笠原一男編著『女人往生』（歴史新書）教育社　一九八三年
加須屋誠『仏教説話画の構造と機能——此岸と彼岸のイコノロジー』中央公論美術出版　二〇〇三年
勝浦令子『女の信心——妻が出家した時代』（平凡社選書）平凡社　一九九五年
勝浦令子『日本古代の尼僧と社会』吉川弘文館　二〇〇〇年
辛島正雄『中世王朝物語史論』上・下　笠間書院　二〇〇一年
河添房江『性と文化の源氏物語——書く女の誕生』筑摩書房　一九九八年
川村邦光『セクシュアリティの近代』（講談社選書メチエ）講談社　一九九六年
川村邦光『民俗空間の近代』情況出版　一九九六年
川村邦光『地獄めぐり』（ちくま新書）筑摩書房　二〇〇〇年
神田龍身『物語文学、その解体——『源氏物語』「宇治十帖」以降』有精堂　一九九二年
神田龍身『偽装の言説——平安朝のエクリチュール』森話社　一九九九年
金光哲『中近世における朝鮮観の創出』校倉書房　一九九九年
ギンズブルグ、カルロ『ピノッキオの眼——距離についての九つの省察』せりか書房　二〇〇一年

倉塚曄子『巫女の文化』（平凡社選書）平凡社　一九七九年
黒田弘子『女性からみた中世社会と法』校倉書房　二〇〇二年
河野信子他編『女と男の時空　日本女性史再考』1～6　藤原書店　一九九五～九六年
光華女子大学光華女子短期大学真宗文化研究所編『日本史の中の女性と仏教』法蔵館　一九九九年
小嶋菜温子『かぐや姫幻想――皇権と禁忌』森話社　一九九五年
小嶋菜温子『源氏物語批評』有精堂　一九九五年
小嶋菜温子編『王朝の性と身体――逸脱する物語』（叢書・文化学の越境1）森話社　一九九六年
小松和彦『異人論――民俗社会の心性』（ちくま文庫）筑摩書房　一九九五年
後藤みち子『中世公家の家と女性』吉川弘文館　二〇〇二年
五味文彦『院政期社会の研究』山川出版社　一九八四年
五味文彦『武士と文士の中世史』東京大学出版会　一九九二年
五味文彦『増補　吾妻鏡の方法――事実と神話にみる中世』吉川弘文館　二〇〇〇年
斎藤英喜編『アマテラス神話の変身譜』（叢書・文化学の越境2）森話社　一九九六年
桜井徳太郎『日本のシャマニズム』上・下　吉川弘文館　一九七四、一九七七年
桜井好朗『中世日本文化の形成――神話と歴史叙述』東京大学出版会　一九八一年
桜井好朗編『神と仏――仏教受容と神仏習合の世界〈新装版〉』春秋社　二〇〇〇年
坂井孝一『曽我物語の史実と虚構』（歴史文化ライブラリー）吉川弘文館　二〇〇〇年
佐藤弘夫『神・仏・王権の中世』法蔵館　一九九八年
志村有弘・高橋貢・奥山芳広編『八幡神社研究』叢文社　一九八九年
志村有弘『異形の伝説――伝承文学考』国書刊行会　一九八九年
志村有弘『奇談の伝承――説話の世界』明治書院　一九九一年
白根靖大『中世の王朝社会と院政』吉川弘文館　二〇〇〇年

末木文美士『鎌倉仏教形成論――思想史の立場から』法藏館　一九九八年
関口裕子『日本古代婚姻史の研究』上・下　塙書房　一九九三年
セジウィック、イヴ・K『クローゼットの認識論――セクシュアリティの20世紀』青土社　一九九九年
セジウィック、イヴ・K『男同士の絆――イギリス文学とホモソーシャルな欲望』名古屋大学出版会　二〇〇一年
瀬地山角『東アジアの家父長制――ジェンダーの比較社会学』勁草書房　一九九六年
高木信『平家物語・想像する語り』森話社　二〇〇一年
高木信『平家物語・装置としての古典』春風社　二〇〇八年
高木豊『平安時代法華経仏教史研究』平楽寺書店　一九七三年
高木豊『鎌倉仏教史研究』岩波書店　一九八二年
高木豊『仏教史の中の女人』（平凡社選書）平凡社　一九八八年
瀧波貞子『日本古代宮廷社会の研究』思文閣出版　一九九一年
田中貴子『〈悪女〉論』紀伊國屋書店　一九九二年
谷川渥『形象と時間――美的時間論序説』（講談社学術文庫）講談社　一九九八年
谷川渥『鏡と皮膚――芸術のミュトロギア』（ちくま学芸文庫）筑摩書房　二〇〇一年
田端泰子『日本中世の女性』吉川弘文館　一九八七年
田端泰子『日本中世女性史論』塙書房　一九九四年
田端泰子『日本中世の社会と女性』吉川弘文館　一九九八年
田村圓澄『古代朝鮮仏教と日本仏教』吉川弘文館　一九八〇年
田村圓澄『古代東アジアの国家と仏教』吉川弘文館　二〇〇二年
塚口義信『神功皇后伝説の研究――日本古代氏族伝承研究序説』創元社　一九八〇年
中沢新一『悪党的思考』（平凡社ライブラリー）平凡社　一九九四年
中野幡能『八幡信仰史の研究〈増補版〉』上・下　吉川弘文館　一九七五年

中野幡能編『民衆宗教史叢書第二巻 八幡信仰』雄山閣 一九八三年
中野幡能『八幡信仰と修験道』吉川弘文館 一九九八年
ナンシー、ジャン＝リュック『訪問――イメージと記憶をめぐって』松籟社 二〇〇三年
西口順子『女の力――古代の女性と仏教』（平凡社選書）平凡社 一九八七年
西口順子編『中世を考える 仏と女』吉川弘文館 一九九七年
野村育代『北条政子――尼将軍の時代』（歴史文化ライブラリー）吉川弘文館 二〇〇〇年
野村育代『仏教と女の精神史』吉川弘文館 二〇〇四年
萩原龍夫『巫女と仏教史――熊野比丘尼の使命と展開』吉川弘文館 一九八三年
橋本義彦『平安貴族社会の研究』吉川弘文館 一九七六年
橋本義彦『平安貴族』（平凡社選書）平凡社 一九八六年
速見侑『日本人の行動と思想一 弥勒信仰』評論社 一九七一年
バダンテール、エリザベート『母性という神話』（ちくま学芸文庫）筑摩書房 一九九八年
Butler, Judith, *Bodies That Matter: On the Discursive Limits of "sex"*, Routledge, 1993
バトラー、ジュディス『ジェンダー・トラブル――フェミニズムとアイデンティティの攪乱』青土社 一九九九年
バトラー、ジュディス『アンティゴネーの主張――問い直される親族関係』青土社 二〇〇二年
兵藤裕己『平家物語――〈語り〉のテクスト』（ちくま新書）筑摩書房 一九九八年
兵藤裕己『〈声〉の国民国家・日本』ＮＨＫブックス 二〇〇〇年
兵藤裕己『物語・オーラリティ・共同体――新語り物序説』ひつじ書房 二〇〇二年
兵藤裕己『太平記〈よみ〉の可能性』（講談社学術文庫）講談社 二〇〇五年
福田晃『曽我物語の成立』三弥井書店 二〇〇二年
服藤早苗『平安朝の母と子』（中公新書）中央公論社 一九九一年
服藤早苗『家成立史の研究――祖先祭祀・女・子ども』校倉書房 一九九一年

服藤早苗『平安朝の女と男』（中公新書）中央公論社　一九九五年
服藤早苗『平安朝の家と女性――北政所の成立』（平凡社選書）平凡社　一九九七年
服藤早苗『平安朝女性のライフサイクル』（歴史文化ライブラリー）吉川弘文館　一九九八年
服藤早苗編『歴史のなかの皇女たち』小学館　二〇〇二年
服藤早苗・小嶋菜温子編『生育儀礼の歴史と文化――子どもとジェンダー』森話社　二〇〇三年
胡潔『平安貴族の婚姻慣習と源氏物語』風間書房　二〇〇一年
藤井貞和『国文学の誕生』三元社　二〇〇〇年
藤井貞和『タブーと結婚――「源氏物語と阿闍世王コンプレックス論」のほうへ』笠間書院　二〇〇七年
藤井貞和『言葉と戦争』大月書店　二〇〇七年
藤目ゆき『性の歴史学――公娼制度・堕胎罪体制から売春防止法・優生保護法体制へ』不二出版　一九九七年
フランク、ベルナール『日本仏教曼荼羅』藤原書店　二〇〇二年
細川涼一『女の中世――小野小町・巴・その他』日本エディタースクール出版部　一九八九年
細川涼一『逸脱の日本中世』（ちくま学芸文庫）筑摩書房　二〇〇〇年
前田晴人『神功皇后伝説の誕生』大和書房　一九九八年
松岡心平『宴の身体――バサラから世阿弥へ』岩波書店　一九九一年
松尾剛次『新版　鎌倉新仏教の成立――入門儀礼と祖師神話』吉川弘文館　一九九八年
三木清『創造する構想力』（京都哲学選書）燈影舎　二〇〇一年
三角洋一『とはずがたり』（岩波セミナーブックス）岩波書店　一九九二年
三角洋一『源氏物語と天台浄土教』若草書房　一九九六年
三角洋一『物語の変貌』若草書房　一九九六年
三角洋一『王朝物語の展開』若草書房　二〇〇〇年
三谷邦明・三田村雅子『源氏物語絵巻の謎を読み解く』（角川選書）角川書店　一九九八年

源淳子『フェミニズムが問う仏教』三一書房　一九九七年
宮田登編『民衆宗教史叢書第八巻　弥勒信仰』雄山閣　一九八四年
宮田登『ヒメの民俗学』青土社　一九八七年
牟田和恵『戦略としての家族』新曜社　一九九六年
村上美登志編『曽我物語の作品宇宙』（国文学解釈と鑑賞　別冊）至文堂　二〇〇三年一月
元木泰雄『院政期政治史研究』思文閣出版　一九九六年
山折哲雄『神から翁へ〈新装版〉』青土社　一九八九年
山折哲雄編『日本における女性――日本思想における重層性』名著刊行会　一九九二年
山折哲雄『神と王権のコスモロジー』吉川弘文館　一九九三年
山本ひろ子『変成譜――中世神仏習合の世界』春秋社　一九九三年
山本ひろ子『大荒神頌』岩波書店　一九九三年
山本ひろ子『中世神話』（岩波新書）岩波書店　一九九八年
山本ひろ子『異神』上・下（ちくま学芸文庫）筑摩書房　二〇〇三年
ヤーロム、マリリン『乳房論』ちくま学芸文庫　二〇〇五年
義江明子『日本古代の氏の構造』吉川弘文館　一九八六年
義江明子『日本古代の祭祀と女性』吉川弘文館　一九九六年
ルーシュ、バーバラ『もう一つの中世像――比丘尼・御伽草子・来世』思文閣出版　一九九一年
レヴィ＝ストロース、クロード『はるかなる視線』みすず書房　一九八六年
脇田晴子『日本中世女性史の研究――性役割分担と母性・家政・性愛』東京大学出版会　一九九二年
脇田晴子、S・B・ハンレー編『ジェンダーの日本史』上・下　東京大学出版会　一九九四、一九九五年
脇田晴子『中世に生きる女たち』（岩波新書）岩波書店　一九九五年
脇田晴子『女性芸能の源流――傀儡子・曲舞・白拍子』（角川選書）角川書店　二〇〇一年

あとがき

本書のタイトル『乳房はだれのものか』は、はじめ学術論文として発表したものにつけたのだったが、それをみて「大阪出身の方ですか」と訊いた人がいた。私としてはぜんぜん知らなかったことだが、大阪の芸人、月亭可朝の「嘆きのボイン」（一九六九年）という歌があって、ある世代の人たちには、知らない人はいないほどのヒット曲なのだそうである。「ボインは〜、赤ちゃんが吸うためにあるんやでぇ〜、お父ちゃんのもんと違うのんやでぇ〜」という冒頭を歌ってくれた、その人は「まさにこの歌の問題を扱ったわけですよね？」と私に問うた。「お父ちゃん」のものだったボインが、「赤ちゃん」にとられてしまったエレジーとしてこの歌があるのなら、なるほど、はからずも主題は同じだったということになるのかもしれない。乳房は「お父ちゃん」のものか、はたまた「赤ちゃん」のものなのかということは、女の側からいえば、まさに女の乳房か母の乳房かというフェミニズム的問いになる。そんなにヒットした曲ならば、どこかで聞いていて無意識が覚えていたのかもしれないとこじつけてみたくもなるほどである。

編集の渦岡謙一さんは、編集作業も佳境に入ったある日「乳房というのは、つまり……おっぱいのことですよね？」と口ごもられて、男性にはこのタイトルはちょっと刺激的すぎるとおっしゃった。むろん女性にとってだって、かなり言いにくい言葉にちがいなく、だからここにはほんの少しの悪戯と挑発をこめたつもりである。

本書は主に中世の物語をみながら、女性の、母であることと女であることにかかわるさまざまな問題を扱ったわけだが、現在にもつづく、女か母かのフェミニズムの問いにたいして、宮廷社会の性の配置はあらたに乳母《めのと》の存在をつきつけてくる。つまり、乳房は、女のものでも母のものでもなくて乳母のものだという、まったく別の視界が拓かれたのである。そもそも、女性が歴史的に果たした役割については、一九八〇年代以降の女性史研究などが徐々に明らかにしていったことで、比較的あたらしい視点であった。中世の物語は歴史史料とは異なって、女性の手に成り、女性について描かれているものだから、男性中心の歴史叙述を、複層化させていくのに恰好のテクストであるはずだ。女たちは何を信じて何を求めていたのか。本書では女たちが夢想したものを、とくに信仰ということを中心にみていったわけだが、そこでは女たちの軽やかでしたたかな構想力が様々に駆使されていたことがわかる。往生が半ば本気で信じられていた時代において、夢想することは単なる現実逃避ではない。来世を思い描くことが、生きることと密接につながっているのならば、女たちの求めた来世観は現実の女人観をも変容させていったのである。女たちは中世に女帝の統治を想像したが、それは現実にはついには実現しなかったものとはいえ、少なくとも女のイメージを変革したのである。

中世の女たちは逞しかったかもしれないが、それはおよそ千年近くも前の過去の出来事で、現在の私たちには何の関係もないのではないかという声もあるかもしれない。たしかに女、母などはイメージに彩られ、時代によってさまざまに意匠を変えて語られるものである。しかしだからこそそれとは別のイメージを持つことは、こと女性らしさをいうジェンダーの問題にとって重要である。女帝像一つをとってもさんざんに書き換えられたではないか。中世の女性像が、現代にはないあらたなイメージの可能性を拓くことになるだろう。

本書は、古典文学研究だけではなく、広く女性学、女性史研究、宗教学などにまたがる領域にあるものと考えている。学術論文として公刊したものは初出一覧に掲げたとおりであるが、しかしそれらもまた、ほとんどもとの形をとどめていないものが多い。古典の引用に現代語訳は付さなかったが、これを飛ばして読んでもわかるように工夫をしてある。中世の文学に馴染みのない読者にも広く読まれたらうれしく思う。

ここまでくるのに思いのほか時間がかかってしまった。予め専門知識を共有する数少ない読者に向けて書かれた読みにくい元原稿は、まったくの編集者泣かせであったにちがいない。引用文献の表記を改めたのをはじめ、あらゆるところにくり返し手を入れ、編集の渦岡さんとそして印刷所の方には多大なご迷惑をおかけした。あらためて御礼を申し上げたい。

今回の出版のために、新曜社の渦岡さんを紹介してくださったのは、兵藤裕己先生であった。本書の刊行をいまかいまかと心待ちにしてくださり、お目にかかるたびに促されるのが励みであった。記して感謝したい。

木村朗子

初出一覧

以下にそれぞれの章のもととなったものを示す。なかには一部のみを使用し、まったく原形を留めていないものもある。なお、初出時の引用文献は、より簡便なものに差し替え、旧字を新字に変えるなど適宜表記を改めた。

第一章 「乳房はだれのものか――平安時代宮廷物語における〈母〉の問題機制」『言語情報科学』第一号 東京大学総合文化研究科言語情報科学専攻 二〇〇三年三月

第二章 「平安文学における「召人」の方法――『源氏物語』宇治十帖へ」『叢書 想像する平安文学 第七巻 系図をよむ／地図をよむ 物語時空論』勉誠社 二〇〇一年

第三章 「物語を旅すること――『とはずがたり』二条の性」『言語情報科学』第三号 東京大学総合文化研究科言語情報科学専攻 二〇〇五年三月の一部

「乳房はだれのものか――平安時代宮廷物語における〈母〉の問題機制」『言語情報科学』第一号 東京大学総合文化研究科言語情報科学専攻 二〇〇三年三月の一部

第四章 『『源氏物語』をめぐる祈りのイメージ――女人救済の方法」『講座源氏物語研究 第十巻 源氏物語と美術の世界』おうふう 二〇〇八年の一部

「来迎を象る――『狭衣物語』における天稚御子を想うかたち」『国文学』学燈社 二〇〇三年一月号

第五章 「女帝の生まれるとき――『我身にたどる姫君』における往生をめぐる構想力」『言語情報科学』二号 東京大学総合文化研究科言語情報科学専攻 二〇〇四年三月

第六章 「中世八幡信仰における戦の記憶――神功皇后伝承の変容をめぐって」『言語態』第五号 言語態研究会 二〇〇四年十月

第七章 「見えるものと見えないもの――八幡神像の構想力」『物語研究』第六号 物語研究会 二〇〇七年三月

第八章 「北条政子の巫女語り――『曾我物語』の八幡信仰」『言語態』第七号 言語態研究会 二〇〇七年七月

第九章 「名をめぐって――『曾我物語』における〈子〉の背理」『物語研究』第五号 物語研究会 二〇〇五年三月

図版出典一覧

図1　訶梨帝母倚像（滋賀・園城寺）：図録『三井寺秘宝展』東京国立博物館ほか，1990年
図2　パーンチカとハーリティー坐像：図録『パキスタン・ガンダーラ彫刻展』東京国立博物館，2002年
図3　訶梨帝母像（奈良・東大寺）：『奈良六大寺大観 東大寺3』補訂版第11巻，岩波書店，2000年（初版1972年）
図4　仏眼仏母像（京都・高山寺）：『日本古寺美術全集　第9巻　神護寺と洛西・洛北の古寺』集英社，1981年
図5　訶梨帝母像（京都・醍醐寺）：『醍醐寺大観』第2巻，岩波書店，2002年
図6　阿弥陀堂内陣小壁画「飛天」（京都・法界寺）：『原色日本の美術 第7巻 仏画』小学館，1969年
図7　阿弥陀三尊および童子像（奈良・法華寺）：『大和古寺大観 第5巻 秋篠寺・法華寺・海龍王寺・不退寺』岩波書店，1987年
図8　弥勒来迎図（『覚禅抄』弥勒法）：図録『雲にのる神仏』神奈川県立神奈川文庫，2003年
図9　弥勒来迎図（称名寺金堂壁画，復元模写）：同書
図10　「普賢十羅刹女像」（日野原家本，個人蔵）：図録『女性と仏教 いのりとほほえみ』奈良国立博物館，2003年
図11　「紫式部日記絵詞」（五島美術館蔵）：『日本絵巻大成9 紫式部日記絵詞』中央公論社，1978年
図12　「普賢十羅刹女像」（部分，日野原家本）・個人蔵：図録『女性と仏教 いのりとほほえみ』奈良国立博物館，2003年
図13　「普賢十羅刹女像」（部分，奈良国立博物館蔵）：同書
図14　女神坐像（伝比売神）（大分・奈多宮）：『大分の古代美術』大分放送，1983年
図15　僧形八幡神坐像（大分・奈多宮）：同書
図16　女神坐像（伝神功皇后）（大分・奈多宮）：同書
図17　仲津姫坐像（奈良・薬師寺）：『奈良六大寺大観 薬師寺全』補訂版第6巻，岩波書店，2000年
図18　僧形八幡神坐像（奈良・薬師寺）：同書
図19　神功皇后坐像（奈良・薬師寺）：同書
図20　僧形八幡神影向図（京都・仁和寺）：『神々の美の世界 京都の神道美術』産経新聞社，2004年
図21　新羅明神坐像（滋賀・園城寺）：図録『三井寺秘宝展』東京国立博物館他，1990年
図22　太郎天および二童子立像（大分・長安寺）：図録『美術の中のこどもたち』東京国立博物館，2001年

や　行

ら　行

わ　行

ま　行

な　行

は　行

た　行

か　行

索引

著者紹介

木村朗子（きむら　さえこ）

東京大学大学院総合文化研究科言語情報科学専攻博士課程修了。博士（学術）。

現在，津田塾大学准教授。

専門は，言語態分析，日本古典文学，日本文化研究，女性学。

著書に『恋する物語のホモセクシュアリティ——宮廷社会と権力』（青土社，2008年）。

新曜社

乳房はだれのものか
日本中世物語にみる性と権力

初版第1刷発行　2009年2月6日©

著　者　木村朗子
発行者　塩浦　暲
発行所　株式会社　新曜社
〒101-0051　東京都千代田区神田神保町2-10
電話(03)3264-4973(代)・FAX(03)3239-2958
URL：http://www.shin-yo-sha.co.jp/

印刷　長野印刷商工　Printed in Japan
製本　イマヰ製本
ISBN978-4-7885-1141-5　C1090